irage
nica Burns

放蕩子爵は砂漠のシーク

モニカ・バーンズ
大須賀典子・訳

ラズベリーブックス

献辞

ふたたびペンをとるきっかけを与えてくれた、大切な義兄弟スティーヴとダグに本書を捧げる。ふたりがわたしの執筆について述べたさりげない言葉が、背中を押してくれたから。ロマンス小説について何も知らない人たちが、わたしを信じてくれたのに、わたしが自分を信じないでどうするのか、と。

ありがとう、ふたりとも大好きよ。

もうひとり、おばのミンにも感謝を。最初の一行を読んだときから、いい作品だと信じてくれたから。

放蕩子爵は砂漠のシーク

主な登場人物

アレクサンドラ（アレックス）・タルボット……………………考古学者をめざすアメリカ人女性。

ブレイクニー子爵（アルタイル）……………………大英博物館の研究員。イギリス貴族とベドウィンを両親にもち、シークでもある。

ジェーン・ビーコン……………………アレクサンドラの友人。

レイトン・マーロウ……………………タンブリッジ伯爵。アルタイルの友人。

メリック卿……………………大英博物館の上級研究員。

レジー・コールドウェル……………………大英博物館の研究員。

メドジュエル・マジール……………………マジール族のシーク。

ガミーラ・マジール……………………アルタイルの母。

ハーリル・マジール……………………アルタイルの異父弟。

1

ロンドン、一八八〇年

「なんとまあ、女が来るとはね」

アレクサンドラ・タルボットは、あやうく口から飛び出しかけた毒舌を押さえこんだ。目の前の男はヒキガエルそっくりだが、視力は人間なみらしい。わたしが女性だとひと目でわかったのだから。ぐっと奥歯を噛みしめ、せいいっぱいの笑みを浮かべる。

「メリック卿にお取りつぎいただけますか？　会うお約束はしてあります」

「お約束の名前は、確かアレックス・タルボットと」

「わたしがアレックス・タルボットです」

「まあ、その……ちょっとした手ちがいがあったようで。メリック卿は、女性が見えるとは思ってもみなかったので」

「失礼、ミスター……何とおっしゃいました？」

「スティーヴンスです」

アレックスはうなずいた。「ミスター・スティーヴンス。メリック卿はわたしと会う約束をしてくださいました。大英帝国の礼儀作法が、あまたの古代文明とともに滅びたのでないかぎり、面会の約束というものは守られてしかるべきでしょう？」

事務員がむっとした顔で木の椅子から立ち上がった。「お言葉ですが、ミス・タルボット。こんな前例はありません」

「そうでしょうけど、とにかくメリック卿に、わたしが来たとお伝えいただけないかしら」

まんまるに太った小男が足早に、大英博物館のいかめしい廊下の奥にある一室へ向かう。相手の姿が消えるのを待って、アレックスはいらだちまじりの息を吐いた。男性におべっかをつかうよりも、エジプト学を論じるほうがよっぽど簡単だ。

ジェーンを連れてくればよかったのかもしれない。親友が困った顔を見せれば、男はみな先を争って駆けつける……。アレックスは顔をしかめた。いいえ、ここへはひとりで来るべきだったのよ。黒の手袋を外し、ジェーンに勧められて買ったビーズ製の手さげに押しこむ。ジェーンの魅力にあらがえないのは男性ばかりではない。アレックス自身、こういう女らしい品物を、ほしくもないのにあれこれと買わされている。ニューヨークからここへ来る荷造りの際も、彼女が選んだ服に必死で異を唱えたが、最後は負けてしまった。

焦《じ》れて室内を行き来するたびに、身にまとった緑のサテンがさらさらと衣ずれの音をたてた。ゆったりと腰を包みこむ布地に片手でふれる。ドレスにはなるべく派手な襞飾りをつけないようにしたが、大流行のバスル（ドレスのヒップラインをふくらませるための枠組）だけはどうにもならなかった。

頬にかかるおくれ毛をはらいのけ、アレックスは渋い顔になった。いつもの仕事着で来るべきだったわ。着心地もずっといい。とはいえ、大英博物館に女がズボンを穿《は》いて現われたら、中に入れてさえもらえなかっただろう。

自分が男だったら、何もかも簡単だったのに。英国人ならもっと。このアメリカ英語とあけすけな物言いのせいで、どれほど眉をひそめられたことか……。男物の仕事着で、古びた書物やパピルスに向きあっているところを見たら、人はなんと言うだろう。

仕事。そう考えただけで故郷が恋しくなった。ニューヨークがひどく遠く感じられる。ロゼッタ・ストーン（古代エジプトの聖刻文字および民用文字・ギリシア文字が記された石碑片）の展示が終了し、保存および研究に回されたとわかったのが、ずいぶん昔のようだ。おかげでこちらの計画は、古代のパピルスのごとく破れて消える寸前だった。そんなとき、まるで亡父の魂が宿泊ホテルの部屋に入ってきたかのように、メリックの手紙が、ロンドンへ持ってきた書籍のページから落ちたのだ。

ニューヨーク大学の古代文明学会長だった父は長年にわたり、大英博物館の古代エジプト研究局長、メリック卿と文通を続けていた。フルネームでなくあだ名を使うというひと手間のおかげで、アレックスは面会をとりつけることができた。

とはいえ、博物館事務員の出かたによっては、この小さなごまかしが大誤算となる可能性もある。〝ストーン〟をひと目見られれば、父と必死で取り組んだ翻訳が正しいか確かめられるのに。父の遺志を継ぎ、みずからの夢をかなえることができるのに。

足音に目を上げると、スティーヴンスが戻ってくるところだった。アレックスは事務机脇の椅子に置いておいた紙ばさみをとり上げ、相手の表情をおそるおそる覗くなり落胆した。

とりすました表情は、これまでの努力がむくわれなかった証拠だ。

「申しわけありません。局長はあいにく急な用事が入りまして、お会いできなくなりました」

「そうですか。では、いつならお時間をとっていただけるのかしら？」

「あいにくですが、予定がたいへん混みあっておりまして、今からのご予約だと来月末以降になってしまいます」

席に戻って仕事にかかろうとする男を、にらみつけないようにするのがせいいっぱいだった。尊大な事務員の頭を引っぱたいてやりたくてたまらず、紙ばさみのざらついたふちがてのひらにくいこむほど握りしめる。無視しつづければ招かれざる客を追いはらえると、相手が考えているのはあきらかだった。アレックスはしばしその場に立ちつくし、考えこんだ。

遠路はるばるやってきて門前払いを食うだなんて。いいえ、そんな屈辱は受け入れられない。

ドレスの裾をひるがえし、机の横をすりぬけて、つかつかと廊下を歩きだす。行き先は、さっきスティーヴンスが入った戸口だ。半分以上進んだところで、ようやく目的に気づいた事務員が、あわてて追いかけてきた。

制止する怒声にはとりあわず、扉にはめこまれたガラス板をするどくノックする。ガラス板には金文字で『古代エジプト研究局長』と刻んであった。ぶっきらぼうな返事が聞こえたので、アレックスは中に踏みこんだ。ドレスのペチコートが、いらだちを象徴するかのようにざわざわと音をたてた。

室内は、膨大な量の発掘品で埋めつくされていた。かび臭い空気は、亡父が使っていた教授室そっくりで、アレックスの心を落ちつかせてくれた。物心ついて以来ずっと、こういう場所で楽しく過ごしてきたのだ。もう二度と戻らぬ日々への憧憬《しょうけい》が、ふとこみ上げる。

「いったいなにごとだ？」でっぷり太った男が、執務机から勢いよく立ち上がる。アレックスは丁重な笑みを貼りつけ、片手をさし出して歩みよった。

「メリック卿？　お会いできて光栄です。ミスター・スティーヴンスが勘ちがいなさったんですね、きっと」できるかぎり人なつこい笑みを心がけながら挨拶する。人に媚びるのは大きらいだが、なんとか相手を説得してロゼッタ・ストーンと対面しなくては。

もじゃもじゃの白髪を片手でかき上げながら、メリック卿が眼鏡ごしにこちらを見た。下あごまで届くりっぱなもみあげ、正義の遂行者然としたきびしい表情。背後からスティーヴンスが、もごもごと謝罪しながら飛びこんでくるのがわかった。メリック卿は片手をふって事務員を下がらせ、机を回りこんできてアレックスの手を握った。青く澄んだ目に憤慨をよぎらせつつ、指先に口づけるのも忘れなかった。

「お嬢さん。あなたもじゅうじゅうご承知のことと思うが、わたしが待っていたのは、別のアレックス・タルボット氏ですよ」

アレックスはあごを上げ、相手をまっすぐ見すえた。「わたしが承知しているのは、あなたがピラメセスに関する父の論文にたいへん興味をもっていたという事実ですわ」

「では、なぜタルボット教授はご自分で来られなかったのかな？」

「父は去年の秋、流感で亡くなりました」アレックスは喉もとにせり上がってきた悲しみを飲みこんで答えた。

メリック卿が少しだけ表情をやわらげ、執務机と向かいあわせの椅子を勧めた。「それはお気の毒でした、ミス・タルボット。お父上は世界でも類を見ないエジプト学の権威でいらした。手紙のやりとりを通じて学ぶことは非常に多かった」

「だからこそ、こうして伺ったんです。生涯をかけた仕事をやりとげてほしいというのが、父の最後の望みだったので」

かさばるバスルのせいで、椅子のはしにちょこんと腰かけることしかできない。アレックスはひそかに、着心地の悪いドレスを呪った。

白い眉をうさんくさげにつり上げながら、局長が席に戻り、かぶりをふった。「お父上の遺志を継ぎたいという気持ちはよくわかるが、理解していただきたい。たとえお父上の書き物をすべて持ってきても、ご本人の知識がないことには……無理な相談というものだ」

アレックスは紙ばさみをぐっとつかんで身をのり出した。ここでしくじるわけにはいかない。注意深く言葉を選ばなくては。「閣下、わたしは十五歳で父の仕事を手伝いはじめて、亡くなる直前まで補佐を務めたんです。書き物にはすべて目を通し、わからない箇所はすべて質問しました。本人と同じくらい、ピラメセスには精通している自信があります」

「そして、ロゼッタ・ストーンを見てみたいと？」

「ええ、閣下。父とふたりで手がけた翻訳が正しいかどうか、確かめたいんです。ピラメセスの位置を割り出すために、どうしても必要なので」

「位置を割り出す？　ばかを言うものではない、お嬢さん。英国最高の古代エジプト研究者が誰ひとり見つけられない都市を、あなたがどうやって？」

「その方々に欠けているものが、わたしにあるからです。父の書き物と、父の知識。父も本当は自分で来るつもりでしたが、死には勝てませんでした。かわりにわたしが、父の生きたあかしを立てるために、ここへ」

革製ウィングチェア（背の上部から左右に袖が突き出た安楽椅子）の上で、ぴんと背を伸ばして座ったアレックスは、メリック卿の顔に疑いの色を認めた。ジェーンがちょうど、今回の作戦を打ち明けたときに同じような表情を浮かべたのを思い出す。ちがうのは、親友がずばり〝頭がおかしいんじゃないの〟と言ってのけたこと。メリック卿はそれを礼儀正しく伝えられずにいるだけだ。ニューヨークの大学を訪ねてまわったときも、この反応をいやというほど見てきた。研究者はみな、性別だけでアレックスを愚鈍だと決めつけた。なかにはアレックスの知性にあらたな可能性を感じてくれた男性もいるが、その数は圧倒的に少ないし、進歩的な考えの男性でさえ、こういう女を妻に迎えて共同作業をしたがるとは思えなかった。考古学の研究を後押ししてくれたのは、父と叔父のジェフリーだけだ。ほかの男性の場合は、ほめ言葉の裏に別の意図がありそうだった。

メリックが身をのり出し、組み合わせた両手を机に置いた。「ミス・タルボット、砂漠は大の男にとってさえきびしい場所だ。女性に耐えられるはずがない。とてもではないが、許可は与えられないのだ」

「お言葉ですが、わたしはただ〝ストーン〟を拝見して、自分の翻訳とつき合わせたいだけですわ、閣下」

「すまないが、いくら頼まれても、首を縦にはふれない」

アレックスは両手をよじり合わせ、懸命に声を落ちつかせた。「わたしが男だったら？」

「当然、事情は変わってくる」

「〝当然、ね〟」苦々しく、アレックスはくり返した。

「〝ストーン〟を見せてあげればいいじゃないか、メリック」

体をひねってふり返ると、部屋の隅に座っている男性が目に入った。メリック卿を説得するのに必死で、室内にほかの人間がいるなど思ってもみなかったのだ。立ち上がった男性の背の高さには、息を呑まずにいられなかった。六フィートをゆうに越える身長。アレックスもけっして小柄ではないものの、彼と並んで立ったら、頭ひとつはちがいそうだ。

男性の顔をまじまじと見るたちではないが、この男性に目を奪われるなというほうが無理な相談だった。たくましい筋肉質の体で、濃紺の上着に、グレーの胴着と同色のズボンを合わせている。一歩踏み出す身のこなしは優雅でありながら荒々しい力強さも感じさせた。これは、生粋の支配者のたたずまいだ。胸がどきんとした。

なめらかに波打つ褐色の髪は上着の襟首にかかるほど長く、ともすれば粗野と呼ばれかねない。ほかの男性がやったら滑稽に見えるだろうが、彼の場合は赤銅色の肌に映えて、なんとも魅力的だった。アレックスの全身が熱くうずいた。どうしよう、男性を見てこんなふうに体が反応するのは初めてだ。吸いこまれそうな褐色の瞳でしげしげと見つめられると、体がわななきそうになった。相手の濃い眉がつり上がり、大きく肉感的な唇に、かすかな笑みらしきものが浮かんだ。

まるで獰猛な豹《ひょう》が、獲物に飛びかかる頃合を見はからっているような目つきだわ……。ふいに、この男性がファラオの装束をつけて肉食獣の首根っこを押さえているところを想像し、てのひらに汗がにじんだ。どこからそんな想像が出てきたのかしら？　アレックスはあわてて視線をそらした。

「何を言うのだ、ブレイクニー。悪い冗談だぞ」渋面のメリックが言う。

「冗談じゃないさ。何がいけない？」メリックの動揺ぶりを見て、見知らぬ男性が肩をすくめた。

「だが、こちらはお……女……」

メリックも、ヒキガエルの化身スティーヴンスと同じだ。アレックスを性別だけで判断し、いくら能力があると訴えようが耳を貸さない。父はちがった。ものごころついてからずっと、最初は生徒として、そのあとは仕事仲間として、敬意をもって接してくれた。自分と同じだけの知識をつけられると認めてくれた。でもメリックは、女が男の助けなしでも失われた都ピラメセスを見つけられる可能性を、どうしても受け入れられないらしい。

怒りにみぞおちがこわばった。今すぐこの部屋を出なければ、なけなしの忍耐心も底をつき、女は短気でヒステリックで学問に向かないという偏見を裏づけることになってしまう。

せめて最後まで愛想よくふるまおうという決意のもと、アレックスは立ち上がってほほえんだ。

「わたしたち父娘《おやこ》の研究に興味をもっていただけなくて残念ですわ。理解していただけるかと思ったのに。でも、わたしはかならずピラメセスを見つけてみせますから。博物館の協力があろうと、なかろうと」

きびすを返し、憤懣の涙を見られまいと急ぎ足で戸口へ向かう。真鍮製《しんちゅう》のドアノブをつかんで回した瞬間、日に焼けた大きな手が伸びてきて制した。ふれられた箇所がかっと燃えたち、その熱が全身のすみずみまで広がる。あわてて手をひっこめて目を上げると、褐色のまなざしにぶつかった。男性がにこりとするのを見て、アレックスの心臓は胸から飛び出しそうになった。指先と同じくらい強力な笑みだなんて、いったい……。

「ミス・タルボットだったね？」

「失礼ですけど、そういう不意打ちはいただけませんわ」

「すまなかった」男性が小さく頭を下げる。「はじめまして、ぼくはブレイクニー子爵。ここで外国古代文明の研究員をしている」

「あなたも博物館の手先なの？」うっかり辛辣《しんらつ》なことを口走ったあとで、しまったと思った。

相手の目がすっと細まり、古代の石像を思わせる顔つきになる。見すえられると、アレックスの背すじにはふるえが走った。ラムセスその人に会っても、これほどの興奮をおぼえることはないだろう……。またしても湧き上がった、現実離れした想像に、アレックスはたじろいだ。現代のファラオに会いにきたわけではないでしょう？

ふたたびドアノブをつかもうとしたが、子爵の手がしっかりと手首をとらえた。指先からふしぎなしびれが伝わってきて、口の中がからからに乾き、またしても心臓が止まりかけた。褐色の目がきらりと光ったのは、相手も気づいた証拠だろう。こちらに身をかがめたひょうしに、異国的な芳香がふわりとただよった。どこかで嗅いだ覚えがあったが、これほど近くに立たれていては、思い出せそうになかった。

「見くびらないでくれ、ミス・タルボット。〝ストーン〟を見たいというなら、喜んで案内するつもりなのに」きびしい口調を聞いて、正気をとり戻すことができた。

「ありがとうございます。でも、わたしのことも見くびらないでください、子爵さま。わたしを愚鈍だと思いたがる人間にふり回されるのはいやなんです」ようやく声も落ちついた。最低限の礼儀は保つが、目の前の相手に……いや、どんな相手にも、なめられるのはごめんだった。

子爵の口もとにまばゆい笑みが浮かぶと、そのぬくもりに包まれたくなった。何を考えてるの……それにしても魅力的な男性だ。彼の顔を見るたび、小娘みたいに作り笑いしたくなるのを、なんとかこらえなくては。

「きみが愚鈍だとは思わないよ、ミス・タルボット。今のきみがそう見えるのは事実だが」子爵が手を放してからドアを開け、通路をさし示した。「行こうか？」

「今すぐ？」

「今すぐ見たいだろう？」どこかおもしろがるような声。端整な英語に、ほんの少しだけ訛りがあることに、アレックスはようやく気づいた。どこかなつかしい、けれどあきらかに外国のアクセント。

「ええ、もちろん。でも、文字を解析するのに少なくとも一時間はかかりますわ」

「好きなだけ時間をかければいい」

ふたりの背後で、メリック卿がようやくわれに返ったようだった。「なんと、ブレイクニー！　待ちたまえ。この女人を研究室に入れたら、たいへんな騒ぎになるぞ。研究員たちも気が散ってしかたないだろう」

必死に平静をよそおってきたアレックスも、ここにきてついに怒りを爆発させ、口うるさい局長に向きなおった。「x one aay aza mn name zapa oyhh eanno」

「なんと！　今のはもしや、コプト語か？」メリック卿があんぐりと口を開ける。

これはこれは、と言いたげな褐色のまなざしがアレックスに向けられた。「そうだね。しかも、非の打ちどころがないほど流暢だ」

相手の口もとが愉快そうにゆがむのを見て、アレックスは顔が熱くなった。メリックは言葉の意味を理解できなかったようだが、ブレイクニーの語学力は、老人のそれをはるかに上回るらしい。たいへんだ……軽はずみな行為のせいで、〝ストーン〟を見せてもらえる機会をふいにしたかもしれない。なぜあんな、レディらしからぬ言葉を口走ったのだろう？　この局長が、いばりちらすだけで無能なやっかい者なのは事実だが、ふたりのどちらかでも、ファラオの言語に精通しているという可能性を、考慮に入れるべきだった。いつになったらわたしは、行動する前に考えることを学ぶのだろう？

「で、なんと言ったのかね？」

アレックスが息を詰めて見まもるなか、ブレイクニーが秀でた眉を、いかにも英国人らしい尊大さでつり上げてみせた。今さら悪あがきしてもしかたないわ。アレックスはぐいとあごを上げ、自分の口走った言葉が翻訳されるのを待った。

「レディはこう言ったよ。局長は責任感のかたまりだ、まるで岩のように動かない、と」

アレックスは目をまるくした。告げ口して当然なのに、あれほどの暴言を、なぜきれいにとりつくろって伝えるの？　何か目的があるのかしら？

「ほほう、なるほどね」メリックがうさんくさげな目でこちらを見た。「まあ、きみがそこまで見せたいというなら、好きにするがいい、ブレイクニー。だが、研究員たちに文句を言われるのは覚悟しておきたまえ」

軽くうなずいたブレイクニーがアレックスの腕をとって室外へ出るよううながし、後ろ手にドアを閉めた。黙って通路を歩きながら、アレックスはようやく、彼がただよわせる魅惑的な香りがなんなのかをつきとめた。針葉樹と、名前がわからない異国の香辛料の絶妙なバランス。先ほど頭に浮かんだ、筋肉質の体にファラオの装束をつけた彼のイメージがいっそう強くなる。ひきしまった長い脚に、短い腰布がさぞ映えることだろう。強靱な黄金色の腕や胸板を、自分の指でたどるところまで想像できそうだ。服を脱いでも、やっぱりたくましいのかしら？

いやだわ、なんてはしたないことを考えてるの？　きっとジェーンの悪影響だ。夫を亡くした親友が、男性の体つきのことばかり話題にするので、いつの間にかそのくせが移ったにちがいない。アレックスはあわてて妄想をふり払った。背すじに小さなふるえが走る。隣にいる男性のことを何も知らないのに、体は勝手に反応していた。最初にふれられてからずっと、肌がちくちくしている。このたかぶりを抑えなくては。相手はどう見ても名うての遊び人だ。こういう男性について、ニューヨークを発つ前に親友からさんざん忠告されたというのに。

ほどなくブレイクニー卿が、あかあかと照明のともった一室に案内した。壁ぎわに作業机がずらりと並び、数人の男性が、めいめい古文書や書籍の山と取り組んでいる。部屋の中央、腰ほどの高さの台座に乗っているのが、アレックスのお目あてだった。

アレックスは紙ばさみをつかむ指にぐっと力をこめ、息を詰めて〝ストーン〟に歩みよった。うやうやしく手を伸ばしかけて静止する。じかにふれてもいいものだろうか？　ふり向いて子爵に訊ねる。

「拝見しても？」

「どうぞ、遠慮なく」相手が微笑を返した。軽く脚を開き、腕組みをして立っている。アレックスはしばし、いびつな形の石板のことを忘れ、灼熱の古代エジプトで、ぶ厚い胸板にこの手で香油を塗りこむところを思いえがいた。強烈な想像に息が止まりそうになる。相手の瞳が誘うように光を強めるのがわかった。

必死で理性をとり戻し、息を整えて、〝ストーン〟に意識を集中させる。古代を記録する石のひんやりとした表面にふれ、そこに刻まれた文字を指先でたどる。ふと喉が締めつけられた。父がこの場にいたら、どれほど喜んだだろう。ロゼッタ・ストーンにわが手でふれたいというのが、長年の夢だったからだ。今は自分が、その夢を引き継いだ。かならず古代都市を発掘して、女も男に負けないくらい有能だと知らしめてみせる。

石碑片の表面に目をこらすうち、自分が持ちあるいている書付けと同じ聖刻文字《ヒエログリフ》がいくつか見つかった。すぐさま紙ばさみを開き、資料をめくる。少し苦労したが、やがてめあてのページが見つかった。書面と石板を見くらべると、記されている形がほんの少しだけちがうのがわかった。

アレックスは鉛筆をとり出し、〝ストーン〟の文字を書面に書き写した。ほんの小さな、だが重要なちがいだ。興奮のあまり息をのまずにいられなかった。父の仮説どおりだ。ピラメセスはやはり、現在のカンティールにある。かならず見つけてみせるわ。ふたたび〝ストーン〟と資料を見くらべ、もうひとつ文字の差異を見つけて書き写す。

さらに、もうひとつ。アレックスは紙ばさみから別の資料を引っぱり出して聖刻文字に目を走らせた。この差異ひとつで、翻訳がまったく変わってくる。思わず笑みがこぼれた。耐えしのんだ甲斐があるというものだ。ラムセス二世と彼が愛したノウルベセが、三千年の時を経て日の目を見ようとしていた。

紙ばさみから書類を次々にとり出し、研究内容を検証していく。資料にメモをとっては投げすてるので、しまいには足もとが紙でいっぱいになってしまった。時間を忘れて没頭するうち、すっかり日がかたむいたようだ。玄武岩に影が落ちているのに気づいて、アレックスは眉を寄せ、明かりとりの窓を見やった。研究者はあらかた帰宅したらしく、作業机はほぼ無人になっていた。ブレイクニー子爵の姿も見あたらなかった。

首をぐるりと回して肩こりをほぐしてから身をかがめ、床に散らばった紙を拾いあつめにかかる。ふいに皮膚にふるえが走り、息ができなくなったのは、黄金色の手が伸びてきて紙を拾い、さし出したからだ。

目を上げると、ブレイクニーがこちらを見ていた。ぬくもりをおびた褐色のまなざしに、こちらの体まで熱くなる。まるでひんやりした洞窟から出て砂漠の日ざしをかっと浴びたようだ。とまどいつつ、アレックスは書類を受け取ってぶっきらぼうに頭を下げた。そそくさと立ち上がり、相手を意識するまいと努めながら紙ばさみを閉じたが、どだい無理な相談だった。

「ご迷惑をかけてすみません。こんなに遅くまで居すわるつもりはなかったのに。あなたのご厚意に甘えてしまったわ」

「迷惑だなんて、とんでもない。研究にかけるきみの情熱は、よくわかったよ」

アレックスはロゼッタ・ストーンをもう一度見やった。「ええ。長いこと、寝ても覚めてもこれのことばかり考えていたので」

「で、手がかりは見つかったかい？」

アレックスは笑顔で勢いよくうなずいた。「ええ。おかげさまでうまくいきそうです。残念なのは……」

「残念なのは、お父上とこの喜びを分かちあえなかったことだね」力強い口もとに、わかるよと言いたげな笑みが浮かぶ。

「そうなんです。父も叔父も、さぞかし有頂天になったでしょう。ふたりを見ているだけで幸せになったでしょうに」

「叔父さん？」

彼らの死を思い出すと、喉がぐっと苦しくなった。この一年たらずで、かけがえのない血縁をふたりまでも亡くすとは。悲しみをこらえてうなずく。「叔父のジェフリーは、ピラメセス発掘の話を最初に父に持ちかけた人なんです」

「叔父さんも古代エジプト研究者だった？」

「いいえ、叔父は霊能力者の団体に属していました」

相手の眉がいぶかしげにつり上がるのを見て、しまったと思った。世間からは変人あつかいされていた叔父だが、アレックスにとっては大切な身内だし、ピラメセスに関しても数多くの示唆を与えてくれた。子爵の否定的な反応に、なぜとはなしに失望がこみ上げた。

「おいで。送るよ。宿泊先は？」

「クラレンドン。でも、ご同行いただかなくてもけっこうですわ。貸し馬車をつかまえてホテルまで戻りますから」

男っぽい顔だちにきびしい表情をたたえ、子爵がアレックスの肘をつかんで研究室から連れ出した。「だめだ。日没後のロンドンは、レディが付添人もなく歩きまわる場所じゃない。きみを危険にさらすわけにはいかないよ」

アレックスは反論した。「お気持ちはありがたいけれど、自分の面倒は自分でみられますわ。ロンドンの往来は、ニューヨークに比べればずっと安全ですもの」

「そうかもしれないが、どっちにしろ、きみを送らせてもらうよ」

頑固そうなあごの輪郭からして、折れる気はなさそうだ。小さなため息とともに、アレックスは提案を受け入れた。昼下がりでも薄暗かった通路は、今やほぼ闇に閉ざされていた。そんなに長い時間ここにいたの？　ひんやりした石板に初めてふれてから、まだほんの数分にしか感じられないのに。博物館の広い玄関には、日の名残がかすかにさしこんでいた。

頭上をぐるりと囲むバルコニーも展示室になっていた。ふたりが進む通路の両脇に、さまざまな石棺がぶきみな影を落とす。ちらりと視線を上げたアレックスは眉をしかめた。バルコニーで何か動いたような……？　臆病な自分に苦笑いしつつも、背すじの寒気は消えなかった。誰かに見られているという不穏な感じを、どうしてもぬぐい去れない。

隣を歩くブレイクニーは、まるきり無頓着な顔で、広い室内を進んでいく。アレックスは小さく肩をすくめて内心の不安をふりはらった。例によって想像力が突っ走ったんだわ……無理やりそう言いきかせる。

ふたりが部屋の中央にさしかかるころには、警戒心のあまり首すじの毛が逆立っていた。

何かがおかしいけれど、その正体を言いあてられない。前方にはアヌビスの巨大な像が二体、次の展示室へ通じる戸口を固めるようにして立っていた。ジャッカルの頭をそなえた冥界の神に見まもられながら、ふたりは歩を進めた。巨像の威風堂々たるたたずまいには、目を奪われずにいられなかった。すばらしい芸術品だ。ピラメセスでも、同じような宝物に出会えるだろうか？

そのとき、バルコニーを影がさっとよぎるのが視界の隅に映ったが、影はすぐに消えてしまった。アレックスはまた眉をしかめた。これじゃジェフリー叔父さんと変わらないわ……見えないものが見えるなんて。今度はがさがさという物音が聞こえて、アレックスは棒立ちになった。ブレイクニーも足を止め、いぶかしげにこちらを見た。

「何かあったかな、ミス・タルボット？」

「よくわからないけれど……何か音がしたみたいで」

ブレイクニーが肩ごしにふり返って薄暗い室内を確かめる。がさがさという物音がまた聞こえた。さっきより大きいわ、と思って目を上げたとたん、大きな石が落ちてくるのが見え、アレックスは恐怖に息をのんで立ちつくした。次の瞬間、強靱な腕が腰に巻きついて引きよせた。砂岩が目の前に落ちてこなごなに砕ける。子爵のあたたかな腕に包まれながら、アレックスはふるえが止まらなかった。

生きてる。わたしはまだ生きてるわ。

恐ろしすぎて身動きができなかった。廊下の向こうから叫び声がいくつも上がる。声が近づいてくるのを聞きながら、アレックスは懸命に気持ちを落ちつかせた。

抱擁を解いたブレイクニーが、アレックスのひたいや頬のあたりをそっとなでる。「けがをしたのか？」

アレックスは無言でかぶりをふった。大理石の床に落ちたぶきみな砂岩を一瞥《いちべつ》してから、ブレイクニーが頭上に視線を向けた。たまたまゆるんでいた壁材が落ちてきた、それだけかもしれないわ……。

男が現われ、古代エジプト展示室のすぐ手前で足を止めた。

「子爵閣下、そちらのお嬢さんも、ごぶじですか？」

「ああ、マーティン。なんとか無傷ですんだ。ただ、こちらのミス・タルボットは怖い目にあって少々まいっていらっしゃるようだ。ひとまず人を集めて、ここを片づけてくれないか。あしたになったら、バルコニーにほかにもゆるんだ石がないか調べてほしい」

たくましい腕でアレックスの肩を支えたまま、子爵が先に進むよううながした。割れた石の横を通りすぎ、アヌビス像の下をくぐるとき、アレックスは戦慄を禁じえなかった。バルコニーに人影が見えたのは現実だろうか？　それとも本能が、せまりくる危機を告げたのだろうか？

いや、それよりも、本当にジェフリー叔父の言うとおりだったのか……ピラメセスの都、そしてノウルベセの墓を探す者は、本当に呪われるのか？

2

ブレイクニー子爵、またの名をシーク・アルタイル・マジールは、ビロード張りの革製座席にゆったりと背をあずけた。

向かい側には、アレックス・タルボットが黙って座っている。馬車の窓ごしにさしこむガス灯の明かりが、白々と顔を照らしていた。実に見上げた女性だ。涙も流さず、騒ぎたてもしない。顔色の悪さと両手のふるえにさえ目をつぶれば、ついさっき生命の危険にさらされたとは誰も気づかないだろう。

「大英博物館への初訪問で怖い思いをして、気の毒だったね」

相手が目を上げてこちらを見ると、たちまち体が反応し、そのことにおどろかされた。だが、この榛《はしばみ》色の瞳は希有《けう》としか言いようがない。ぱっちりと大きな、感情の動きに合わせてきらめく瞳。

「確かに、あんな展開は予想もしなかったけれど」唇の隅に苦笑が浮かび、やがて顔全体に広がった。「ごめんなさい、子爵さま。命を助けていただいたのに、お礼を言いそびれていました。あなたがうしろに引っぱってくださらなかったら……」

「思い出さなくてもいい。ぶじだったんだから」

「だけど、命の恩人であることに変わりはありませんもの。たいへんな借りを作ってしまったわ」

手放しで感謝されるのはばつが悪かった。彼女にまだ言っていないことがある。早く素性を明かさなくてはならないが、うまい言葉が見つからない。アルタイルは薄闇を透かしてミス・タルボットの顔をうかがった。先ほどとっさに抱きよせた体のやわらかな曲線を思い出すだけで、下半身が熱くなる。しなやかでかぐわしい、豊満で色っぽい体……。

欲求をこらえきれずに、まるく盛り上がった胸に視線がいった。勝手に想像がはたらいて五感を埋めつくしていく。ふっくらした唇と同じように、胸のいただきもなやましいピンク色をしているのか？　それとも、クリーム色の肌より一段暗い色合いだろうか？　考えただけで、肌がかっと燃えたちそうだった。

その瞬間、彼女と目が合った。向かい席からでも、瞳がぼうっとけむっているのがわかる。魅惑的な唇が小さく開くのを見ると、もう一度抱きよせたくてたまらなくなった。どうしたんだ、まるで牝馬にのしかかろうとする雄馬じゃないか……そう考えたとたん、今度は彼女にのしかかる自分と、クリーム色の肩に栗色の髪がもつれかかるところが頭に浮かび、分身がいっきに硬くなった。

視線をもぎ離し、馬車の窓から外を眺める。今夜の往来は混みあっており、クラレンドンへの道程はいつもよりも時間がかかっていた。このままのろのろと進んでいたら、ホテルに着くころには下半身がはち切れてしまいそうだ。首をめぐらせると、ミス・タルボットがこちらを見ていた。見つめあううちに、頬に血の気がさしてきた。好奇心と、それ以外の何かが、謎めいた榛色の深みから覗いていた。

「なにかとまどっているように見えるね、ミス・タルボット」

「ええ」相手がうなずいたあとであわてて打ち消した。「いえ、そうじゃなくて……ごめんなさい、じろじろ見たりして失礼でしたわ。ただ……今まで会ったことのある英国貴族のかたとは、ぜんぜん見た目がちがうと思って」

なにげない言葉がアルタイルをたじろがせた。かつて別の女性から同じことを言われた記憶がよみがえる。十年もたつのに、キャロラインを思い出すだけでこれほど心が痛いとは。アルタイルはつらい記憶に蓋《ふた》をした。遠い過去のことだ。キャロラインの裏切りはいい教訓になった。もう二度と、あんな思いをするものか。

「正しい英国貴族の見た目は、どうあるべきだと思うのかな？」アルタイルはそっけなく訊ねた。

「ごめんなさい。なんて無礼な女だとお思いでしょうね。ただ、あなたの肌の色と横顔を見ているうちに、書物に出てきたエジプトのファラオを連想してしまって」

アルタイルは頰の内側を嚙んだ。どう受けとめていいかわからなかったからだ。異人種の血をさげすむ貴族社会には慣れているので、今さら他人の目など気にならない。だが、彼女にどう思われるかは気にかかった。その心の揺れが腹立たしくてたまらない。なよやかな体に男の本能が反応しているのも、腹立たしくてたまらない。

「ひとまず、ほめ言葉ととっておこうか」思ったよりも皮肉っぽい口調になってしまった。

「あら、本気で言っているのに。つまり……ほめているんです。わたしって本当に失礼ね。考える前に口が動いてしまって。親友のジェーンから口をつつしむよう言われているのに、どうしても悪い癖が直らないんです」

アルタイルは腕組みをし、相手の無念そうな表情を観察した。それなりに人生経験を積んできて、英国上流社会にはびこる偏見や嘲笑はいくらでも受けながせるのに、この女性にはとまどわされてばかりだ。自分でも理由がわからないが、彼女に素性を……出自を明かすのはためらわれた。

われながら筋が通らないとは思う。真実を知って彼女がすくみあがるとは考えがたいものの、危険は冒したくなかった。いずれは話さなければならない。だが、今はまだ……もうしばらくは、自分をただのブレイクニー子爵と思ってもらったほうがよさそうだ。

咳払いをひとつして、子爵がほほえんだ。「今夜の件のせいで、大英博物館から足が遠のかないことを祈るよ」

「あら、まさかそんなこと。あれはただの事故ですもの」言ってから、アレックスは視線をさまよわせた。もし事故でなかったら、という疑いが頭にとりついて離れないのだ。よりによって真下を通りかかったそのときに、石が落ちてくるなどということがあるだろうか？　それに、視界の隅をよぎった人影は？　さっきは想像の産物だと自分に言いきかせたが、今ならわかる。バルコニーには確かに、人がいたのだ。

「だったら、次はいつ来てくれる？」豊かな声で、アレックスはわれに返った。

「実を言うと、もう伺わなくてもよさそうなんです。信じていただけるかわからないけれど、きょうの午後だけですべて答えが出てしまったから」

「すべて？」疑わしげな声だ。

「ええ。こんなに早く終わるのは予想外だったけれど、思っていた以上に、わたしたちの翻訳は正確だったみたい。自分で作ったメモの中に、いくつか不明点も見つかったけれど、一日か二日あれば、それも解決できそうですわ」

「なるほど。では、エジプト出発はいつごろになりそうかな？」

「たぶん、来週の末には」船出前に購入しておく品物を頭の中で箇条書きにしながら、アレックスは答えた。

「来週だって？」

「準備は進めてあるんです。ただ、買っておくものがまだたくさんあって。できれば、あしたにでも発ちたいところだけれど」

「よくよく考えたうえで、調査旅行にくり出すつもりなのか？」とがめるような口調にはっと相手の顔を見ると、ひどくきびしいまなざしが返ってきた。

まるでわたしのことを心配してるみたいだわ。おどろきつつも、さらに動揺を誘われたのは、その可能性を考えただけで胸がときめいたことだった。とはいえ今は、なにがあろうと計画をじゃまされたくない。かならずピラメセスを見つけてみせると、父に約束したのだ。

父はアレックスの能力を信じてくれた。まだほんのすべり出し、ここでつまずくわけにはいかない。それに、自分への約束もある。この旅に出るために、長いあいだ必死で知識を身につけ、作業を重ねてきたのだ。ピラメセスの都を見つければ、女も男同様にすぐれた考古学者になれるのだと、学術界に証明することができる。

「二年以上前から計画を練ってきたんですもの。父とわたしとで、細部ひとつひとつまで話しあって」

「細部ひとつひとつまで？　砂漠での案内人はどうする？」

「父が書簡をやりとりしていたシーク・マジールという遊牧民《ベドウィン》がいるんです。その人が、カンティールまで案内してくれることになっています」

どこか張りつめた表情で、子爵がこちらを見すえた。「信頼できる男なのか？　知ってのとおり、彼らはいったん敵と見なせば平然と喉を切り裂くぞ。そんな相手を案内人に？」

血なまぐさい描写に、アレックスの胃はきりきりと痛んだ。めったなことでは青ざめたりしないたちだが、〝血〟という言葉を聞くだけで気分が悪くなるのだ。小さいころに足をけがしたときの恐怖心が、今も残っているにちがいない。床に広がる血だまりは、医師が駆けつけて縫合をすませたあとも意識から消えなかった。アレックスはなまなましい記憶を封じこめ、吐き気を必死でこらえた。

「父はシーク・マジールを完全に信頼していましたわ。シークは特別な人だと、何度も聞かされたんですもの」

「なるほど、よくわかるよ」

「わかるでしょう？」相手の悲観的な口調を目で制しながら、アレックスは続けた。「シーク・マジールならきっと約束を守ってくれるはず。だって、一度立てた誓約はけっしてたがえないというのがベドウィンのおきてですもの」

「たとえそのシークが約束を守ろうと、女性が調査旅行に出かける危険については、メリック卿に同意せざるをえないな。砂漠はこのうえなく苛酷な世界だからね」子爵が口を引きむすび、こちらをきっと見た。

「自分が何をやろうとしているかは、ちゃんとわきまえています。恐れてなんていないわ」

「恐れたほうがいい。心から恐れたほうがいいよ、アレックス」

ファーストネームで呼ばれて、アレックスははっと息をのんだ。子爵のハンサムな顔に猛獣めいた表情が浮かんでいるのを見ると、心臓が早鐘をつきはじめた。こういう表情をしていると、先ほどにもまして、いにしえのエジプト支配者を思わせる。彼なら指先ひとつで女心を思いのままに支配できるだろう。初対面からのなやましい印象にとりつかれたまま、アレックスは彼の口もとに見入った。この人とキスしたら、どんな感じだろう？

あまりにもはしたない想像に動揺して、窓の外、ガス灯がつらなる往来に視線を移す。わたし、どうなってしまったの？　今までは学問と、父と取り組んできた調査にしか興味がなかったのに。キスしたことはあるが、求婚者未満の男性によるぎこちない抱擁を、とてもではないが男性経験とは呼べなかった。

つまり、これほどまでに心惹かれた男性は、過去にひとりもいなかったのだ。古代エジプトに関する書物を読みすすむなかで、性愛の解説に行きあたったこともあるが、当時は研究対象でしかなかった。けれど、今……そう、今こそアレックスは悟っていた。父にないしょで翻訳してみた、官能的な詩の意味を。

肉体のたかぶりが心にも影響をおよぼすというのは、初めての発見だった。強烈なたかぶりはむしろ苦しく、わずらわしかった。父の遺志を継いでピラメセス発見の旅に出ようという大切なときなのに……。

子爵に目を向けると、相手もこちらを見ていた。とたんにアレックスの頭は真っ白になった。彼の瞳にやどる、ほの暗くきわどい情熱に、口がからからに渇くのがわかった。こんな相手と関わりあいになったら大変だ。一刻も早く逃げ出さなくては。でないと自分の体さえ、思いどおりに動かせなくなってしまう。

そのとき、馬車ががたんと揺れて急停止し、はずみでアレックスは子爵の腕の中に投げ出された。怒号や非難の声が飛びかう往来をよそに、車内には濃厚な沈黙がたちこめた。

たくましい胸にもたれかかってアレックスは赤面し、彼の肌からたちのぼる芳香に気が遠くなりかけていた。針葉樹と、ああ、やっとわかった……この甘い香りは茴香《フエンネル》だ。ふたつの植物がまざりあった、どこか泥くさいのに爽快な男っぽい香りが、彼によく似合っていた。

熱いたかぶりに、全身の神経がびりびりと張りつめたのは、彼の口がすぐそばにあることに気づいたからだ。ほんの少し動いただけで、ふたりの唇は重なってしまうだろう。そう考えると、思わず短いあえぎが漏れた。まずいわ。とてもまずい。

「かわいい唇だと、誰かに言われたことはあるかな？」

低い誘惑のささやきを聞くと、手に負えないほど動悸がはげしくなった。もし答える力があったにせよ、その猶予は与えられなかった。子爵の男らしい唇がかぶさってきたからだ。

これまでに体験したぎこちないキスとはぜんぜん違う。ためらいなく大胆に重ねられる唇。あまりの強烈さにアレックスは度肝をぬかれたが、もっとおどろいたのは、自分が喜んでいることだった。全身の血がたぎっているのがわかる。やはり予想どおりだった。この男性は危険きわまりない。でも、今はそれすら気にならなかった。

下唇を甘噛みされて思わずあえいだ隙をねらって、彼の舌がすべりこみ、アレックスの口の中を探った。快楽のうねりが、体の中心へと集まり、ふつふつと沸きたって今にもあふれ出しそうだった。

アレックスは後先考えずにキスを返した。甘いうめきを漏らしながら、舌に舌をからめる。力強い指先が頬をなぞり、喉もとへとすべり下りた。ふたたび唇がぴったりと重ねられ、アレックスの体はきつく抱きしめられた。

くそっ、なんてことだ。このレディは誘惑のかたまりじゃないか。まるで禁断の果実が女性に形を変えたかのようだ。ふっくらと熟れてなまめかしい。たかがキスなのに、アルタイルの分身は鋼《はがね》さながらに硬直し、早く解放してくれと叫びたてていた。ミス・タルボットの舌が思わせぶりにからみつくのを感じると、興奮のあまりうなり声が出そうだった。

もっとほかの場所にもふれたい。アルタイルは彼女の頬に軽いキスを見舞いながら移動し、耳たぶに歯を立てた。同時にドレスの前ボタンを手ぎわよく外していった。絹さながらのなめらかな肌が指先をくすぐり、やわらかな唇から小さな悲鳴が発せられるのを意識しながら、片手を白い喉に伸ばし、胸もとまでなで下ろす。

ああ、最高だ。できることなら今すぐ馬車の座席で、彼女とひとつになりたい。体を離すと、なやましい吐息が立てつづけに漏れた。榛色の瞳が緑色の炎をやどし、美しい唇がしっとりとほころびていた。

抱いているだけでやけどしそうだ。あとひと押しすれば、彼女の中に入り、欲望を満足させることができるだろう。指先を喉からふくよかな胸の谷間へと這わせる。愛撫に応えて彼女の体がわななないたとき、ふと理性が戻ってきた。おい、ぼくは何をしているんだ？

彼女はアレクサンダー・タルボットの娘だ。心から尊敬していた人物の……そんな女性を勢いまかせにものにしようだなんて、なんのつもりだ？　またしても、キャロラインの声が頭にひびいた。〝あなたが野蛮人だからよ。ロンドンの社交界には絶対になじめない異端者だからよ〟あの日の記憶がよみがえると、体が凍りついた。ちがう。ぼくは野蛮人じゃない。だが紳士なら、馬車の中でレディを押したおしたりはしない。

アルタイルはすばやくミス・タルボットを抱きおこし、向かい席に戻した。下半身がやかましく抗議したが、気づかないふりをした。彼女はまるで砂漠の蜃気楼だ。思わせぶりに手まねきする、美しいあやかし。今にも意識をかすませそうな欲望をのみこむのは至難のわざだった。今さらながらに、馬車がふたたび走りだしていたことに気づく。

「すまなかった」

「わたしだって、いやとは言わなかったもの」彼女が苦笑する。

冷静な口ぶりにおどろいたアルタイルは、相手の顔をまじまじと見た。みるみる頰を上気させ、彼女がそっぽを向く。まったく、こんな女性にはお目にかかったことがない。衝動的で頑固で、聡明であけすけだ。父親ゆずりの性格なのだろうか？　故人に思いをはせながら、薄暗い往来に視線を投げる。

タルボット教授のひとり娘には敬意を払ってしかるべきだ。おためごかしの騎士道精神ではなく……。彼女がドレスのボタンをはめるようすが、視界の隅に見てとれた。クリーム色の喉が緑色のサテン地で隠れていくのを、手を伸ばして止めたくてたまらなかった。

ひとり娘にピラメセス探しを託すだなんて、タルボット教授はどういうつもりだったのか？　このうえなく困難で危険な旅だというのに。見当ちがいのことばかり言うメリックに、少なくともこの一点では同意できた。砂漠は温室育ちの子女が行く場所ではない。文明の恩恵に慣れきった女性には、ひどく苛酷な体験となるだろう。

彼女に向きなおると、ちょうどドレスをなでつけてしわを伸ばしているところだった。なんておいしそうなんだ。自分の上で腰をゆする彼女の幻が、どうしても頭から消えてくれず、こぶしに力がこもった。おかしな妄想はいいかげんやめようと目をつぶる。開いたとき、ふたたび視線がぶつかった。恨みをふくんだ目ではない。むしろ、先ほどのたかぶりをそのまま残している。おのれの欲求を抑えつけ、アルタイルは目をそらした。

キス自体を、なかったことにしてしまおう。それがいちばんだ。だが、あの甘くみずみずしい唇を忘れろというのは無理な相談だった。原始的な欲求がうず巻いて、肉体が痛いほど張りつめている。まいったな。これほど肉体がたけりたつのは何年ぶりだろう。クラレンドン・ホテルの車回しが近づき、まばゆい明かりが馬車の中にさしこんできたときには、ほっと安堵の息をつかずにいられなかった。

「目的地に着いたようだ」

「ええ」短い返事がひどくわびしげに聞こえて、アルタイルは胸がずきりとした。あやうく命を落としかけ、気が動転しているところにつけこんで欲求を満たそうとした自分が、とんでもない人でなしに思えた。さっさと故郷の砂漠に帰っておけば、こんな展開は招かずにすんだだろう。少なくとも、たったひとりで孤独を噛みしめることはなかったはずだ。母の血族は、いつでもアルタイルを受け入れてくれたから。

思わずもう一度、呪詛の言葉が漏れた。なぜ死にゆく人間の前で誓いなど立ててしまったのだろう？　たとえ愛情ゆえだろうと、祖父の懇願に負けたことが悔やまれてならない。ブレイクニーの血筋らしい頑固さで、老子爵はアルタイルに、爵位や領地を放棄しないようせまったのだった。おかげで自分はこうして、罠にかかった狐よろしく、誓約と自由との板挟みになっている。

一年のうち半分をイングランドで、残り半分を砂漠で過ごすこと。この約束が、年を追うごとに重荷になっていた。祖父はおそらく、ロンドンの貴族令嬢のなかから妻を娶《めと》るなどたやすいことだと考えたのだろう。老子爵が存命のころから、アルタイルはこの発想の不毛さに気づいていたが、一度立てた誓いを破るわけにはいかなかった。

馬車ががたんと音をたてて停まった。アルタイルは先に降りてから同行者に向きなおり、手をさしのべた。はかなげな感触にひそかに動揺しつつ、彼女の腕をとり、ホテルの中までエスコートする。

館内に入っていくと、受付のそばに立っていた若い女性が顔をかがやかせ、急ぎ足で近づいてきた。

「よかった、アレックス、やっと帰ってきたわね！　心配でおかしくなりそうだったわ。何か悪いことが起きたんじゃないかって」アレックスの頰にキスしてから一歩あとずさる。「あらやだ、くたびれきった顔じゃないの」

「だいじょうぶよ、ジェーン。こちらはブレイクニー子爵。ロゼッタ・ストーンをじかに見られるよう、口をきいてくださったの。子爵さま、こちらはわたしの親友で、ニューヨークからいっしょに来たミセス・ジェーン・ビーコンです」

アルタイルは身を固くした。なぜすぐに素性を明かさなかったのか、今それを説明しても事態がややこしくなるばかりだろう。ベドウィンの血を恥じる気持ちはみじんもなかったが、彼女にさげすみの目で見られるのはどうしてもいやだった。もうしばらくのあいだ、ただのブレイクニー子爵としてふるまいたい。軽蔑と冷笑を浴びせられる異端の子ではなく……。

出口のない逡巡《しゅんじゅん》をふりはらう。今はとにかく、女性が単身で砂漠に出かける危険をわからせなくては。彼女の父と交わした約束を守りたいのはやまやまだが、無謀な冒険にくり出すのを見すごすわけにはいかなかった。

「ということは、あなたもミス・タルボットといっしょに、危険な調査旅行へ出かけるのかな?」アルタイルは、ジェーンという女性に非難のまなざしを向けた。

子爵のけわしい表情に、アレックスは両のこぶしをきつく握って立ちむかった。なぜ、彼といるとこんなに感情を揺さぶられるの? ついさっきまでは、たくみな愛撫に夢見心地だったのに、今は非難がましい物言いにむっとしている。危険なのは、自分でもじゅうじゅう承知しているが、彼の前で認める気にはなれなかった。

「〝危険な調査旅行〟じゃないわ」

「危険だとも。血気にはやるのもいいかげんにしたまえ」低い声で子爵がやり返した。

アレックスは身ぶるいした。怒りのにじむ声のせいなのか、〝血〟という言葉を聞いたせいなのかはわからない。

「自分の力でみごとやりとげてみせますわ、子爵さま」

「本当に? たとえベドウィンの案内人がいようと、砂漠を旅するのは困難だ。大の男でもそうなのに、女性ふたりとなれば、危険は何倍にもふくれあがる」

アレックスは身をすくめた。彼の言い分が正しいのはわかっていた。でも、ここで受け入れてしまったら、メリックの言い分をも受け入れることになってしまう。あの老いぼれ山羊をはじめとする悲観論者たちに目にもの見せてやりたい、というのがアレックスの悲願だった。だから、顔をしかめて首をふった。

「大げさですわ、子爵さま。シーク・マジールなら、わたしたちの安全を確保してくれると信じています」

「だったら、せめて手助けをさせてくれ。信頼できる同行者を見つけるだけでもいい。もし問題が起きたとき、頼りになる相手を」

抗議しようと口を開きかけたとき、ジェーンの手が腕にかかって制した。頭をふって、親友がため息をつく。「子爵のおっしゃるとおりかもしれないわよ、アレックス。あなたが亡くなったお父さまとふたりで綿密な計画を練ったのは知っているけれど、冒険心があるのと無謀なのとはちがうわ。そもそも、お父さまだって、わたしたちふたりだけでエジプトに行くと聞いたら反対なさったんじゃないかしら」

やんわりたしなめられると、唇を嚙むほかなかった。子爵の言い分が正しいという事実よりも、計画にあれこれ口を出されるのが腹立たしくて、アレックスは肩をすくめた。

「わかった、わかったわ。同行者を見つけるのはあなたにおまかせします」ぼそっとつぶやいたあとで、ひとさし指を立てる。「でも、どんな人をあなたに押しつけられようと、さしでがましい口をきかれるのはごめんよ。調査旅行の主催者はわたし。自分の好きなようにやらせていただくわ。よろしいわね？」

こくりとうなずいた子爵の口もとに、自分だけの冗談を楽しむかのような笑みがよぎった。

「きみの望みはよくわかったよ、アニデ・エミーラ」

ベドウィンの言葉に虚をつかれ、翻訳するのに手間どったのだろう。ミス・タルボットが無言でこちらをにらみつけた。まったく、〝頑固なお姫さま〟だ。

アルタイルはクラレンドンの正面階段を下り、馬車へ戻った。まったく、あそこまで強情な娘は初めてだ。危険な旅になることは本人もわかっているだろうに。なのに、口をきっと引き結んで……どうしても自分の不利を認めたくないらしい。

御者にするどく飛ばしてから、革のクッションにどさりともたれる。最初に自分の正体を明かせばよかった。そうすれば、少しは耳をかたむけてもらえたにちがいない。シーク・マジールの警告なら、ブレイクニー子爵のそれよりも、ミス・タルボットにとっては説得力があっただろう。これ以上の皮肉があるだろうか。

苦い哄笑が口をついて出た。皇太子のとり巻き連中のなかに、シークの言葉に耳を貸す者などひとりもいないだろう。だがアレックス・タルボットの場合は、シーク・マジールの言葉にこそ耳をかたむける。

いいかげん腹を決めなくては。今後も事実を伏せ、おのずとあきらかになるまで待つか？　あるいは次に顔を合わせたときに打ち明けるか？　会ったばかりの相手だが、だまされたと知ったアレックスが激怒するだろうことはたやすく予想できた。そうなれば信頼も得られない。砂漠ではお互いへの信頼が不可欠だというのに。

アルタイルは革の座席に手を突っぱった。何を考えていたんだ、ぼくは？　英国貴族の肩書きを隠れみのに使ったことなど一度もないのに、なぜ今回だけ？　色っぽい唇の形が脳裏をよぎった。そう、彼女に惹かれたからだ。たかぶったからだ。濃密にふれ合った唇の味わいが、ありありとよみがえる。キスなどするべきではなかった。こんなにたやすく深みにはまってしまうとは。

ため息まじりに目をつぶり、頭をクッションにあずける。イングランドの血をここまで重荷に感じたことはなかった。それもこれも、ベドウィンの血をないがしろにしたせいだ。ふいに、民族衣装への強烈な憧憬がこみ上げた。

ロンドン社交界で求められる堅苦しい正装に比べて、ゆるやかな布装束ははるかに動きやすい。恋しいのは動作の自由だけではなかった。ベドウィンの名のもとでなら、なにものにも縛られず奔放にふるまえる。サハラでは、自分自身でいられる。

ふたつの国、ふたつの文化のはざまで生きてきた自分は、誰よりも偏見について知っている。結婚を避けてきたのもそのためだ。たとえ相手が血筋を気にかけなかったとしても、一年の半分を英国上流社会で、残り半分を美しくも苛酷な砂漠で送るという暮らしを、便利な文明社会に慣れきった女性に強いるのはむずかしいだろう。

ふいに、英国貴族としての相続権から逃げ出したくなった。祖父との約束がなければ、さっさとブレイクニー子爵の位と責任を手放していただろう。十歳のときから、一年に六カ月あまりをイングランドで過ごしている。最初はイートン校で、そのあとはケンブリッジ大学で。卒業後は大英博物館に属して熱心に研究を続けてきた。サハラでも最古の遊牧民族として、砂漠の現在と過去、そこで暮らす人々に関するアルタイルの知識は、大英博物館に多大な貢献を果たしている。それに、研究に没頭しているあいだは、ロンドン社交界の退屈を少しは忘れられる。

とはいえ、その聖域もあいにく不可侵ではなかった。近ごろのメリック卿は非協力的で、なにかと反論してくる。ふた言めには規則だの前例だのをもち出して、古代エジプト展示室の拡張を差し止めかねない勢いだ。

停止した馬車から降りるときになってもまだ、アレックスにどう接するかの腹は決まらなかった。子爵邸に入ると、アルタイルはまっすぐ書斎に向かい、グラスを満たした。強い酒が喉を焼く。

控え目な咳払いが背後で聞こえた。執事のマーシャルだ。「失礼いたします、先ほど旦那さまあてに知らせが一通届きまして」

ふり返ったアルタイルは、マーシャルが捧げもった盆から書付けを手にとった。ひとつうなずいて執事を下がらせ、封印を切って羊皮紙を開く。短いが非常にわかりやすい内容。ミス・タルボットの仮説には信憑性があるのか、というメリックからの質問だった。なんと恥知らずな。あの卑劣漢は、アレックスの鼻先から研究の成果をかっさらうつもりらしい。

ぎゅっと握ったこぶしの中で手紙がくしゃくしゃになった。偏見に目がくらんで正常な判断ができないメリックは大ばか者だ。もしアレックスがピラメセスへの手がかりを見出したなら、博物館としては、性別などとやかく言わずに全面的な協力を申し出るべきだろう。それが世紀の大発見につながるのだから。

アルタイルの口もとに笑みが浮かんだ。メリックの居城にアレックスがずかずかと踏みこんできて、持論をとうとうと述べるさまは実に痛快だった。慇懃無礼な局長に対してあくまでも礼儀正しく堂々とふるまってはいたが、さすがの忍耐心も限界を迎えたのだろう。彼女がメリックをコプト語で罵倒したとき、アルタイルはその大胆不敵さをおもしろがり、同時に感じいった。習得がむずかしいコプト語を、やすやすとあやつっていたからだ。

アルタイルの笑顔は、やがてしかめ面に変わった。そうだ、彼女に話をするかどうか、まだ腹を決めていなかったんだ……。決断を迷うなど、ぼくらしくないじゃないか。まあ、いい。どう決断しようと、カンティールへの案内役をかって出ることに変わりはないのだ。相手をタルボット教授だと思いこんで話を進めてはいたが、協力するとうけあったのは事実だ。今さらあとには退けない。ただ困るのは、はからずもこの身を駆けめぐるたかぶりだった。

3

馬車を降りたとたん、波止場特有のすえた臭いがアルタイルの鼻孔に飛びこんできた。波止場ではあわただしく出航の準備が進められている。興奮に身のひきしまる思いだった。やっと帰れる。シーク・アルタイル・マジールのご帰還だ。

これから六カ月、ブレイクニー子爵とはおさらばだ。いや、ちがった……。アレックスに真実を告げるまでは、英国貴族としてふるまわなければならない。いまいましい。なぜ、まだ決断できないんだ？

理由は入りくみすぎていて、じっくり考える気になれなかった。とりあえず今は、事実を伏せておくほうが無難だという結論に至っていた。この一週間、自分が彼女のエジプト行きに水面下でどれほど介入したかを考えればなおさらだ。ブレイクニー子爵とシーク・マジールが同一人物だと知ったら、アレックスは激怒し、手のほどこしようがなくなるだろう。

アルタイルは《モロッコの風》号を見つめた。すっきりした流線型の三本マスト帆船は、頑丈でいかにも速そうだ。見ているだけで気分がよくなった。ロンドンからカイロ、モロッコまでの旅程をこなすために、わざわざ買いもとめた一隻だった。

船の甲板を行ったり来たりするアレックスの女らしい姿が視界に飛びこんできた。とたんに体が反応したのが、腹立たしくてたまらない。まったく、どうなってるんだ、ぼくは？

魅力的な女性にならば、さんざん会ったことがある。アレックス・タルボットのどこが特別だというんだ？

だが、特別なのは確かだった。アレックスに近づくたび、アルタイルの体は熱く燃えたってしまう。夢の中でさえ、彼女を求めていた。たび重なる夢は、いつしか実在する欲望として肉体をさいなむようになった。彼女が目の前にいるというのに、夢の中でくり広げた濃厚なふれ合いを思い出してしまう。なやましい記憶に、たちまち下半身がこわばってしまう。

アルタイルは顔をしかめ、淫らな妄想を押しやった。肉体面だけで惹かれているわけではない。彼女にはなぜか、第六感めいたものをかきたてられるのだ。亡き教授との縁ももちろん大きな理由だが、それだけではなかった。

アレックスを守りたいという願望は強まるばかりだった。自分の中に存在することさえ知らなかった感情。彼女のこととなると、理屈ではなく本能で体が動く。軽蔑されるかもしれないと思いつつ、世話をしたくてたまらなかった。

アルタイルは渋い顔でアレックスを見まもった。上流社会の偏見に傷つけられることも、今はなくなった。世間の声など気にしなくなってひさしい。キャロラインとのことは手痛い、しかし重要な教訓を与えてくれた。彼女に捨てられたおかげで、自分に流れる遊牧民の血が、越えられない障壁であることを気づかされた。二度と女性に、ありのままの自分を愛してほしいなどと期待することはない。自分は、はみ出し者だから。

たとえアレックス自身に偏見がなくても、あまり近づかないほうがいい。だが、それは至難のわざだ。思わずうなり声が漏れた。タルボット教授との文通で、調査団の案内役などかって出なければよかった。そのせいで、とんだ面倒をしょいこんでしまった。

もうしばらく遠くから眺めていたくなったアルタイルは、腕組みをして、アレックスが荷物の積みこみを船員に指示するさまを見まもった。まるで生命力のかたまりだ。彼女の動きを追いつづけたこの一週間のめまぐるしさといったら。

もともと予約してあった《コリント》号から《モロッコの風》号に変更させるのには、かなりてこずった。乗客ふたりと荷物の輸送をうけおった《コリント》号の船長は、仕事をゆずってほしいと言われておおいに渋った。かわりにカルカッタまでの運送をもちかけ、相場をはるかに超える金額を支払って、ようやくアレックスと友人を《モロッコの風》号に乗せることに成功したのだ。

影の落ちた《コリント》号の船員室の戸口に頭を突っこみ、船長から予定の変更を聞かされて激怒するアレックスの姿が思い出された。離れたところにいたので声は聞こえないものの、身ぶり手ぶりを見れば話の内容はわかった。この変更を仕組んだのがアルタイルだとわかったら、どれほどの騒ぎになることか……。きみを危険から守るためだと、いくら言いきかせたところで、耳を貸してもらえないだろう。

アルタイルは小さく肩をすくめた。亡きタルボット教授も、ひとり娘の気性にはさぞ手を焼いたにちがいない。頑固で自立心が強くて率直。歯に衣着せぬ物言い。

それに、こうと決めたらどんどん突きすすむ。旅行の手はずを整えるときの迷いのなさは、アレックスが亡父と、あらゆる事態を想定して計画を進めてきた証拠だ。ただひとつ、教授の死だけは想定できなかったということだろう。

アレクサンダー・タルボット氏に会えずに終わったのは痛恨だった。書簡のやりとりからは得るものが多く、発掘団をカンティールまで案内するのを心から楽しみにしていた。先月その約束をしたとき、手紙の相手は教授だとばかり思っていたのに、まさか娘だったとは。文通相手が死去したのを知らずに、案内人を引き受けてしまったのがいらだたしかった。ベドウィンが重んじるもてなしの心、そしてアルタイル自身の誇りにかけても、一度交わした約束を破るわけにはいかない。アレックス・タルボットはそれを承知のうえで頼んできたような気がしてならなかった。

羽根で肌をなでるように、耳なれないアクセントがアルタイルの五感をくすぐった。やれやれ、自分としたことが、アメリカ英語に魅せられるとは。

女性にうつつをぬかしている場合か？　最後にこの種の感情にとらわれたときは、たっぷり地獄を見たじゃないか。たとえもう一度、女性とつき合う気になったとしても、遊牧民の生活に眉をひそめられるのがおちだ。英国上流社会の末席で生きるのは、危険な砂漠で生きるのと同じくらい困難をきわめる。

自分と深い仲になった女性は、その両方に耐える必要がある。アルタイルにとってイングランドを捨てるのはたやすいが、家族とふるさとへの愛があるかぎり、砂漠を捨てるのはむずかしい。だが、今そこをくよくよしてもしかたない。子爵の肩書きでなくありのままの自分を受け入れてくれる女性には、まだ出会えていないから。

《モロッコの風》号の船上ではアレックスが、乗組員のひとりをやりこめていた。おかしなアクセントの英語がまたしても耳をくすぐった。

「だめ、だめよ。このトランクはわたしの船室に運んでちょうだい。貨物室に置いて水でもかぶったらたいへんだもの」

「それじゃ船室がいっぱいになっちまいやすよ、お客さん。横になる場所もありゃしない」

船員のしゃがれ声は、アレックスのなめらかな声と対照的だった。

「ほかにも船室はあるでしょう」

「いいえ、あいにく。トランクは船倉に入れとくのがいちばんでさあ」

雲行きがあやしいと感じたアルタイルは埠頭を離れて船に乗りこみ、調停をかって出た。

「かまわないよ、サリー。ミス・タルボットの船室にトランクを運んでくれ」

「へい、旦那」船員がうやうやしく頭を下げ、歩み去った。

くるりとふり向いたアレックスが、ひたいにこぼれる金茶色の髪をすくって耳にかけた。先ほど埠頭に立っていたときは、肩から上しか見えなかったが、こうして近くで見ると、アルタイルの体はたちまち反応した。

まったく……なぜ彼女の前だとこんなにおかしくなってしまうんだ？

男物の服を、ごく自然に着こなしているのがまずおどろきだった。薄茶色のズボンの裾を黒の乗馬靴にたくしこんでいるので、すらりとした脚がいやおうなしに強調される。コルセットはあきらかにつけておらず、薄手の白いシャツが、うっすらかいた汗で肌に張りつき、胸のふくらみがきわだっている。

なにより意外なのは、アレックスが自分の魅力にまったく無自覚なことだった。アメリカ人というのはみんな、頭がいかれているのか？　考古学の分野において女性が信頼を得るのは、さまざまな礼節を尽くしてさえ困難をきわめるのに、なぜわざわざ社会の規範に堂々と歯向かったりするのだろう？

こんな格好を見たら、大英博物館の研究員は誰ひとりアレックスを相手にしないだろう。ここの乗組員にもどう思われているか……。ちょうど通りかかった白髪まじりの船員が、下卑たにやにや笑いを浮かべたのを、アルタイルは見のがさなかった。

「おい、よそ見をしないで仕事に専念しろ」ぴしゃりと機先を制する。

きびしい叱責に鼻白んだ男が頭を下げた。「へえ、旦那」

そそくさと去る男の背中をアルタイルはにらみつけた。船員どもをアレックスに近づけないよう、バルフォア船長によく言いふくめておかなくては。それを言うなら、自分も極力、彼女から距離をおかなくては。とはいえ、言うは易く行なうは難しだ。

アルタイルの視線はまたアレックスの顔へと戻っていった。あちこち動きまわって上気した頬。榛色の瞳が興奮にきらめき、ふっくらした唇は禁断の果実のごとく誘いをかける。なんてなやましい口もとなんだ。

アレックスの頬がひときわ赤くなったのに気づいたアルタイルは、ぎこちない微笑を浮かべた。

「ブレイクニー子爵、こんなところでお会いできるなんて。見送りにきてくださったの？」

「ちょっとちがうな」いぶかしげな彼女に、首をふってみせる。「エジプトまでの付添いを見つけてあげると言っただろう？」

「ええ。で、そのかたはどこに？」

「ここにいる」アルタイルは胸の前で腕を組み、眉をつり上げてみせた。

「あ、な、た、が？」

「ピラメセス探しを手伝うのに、ぼく以上の適任者が思いあたらなかったからね」

「だ、だけど……まさか本気じゃないでしょう？」アレックスが眉を曇らせた。

「ぼくの申し出をことわるつもりかい？　だったら、せっかく積みこんだ荷物を今すぐ降ろすほかないな」

「なにをおっしゃっているの？」両手を腰にあて、アレックスがけわしい目でこちらを見る。

「《モロッコの風》号はぼくの所有物なんだ。これ以外にエジプトへ向かう船は、四週間先までない。待っているあいだに、砂漠は夏を迎えてもっと苛酷な気候になるだろうね」

にらみつけられてこみ上げる笑いを、頬の内側を嚙んでこらえる。アレックス・タルボットは小細工がきらいらしい。気をつけないと、いずれ砂漠も顔負けの熱風を浴びせられることになるだろう。

「子爵さまはアラブ圏の言語をいくつくらいお話しになれるのかしら？　ピラメセス探しを

手伝うといったって、マジール族とどうやって意思の疎通をなさるおつもり？」

またしても、現状の皮肉さがつきつけられた。アレックス・タルボットとシーク・マジールの意思の疎通に関して問題なのは、前者が後者の言うことをまったく聞かないという一点のみだ。本当に、なぜ最初に素性を明かさなかったのか……だが、もう後戻りはできない。

「ぼくはアラブ圏の言語を複数、流暢に話すことができる。きみのシークと交流するのに、なんの支障もないはずだ」アルタイルは冷たいまなざしでぴしゃりと言ってのけた。「今回の調査旅行をふいにしたくなければ、口をつつしみたまえ」

アレックスが愕然として目を見ひらき、こちらを見つめた。そのまま無言で背を向け、歩き去っていく。やけに静かな反応が気になった。大きな目をよぎった苦悩……見た目よりはるかに、彼女は傷つきやすいのだ。追いかけようとしたとき、背後から誰かが近づいてきた。

「あと一時間以内で積込みが終わりますが、出航の指示を出してもよろしいですか、旦那さま？」

アルタイルは向きなおり、うなずいた。「そうしてくれ、バルフォア船長。《ナイルの娘》号が打ちたてた八日の記録を破れるかどうか、楽しみだな」

「ええ」船長がにっと笑った。「この船の力を試せと言ってくださるのを待ってました。喜んで、期待にお応えしますよ」

「では、勝負といこうか？　七日でカイロに着けたら、秘蔵の極上ブランデーをひと瓶進呈しよう」

「六日なら？」年かさの船長がまた、口もとをゆるめた。

アルタイルは笑い声をあげ、相手の肩を叩いた。「そのときは、一ケースまるまる進呈するよ」

「約束ですよ」船長が握手をかわし、船乗り特有の気取った足どりで立ち去った。

ひとりになったアルタイルは、無意識に頭をめぐらせてアレックスを探した。姿が見えないので失望の吐息を漏らし、自分用の船室へ向かう。アレックス・タルボットはこちらの思いを知るよしもない。ピラメセスを見つける、という一点しか見ていないのだから。首すじのこりを揉みほぐしながら、ふと遠い目になる。今回の旅には、思いもよらぬ困難が待ちうけているような気がした。


「信じられないでしょう？　気づいたら甲板に立っていて、ぼくがカイロまで同行するよ、なんてすました顔で言うのよ」アレックスは言葉をほとばしらせた。

サロンと食堂を兼ねた船室を行きつ戻りつするたびに、こつこつとひびくヒールの靴音が鬱憤《うっぷん》をかき立てた。もっと腹立たしいのは、ジェーンに着せられたイブニングドレスがたてる衣ずれの音だ。簡素なピンクの絹地を見下ろして、アレックスはふうっと息を吐いた。仕立屋に頼みこんで、もともとついていた襞飾りやレースを外してもらえたのが、せめてもの救いだ。いよいよピラメセスの都をめざすときに、ドレスになどわずらわされたくなかった。

そもそも、女性が男物の服を着て何がいけないの？

〝それはね、世間の目があるからよ、アレックス・タルボット〟

けさがた甲板で、男姿のアレックスと向きあったときのブレイクニー子爵の顔が、いちばんの証拠だ。でも、子爵の顔には別の感情も浮かんでいた。欲望だ。

彼の熱いまなざしを思い出すと、肌に興奮のさざなみが走った。みぞおちのあたりも、何百羽もの鳥がはばたいているようにわななく。でも、もっと甘美なのはキスしたときの記憶だ。子爵はきっと百戦錬磨の遊び人だ。ゆうゆうと自信たっぷりに、女性を喜ばせることができるのだろう。

「そんなに大騒ぎするほどのこと？　協力を申し出てくださった、それだけでしょう」

ジェーンがテーブルにつき、ナプキンを品《ひん》よく広げて膝にかけた。

アレックスはいらいらとため息をついた。「そうだけど、あなたは先週メリック卿に会わなかったからわからないのよ。話の通じないまぬけみたいにあつかわれたんですからね」

「ブレイクニー子爵が同じ考えでいるとはかぎらないでしょうに」

「そこなのよ、ジェーン。子爵がどういう人なのか、わたしは何も知らない。大英博物館の研究員で、たまたま古代エジプト研究局に所属している……それ以外になんの情報もないのよ。メリック卿に逐一いきさつを報告するためについてくるのかもしれないでしょう？　信用ならないわ」

「いくらなんでも大げさに考えすぎよ、アレックス。ブレイクニー子爵は紳士よ。純粋に親切心からじゃないの？」

「そうかもしれないわ。だけど本当に、今回の調査旅行を誰かに監視されるのだけはごめんなの」

「いいから、お座りなさい」ジェーンが自分と向かいあった席をさし示した。「歩きまわられると、こっちまで不安になるわ。どうしてそんなに元気いっぱいなの？」

「興奮してるのよ。父とジェフリー叔父さまもここにいたらよかったのに」アレックスはうつむき、ドレスの裾からのぞくピンクの靴を見やった。父と叔父がここにいたら、興奮どころか有頂天だったろう。

「ああ、アレックス。その気持ち、よくわかるわ」ジェーンが顔を曇らせた。「大切な人を亡くすのはつらいけど、おふたりとも、いつまでも沈んだ顔は見たがらないと思うわよ」

やさしい口調に、アレックスははっとした。ジェーンも過去に身内を亡くしているのを思い出したからだ。アレックスは急いでテーブルを回りこみ、親友を抱きしめた。

「ごめんなさい。せめてものお詫びに、知恵をしぼってブレイクニー子爵の長所を探してみるわね。どう？」

親友が笑いだした。「何を言ってるの、アレックス・タルボット！　わたしとあなたの仲じゃなかったら、子爵に気があるんじゃないかって疑うところよ」

アレックスはあわてて手を離した。「ばか言わないで！」

「だけど、あの人の外見がよくて魅力的なのは事実でしょ。どうせいっしょに旅をするなら、そういう相手のほうがいいわ」

アレックスは親友と向かいあわせに座り、行儀悪くふんと鼻を鳴らした。「そこを重視するのが、さすがジェーンらしいわね」

「あなただって、同行人さまの魅力にぜんぜん気づいてないわけじゃないわよね？」

からかわれて、アレックスは顔をしかめた。ブレイクニー子爵のせいでどれほど心をかき乱されるか、認める気にはなれない。「男の人にかまけている暇はないもの。わたしは今のままで充分幸せ。男性といちゃいちゃするより、ラムセスとアヌビスの像を見ているほうがずっと楽しいわ」

「冷たい石の像と、恋人のぬくもりとでは比べものにならないよ」

そんな言葉とともに、話題の張本人が船室に入ってきた。

アレックスは勢いよくふり向き、子爵をにらんだ。相手は口もとにうっすら笑みを浮かべたのみだったが、双眸《そうぼう》は陽気にきらめいていた。

ジェーンは人の気も知らずに愛想よくほほえみ、子爵に手をとらせて挨拶した。「こんばんは、ブレイクニー子爵」

「こんばんは、ミセス・ビーコン。《モロッコの風》号へようこそ」

「アレックスのこと、大目に見てくださいね。ふだんはとても明るい子なんです。今は、早く目的地に着きたくてちょっと神経質になっているけれど」

「わかりますよ」なめらかな受け答えに、アレックスは焦れた。「こんばんは、ミス・タルボット」

「こんばんは」小声で答えるとすぐにアレックスは下を向き、視線を避けた。子爵が長方形のテーブルの末席につく。ダマスク織りの白いテーブルクロスに片手を置き、給仕が満たしたワイングラスをもてあそぶ。

アレックスは横目で、クリスタルガラスを愛撫する指先をうかがった。この指で胸のいただきをなぶられた記憶がよみがえり、思わず息をのむ。子爵を見ると、相手もこちらを見ているのがわかって口の中がからからになった。あわてて首をひっこめ、体のほてりを鎮めようとあがく。

ちょうど給仕がローストビーフの皿を運んできたので、アレックスはこれ幸いと食事にかかった。はしたない想像と願望をすべてあぶり出すような、あのきわどい視線を避けられるなら、なんでもかまわなかった。もくもくと食事をしながら、ジェーンと子爵の会話はろくに耳に入ってこなかった。おおかた食べおえたとき、ジェーンがこちらに笑顔を向けてきた。

「そうでしょ、アレックス？」

アレックスは口に入れたじゃがいもを、ろくに咀嚼もせず飲みこんだ。「何が？」

「きっかけは、あなたの叔父さまだったたっていう話よ」

「なんの？」眉を寄せたあとで、アレックスは気づいた。「ああ、ピラメセス探しね。ええ、ジェフリー叔父さまがきっかけだったわ」

「霊能力者だったという叔父さんか」子爵が確かめる。

「ええ。叔父のジェフリーが父にピラメセスの話をしてきかせたんです。ノウルベセの墓がある場所も」

ぴしっ、というするどい音に目を上げると、ブレイクニー子爵の手中でグラスの脚が折れていた。力をこめすぎたらしい。

「ちくしょう」低い呪詛の声。

こぶしからしたたり落ちる鮮血を見て、アレックスは気が遠くなり、顔面蒼白になるのが自分でもわかった。ジェーンがあわただしく立ち上がる。

「あらまあ、たいへん。気絶なんてしないわよね、アレックス・タルボット。子爵さまはだいじょうぶよ」こちらに駆けより、顔をあおぎながら話しかける。目を閉じても、部屋がぐるぐる回っているような感覚は消えなかった。ああ、いやだ。弱い無力な女だなんて思われたくないのに……。抵抗むなしく、アレックスは暗闇の底へと沈んでいった。

4

頭上でひそひそ声が聞こえたので、まぶたを開けてみると、褐色のまなざしがじっとそそがれていた。とたんにおののきが全身の血管をめぐりはじめる。アレックスはとまどいながら目をそらした。どうやら、サロンと食堂を仕切る長椅子に寝かされていたらしい。ブレイクニーの肩ごしに覗きこむジェーンの顔が見えた。菫《すみれ》色の瞳が、何やら楽しげに光っている。

「よかった。さっきよりはだいぶぐあいがよさそうね。血色も戻ってきたし」片目をつぶってみせる。親友にとっては、この状況がおもしろくてたまらないのだろう。

「気分はどうかな？」子爵の声ににじむ気づかいのひびきが、守られているという心地よさをもたらした。その心地よさに身をゆだねながら、自分の頬がほてっていくのをアレックスは意識していた。

「おかげさまで、もうだいじょうぶです」上半身を起こすとき、子爵が肘を支えてくれたので、手のふれたところがかっと熱くなった。

なぜ失神したのかを思い出し、かたずを呑んで子爵の手を見る。指二本に、白い布が巻いてあった。「あなたのほうは？」

「ちょっと切れただけだ。心配いらないよ」

ブレイクニーが一歩下がり、アレックスが立ち上がるのを手伝ってくれた。ジェーンが疑わしげな視線を向ける。「ほんとにだいじょうぶ？」

まだ部屋がぐらぐら揺れている感覚だったが、アレックスはうなずいた。もう二度と、失神などしてはいけない。「心配ないわ。ちょっと甲板に出て、外の空気を吸ってくるわね」

「わたしは遠慮するわ。ここに残って、あなたにもらったコプト語辞典で勉強するから」

ジェーンが小ぶりの読書テーブルに歩みより、薄い本をとり上げた。

「いずれ、これがすごく役に立つような気がするの」

「ぼくがいっしょに行こう」独特のかすれをおびた声が、異論は許さないと物語っていた。

アレックスは横目で相手をうかがってからうなずいた。ガス灯に面した座り心地のいい椅子にさっさと落ちついた親友に恨みの一瞥《いちべつ》を投げ、夜闇の中に出ていった。塩気をふくんだ風が、ここは海上なのだと今さらながら実感させてくれる。アレックスはうっとりとため息をつき、美しい夜空を見上げた。

「実にきれいだね」

同意のしるしにうなずき、夜空を見つめたまま甲板に進み出る。先ほどの失神のせいで足が萎《な》えていたのか、船が波を受けて揺れたはずみで前のめりに倒れかけた。力強い腕が伸びてきて、しっかりと抱きとめてくれた。

体が密着したとたん、大空を突っ切る鷹をもしのぐ勢いで、体内に炎が燃え上がった。なやましいおののきに当惑しながら、アレックスは体を起こした。しがみついた指ごしに、上着の薄い生地を通して固い筋肉がはっきりと感じとれる。一瞬ののちに抱擁は解かれた。体を離したとたん、腕の中に戻りたくなった。

「ありがとうございます」アレックスはつぶやいた。「初めてお会いしてから、この言葉をいったい何度口にしたかしら」

「感謝する必要などない」

こちらをとまどわせる平板な声。凛々しい顔だちを月明かりに照りはえさせながら、子爵は船首のあたりを見すえていた。急に無愛想になって、何か怒らせてしまったのかしら？

「とにかく、わたしが感謝していることはわかっていただきたいの」

子爵が無言でうなずいた。さっと手をふり、前に進むよううながす。甲板を横切って船のへりに着き、胸の高さにしつらえられた手すりを握ると、夜霧で木が湿っているのがわかった。暗い海面を舳先《へさき》がかき分け、白い泡を残して進んでいく。

「ピラメセスを見つけたら、どうするつもりかな？」思いもよらぬ質問に、アレックスはたじろいだ。

「どういう意味かしら」

「古代都市を見つけたら、きみはどうする？　一帯を根こそぎ掘りおこすか、ほかの誰かにその役目をまかせるか？」

「たとえば大英博物館とか？」思わず苦々しい声が出た。

こちらを見下ろす子爵の表情は、影が落ちてよくわからなかった。「博物館は喜びいさんで、きみの発見に飛びつくだろうね」

「そして、わたしから手柄を横取りするんだわ」アレックスはひややかに言った。

「もし本当にピラメセスのありかをつきとめたら、歴史に残る大発見だ。誰もその功績を横取りなどできないよ」

「ええ。それでも、博物館は口を出してくるでしょう。女性考古学者なんて、鼻つまみ者でしかないもの」

「周囲に口を出されて止まるようには見えないが」豊かな声にうっすらと笑いをにじませ、彼が口もとをほころばせた。

沈黙が落ちたので、アレックスは手すりにもたれた。眼下の波に月光が踊っている。この人には当惑させられてばかりだ。わたしが女の身で、ピラメセスの都を探しもとめることに、なんの不自然も感じないのだろうか？　なぜ、これほど熱心に手伝おうとするのだろう？

初対面のときは、ロゼッタ・ストーンを閲覧できるよう口をきいてくれた。今度はエジプトまで同行するという。《コリント》号に予約を取り消されたときは頭を抱えたが、こんなこともあるだろうと自分に言ってきかせた。けさ、子爵その人が甲板に現われるまでは……。《モロッコの風》号の持ち主だという宣言を聞いて、どれほどおどろいただろう。

どんな方法を使ったのかは知るよしもないが、《コリント》号の予定変更に彼がかかわっているのはまちがいない。直感だった。裏で糸を引いて自分の船に乗るよう仕向けた、そのことが腹立たしかった。保護者などいらない。まして相手は、危険なほど魅力的な男性だ。

隣に立つ子爵が姿勢を変えるひょうしに、腕が軽くふれた。心臓がどきんとして、アレックスは息を詰めた。わたしにはやはり、保護者が必要なのかもしれない。揺れる心を落ちつかせてくれる助言役が。どれほど用心しても、彼が近くにいるだけでひどく動揺してしまう。ブレイクニー子爵は信頼に足る人物だろうか？　彼について知っているのは、大英博物館の研究員だということだけ。その一点のみで、敬遠すべき理由としては充分すぎる。かといって彼の存在がまったくの不愉快というわけではない……認めたくないが、事実だった。いっしょにいると安心できる。そんなことを思うのは、一週間前から何者かにつきまとわれている感覚があったためかもしれない。

最初は気のせいだと自分を納得させたものの、物資を買い出しに出かけるたびに同じ男の姿を見かけるので、そうも言っていられなくなった。あやしい人影におびえるのは不本意だが、叔父と父があいついで亡くなったことを考えると……。一見どこにでもある病死のようだが、尾行者の存在とつなげて考えると、おかしな点が見えてくる。ジェフリー叔父からも、おそらく妨害に遭うだろうと警告されたが、具体的な内容は聞けなかった。その警告が、今になって現実味をおびてきた。

はたして、ふたりは殺されたのだろうか？　どうやって？　わずか六カ月のあいだに同じ病で他界したのでなければ、疑わしく思うこともなかっただろう。偶然ではないのかもしれない。けれど、当時は気落ちするあまり、疑問をいだくところまでいかなかった。〝どうやって？〟も、もっと重要な〝なぜ？〟も。

大英博物館での一件も忘れてはならない。ただの事故かもしれないが、そうではないと本能が告げていた。さらに、ブレイクニーのあからさまな介入。子爵の目的はなんだろう？信用するのが怖かったが、彼の親切心は本物に思えたし、そばにいるとなぜか安心できるのだった。

父もきっと意気投合しただろう。どこか似たところがあるから。ふたりそろって、辛辣な冗談が好きなジェフリー叔父のいい餌食になったはずだ。

隣で、ブレイクニーが咳払いをした。

「さっき、ノウルベセの墓の話をしたね。砂漠の民でもないかぎり、その名前を口にするのはめったにないことなんだ」

「ノウルベセのことは、叔父のジェフリーに教えてもらって」アレックスはなつかしさに顔をほころばせた。「最初は父もわたしも、まともにとりあわなかったけれど」

「なぜ？」

「だって、初めてその話を切り出したとき、叔父は、自分はラムセス二世の生まれ変わりだ、ノウルベセは自分の妻だと言ったんですもの」

子爵がはっと息をのんだ。抑えた表情にアレックスは笑いを誘われた。父の反応はもう少し派手だった。とはいえブレイクニーも、とっぴな話にとまどっているにちがいない。

「父とわたしの反応は、そんなものじゃなかったわね。ノウルベセの墓を探してほしいと叔父に頼まれた父が、書斎を飛び出していく姿、今でもよく覚えているわ。いくつかはっきりした証拠を見せられたあとで、わたしたちもやっと、叔父の霊視を信じるようになったの」

「霊視？」

「叔父はそう言っていたわ。庭仕事をしている最中に、いきなり別の場所、別の時代に引きもどされたんですって。とても具体的な説明だった。最初はわたしたちも相手にしなかったけれど、叔父が夢で見た聖刻文字をいくつか書いてみせたときに確信したの。この人は本当に、別の世界を見たんだって」

「なぜ確信したんだ？」

アレックスは背を向けて大洋を眺めた。聖刻文字を訳してみたときの戦慄がよみがえる。

〝いつわりを語りしマジールを信じるなかれ。其《そ》は死と破壊のみをもたらす者〟なんとも不吉な文言を、口にするのはためらわれた。

「叔父は商売の才能があって、家業を広げて相当な財を築いたんです。四半期ごとの決算額は一セントもたがえず正確に言えたけれど、コプト語の文字と聖刻文字のちがいはまるでわからない人だったわ」

「そんな人が聖刻文字を、ね。どういう内容だった？」

思いつめた口調に、アレックスは身を固くした。子爵は生まれつき好奇心が強いのかもしれないが、積極的な態度には警戒を禁じえなかった。

「ああ、ノウルベセへの賞賛と、ピラメセス周辺の目印がいくつか出てきたわ」

嘘をつくのはただでさえ苦手なのに、今回のようにきわどい内容となると……。子爵を見る勇気はなかったが、緊張がやわらいだのは気配でわかった。先刻からのふるまいを見るに、本人が認めるよりもノウルベセにくわしいのだろう。悲劇の女祭司がたどった運命を、あらいざらい知っているのだろうか？

初めてノウルベセの物語を読んだとき、アレックスは愕然とした。父が見つけた不明瞭な古文書に出てきた彼女の生涯。自分の訳が正しいかどうか確かめるには四、五回の再読を要した。記されていたのは、ラムセス二世が若き乙女に恋して妻にした、という言いつたえだった。

ノウルベセが王族でなかったせいで、ふたりのあいだには政治の横やりが入った。マジール族だった彼女は王家の一員として認められず、息子を出産後まもなく殺されてしまった。官吏は口をそろえて、王族ならぬノウルベセの墓を人目から隠すべきだと主張したが、ラムセスは拒んだ。その結果、墓はたび重なる盗難に遭い、荒らされた。悲嘆に暮れたラムセスはへんぴな場所にふたたび愛妻の墓を築いた。言いつたえによれば、墓のあかしはラムセスの肋骨のみらしいが、肋骨そのものに関する記述は見あたらなかった。

〝肋骨〟というのが工芸品のたぐいだろう、とまでは推測できたが、確信はなかった。ブレイクニーもこういう話を知っているだろうか？　アレックスは身ぶるいした。

「寒そうだね」すぐさま子爵が上着を脱ぎ、むき出しの肩にかけてくれた。

布地に残る彼のぬくもり、ほのかにただよう男っぽい香りに感覚を刺激されて、ふたたび身をふるわせると、鷹のようにするどい目がこちらを射た。見つめかえしながら、アレックスはまたしてもファラオを想起した。

長い指で頰をなぞられると、息が止まりそうだった。さりげない接触に身をこわばらせながら、相手の目が深い色合いをおびるのに気づく。軽くふれられただけですべてを忘れたくなるなんて、この男性には何があるのだろう？

金縛りのように身動きができないまま、鼓動だけが通常の二倍あまりにまで速まっていた。視線をぴたりと合わせたまま、子爵の指先が喉もとをすべり下りてドレスの襟ぐりに達する。アレックスははっと息を詰めた。胸がぴんと張りつめて下着が窮屈なくらいだ。痛いほどの懊悩が全身を駆けめぐり、下腹部へと集まっていく。

たくましい両手が肩に回されると、上着は足もとに落ちてしまったが、気にかける余裕がないくらい、アレックスの体は燃え上がっていた。ドレスの肩口に指がかかり、そっと下にずらした。コルセットの手前まで胴着を引き下ろされると、アレックスはふたたびするどく息を詰めた。

いけないと思いつつ、もう一度キスされたくてたまらなかった。もう一度、あの口に翻弄されたい。意識のどこか奥で警鐘が鳴っていたが、ぴったりと抱きよせられても、押しとどめる気にはなれなかった。

神経ひとつひとつが燃え上がり、身をふるわせずにいられない。たくましい胸板に両手をついて、彼を見上げた。全身の筋肉が期待にこわばっている。彼の腕の中、あふれ出したのは抗議の言葉ではなく破廉恥な喜びだった。

波音に包まれながら、アルタイルは白い肌にまとわりつく潮風の香りを吸いこんだ。アレックスの髪は、繊細でほのかな蜂蜜の香りがした。彼女にぴったりだ。力強さとあやうさを兼ねそなえ、ナイル川のように力強く男の本能に誘いをかける。

小さな舌が上唇を舐めるのを見て、男性自身が反応した。腕に抱いた肢体のしなやかさに、みるみる力を増していく。この体がベッドで絹の枕にもたれたところを想像しながら、アルタイルは唇を寄せていった。正気の沙汰でないのはわかっているが、もう一度だけ味わいたかった。そうでもしなければ忘れられない。彼女の姿を頭から締め出せない。

「旦那さま」サリーの粗野な声が聞こえて、思わずうなりそうになった。この男には、遠慮というものがないのか？　むかっ腹を立てながら、急いで抱擁を解く。

「どうした、サリー？」

「南西の方角から嵐が近づいてきてるんで、ご婦人がたは個室にお戻りいただいたほうがいいって、船長からの言付けです」

船員の言った方角に目をやると、夜空をどす黒い雲がぐんぐん覆っていくのがわかった。

「ありがとう、サリー。ミス・タルボットを船室までお送りしよう。おまえはミセス・ビーコンを頼む」

「へえ、旦那さま」

アレックスに向きなおると、彼女はすでにいなかった。打ちすてられた上着がなかったら、夢か幻に思えたかもしれない。低く毒づきながら、アルタイルは服を拾い上げて着直した。ばかげてる。そう、ぼくはばかだ。なぜ彼女にキスしようなどと思った？　その答えが、ズボンの内側でぴくりと動いた。

「くそったれ」歯噛みせずにいられなかった。船の手すりにつかまり、折れよとばかりに握りしめる。

アレックス・タルボットには近づくな。こういう拷問に遭うのがいやなら……。強烈な魅力をもった女性だが、手をふれたらおしまいだ。指先に鈍痛を感じ、先ほどクリスタルガラスのかけらで切ったことを思い出した。他人に仰天させられることは少ないが、さっきアレックスがノウルベセの名を口に出したときは、まさにそれだった。マジールの民のあいだにはさまざまな伝説が残っているが、なかでもファラオの最初の妃、ノウルベセの物語は今も愛され、影響をおよぼしている。

水面がぴかっと光り、雷鳴がとどろいた。《モロッコの風》号の船腹に打ちよせる波音は、嵐のとどろきをもかき消す勢いだ。風の強まりぐあいから見て、まもなく豪雨になるだろう、とアルタイルは察した。顔に吹きつける塩辛い霧を胸いっぱいに吸いこみながら、ふたたびノウルベセに思いを馳せる。

ノウルベセの死から現在にいたるまで、マジール族は彼女とファラオの子孫によって統べられてきた。アルタイル自身、イングランドの血が入ってはいるがふたりの系譜につらなっている。正規の文書や石碑からノウルベセの名前が消えてひさしいが、マジールの語り部たちはその生涯を口伝で語り継いできた。アルタイル自身も子ども時代、美しい祖先の物語に夢中になって聞き入ったものだ。

テーベの神殿に仕える神官たちは、部族民あがりの妃がラムセス二世に影響をおよぼすことを恐れ、初めての男児が生まれたあとでノウルベセを殺害した。ファラオの実権がまだ弱く、政争が起きたがゆえの悲劇だった。王妃付きの女奴隷がとっさに気転をきかせたおかげで、ファラオの息子は母と同じ運命をたどらずにすんだ。幼子がマジール族のもとに送りとどけられたあと、マジールのシークは孫の命を守るために人目から隠した。

妻を失った悲嘆と、息子の安否がわからない恐怖にとりつかれたラムセスは、いとしいノウルベセのために贅沢な墓を建て、王妃にふさわしい大々的な葬儀を執りおこなった。神官たちは性懲りもなく、ノウルベセの墓を荒らしてカノーポスの壺（古代エジプトでミイラの内臓を収めた壺）を盗み出した。死者の魂を、この世と黄泉のはざまにある虚無の空間にさまよわせようとしたのだ。怒りに燃えたラムセスは、残虐なふるまいにおよんだ神官の一派を皆殺しにし、神殿ばかりか一族すべてを根絶やしにした。カノーポスの壺と石棺をとり戻したファラオは、ノウルベセの遺品ごと都をピラメセスに移した。そして、今度は人里離れた場所に妻のなきがらを安置し、ラムセスの肋骨……鷹の羽根を冠する女性だけが認識できる目印をつけたのだ。

大きな雨粒がアルタイルの手に落ちてきた。空を仰いだ頬にもぽつり、ぽつりと冷たいものが降りかかる。頭上で何度めかの稲妻が光り、船のマストやたたんだ帆を照らし出す。バルフォアが船橋に立ち、あわてふためく部下たちに指示を飛ばす。船長の顔つきからも、大しけが目前にせまっているのが見てとれた。

ものの数分で、おどろくほど風が強まったのがわかる。アルタイルは階段を通って船橋に上がり、バルフォアの横に立った。

「どれくらい深刻だ？」暴風に負けじと大声を出す。

「かなり深刻ですね」バルフォアが指した船首の向こうには暗黒が広がり、今にも飲みこまれそうだった。「避けようがない。あいつの真ん中を突っ切る羽目になりそうだ」

うなずいた直後に大きな波が横手から打ちよせたので、アルタイルは足を踏んばってこらえた。ここは船長を信じるしかないと見きわめて主甲板に下り、共用船室に通じる薄暗い通路に足を踏み入れる。揺れる船内、左右の壁に両手を突っぱって進みながら、雨が背中をつたい落ちるのを感じた。

背後から、ガシャーンという大きな音に続いて押しころした悲鳴が聞こえた。アルタイルは身をこわばらせて向きなおり、船室の戸口へ急いだ。握りこぶしで木の扉をはげしく叩く。

「ア、ア、アレックス、ぶじか？」

答えがないので、扉を開きにかかったが、わずかに隙間ができたのみだった。船室の中から明かりは漏れてこない。いやな予感が背すじを這い上がった。「おい、頼む、アレックス！　返事をしてくれ！」

「いるわ」かすかな声がしたので、不安はいくぶんやわらいだ。

「ぶじなのか？」

「ええ。ただ、身動きがとれなくて」

アルタイルは扉に肩をあてがい、渾身の力をこめて押した。さっきより大きな隙間ができたので、暗い室内のようすがいくらかわかった。通路のガス灯に照らされて、床から天井まで埋めつくしたトランクの山が見てとれる。「ジャイミジニヤ」思わずうなり声が漏れる。

「わたしは悪魔じゃないわ、子爵。どうかお忘れなく」

「悪態の一種だよ、アレックス。二度ときみの前でこんな言葉を使わせないために、どうか約束してくれ。夜が明けたらすぐ、トランクを船倉に移すと」

「その話はまた、あとで」

彼女の頑固さに声なく毒づきながら、アルタイルはもう一度扉を押し、隙間に体を割りこませて室内に入った。闇をすかして、戸口をふさいだトランクに目星をつける。横にどけてから首をめぐらせると、アレックスが大きな薄型トランクと壁のあいだにはさまっているのが見えた。

「けがはないか？」自由にしてやりながら訊ねる。

「いいえ、だいじょうぶ。力がぬけているだけよ」

またしても船がぐらりと揺れた。アルタイルはバランスを崩してつんのめり、すんでのところでアレックスを押しつぶしそうになった。両手を壁についてこらえ、しなやかな肉体に受けとめられて……なんてしっくりと合うんだろう。喉もとまでこみ上げる欲求を、必死で飲みくだす。後ろ髪を引かれる思いで、のろのろと体を離した。

通路からほのかにさしこむガス灯の明かりが、薄手のナイトドレスに包まれた女らしい曲線を映し出す。金茶色の髪が肩のあたりで豊かにうず巻いている。色っぽい眺めに、口の中がからからになった。おぼろげな明かりのもとでも、薄布を透かして、乳白色の肌にぽつりと浮かぶ暗桃色の乳首がうかがえたからだ。かがみこんで口をつけられたらどんなにいいか。なかば無意識のまま、片手を彼女の腰に伸ばし、なやましい胸のふくらみめがけてゆっくりとなぞり上げる。

おどろきにはずんだ息がこちらの頬をくすぐった。けれど、親指でそっと愛撫してもいやがる気配はなかった。榛色の瞳が金色にきらめき、胸があわただしく上下したのは、先に進んでいいという信号だ。ぴんとそそり立って薄絹を押し上げる乳首を、アルタイルは親指の腹で、じっくりと時間をかけて愛撫した。

もう一度、アレックスが息をはずませた。今度は悦楽の吐息だ。アルタイルは優美な首すじに顔をうずめ、蜂蜜にも似た芳香を吸いこんだ。乳白色の肌にくちづけると、彼女が身をふるわせるのがわかった。かすかなうめき声に誘われるように、アルタイルは唇を重ねた。唇のふれ合いから生まれる強烈な酩酊感が、体の芯までふるわせるようだった。

記憶にあるよりもっと甘い唇をむさぼりながら、両手を胸のふくらみに沿わせ、硬くとがったいただきを親指でころがす。彼女がもたれかかってくると分身がいきり立ち、ズボンがはちきれんばかりだった。くそっ、これほど魅力的な女性にはひさしくお目にかかったことがない。砂漠に咲く花のように、香りは甘いがどこか危険な魅力をただよわせている。

欲求につき動かされるまま、キスははげしさを増していった。舌と舌がふれ合ったとき、彼女がおずおずと応えたので、アルタイルは躍りあがりそうになった。彼女も求めている。

押しのけようとしない。それどころか体をのけぞらせ、喉から小さな声を漏らしている。

正気の沙汰ではない。いったい何をしているんだ？　ぼくは、こんなふうにところかまわず快楽をむさぼる野蛮人ではない。アレックスに害がおよばないよう守るのが自分の務めだ。なのに現実はどうだ。欲望のおもむくままに、女性をむさぼろうとするなんて。

頭を冷やそうと努めても、分身はなかなか言うことを聞かなかった。今ここで奪ってしまえたら、どんなにいいだろう。われながら執着の強さにたじろぎつつ、アルタイルは身をふりほどいた。

「くそったれ。きみの部屋着は？」

「べ……ベッドの上に」情熱にふるえる声を聞くと、ふたたび抱きしめたい欲求にかられた。肩ごしにふり向くと、薄手のはおりものが、ベッドに崩れおちたトランクの下敷きになっているのがわかった。船がまたぐらりとかたむき、ところ狭しと積まれたトランクの山が頼りなく揺れる。アルタイルはすばやくトランクの一隅を持ち上げ、部屋着を引っぱり出した。ぶっきらぼうに腕を突き出して、衣類を渡す。

「早く着てくれ。でないと、キスだけではすまなくなる」

アレックスはおとなしく従った。肌が完全に隠れると、アルタイルは相手の肘をつかんで通路に連れ出した。船がかしいで彼女が倒れかかってくると、抑えつけた欲望がまた頭をもたげる。最後の愛人と縁を切って四カ月あまり、女性にはまったくふれていなかった。この期におよんで、自制心の限界をつきつけられるとは。

自己嫌悪に顔をしかめながら、アレックスの手を引いて狭い通路をぬけ、ジェーン・ビーコンに割りあてられた船室へ向かった。

力まかせに扉を叩く音が、外の雷とあいまってひびきわたった。「ミセス・ビーコン。ブレイクニー子爵です」

ほどなくアレックスの親友が、心配そうな顔を覗かせた。相手に質問する隙を与えず、アルタイルはアレックスを前に押し出した。「ミス・タルボットの部屋はトランクだらけで、この荒れようだと危険なのでね。さっきもぼくが悲鳴を聞きつけなかったら、大けがをしたか、もっと悲惨な目に遭ったかも……まさに危機一髪だった」

アレックスのほうに目はやらなかったが、身をこわばらせるのがてのひらを通じて伝わってきた。ふたたび船がぐらりと揺れたが、アルタイルは足を踏んばってこらえた。アレックスから手を離し、きびすを返して去りかけたとき、細い指が袖をとらえて引きとめた。

「ありがとうございました」

「どういたしまして」アルタイルはぶっきらぼうに応じた。「あしたになったら、あれは船倉に移すように」

「だけど、万が一……」

「あしただ、アレックス」

それ以上の反論を許さず、アルタイルは歩き去った。

5

つかつかと通路を歩み去るアルタイルの耳に、ジェーン・ビーコンの船室の扉が閉まる音が届いた。いら立ちに顔をしかめながら自室に戻り、荒っぽく戸を閉める。あんなに魅力的な女性と同じ船に乗りあわせて、途中であきらめざるをえないとは、いまいましい。

濡れた上着を腕から引きぬき、背中に張りついたシャツを引きはがすようにして脱ぎ、次々と床に放り投げた。船尾に位置する特別室の一面を占めるガラス窓から、夜空を走る稲妻を眺める。

アルタイルの心中に似た荒れ海原。だが、雷も暴風雨も、この胸にたぎる鬱憤に比べればおだやかなものだ。壁のガス灯を弱めながら、アルタイルはまた眉をしかめた。タルボット氏に調査旅行の協力など約束しなければよかったのに。亡き大学教授が、娘にピラメセスの話を吹きこんだりしなければよかったのに。

なぜアレックスに手を伸ばさずにいられない？　自分はやはり、英国上流社会が見下すとおりの野蛮人なのか？　あやうくこの船室に連れこむところだったじゃないか。

ベッドに体を投げ出して虚空をにらみ、脚の付け根の痛みを黙殺しようと努める。押しつけられた体のぬくもりがまだ残っているようだ。砂漠に昇る朝日のように、一見たおやかだが灼熱の予感を秘めた肉体。

口からうめき声が漏れた。解きはなちたい、とこれほどまでに願ったのは初めてだ。ふだんは欲望を制御できるのに、この胸にもたれるアレックスの感触だけは、どうしても消えてくれない。今にも火を噴きそうな焦燥感を鎮めなくては。

アルタイルはすばやくズボンの前を開けてこわばりを握り、アレックスの豊満な肉体を思いうかべた。みずからをしごく一方で、彼女の胸を両手で受けとめ、あるいは分身を谷間にすべらせるところを想像する。硬くなった乳首を親指の腹でころがして……。彼女はきめ細やかな肌で分身を摩擦しながら、小さな舌を先端に這わせるだろう。考えただけでかすれ声が口をついて出た。桃色の舌が、くるりと先端をなぞるところが目に浮かぶようだった。とめどなく広がる妄想に、全身がおののいた。

目の前に膝をついたアレックスが、分身の先を舌で愛撫する。硬直をやさしくなでさすってから、睾丸にも手を伸ばす。えもいわれぬ力加減が男の情熱をかきたてる。ああ、頭がおかしくなりそうだ。口にふくんでもらいたい。強く、はげしく吸いたててほしい。みずからの優位を確信するかのように、アレックスの舌はあくまでもゆっくりと硬直をなぶりたてる。早く口の中に入れてほしいのに。

うめき声がまた漏れた。ゆっくり、ゆっくり、アレックスが分身を呑みこんでいく。唇をじわじわと進めるあいだも、目と目を合わせたまま。美しい瞳は女としての自信に満ちていた。熟知しているのだ。アルタイルがこの瞬間を……彼女を求めてやまないことを。次の瞬間、アルタイルはすっぽりと包みこまれた。やわらかな唇に締めつけられると、アルタイルはたまらず叫び声をあげた。

アルタイルは片手でアレックスの胸をまさぐった。先端は硬くそそり立っているが、弾力あるふくらみは指の下でしなやかに形を変える。口での愛撫が終わったら、今度はこちらが口で奉仕しよう……。美しい口が硬直を呑みこんでは吐き出す動きが、しだいに速まっていく。口腔のぬくもりと摩擦とが、アルタイルの理性に揺さぶりをかける。

やがて、彼女が甘い声を発した。

助けてくれ。アルタイルは悦楽に耐えきれず目を閉じた。もう一度、彼女が声を漏らす。振動が分身にまで伝わってきた。直後に唇に力がこもり、猛然と吸いたてた。先端の裏側に走る血管に舌がからみつく。敏感なところを刺激されたアルタイルはふぬけのようになった。いきり立つ分身の下で、睾丸もぎゅっと収縮するのがわかった。

速く、もっと速く、アレックスが硬直を責めたてる。快楽の頂点に押し上げられたアルタイルは、口の中で爆発した。荒々しい叫びとともに分身を脈打たせ、情熱をほとばしらせる。次の瞬間、アレックスの姿はかき消え、無慈悲な現実が戻ってきた。

ひとりの船室。

わびしさに低くうなりながら、アルタイルは手近な布を取ってみずからを拭いた。ベッドを降り、残っていた衣服をすべてはぎ取って裸になる。なんとかしてアレックスを意識から締め出さなくては。彼女は、ぼくのものではないのだから。

アルタイルは船の後方を見わたせる窓辺に歩みより、荒波を光らせる稲妻を見つめた。早くカイロに上陸できればいいのに。かの地に着けば、アレックスのあいだに、従兄という名の緩衝材を入れることができる。

メドジュエルとはともに育てられたこともあり、子ども時代は片時も離れずに暮らした。そこで築かれた特別な絆は、今日にいたるまで続いている。従兄弟というより兄弟に近い関係だ。祖父はふたりに等しく一族の長としての教育をほどこしたが、アルタイルは知っていた。いずれ祖父が他界したとき、マジール族のシークとなるのはメドジュエルのほうだと。

生粋のベドウィンで高貴な血を受け継ぐメドジュエルに対し、自分にはイングランド人の血が混じっている。だがメドジュエルも彼の家族も、アルタイルの血をさげすんだりはしなかった。アルタイルもまたシークの称号を与えられ、メドジュエルの代理人という立場で一族の統治に関わってきた。

アレックスがノウルベセの調査を進めていることを知ったら、メドジュエルはどんな反応を示すだろう？　アルタイルは大きく息を吸い、窓辺を離れた。ひんやりとした木の床がはだしの足裏に心地よい。イングランドで長く生活していても、砂漠に伝わる信仰や秘術を忘れたことはなかった。思春期のころに何度も得た神託は、そらで言えるほど心にしみついている。

〝新しき世界から、鷹の羽根を冠する女がファラオの妃の墓を探しにやってくる。女はカノーポスの壺を奪還し、ノウルベセの魂を来世に送ってラムセスとの再会をかなえる。王妃は感謝のしるしに、いにしえの叡智と財宝を女に与え、マジールに繁栄をもたらす〟

いよいよ、予言どおりの展開になるのだろうか？　アレックスは本当にノウルベセの墓を見つけるのか？　マジール族にとって、それは何を意味するのか？

大英博物館の思惑もある。博物館はアルタイルを、考古学者と古代エジプト研究局との連絡係に任命した。ピラメセスの都が見つかったら、どんな手を使ってでも発掘の主導権を握ろうとするだろう。

ふたたびベッドに身を投げ出したアルタイルは、片腕で目を覆い、みずからの苦境に思いを馳せた。アレックスがピラメセスを見つけたら、博物館に知らせなくてはいけない。そうなったときのアレックスの反応は容易に察しがついた。迷いと疑問が頭の中でうず巻く。ことと女性に関して、これほど葛藤するのは二十九年の生涯で初めてだ。キャロラインにさえ、ここまで頭を悩まされはしなかった。

レディ・キャロライン・スペンサーを初めて意識したのは十八歳のときだった。差別や偏見には慣れていたので、彼女もまた、こちらの関心を真っ向からはねつけると思っていたが、意外にもキャロラインは拒まなかった。それどころか、求愛を喜んで受け入れた。

跡継ぎの話題を切り出したときでさえ、あなたの血をさげすんだりはしない、と断言した。舞い上がったアルタイルは結婚を申しこんだ。彼女の愛が冷めることなどないと信じて。

甘やかされて育ったキャロラインは、両親を説得して結婚を認めさせた。ふたりの婚約はロンドンを驚愕させた。公共の場に出ると、初めは冷笑と皮肉っぽい言葉、あるいはぶきみな沈黙がふたりを迎えた。次に、招待の数が目に見えて減りはじめた。

日に日に、キャロラインの態度は冷たくなっていった。自分が慣れしたしんだ世界が遠ざかるのを感じたためだろう。上流社会から締め出される寸前までできたとき、とうとう彼女は爆発した。セント・ジェームズ劇場のロビーで、アルタイルをうす汚い遊牧民《サラセン》と罵り、その場で婚約を解消したのだ。人前で受けた屈辱をアルタイルが忘れることは、おそらく一生ないだろう。

あれほどの屈辱を受けたのに、また女性に惹かれてしまった。アレックスとキャロラインを同一視するのはおかしいが、危険なのは同じだ。状況がちがっていれば、という願いを自分に抱かせてしまったのだから。近づかないにこしたことはない。今夜はうっかり魅力に屈しかけてしまったが……。この先、砂漠の奥地に入り、布製の天幕しか障壁がなくなったら、どうなってしまうだろう？

アレックスは外のようすに耳をすました。嵐はようやく去ったようで、船が進む海面もおだやかだった。隣でジェーンの小さな寝息が聞こえる。アレックスも目を閉じたが、ブレイクニーの手でふれられた乳房が、ひどく張りつめて重く感じられた。情欲とはどういうものなのか、長らく興味をもっていたが、今ようやく理解しつつあった。

一年あまり前、アレックスは父が隠しもっていた本を見つけた。トリノのエロティック・パピルス（トリノのエジプト博物館所蔵、男女のさまざまな行為を描いた絵巻）を英訳したもので、男女のまじわりを十二種類の絵図でくわしく解説してあった。古代エジプトの女神ハトホルを信奉する男女が、さまざまな体勢でからみ合う。破廉恥な絵に衝撃を受けたアレックスは、ジェーンに質問してみた。

親友は、自分にも絵を見せるように言った。そして、描かれた姿勢のうちいくつかは、とても気持ちのよいものだと説明した。でも、話を聞いただけではわからなかった。指一本でふれられただけで、これほどの快楽が広がるだなんて……。

なぜ、あんな行為を許してしまったのだろう？　抵抗すべきところだったのに、実際は楽しんでしまった。乾いた唇をぺろりと舐めたひょうしに、子爵の唇がはげしく覆いかぶさるところを思い出してしまった。両手を胸にやると、つんと先端がとがっている。彼の手でもう一度、全身を愛撫してもらえたらどんなにいいだろう。あくなき欲求をかきたててもらえたら、どんなにいいだろう。

力強いこわばりを脚の付け根に押しつけられる感覚に、あれほど興奮するとは思いもよらなかった。パピルスの絵図が脳裏によみがえり、ああいう体勢をブレイクニー子爵と試したらどうなるだろう、とあらぬことを考える。良識が非難の声をあげたが、覆いかぶさる唇の熱さを思いおこすと、たちまちかき消された。

胸にふれていた片手を、そろそろと腹部へ、そして脚の付け根のほてりへと移動させる。もしあのとき、彼が愛撫をやめなかったら、わたしはどうなっていたかしら？　古代エジプトの女神官のように、ファラオに身をさし出した？　想像しただけで胸が高鳴った。彼がそばに来るたびに、エジプトの支配者を連想してしまう。女奴隷の手で香油を塗られたつややかな裸身が、女神ハトホルをたたえる官能的な儀式に臨む、なんともなやましい光景を……。

けれど、彼に惹かれる理由はほかにもあった。まるで生まれながらに重荷を背負っているような、謎めいた雰囲気。とらえどころのない感情の動きに、魅了されずにいられなかった。アレックスは暗闇でため息をついた。なぜ、ブレイクニー子爵のことばかり考えてしまうの？

調査旅行に集中しよう。父の遺志を継ぐことを最優先に考えよう。ピラメセス発掘という使命を、誰にもじゃまさせるものか。

またしても鬱々とため息をつきながら、アレックスは寝返りを打った。だめだわ。どうしても彼の姿を頭から追い出せない。しまいには枕をつかんで頭に押しつけ、無理やり眠ろうとした。

それでも、少しはうつらうつらできたらしい。船室の小窓からさしこむ日ざしに頰をぬくめられて、アレックスは目をさました。船室の隅に立ったジェーンが、笑顔で声をかける。

「どうやら、あなたが言ったとおりの楽しい冒険ができそうね」

片肘をついて起き上がったアレックスは、乱れた髪をかき上げた。「なんの話？　わたしが寝ているあいだに何かあったの？」

「なんにも。ゆうべブレイクニー子爵があなたを引っぱってきたときの話をしてるのよ」

頰がじわじわと熱くなるのを感じながら、アレックスはベッドを出て、椅子にかけてあった部屋着を手にとった。袖を通しながら首をふる。「子爵はわたしを守ると言った手前、しかたなく役目を果たしているだけよ」

「あら、いやそうには見えなかったけど？」

「ばかなことを言わないで」

ジェーンが部屋を横切り、ベッド脇に置いたトランクからドレスを取り出した。アレックスの用心深い視線に気づいて、眉をつり上げてみせる。「まだまだうぶね、アレックス。こと男性経験にかけては、わたしのほうが先輩だもの。ブレイクニー子爵を見ていればわかるわ。あなたに夢中だってことが」

アレックスは仰天して口を開けた。「ありえないわ」

「だったら説明してごらんなさい。あの人がなぜ昨晩、今にもあなたを自室へさらっていって押したおしそうな目であなたを見ていたか」

ジェーンの言葉に想像をかきたてられたアレックスは、頬をいっそうほてらせ、あわてて顔をそむけ、戸口へ向かった。「冗談はやめて。わたしが自業自得で窮地におちいったところを、たまたま通りかかって助けてくれただけよ。むしろ、怒っているはずだわ」

「どこへ行くの？」

「自分の船室よ。着替えなくちゃ」

「アレックス、そんな格好で外へ出ちゃだめよ」

ジェーンの制止をふり切って、アレックスは勢いよく扉を開けた。通路に出たとたん、自室の前に立つブレイクニーの長身が目に飛びこんできた。こちらに背を向けているので、肩幅の広さや、長い褐色の髪をきちんとまとめて濃紺のリボンで結んでいるのまではっきり見えた。近づきながら、大英博物館で初めて会ったときは髪を結ばず、肩に流していたのを思い出す。もう一度ほどいたところを見たい……そんな願望に気づいてはっとした。美しくも荒々しいたたずまいに、胸をときめかせていたらしい。

アレックスは眉をひそめた。子爵のことを考えすぎだわ。早く頭を切り換えなくちゃ。

あと二歩というところまで近づいたとき、部屋からトランクを運び出す船員が目に入った。アレックスに気づいた船員が目をまるくする。ブレイクニーがすばやくふり向くなり、その場に凍りついた。

「そのトランクを船倉へ運んでくれ、ジェンセン」相手を見ようともせず言いはなつなり、アレックスにつかつかと歩みより、肩を押して通路を戻らせる。怒りをあらわにした顔。ジェーンの部屋の戸口まで来ると、自分の体を盾にして、船内を行き来する乗組員の視線からアレックスを守った。

「気でもふれたのか？　そんな格好でうろうろしたら、あいつらを誘っているも同然だとわからないのか？」

「着替えをしに自分の部屋に戻るところだったのよ。誘うつもりなんてなかったわ。肌はちゃんと隠してあるし」

「まるで恋人と一夜を明かしたような顔をして、色っぽい体の線がわかる薄物だけをまとって部屋の外に出たら、男が見すごすわけがないだろう」

アレックスは目を上げ、するどく光る目を覗きこんだ。怒っていいのか喜んでいいのかわからず、ひとまず怒ろうと決めた。「ゆうべだって、別に誘ったつもりはないのに、あなたが弱みにつけこんできたんじゃないの」

彼の長身がふいに、古代エジプトの石像と化した。双眸の冷たさには、氷でさえかなわないだろう。

「昨夜は野蛮人のようなまねをしてすまなかった、ミス・タルボット。二度とあんなことはないから安心してくれ。さあ、早くミセス・ビーコンの部屋に戻るんだ。でないと船長に言って、航路を引き返させる」

きびしい言葉にしゅんとなったアレックスは、急いでジェーンの部屋に戻った。扉を閉めて寄りかかり、まぶたを閉じる。すぐそばで押しころした笑い声が聞こえたので、はっと目を開くと、親友が目くばせしてきた。

「なんなの？」

「男性があんなふうに女性を表現するときはね、まちがいなく相手にべた惚れなのよ」

「盗み聞きしてたのね！」アレックスは黒髪の未亡人をにらみつけた。

「聞くなっていうほうが無理よ。扉ごしに話し声がはっきり聞こえたんだもの。もっとも、ゆうべふたりのあいだに何があったのか、知りたくてたまらないのは事実だけど」

菫色の瞳が興味しんしんで覗きこんでくる。アレックスはしかめ面を返した。「いいから、わたしの着替えを持ってきてちょうだい」

ジェーンが笑い、やさしくアレックスを扉の前から押しやった。「わかったわ。だけど、いずれすっかり聞かせてもらうわよ」

親友が出ていくとすぐ、アレックスは手近な椅子にへたりこんだ。なんて不可解な男性だろう。激怒しながらも、こちらを見つめる瞳には別の感情がうかがえた。ジェーンの言うとおりなの？　こと男性に関して、親友の洞察力はずばぬけている。思わず下唇を噛んだ。ジェーンが正しかったとしても、彼への気持ちを認めるわけにはいかない。ブレイクニーはわたしをうとましく思っている……そう片づけておいたほうが簡単だ。深入りすると、ろくなことはない。

ブレイクニーだろうと、ほかの誰だろうと、調査のじゃまはさせない。これはわたしの仕事だ。父とジェフリー叔父は同志だった。いっぱしの考古学者として認め、研究を後押ししてくれた。めったにないことだ。ある意味で、彼らふたりの態度がアレックスにとって、ほかの男性を計るものさしになっていた。どんな男性も、いまだ父とジェフリー叔父の水準に達してはいない。古代エジプトの王を思わせる男性もふくめて。

頭上の星空が、ゆるゆると薄桃色の夜明けに侵食されていく。船首から前方を眺めると、海岸沿いにともされた明かりがかすかに見えた。カイロだ。アルタイルはいっきに安堵に包まれた。この五日間、どれほど苦しい旅だったことか。アレックスはほとんど近づいてこなかったが、どこにいようと彼女の気配は感じられた。たとえ視力を失っても、蜂蜜の香りとかろやかな足音で、すぐにわかるだろう。

どれほど感情を押しころしても、アレックスへの情熱は高まる一方だった。夜ごと、豊満な肉体が目の前にちらつき、眠りにつけばあられもない姿が夢に出てきた。だが、夢に悩まされるのもあと少しだ。もうすぐ初めての恋人に会える。彼女がアレックス・タルボットの面影を忘れさせてくれるだろう。超然とした美で包みこみ、望んでやまなかった安らぎを与えてくれる……アルタイルにとって、サハラ砂漠とはそういう存在だった。

《モロッコの風》号の帆が風をはらんではためいた。アルタイルは深々と息を吸いこんだ。砂漠の熱気が鼻をくすぐり、帰郷の実感をかきたてる。両手で手すりをつかんで見すえる前方に、ほのかな曙光がさして空をいろどり、カイロの街を見下ろすピラミッドを浮き上がらせた。

四千年以上前から変わらぬ雄大なたたずまいで、砂上にそびえるピラミッド群。桃色と黄色の入りまじった朝日を受けてかがやく頂上。刻一刻と、巨大建造物に光のあたる面積は広くなってゆき、ついには人工物が大自然のくちづけを受けるかのように、堂々たる全容が日のもとにあらわになった。何度見ても息が止まりそうになる眺めだ。古代都市に日が昇るのをまのあたりにするたびに、ほかの場所ではけっしておぼえることのない畏敬の念がこみ上げてくる。

そのとき本能が告げた。アレックスが近くにいる、と。首をめぐらせると果たして、少し離れたところで手すりにもたれている彼女が見えた。朝日をさんさんと浴びるピラミッドを眺めながら、表情豊かな顔を興奮と期待にかがやかせている。自分もいくたび、この巨大建造物に歓喜を誘われたことだろう。表情の移り変わりをアルタイルはじっと見まもり、その裏の感情を推しはかろうとした。

きょうのアレックスは、体の線にぴったり沿う青のタフタを着ていた。例によって、リボンやレースといった飾りがほとんど見あたらない。高い襟ぐりで喉もとが隠れているが、かわりに胸の大きさが強調されていた。

船橋から、バルフォア船長が呼びかける。「旦那さま、約束どおり極上のブランデーをひと箱いただきますよ」

声におどろいたアレックスがはっとふり返ったので、アルタイルと目が合った。歓喜のなごりをとどめた顔。一夜をともにしたあとも、こんな顔を見せるのだろうか……いらぬ想像を押しこめ、アルタイルは船長に向きなおった。

「そうなりそうだな、バルフォア。あとどれくらいで埠頭に着く？」

「三十分といったところですかね」

腹がぐうっと鳴ったので、アルタイルは食堂へ足を向けた。忙しい一日に向けて、しっかり食べておかなくては。船室に入るとき、背後にアレックスの足音がした。

「子爵さま、ちょっとお話をよろしいですか？」

ふり向くと、さわやかな柑橘の香りがふわりと流れてきた。「何かお困りかな、ミス・タルボット？」

「わたし……できれば……」ためらって唇を噛むしぐさ。

言いよどむようすをどこかで楽しむ、意地悪い自分がいた。アルタイルは腕組みをして相手を見下ろした。「すまないね、ミス・タルボット。お腹がぺこぺこなんだ。よかったら朝食をとりながら話を聞かせてもらえないか？」

金茶色の頭をこくりとうなずかせ、横をすりぬけたアレックスが席につく。続いて腰を下ろしたアルタイルは、亜麻布《リネン》のナプキンを勢いよくふって広げてから膝にかけた。大きな音に彼女が飛び上がるのを見ると、ほくそ笑まずにいられなかった。給仕が湯気のたつお粥《ポリッジ》を運んできたので、テーブルの真ん中に置かれた蜂蜜の壺に手を伸ばす。黄金色の液体をたっぷりそそいでから自分のスプーンを手にし、椀から目を上げないままかき混ぜた。

「で、話というのは何だろう？」

アレックスが躊躇《ちゅうちょ》するあいだに、あつあつのお粥をひと匙すくって口に入れる。こっそりうかがうと、相手は所在なさげに銀器にふれていた。

「自分が頑固で、無鉄砲で、後先考えずに突っ走ってしまいがちなのはよくわかっています。でも、ひとつだけゆずれない点があって……ピラメセスを、どうしても見つけたいんです。父の夢を代わりに果たしてあげたい。そのためには、あなたのお力が必要だわ」

「力を貸すと約束したはずだよ、ミス・タルボット。なぜ、今さら念を押すのかな」

「今回の調査にはとても大きな意義があるのに、すべり出しでしくじってしまった気がして。この気まずい雰囲気を、どうにかしたいんです」

アルタイルはお粥にむせて咳きこんだ。あわててコップに手を伸ばし、水をがぶりと飲む。

ちょっと待て、距離を置くのにどれほど苦労したと思っているんだ？　まさか、ぼくにきらわれたと思ったのか？

「ぼくらが敵同士だと言いたいのかな？」

アレックスがそわそわとテーブル掛けをいじった。「敵とはちょっとちがうけれど。牽制《けんせい》しあっているというのかしら。その関係を改めたいんです」

頭の中で警鐘が鳴るのを聞きながら、アルタイルは相手をしげしげと見た。なんのつもりだ？　最初の夜以来、人を疫病のように避けておいて……こちらとしても好都合ではあったが、今さらなぜ友好を申し出る？　ことアレックスに関して、友好はありえない。自分が望むのはもっと濃密な関わりあいだ。うっかり友好を深めたりしたら、欲求を抑えきれずたいへんなことになる。そう、今の状況に必要なのはこちらに対する敬意だ。友情や、まして自分が思いえがくたぐいの欲求はそぐわない。

「それで、ぼくらの関係の、どういう点を改めたい？」

「おもしろがっていらっしゃるのね」アレックスがむっとした顔になった。「わたしは気持ちよく作業をしたいだけ。あなたの協力なしには、父との夢をかなえられないんですもの」

声にひそむ不安のひびき。アルタイルは反省の念にかられた。椅子の背にもたれて真顔になる。「作業の進めかたに何か条件を設けたい、そういうことかな」

「ええ」アレックスが身をのり出し、まっすぐこちらを見た。「あなたとわたしは、仕事仲間としてつき合いましょう。なんなら男あつかいしてくださってもかまわないわ。部下のみなさんと同じように」

アルタイルは笑いをごまかすために盛大に咳きこみ、相手がさし出した水のグラスを、手をふって辞退した。男あつかいしろだって？ そんなこと、できるわけがない。

実際問題として、女性ふたりだけでカイロや砂漠を旅させるわけにはいかない。自分が世話しなかったら、アレックスは街に出て質の悪い案内人を拾うはめになる。少なくとも、自分といれば安全だ。ここまで考えてアルタイルは顔をしかめた。自分といても彼女は安全だ、と思いたいが、果たして自分は彼女といて安全だろうか？ 不穏な想像をふたたび抑えこみ、アルタイルは咳払いした。

「そんなふうに考えろと言われても無理があるな。部下と同じ男あつかい？ そんなことをしなくても、条件をいくつか設ければ、専門家として節度ある人間関係を保てると思うが」

「どんな条件？」榛色の瞳が用心深く光った。

「まず最初に、砂漠ではぼくの言うことが絶対だと思ってほしい。苛酷な場所だ。ぼくの指示を守らなければ、命の保証はないよ」

「そうでしょうね。もっとも、案内はシーク・マジールがしてくださると思うけれど」

「ああ、だがきみはマジール族の言葉がわからないだろう？」

アレックスがふうっと息を吐く。「わかったわ。ほかには？」

「探索と発掘は、きちんと時間を決めて行なう。砂漠の気候に慣れない人間が、炎天下で作業すると命を落としかねない」

「了解よ」

「最後に、どんな些細なことでも、気になったらぼくにすぐ報告してくれ」

「どういう意味かしら？」

「砂漠ではさまざまな小競り合いがあって危険なんだ。ようすのおかしな物体や人間は、こちらで把握しておきたい」

「いいわ。あなたの条件はすべてのみます。じゃあ、今度はわたしの番よ」アレックスがぐいと頭をもたげた。「わたしの知識に敬意を払って、たとえ途方もなく聞こえても、行きたいと言う場所に連れていっていただきたいの」

「わかった」

「男性の同僚に対するのと同じ敬意と礼儀をもって、わたしに接してください」

「当然だ」アルタイルはうなずきながら、相手の瞳が金色にきらめいているのに気づいた。

「それから、ピラメセスの都が見つかっても大英博物館には知らせないこと。メリック卿の一派に、あれこれ口を出されたくないの」

この言葉にはおどろいた。予想していたのとはまったくちがう要求だ。黙って長いこと相手を見つめてから、アルタイルはスプーンを取り上げた。

「わたしの言ったことが、聞こえてらっしゃらないの？」

「聞こえたさ」目を上げずにお粥をすくって口に運ぶ。

「だったら、ほかの条件と合わせて賛同していただけたのね？」

自分の意向がはっきり伝わるように、アルタイルはナプキンをとって口をぬぐった。視界の隅で、相手が憤然と顔をゆがめる。アルタイルは椅子に深くかけなおして給仕を呼び、ほぼからになった椀を下げさせた。そして召使いが出ていくのを待って目くばせした。

「いや、賛同はしかねるな、アレックス」

彼女がうろたえて目をまるくする。いら立ちと不安に榛色が黒ずむのがわかった。「そう。お気持ちが変わる見こみはないかしら？」

「あいにくだが、仕事を放棄しろという頼みを、聞き入れるわけにはいかないよ」

「わかりました」小さな吐息とともにアレックスが立ち上がり、食堂を出ていった。あまりにも静かな反応に、アルタイルは意表をつかれた。いつもの負けん気はどこへ行ったんだ？ちょうど卵料理が運ばれてきたので、とまどいつつも食事に戻る。

船が入港したら、ピラミッドの周辺を案内してやろう。きっと喜ぶにちがいない。もしかすると、さっき甲板で見せたような歓喜の表情を浮かべるかもしれない。朝食をとるあいだ、あの笑みがずっと頭を離れなかった。

トーストの最後のひと口を飲みこんだとき、船の腹が舫《もや》い杭《ぐい》をこする独特な音が聞こえた。故郷に着いたのだ。

6

甲板に出たとたん、香料がつんと鼻をついた。バルフォア船長がきびきびと指示を飛ばし、乗組員が忙しく立ち働いている。アルタイルは大きく深呼吸した。なつかしい香りが、全身をくつろがせてくれる。

船べりへ歩いていって港を見わたす。メドジュエル率いる血族の、あざやかな濃紺の民族衣装を見えたので、思わず顔がほころんだ。片手を挙げて挨拶すると、熱い歓呼の声が返ってきた。五十人あまりの男たちが、馬上で、あるいは地面に立ってライフルを空に向け、船の接岸を今や遅しと待ちながら歓迎の言葉を叫んでいる。めいめいの顔に描かれた模様は、古代から伝わる部族のしるしだ。

歩み板が設置されるとアルタイルは真っ先に渡り、待っていたメドジュエルのもとへ行った。満面の笑みで出迎えた従兄と熱い抱擁を交わす。あらたな歓声が、港の空気をふるわせた。

「神の祝福あれ！　やっと帰ってきたな」頭ひとつほど背の低い従兄が、母語で挨拶する。マジールの言葉を聞いただけで、アルタイルは胸がいっぱいになった。この小気味よいひびきにどれほど飢えていただろう。返事をするときも、なんの苦もなくすらすらと母語が出てきた。

「そんなに恋しかったか？」

「恋しかった？　おまえが？」メドジュエルが笑いながらかぶりをふった。「そうだな、ラクダや馬の駆けくらべをするときくらいはな」

「ぼくが帰ってきた以上、優勝はあきらめてもらうぞ」アルタイルはにやりとしてから、もっとも気がかりだった質問をした。「母は？」

「ガミーラなら健勝だ。おまえの帰りを心待ちにしている」メドジュエルがもう一度、親愛の情をこめて抱きしめた。「正直なところ、顔を見て安心したよ。ここを出ていくたびに、二度と会えないような気がしてしまう」

故郷に戻った解放感から、アルタイルがはればれと笑った直後、背後からレモンと蜂蜜の香りがした。アレックスだ。

「シーク・マジール、わたしがアレックス・タルボットです。父のタルボット教授と文通なさっておいででしたね」

ほう、と言いたげな目でメドジュエルが彼女を見たとき、いわれなき占有欲がアルタイルの背すじを走った。従兄が返事をしかけた刹那、相手の肩をつかんで母語で話しかける。

「用心してくれ。まだ思惑がわからないんだ」

メドジュエルは無言のまま片目をつぶってうなずいた。アルタイルがふり返ると、アレックスの決然とした顔が目に飛びこんできた。従兄の横に立って、話の続きを待つ。当惑のおももちを見ると、言葉をかけて安心させてやりたくなったが、なんとかこらえた。アレックスがわずかにあごを上げ、メドジュエルをまっすぐ見つめる。

「父が、カンティールまでの案内をお願いしたことと思います。今はわたしが父の後を継いで、調査を行なっているんです」

アルタイルは腕組みをして、感嘆のまなざしを向けた。「アラビア語がうまいね、アレックス。だが、シークに伝わると思うのかな？」

「シークがアラビア語を話せないのなら、あなたから伝えてくださいな。案内役はもう必要なくなったと」

頭をふりやる不敵なしぐさが、アルタイルの胸をざわつかせた。出会ってまだ日が浅いが、相手が何やらもくろんでいるのはあきらかだ。アルタイルは問いただした。「まさか、あきらめて国に帰るつもりか？」

「いいえ、とんでもない。ただ、案内はほかの誰かに頼もうと思っただけよ。アラビア語を話せる人に。つまり、あなたのお力添えももう必要なくなるわ」

周囲からぬきん出るアルタイルの長身。整った顔だちに浮かんだ動揺がすぐに消え、かわりにじわじわと怒りが満ちていくさまを、アレックスはじっと見まもった。横に立ったシーク・マジールはあっけにとられている。その表情を見たとき、先刻からの疑いが事実だとわかった。シークはこちらの言うことを、逐一理解している。

アレックスはブレイクニーにくってかかった。「シークはアラビア語を話せないと、さっき言ったわね」

「いや。ぼくはただ、きみのアラビア語がシークに伝わると思うのか、と訊ねたまでだよ」

はぐらかされて、アレックスはかっとなった。わたしの反応を完全に見すかしているんだわ。「どう見ても伝わっているでしょう。おまえは頭がおかしい、という顔をなさっているもの」

「おかしいさ！　カンティールまでのまともな案内役を、簡単に見つけられると思うのか？　女子《おんなこ》どもを砂漠に連れこめると聞いて飛びつくごろつきが、この街にはうじゃうじゃしているんだぞ。きみの白い喉をかっ切って、奪った金を手に平然とカイロへ戻ってくるような連中だ」

子爵の目つきに嘘はなく、アレックスは不安に背すじがぞくぞくしてきた。それでも、子爵を砂漠まで同行させるのはいやだった。こちらの条件をはねつけた相手を、信用するわけにはいかない。大英博物館側の人間に、調査の過程を見せるのはごめんだ。

困りはててあたりを見まわすと、一連のやりとりを興味深げに見まもるシークと目が合った。男性をたらしこんで言うことを聞かせる力がほしい、と願ったのは生まれて初めてだが、それはかなわないので、真っ向から頼みこむことにした。

「シーク・マジール、お願いです。カンティールに連れていってください。父に約束してくださったんでしょう？　どうか父の望みをかなえてくださいませんか」

アラビア語で頼んだ内容を吟味するかのように、シークが短く刈りこんだあごひげをしごいた。しばらく考えてから、マジールの言語でブレイクニーと話しはじめる。ふたりで熱心に何やら論じあったのちに、シークがこちらを向いた。

「父上の願いを尊重しようと思う。ただし、アルタイルも同行することを条件とさせてほしい。わが部族とも、わたし自身とも親しい男だ。アルタイルぬきでは、同意するわけにいかない」

「アルタイル?」アレックスはいぶかしんだ。誰のことだろう? シークの通訳? 案内人? シーク・マジールが流暢なアラビア語を話したことに引っかからないほど、アレックスは当惑していた。

「ぼくが、アルタイルだ」ブレイクニー子爵の静かな声に、アレックスは眉をひそめた。なんてやっかいな人。シークが同行させたがっているアルタイルが自分だと、言いはるつもりだろうか? 片手をひたいにやり、こめかみをさすりながらも、当惑は増すばかりだった。

「よくわからないわ」

「砂漠には浅からぬ縁があると言っただろう。シークの居所を何度も訪れるうちに、アラビア語の名前をもらった。それが、アルタイルだ」

マジール族に授けられたという、大空を舞う鷹を意味する名前。堂々たる巨鳥の姿が頭に浮かんだ。彼そのものだ。傲慢で自信たっぷりで……。エジプトの支配者と同じくらい、彼に重なるものがある。今の窮状も忘れて空想にふけっていたことに気づいて、アレックスはあわてた。

ブレイクニー子爵がアルタイルで、シークはアルタイルの同行なしには案内を引き受けられないという。でも、彼とこれ以上行動をともにするのは不安だった。この人は危険すぎる。今だって、流されるままにシークの要求を受け入れそうになっているじゃないの。葛藤していると、アルタイルが身をかがめて話しかけた。

「じっくり考えたほうがいいぞ、アナ・アニデ・エミーラ。そのきれいな喉が、下卑た野盗のたぐいに切り裂かれるところは見たくないからね」

血なまぐさい最期をほのめかされると、胃袋がひっくり返りそうになった。気が遠くなるような思いで彼を見ると、油断ならない目つきがこちらをうかがっている。すべて計算ずくなんだわ。わたしをなぶって楽しむなんて、ひどい人。なぜわたしを〝ぼくの頑固なお姫さま〟なんて呼ぶの？　しかも、わたしはそれを喜んでいる。

アレックスは無言できびすを返し、歩み板を渡って船に戻った。落ちつくのよ。カンティールまで行くために、別の方法を考えなくては。

甲板に踏み出したとき、力強い手で腕をつかまれたので、アレックスはふり向いてアルタイルを見上げた。頭の中にすでにベドウィンの名前が定着してしまったことに腹を立てながら、ぴしゃりと言ってのける。

「手を放して」

「シークの申し出をはねつけるつもりだろう。ちがうかな？」

「何かまずいかしら？　別の部族のシークを見つけてカンティールへ連れていってもらうわ。そうすれば危ない目には遭わないでしょう」

「ばかな！　ここがどういう土地か、知りもしないくせに。なぜそこまで頑固に、ぼくの案内と通訳をはねつけるんだ？」

　つかまれた腕をふりほどいて、アレックスは相手をきっと見た。「なぜだとお思いになる？　わたしがピラメセスを見つけた瞬間に、あなたは大英博物館に知らせを出すからよ。あれよあれよといううちに、メリック卿に派遣された頭でっかちの男性研究者が群れをなしてやってきて、わたしを発掘現場から締め出すんだわ」

「それでか？　それが理由で、シークの申し出をことわるつもりなのか？」

「理由としては十分だと思うけれど」

「ダム・ガーンナム」飢えた獅子のように獰猛な顔つきでアルタイルが毒づいたので、アレックスは眉をしかめた。ベドウィンの言葉に置きかえてまで、英国式の古めかしい〝こんちくしょう《ブラッディ・ヘル》〟という悪態をつく意味はあるのかしら？　胸の前で腕を組み、黙って相手をにらみつける。

　ふいに彼が背を向け、大股で憤然と甲板を行きつ戻りつしはじめた。しばしののちに、アレックスの真ん前で足を止める。「もし博物館に知らせないと約束したら、シーク・エル・マジールの申し出を受けるか？」

　怒りのあまり、日に焼けた精悍な顔に深いしわが刻まれている。なぜそこまでの犠牲を払うの？　まさに犠牲としか言いようがない。いったん約束したうえで博物館に連絡をとったら、紳士の品位をおとしめることになるからだ。

「約束してくださるのね？」子爵がぶっきらぼうにうなずくのを見とどけて、アレックスは手をさし出した。「いいでしょう。あなたとシークが出した条件どおりにするわ」

アルタイルに力いっぱい手を握られて、あやうく骨が折れるかと思った。「これから先は、ぼくの忠告をちゃんと聞いてくれ、アナ・アニデ・エミーラ。さもないと、きみがふるえあがるような方法で復讐するからな」

まただ。また〝ぼくの頑固なお姫さま〟と呼ばれた。自分のものだと言いたげな口ぶりに、胸が躍るのをどうしようもなかった。頼もしさと心地よさをはらんだ声。いかにも放蕩者然としたまなざしに遭うと、胸がどきんとした。

このまなざしを前に見たのは、船室の片隅でふれられた夜だ。警戒心にかられ、強く握られた手を引っこめる。すばやくあとずさりしながらも、胸の高鳴りは止まらず、体が燃え上がりそうだった。アルタイルの目がするどくなる。心の奥底まで見すかされそうで、呼吸が苦しくなった。

声なく毒づいたあとで、アルタイルがきびすを返して船を降りていく。アレックスが船べりに移動すると、彼がシークと熱っぽく議論しはじめたのがわかった。

ベドウィンの長を〝シーク・マジール〟ではなく〝シーク・エル・マジール〟と呼んだのは、どういうことだろう？　父との書簡に記された署名は、マジール族の長を表わすそれではなかった。眉根を寄せて考えこんだすえに、アレックスは肩をすくめた。この件はあとで訊いてみなくては。アルタイルとシークとの議論は熱くなる一方で、取り囲むマジールの男たちの笑いを誘っていた。アルタイルもシークも、周囲のひやかしなど耳に入らないようすで、とうとうと主張を続けている。

「おはよう」

ジェーンの陽気な声に、アレックスはすばやくふり返り、目で叱った。「今まで何をしてたの？」

「あら、あまり眠れなかったみたいね。わたしのほうはぐっすり眠れたわ。男の人たちの大声で、さっき起きたところよ」

「マジールの人たちの声ね。みんな、アルタイルを大好きらしいわ」

「アルタイル？」

アレックスは顔をしかめた。今度は声に出して、ブレイクニー子爵をベドウィン名で呼んでしまった。親友には目を向けず、歩み板の上で丁々発止のやりとりを続けるふたりを頭で指ししめす。「ブレイクニー子爵は、わたしたちが思うよりずっと、シークやその民と親しかったみたいよ。アルタイルと呼ばれているんですって」

「ああ、それでわかったわ」

「何がわかったの？」アレックスは船の手すりを握って身がまえた。

「英国紳士なのに、ベドウィンみたいに奔放な立ち居ふるまいをするのはなぜだろうって、ずっと思ってたのよ」小声で答えながら、ジェーンが隣に立った。「ベッドでも、同じくらい情熱的かしら」

アレックスは天を仰ぎ、あきれ顔でジェーンを見た。「男の人なら、ベッドだの情熱だのと騒ぐのもわかるけど、あなたはレディでしょう」

「男でなくたって、男女のむつみ合いが心躍るすてきな体験だってことは知ってるわ。何も恥ずかしがる必要はないのよ。熱くたたえられるべき行為だわ」ジェーンの口もとに先輩ぶった笑みが浮かんだが、同時に憂いが菫色の瞳を翳らせた。

アレックスが返事をしないので、ジェーンは歩み板の上で口角泡を飛ばす男たちのほうに頭をふって訊ねた。「あれがベドウィンの、シーク・マジール？」

「ええ。アルタイルはシーク・エル・マジールと呼んでいたけれど」

「どうちがうのか、よくわからないわ」ジェーンが眉根を寄せる。

「シーク・マジールというのは肩書きだけなの。シーク・エル・マジールに仕える一族の男性にはみな与えられるわ。エルがつくと、すべての部族を統べる長という意味になるの」

「たった一語でそれだけの差がつくなんて、おもしろいわね。わたしも自分のことをジェーン・エル・ビーコンって呼ぼうかしら。ニューヨークじゅうのビーコンを統べるジェーンよ」

軽口にアレックスも頬をゆるめた。「あなたは確かに一族の長だけど、お義母《かあ》さまがその称号を許してくれるかどうかは、わからないわね」

ジェーンがつらそうな表情になった。「グラディスのことを思い出させるなんて、意地悪ね。あの人に言わせると、わたしはマイケルを裏切った妻になるのよ。本当は逆なのに」

「そんなの、おかしいわ。どうしてそんなふうに思われるの？」

「マイケルがひとり息子だったから。それだけで、悪いことなんてするはずがないと思いこんでるのよ。愛人の腕の中で死んでもね」ジェーンがふたたび、議論する男たちを見やった。「で、あの人たちは何を喧嘩してるの？」

「見当もつかないわ」

「なんにせよ、大事な話なのはまちがいないわね」ジェーンが手すりにもたれて身をのり出した。「あなた、アラビア語を話せるんでしょう？」

「ええ。だけどあのふたりが使ってるのはベドウィンの言語なの。知っている単語をいくつか聞きとることしかできないわ」

「あれだけ遠慮なしに口論できるんだから、よっぽど仲のいい友だちなのね」

アレックスはうなずきながらも、ふたりから目を離さなかった。肌の色こそやや白いアルタイルだが、シークの一族に囲まれていても違和感はほとんどない。髪をほどいて部族のしるしを顔につけ、濃紺の民族衣装をつけたら、マジール族と見分けがつかなくなりそうだ。さぞ颯爽として見えるだろう……。そこまで考えて、ぎゅっとこぶしを握る。わたしはあの人のことを考えすぎだ。まして、こんなときに。

「もうじき下船できる？　熱いお風呂に入りたくてたまらないのよ」ジェーンが訊ねた。

アルタイルから意識をそらせることに感謝しつつ、アレックスは男たちの議論から視線を離した。「いつでも好きなときに降りられるわよ。バルフォア船長が、ホテルまで荷物を運んでくれるわ」

「なぜ、トランクをあんなにたくさん持ってきたの？」

「父の資料や本がぜんぶ必要だったから。ひとつでもアメリカに残してきたら、父を置き去りにしてきたような気分になったでしょう。父の研究成果を持ってくれば、本人を連れてきたと思えるわ。荷物運び用に、ラクダを追加で何頭か借りましょう」

「トランクの話をしているのなら、あれは置いていってもらう」背後から声がしたので、アレックスは飛び上がった。急いでふり向くと、アルタイルの褐色の目が、どこか不満げにこちらを見ていた。

「父の資料と本は絶対に必要なのよ。あれがなければ、ピラメセスを見つけることはできないわ」

「いちばん重要な資料だけをぬき出すよう頼む。持ちはこぶトランクは三個まで。衣類をふくめて、だ」

「頼む？」アレックスはかちんときた。「今回の調査旅行にお金を出したのはわたしよ」

「そうだ。だが、現場ではぼくの言いつけどおりにすると約束しただろう？　忘れたのか？」

アレックスは両手をぐっと組み合わせてこらえ、無言で首をふった。やがて、同意のしるしにひとつうなずく。次の瞬間、みにくい嫉妬の感情がこみあげたのは、アルタイルがジェーンに愛想よくほほえみかけたからだ。

「おはよう、ミセス・ビーコン。よく眠れたかな？」

「ええ、ぐっすりと。あとどれくらいで、陸に上がれますかしら？　お風呂が恋しくてたまらないの」ジェーンったら、調子よく男性に媚びたりして……。そんなことを考える自分にうんざりしつつ、アレックスは船室で荷物をまとめようと歩きだした。

「バルフォア船長と最後の相談を詰めたら、ホテルまでお送りしましょう」アルタイルの言葉がアレックスをはたと足止めした。冷静を保とうと努めながら、ゆっくりふり返る。

「子爵……」

「ブレイクニー子爵は、ここには存在しない」彼が静かにさえぎった。「ここでのぼくはアルタイルだ。ほかの名で呼ばれても答えないから、そのつもりで」

アレックスはうなずいた。「お好きになさって。わたしはただ、ホテルまで送っていただく必要はないと申しあげたかったの。自分たちだけでうまくやれますから」

「いや、必要だよ。これから降りたつのは、母国とは慣習からしてまったくちがう異国の地だ。きみたちの身を守るよう、シーク・エル・マジールからも言いつかっている。ふたりの安全は、ぼくにゆだねられているんだ」

ひとしきり相手をにらみつけたあと、アレックスは大きく息を吐いた。それ以上何も言わずに船室へ行く。まったく、なんて人。あのふるまいは父の同僚を思い出す。親切で思いやりがあって、きみのためを思っているんだ、と口癖のように言う人々。本当は、よくしつけられた犬と同じように、アレックスに尻尾をふらせたいだけなのだ。だけど、わたしは意気地のない英国令嬢とはちがう。いずれ、アルタイルにも思い知らせてやろう。

水を差すように、心の隅で小さな疑問の声がひびいた。アルタイルと父の同僚を比べるのはおかしい、と。アルタイルは最初から、女の身でピラメセスの調査研究にたずさわるアレックスを対等にあつかった。一方、父の学者仲間はひとりとしてアレックスの能力を認めようとしなかった。何かといえば知識にけちをつけ、古代エジプト研究の分野で活躍するのは無理だと言いたがった。にもかかわらず、アルタイルもまたアレックスを思いのままに動かそうとしている。そこが気に入らないのだ。

船室の扉を勢いよく開けたアレックスは、ばたんという音に満足感をおぼえた。覚え書きをすべて紙ばさみにまとめ、出ていこうと戸口に向きなおったところで立ちすくむ。部屋の隅でシャーッという音がしたからだ。ぶきみな気配に体が凍りつき、恐怖で気が遠くなりかける。見まちがいようがない球根型の頭。コブラだ。床の上で、今にも飛びかかりそうにとぐろを巻いている。叫ぶのよ。叫ばなくちゃ。だが、心の奥底で押しとどめる声があった。亡父が集めた資料の中に、こういうときの対処法が載っていなかったか、必死で記憶を探る。

通路からジェーンの声がしたので、とっさに戸口のほうへ体が向きかけた。ごく小さな動きだったが、毒蛇は見のがさず、鎌首をもたげて威嚇した。親友が敷居をまたぎかけたので、いっきに動揺が駆けめぐる。ジェーンを部屋に入れてはいけない。

「来ないで」押しころした声で言う。

「どうして声をひそめてるの？」ジェーンが当惑顔になったが、部屋に入ってはこなかった。

アレックスが視線を船室の片隅に戻すと、毒蛇が鎌首をゆらゆらと揺らしていた。

「コブラがいるの」

「まあ、たいへん」聞こえるか聞こえないかのささやき声。

扉の手前に大きなトランクが二個置いてあるので、ジェーンの位置からは蛇が見えないはず。もっと大事なのは、蛇からもジェーンが見えないということだ。息苦しいほどの不安にもかかわらず、アレックスはトランクをすべて除去させなかったことにほっとしていた。緊張がつのって今にも笑いだしそうだ。アルタイルの言うとおりかもしれない。そう、わたしは頑固だ。でも、そのおかげでジェーンの身を守れるかもしれない。

問題は、どうやって自分の身を守るかだ。視界の隅で、ジェーンがそろそろと後退していくのが見えた。親友の姿が消えると、ふたたび頭の中に悲鳴がひびきわたった。待って！ 行かないで！ こんなところで、ひとりで死ぬのはいや！

板張りの通路を遠ざかっていくジェーンの靴音が聞こえた。振動に反応して、猛蛇がゆるやかに、不吉な舞いを踊る。身動きすまいと必死で、アレックスは息もつけなかった。まだエジプトの土に足を踏み出してもいないのに！ コブラがまた鎌首を揺らした。シャーッという威嚇音が、張りつめた室内にひびきわたる。走って逃げたい衝動が生じたが、おそらく微動だにしないからこそ、まだ生きていられるのだろう。お父さまはなんと言っていたかしら？ 蛇には聴覚がない。空気の流れや振動、ものの動きにのみ反応する。そうだわ。

戸口からかけられた静かな声が、暗黒にのみこまれかけた意識を引きもどしてくれた。

「アレックス、ぼくだ」

目を向けると、アルタイルの力強い体軀が戸口に立っていた。深刻なおももちを見たとたん、アレックスは駆けよりたくなった。安全な腕の中に飛びこみたい。おそらく顔つきにも出ていたのだろう。彼が手を挙げて押しとどめ、その場を動かないようにと命じる。

「だいじょうぶだ、アレックス」おだやかでやさしい声が、ささくれだった神経をいくぶんなだめてくれた。「じっとしていてくれ。動かないかぎり、襲ってはこないから。さあ、呼吸を今より遅くして」

恐慌のあまり叫びたくなる。今にも理性の糸がぷつんと切れそうだ。不安を抑えつけてじっとしているには、あらんかぎりの力を要した。ふたたび毒蛇のほうに視線が向きかける。

「ちがう。ぼくを見て。ぼくだけを見るんだ」きびしい声に引きよせられるようにして、アレックスは彼と視線をからみ合わせた。「それでいい……さあ、もう一度、呼吸を遅くしてくれ。それで体のバランスを保てる。よし。ゆっくり、ゆったりと。いいぞ」

おだやかな口調のおかげで落ちつきが戻り、彼の顔を見つめる余裕ができた。懸念で白く引きむすばれた口もと。あらゆる手を講じて守ろうとしてくれている、とアレックスは直感した。自分がカンティールでピラメセスの遺跡を見つけるのと同じく、それはゆるぎない事実に思えた。

そのとき、舷窓からさしこまれたライフルが火を噴き、室内をびりびりと振動させた。弾丸を受けて蛇が壁に釘づけになり、ずるずると床に落ちた。

あたたかい手を腕に感じたアレックスは、思わず大声をあげ、四肢をばたつかせた。狼狽のままにぴしゃりと手をはらいのける。強靱な腕から逃れようともがきながら、体のふるえが止まらなかった。ぎゅっと抱きしめられてようやくたがが外れたのか、胸を引き裂くような嗚咽が漏れて出た。

全身のふるえが止まらず、歯がガチガチと音をたてる。アルタイルがマジールの言語で指示を飛ばすのが聞こえた。不安が薄れるのに長い時間を要したが、そのあいだずっと、アルタイルは抱擁を解かず、耳もとでなぐさめの言葉をささやきつづけた。最後の嗚咽がおさまったとき、ひんやりした長い指があごにかかり、上を向かせた。

「よくがんばったね、アレックス。そんじょそこらの男より、よほど勇敢だった」

不安がぶり返してきて、アレックスはぶるっと身をふるわせた。「勇敢だなんて、とても思えないわ」

「そうかもしれない。だが、自分だけでなくジェーンの命も救ったじゃないか。もし警告しなかったら、きみの親友はあっけなく命を落としていただろう」

またあふれてきた涙を、アレックスは手の甲でぬぐった。もしジェーンが死んだら、わたしのせいだ。親友をこの旅に連れ出したのだから。きっとすてきな冒険ができるとうけあって……。今後も次々と危険に出くわしたら、どうしよう？

あらたな不安に襲われるのをよそに、アルタイルがゆっくりと抱擁を解いた。誰かがわたしの命をねらっているんだわ。まちがいない。コブラが船室で見つかるなんて……おぞましい光景が脳裏によみがえった。よほど神経がぴりぴりしていたのだろう、シーク・マジールが船室に入ってきたときには、思わず飛び上がってしまった。

「ご気分はいかがかな、シャギ・エミーラ」アラビア語で声をかけ、気づかわしげにこちらを見る。アルタイルと同じ、あたたかな目の色だ。

「わたしはお姫さまじゃありませんわ。もちろん、勇敢でもないし。毒蛇をしとめてくださったかたには、いくらお礼を申しあげてもたりないくらい」

シークが指先で自分の胸、唇、そしてひたいにふれてから、てのひらをこちらに向けて一礼した。「お役に立てて光栄です、エミーラ」

感謝で胸がいっぱいになったところに、アルタイルがやってきた。アレックスはシークの手をとって頭を下げた。「どうすれば恩返しができるかしら。わたしにできることがあれば、なんでもおっしゃって」

黒い瞳をきらりとさせて、シークがこちらを見た。探るような謎めいたまなざし。その目がアルタイルのほうを向いた。マジールの言語で何やら話しながら、シークが顔をほころばせる。話の全容はわからないが、〝意義〟と〝お姫さま〟という言葉は聞きとれた。肩ごしにアルタイルのようすをうかがうと、けわしい表情になっていた。シークが何を言ったにせよ、気に入らない内容だったのは確かなようだった。

7

朝日のぬくもりの中に歩み出たアレックスは、まぶしさに目を細めた。待っていたジェーンが急ぎ足で歩みより、ぎゅっと抱きしめる。

「ああ、よかった」

身を離したあとも、ジェーンの手は腕をとらえたままだ。いかにも心配そうな顔を見て、アレックスは申しわけなくなった。いっしょに来てほしいなどと頼んだせいで、あやうく親友を死なせるところだった。もしそんなことが起きたら、けっして自分を許せなかっただろう。

「ジェーン、ごめんなさいね」

「なんのこと？」親友の表情が、懸念からとまどいへと変わった。

「あなたを生命の危険にさらしてしまったから。同行を無理強いするべきじゃなかったわ」

船室の入口にジェーンを見つけたときの戦慄、危険を知らせたときのひきつった顔が、まざまざとよみがえる。

「ばか言わないで。無理強いなんてされてないわよ」ジェーンがアレックスの肩をつかんで軽く揺さぶってから、もう一度抱きしめた。「それに、危険に遭ったのはわたしじゃなくて、あなたでしょ。シークが一発でしとめてくださって、本当によかったわ」

親友が戸口から走り去ったときの恐怖を思い出して、アレックスは身ぶるいした。ジェーンに見捨てられたと、本気で思ったのだ。なぜあんなことを考えたのだろう？　ジェーンは友の窮地を見すごすような人ではないのに。そう、悪いのはすべてわたしだ。

「アルタイルの言うとおりかもしれないわね。わたしはここに来るべき人間ではなかったのかも」今にも涙があふれそうだ。ひどく気持ちが落ちこんでいた。

「どうしたの？　これくらいで弱気になるなんて、あなたらしくないわよ」

「そういうんじゃないわ。自分以外の人間が傷つくことに、耐えられないだけ」

「ねえ、よく聞きなさい、アレックス・タルボット。これはお父さまひとりの夢じゃないんでしょう？　あなたの夢でもあるのよ。出だしでつまずいたくらいで、ぜんぶあきらめてしまうの？」

「あきらめたわけじゃないわ。ただ、今回の調査旅行は無謀だったんじゃないかと思えてきて」

ジェーンが眉をつり上げた。「それを〝あきらめる〟っていうのよ。あなたがそんなことを言うなんてね」

アレックスは目を閉じてかぶりをふった。ジェーンにはわからないのだ。何者かが、カンティールへの道を阻もうとしている。最初は博物館での落下事故。次はロンドンでの尾行。今度はこれだ。

海上に停泊した船に、蛇が自然に這いこむなどありえない。イングランドにコブラは生息しない。つまり、自分が甲板に出た隙をついて、誰かが船室に毒蛇を放ったのだ。

アレックスはため息を押しころした。今にもへなへなとくずおれそうな気持ちで、船べりに進み出る。手すりにもたれると、波止場のにぎわいがよく見えた。青い装束をまとったベドウィンの一団が波止場にひしめきあい、《モロッコの風》号から荷物を降ろしていく。なんだか別の世界のできごとのようだった。

これからどうしよう？ 調査をやめて帰国する？ 父ならどんな行動をとっただろう？ アレックスは昔から強かった。怖いものなどなかった。まあ、少しはある……血が苦手なのは、いわばアキレスのかかとだった。

並んで立ったジェーンが、まねをして手すりにもたれる。「ねえ、あそこにピラミッドが見えるでしょう？ 四千年前に築かれた偉大な文化だわ。ピラメセスも同じよ。でも、まだ誰も見つけていない。これは、戦いとる価値のある夢だと思えないかしら？」

静かな情熱をたたえた親友の言葉には、はっとさせられた。ジェーンにも心に秘めた夢があるのだろうか？ 一見あけすけに思えて、意外な面がいくつもある女性だ。彼女の言うことは正しい。ピラメセスは、戦いとる価値のある目標だ。そして、エジプトに残らねば夢はかなわない。

「ええ……戦いとる価値のある夢だわ」にっこりしたとき、背後で物音がしたので、アレックスはあわててふり向いた。アルタイルの長身を見出して、安堵に力がぬける。

「びっくりさせるつもりはなかったんだ」すまなそうな声に心がなごんだ。

「いいのよ。神経過敏になっていただけ。じきにおさまるわ」

うなずきながらも、アルタイルの目は謎めいた影を残していた。「準備ができたのなら、きみたちふたりをホテルへ送っていこう。荷ほどきと荷造りの手配はすべて整えておいた。安全のためにね」

「ありがとうございます。別に何も見つからないとは思うけれど」

「そうだな。だが、用心するにこしたことはない」慎重な表情を見て、アレックスは感じた。彼もまた、毒蛇が誰かの手で持ちこまれたと考えているのだ。

歩み板の前で腕をさし出されたときは緊張したが、アルタイルが目で励ましてくれたので、懸命に笑みを浮かべた。めざとく気づいたジェーンが腰に手を回してくれ、ふたりは船を降りた。

そんな不安も、幌付き四輪馬車《ランドー》でホテルめざして走りだしたとたんに消し飛んだ。アルタイルの説明によると、今夜泊まるホテルにはあらゆるヨーロッパ式の設備が整っているのだという。アレックスは風通しのよい馬車を喜んだ。周囲の景色がよく見えるからだ。

街のどこからでも見えるギザのピラミッド群。甲板で、朝日が少しずつその全貌をあきらかにするのを見たときから、アレックスは心奪われていた。世界のどの国よりも早く隆盛を誇った文明のゆるぎない象徴。そこで使われていた独自の言語。切り出した石を一個一個、対称に積み上げた巨大建造物。空にそびえるその姿を前にすると、ちっぽけな自分を実感せずにいられない。

なぜか、初めてという気がしなかった。おかしな話だ。エジプトを訪れたことは一度もないのに、長年離れていた故郷にようやく戻ってきたように感じる。すべてが物珍しくて、それでいてなつかしかった。

波止場のすえた臭いが遠ざかるとすぐ、さわやかな芳香があたりを支配した。馬車で細い通りを走りぬけながら、アレックスは異国の香料を心ゆくまで楽しんだ。甘く刺激的な香菜《コリアンダー》が鼻腔をくすぐったかと思えば、芳醇な番紅花《サフラン》が押しよせる。甘い茴香《フエンネル》の香りが鼻をかすめたときは、反射的にアルタイルの顔を見てしまった。

彼の香りも茴香だ。エジプトや砂漠と縁があるから、こんな珍しい香油を体につけているのかしら？　甘草《リコリス》に似た芳香を吸いこみながら、これが肌の上で針葉樹の香りとまざりあったときの男っぽい魅力を、まざまざと思い出す。

この香りがもたらす快楽を、意識から締め出そうとしたが、無理だった。通りの左右に建ちならぶ店、軒先にびっしりと並べられた品物、客を呼びこむ商人の声。歌うようなアラビア語は、さながら耳に効く香水だ。

全身をすっぽりとなめらかな絹で覆い、手と足、目だけを出した女たちが通りすぎる。まぶたにコールを塗って陰影をつけているのが印象的だ。アルタイルもこういう化粧の女性が好きだろうか。

あらぬ想像が浮かんだ。色鮮やかな絹をまとい、コールで目を黒くふちどり、ヴェールで顔を隠して彼の前に立ったらどうなるかしら？　考えただけで胸がどきどきした。ちらりとようすをうかがうと、相手もこちらを見ていた。みるみる顔が熱くなり、アレックスは目をそむけた。心の内を読まれていなければいいけれど……。

隣に座ったジェーンがピラミッドを指さした。馬車はちょうど、無花果《いちじく》と椰子の木がつらなる大通りに出たところだった。

「すばらしい眺めだと思わない？　あれだけのものを人の手で造って、それが四千年も残っているなんて、信じられないわね」

向かい側に座ったアルタイルがほほえんだ。「あした、時間を見つけてピラミッド見物に行こうか。カンティールに旅立つ前のいい気晴らしになるだろう」

「まあ、楽しみですわ、ししゃ……」ジェーンが言葉を切って、きまり悪げに笑った。「ごめんなさい、アルタイルとお呼びしたほうがいいのよね？」

「そう。マジールの人々はぼくにとって兄弟同然だからね。彼らの仲間入りをできるこの名前が、とても気に入っているんだ」

「あなたをアルタイルとお呼びするかわりに、わたしのことはジェーンとお呼びになってね」ジェーンがにっこりする。「ねえ、シークとはどこで知り合われたの？」

「父がメドジュエルの祖父と知り合いだったんだ」

「メドジュエル？」ジェーンが首をかしげる。

「シーク・エル・マジールのことさ。親しい相手はみな、メドジュエルと呼ぶ」

聞くともなしに聞いていたアレックスは身を固くした。アルタイルがシーク・エル・マジールという呼び名を使うのが、どうしてもひっかかる。父ならそんなまちがいは絶対にしなかっただろう。彼を買いかぶりすぎていたのかも。内心で肩をすくめる。どちらでもいいわ。重要なのは、砂漠への案内人が見つかったことだ。ちょうど馬車が豪奢なホテルの前で止まったので、物思いも終わりを告げた。

「あら、まあ！　すてきだと思わない、アレックス？」ジェーンの歓声にうながされるようにして、アレックスははなやかな建物をうっとりと見上げた。

ホテルの正面には入りくんだ模様を彫り込んだアーケードがあり、ガラスの円蓋が屋根の役目を果たしていた。色とりどりに咲きほこる花が、純白の壁にはなやぎを添える。円形の車回しの中心には椰子の巨木がそびえ立ち、建物をとりまく歩道には茉莉花《ジャスミン》を盛った籠《かご》がつり下げられている。正面入口の左右には、銀梅花の低木が植わっていた。ちょうど花盛りを迎えたところで、薄紫色の花をびっしりつけた枝が重たそうに揺れている。やわらかな香りに心癒やされて、アレックスはほっと息をついた。

「ホテルは気に入ったかな？」アルタイルが静かに訊ねた。

「とてもきれいだわ」ぎこちなく答えながら、アレックスは息がはずんでいることを意識した。

ボーイが急ぎ足でやってきて馬車の扉を開け、ジェーンを助けおろす。続いてアルタイルが身軽に飛びおり、アレックスに手をさしのべた。彼のぬくもりに体中が熱くなり、ほほえみかけられると胸がふるえた。

アレックスの肘をとったアルタイルにうながされ、明るく風通しのよい館内に足を踏み入れる。広々としたロビーの一角では小さな噴水がすずやかな水音をたて、中央の鳥かごでは小鳥がのどかにさえずっている。ガラス張りの天井からは、椰子の枝ごしにやわらかな日ざしがさしこんでいた。ホテルの支配人とおぼしき痩せぎすの小男が急ぎ足で現われ、浅黒い顔にあたたかな笑みをたたえて一行を出迎えた。

「ようこそおいでなさいました。シーク・マジールのお客さまを《ビロール・サラーヤ》にお迎えできて光栄でございます」

アルタイルがどこか緊張したおももちで、すばやく進み出た。「シークからの指示だ、ハキーム。ミス・タルボットとミセス・ビーコンに特等客室を用意してくれ。荷物はおって届く」

「ええ、喜んで、閣下。お部屋の準備はもう……」

「助かるよ、ハキーム。いつもどおり完璧に準備してくれたものと思う。さっそく、シークの賓客《ひんきゃく》のために浴室の支度をしてくれないか」

「かしこまりました、閣下。すぐにいたします。《ビロール・サラーヤ》はいつでも、あなたさまと……」

「話はそれだけだ、ハキーム。部屋の鍵をぜんぶ渡してくれ。ぼくが自分で、ご婦人がたを案内するから」

小男が困惑に眉を曇らせる。アレックスがアルタイルの顔をうかがうと、歯を食いしばって支配人をにらみつけていた。支配人はなぜアルタイルを王族のようにあつかうのだろう？　長いこと無言で見つめあったすえに、支配人がこびへつらうように頭を下げた。「かしこまりました、閣下」

足早に去っていく後ろ姿までもが、あきらかに萎縮している。アレックスは首をかしげた。なんだかふくみのある会話だった。アルタイルの真の目的はなんだろう？　ただでさえ、彼は大英博物館の人間だ。あっさり信用するわけにはいかない。

「《ビロール・サラーヤ》ってすてきなひびきね。どういう意味なの？」ぎこちない沈黙を、ジェーンの問いかけが破った。

「〝水晶宮〟」アレックスとアルタイルは同時に答えた。ジェーンを見ると、愉快そうな目くばせが返ってきた。

ああ、もう！　アルタイルと取引なんてしなければよかった。なんて神経にさわる男。あいまいな言動のせいで、何か隠しているのではと勘ぐらずにいられない。でも、何を？　アレックスは唇を噛み、傲慢な横顔をじっと見た。

凝視に気づいたのか、アルタイルがこちらを見て眉をつり上げた。アレックスはあわてて目をそらした。視線ひとつでこんなに体がおののくなんて。

ハキームが戻ってきて、アルタイルにうやうやしく一礼し、目を伏せたまま鍵の束を手わたした。合鍵を受け取りながら、アルタイルの顔に緊張といらだちがよぎった。支配人がロビーを去るのを待って、妙なふるまいに言及しかけたとき、外から男性がひとり入ってきた。

つばの広い帽子をむしりとり、脚に叩きつけて埃をはらう。ひきしまった筋肉質の体つきで、アルタイルと同じくらい背が高く、肌は黄金色に日焼けしている。ガラス天井から入る日ざしのもとで、茶色の髪はほぼブロンドに見えた。室内を見まわすうち、その目がアルタイルに留まる。満面に笑みをたたえながら、男性が近づいてきた。

「アルタイル！　おまえが戻ったと聞いたから、飛んできたよ」

アルタイルがいっきに顔をほころばせる。これだけうれしそうな顔をさせる力が、わたしにあればいいのに……束の間浮かんだそんな思いを、アレックスは当惑しながら押しやった。彼の笑みをぞんぶんに浴びたりしたら、どうなることか。父と進めてきた夢さえ投げ出してしまいかねない。

「レイトン、会えてうれしいよ」熱っぽく手を握り、空いた片手で肩を抱きながら、アルタイルが見知らぬ男性に挨拶した。

「ぼくもだ。どれくらいになる？　一年半か？」

「そんなものだ」アルタイルがアレックスとジェーンのほうを向く。「レイトン、こちらはミス・タルボットとミセス・ジェーン・ビーコン。ご婦人がた、こちらはタンブリッジ伯爵レイトン・マーロウだ」

「はじめまして」伯爵が一礼し、形式より少しだけ長くジェーンの顔を見てから、アルタイルに向きなおった。「しかし、カイロなんかで何をしている？　毎年この時期には砂漠にいるものとばかり思っていたよ」

アレックスの隣で、ジェーンが身をこわばらせた。その顔がけわしくなったので、アレックスはおどろいた。親友が男性からないがしろにされるのは、本当に珍しい。ジェーンもあきらかに、そういうあつかいに慣れていないようだった。

ジェーンの腕に軽くふれたが、友は何を思うのか、きっと口を結んで首をふっただけだった。だだっ子のようなふるまいはジェーンらしくない。だが、伯爵の端整な顔だちを見れば、無視されて焦れる気持ちもわかるような気がした。口もとがゆるむのをこらえて、アレックスは男たちふたりの会話に耳をかたむけた。

「じきにマジールの天幕へ行くんだろう？　ガミーラが待ちわびているだろうに」

なぜとはなしに、全身の筋肉がびりびりと張りつめた。ガミーラとは誰かしら？　この土地に恋人がいるの？　考えただけで心臓が重くなってみぞおちのあたりまでずしんと落ちそうだった。

「今回、シークの天幕を訪ねるかどうかはわからないんだ。今回はシーク・エル・マジールの手伝いで、カンティールまで入ることになっている」

「あんなところで何を探すつもりだ？　へんぴな村じゃないか。何も出てこないよ」

伯爵がとまどいを見せる。アルタイルの肩に力が入っているのも気になった。彼がちらりとこちらをふり向いたとき、精悍な顔に何かふくみを感じて、アレックスはびくっとした。

「そうだな。だが、ミス・タルボットの意見はちがうんだ」

「ふーん、そんなものかな。おまえが文通していた、アメリカ人の大学教授を思い出すよ。

あそこにピラメセスがあると主張していただろう？」

胃袋がひっくり返りそうになった。亡父にちがいない。なぜアルタイルは、父と文通していたことを話してくれなかったのだろう？　それほどの情報を伏せておく理由は？　またしても、彼の真意を疑う気持ちが、むくむくと頭をもたげた。

「実を言うと、教授と文通していたのはシークでね。ぼくは手紙を訳しただけなんだ」無造作に肩をすくめながらも、アルタイルが緊張しているのはあきらかだった。

「いや、だが……」

「そのシークだが、この一両日はカイロにいるよ。別邸へ訪ねていったら喜ぶと思う」

伯爵の顔から困惑が消え、感情が読みとれなくなった。ぴくりと眉を動かしてからうなずく。「ルクソールへ発つ前に、顔を出しておくよ。きっとおもしろい話を聞かせてもらえるだろうから。会えてよかった、アルタイル。ご婦人がたも、ごきげんよう」

アルタイルと握手を交わし、こちらに会釈してから、伯爵が立ち去った。ジェーンが行儀悪くふんと鼻を鳴らし、遠ざかる背中をじっと見つめた。アレックスもふだんなら、親友の不機嫌をいぶかしんだだろう。だが今は、アルタイルに隠し事をされたことのほうが一大事だ。じっとにらみつけているので、アルタイルのほうが眉をひそめた。

「では、きみたちが泊まる部屋に行こうか。じきにシークの部下が船から荷物を運んでくる。入浴の支度もすぐにととのうだろう。ぼくはピラミッド見物の手配があるから、きみたちを部屋に送りとどけたらすぐに失礼するよ」

「夕食はごいっしょできるかしら、アルタイル？」まだけんの残る声でジェーンが訊ねた。

「よろしければ、伯爵にも声をかけてくださいな。ルクソールのお話、ぜひ伺いたいわ」

興味をそそられた顔で、アルタイルがジェーンにうなずいた。「少し手間どるかもしれないが、レイトンを説得することは可能だと思うよ。少し気の荒いところはあるが、興が乗ればとても感じのいい男だ」

「それはよかったわ」ジェーンが言いすててホテルの廊下を歩み去ったあと、アレックスはアルタイルに向きなおった。

「少し気が荒かろうと、少なくとも伯爵は裏表がなさそうにお見受けしたわ。だけど、あなたは秘密だらけね、子爵さま」

アルタイルが口を引きむすぶ。「ブレイクニー子爵はここには存在しないと言ったはずだよ。そもそも、秘密とはなんのことだ、アレックス？」

名前を呼ばれると、胸がどきんとした。動揺をこらえて追及を続ける。「父との文通のこと、なぜ教えてくださらなかったの？」

「訊かれなかったからさ」

逃げを打たれて、アレックスはかっとなった。「訊くはずがないでしょう？　あなたは父を知っていた。それにシークとも知り合いだと、どうして最初に言ってくれなかったの？　手紙を訳していたんでしょう？」

「大事なこととは思わなかったからね」

「とても大事なことよ！」

「それで何か変わるわけでもないだろう」

アレックスはアルタイルを見つめた。さまざまな考えが駆けめぐる。やがてこぶしを固めて、ふたたび口を開いた。「変わりますとも。あなたへの信頼が」

苦々しい表情をものともせず、背を向けて立ち去る。後方で小さな悪態が聞こえ、こつこつという靴音が近づいてきた。アレックスに追いついたアルタイルが肘をとらえる。できるだけ品よく手をふりはらおうとしたが、握る力が強まっただけだった。

アルタイルの歩調は速く、ほどなくふたりはジェーンに追いついた。陰気な笑みとともに、アルタイルが階段を指ししめす。二階まで上った三人は、二間が続きになった特等客室へと向かった。

ひとつめの戸口まで来たとき、アルタイルが、片手を挙げて制した。「ここで待っていてくれ。安全を確かめてくる」

そっと扉を開け、室内にすべりこむ。ほどなく廊下に戻ってきた彼が口を開いた。「広いし安全な客室ですよ、ミセス・ビーコン」

先ほどの不機嫌がおさまったのか、ジェーンが笑顔でうなずいた。「感謝しますわ。夕食のときに、また」

アレックスの手を軽く握ってから、自室に入って扉を閉める。アルタイルがさっさと隣の扉へ向かい、鍵をさしこんで開けた。戸口に姿が消えると、アレックスも続いて入った。室内をあらためるうしろ姿を無言で見まもる。彼が隣の浴室に姿を消したあと、あらためて周囲を見わたす余裕ができた。広々とした部屋の真ん中に、白い蚊帳《かや》つきの大きなベッド。壁ぎわにこぢんまりとした鏡台がある。

開け放った窓からのそよ風を受けて、薄手のカーテンが大きくふくらんだ。景色を見ようと窓に近づいたとき、背後で扉が閉まる重い音がした。ぎょっとしてふり向いてみると、アルタイルが浴室から出てきたところだった。たぶん風で自然に閉まったんだわ、と自分を納得させ、アレックスは安堵の息をついた。

ふたりの目が合った。アルタイルの暗い表情は、どこか戦慄を誘うものだった。たくましい胸の前で腕を組み、黙ってこちらを見つめるアルタイル。空気が張りつめ、アレックスの肌はいつものようにちくちくとうずいた。

「きょうはこのままホテルから出ないように」静かに命じられると、反抗心がめばえた。

「遠路はるばるやってきて、ホテルにこもりきりなんてごめんだわ」

「言われたとおりにするんだ」

「いやと言ったら？　カンティールへ連れていかないつもり？」

アルタイルが荒々しく腕組みをほどいて歩みよった。のしかかるようにして立ち、大きな手でアレックスの腕をつかんで揺さぶる。

「いやとは言わせない」歯を食いしばって言う。「だが、ぼくの言いつけを聞かないとどうなるか、教えようか」

いきなり抱きすくめられたアレックスは小さくあえいだ。彼のぬくもりが伝わってくる。非難すべきところなのに、できなかった。それどころか、もう一度唇をふさがれたくてたまらなかった。

たくましい手がうなじに回される。親指が肌をなぞり、耳たぶをかすめる。軽い感触が、むしろ官能を高めるのがわかった。こんなことのために、砂漠旅行を計画したわけじゃないのに。精悍で男らしい、けれど謎だらけの男性と急接近し、エジプトの女神ハトホルの神殿に捧げられる生贄の羊よろしく、わが身をさし出すつもりなんて、まったくなかったのに……。目をそらせずに見つめあい、息をはずませるうちに、アルタイルが頭をかがめた。次の瞬間、唇を奪われたアレックスは、小さなうめきを漏らした。

拒むべきだと理性ではわかっていても、彼の腕の中でとろけてしまいたい情熱に打ち勝てない。硬い唇が反応をうながしたので、アレックスは体を押しつけて呼びかけに応えた。舌がすべりこむと、ヘイゼルナッツとコーヒーの入りまじった、彼独特のほろ苦い味わいが伝わってきて、感覚をしびれさせた。めまぐるしい動悸に翻弄されながらも、アレックスは負けずに熱っぽく舌をからめた。

低いうめき声が、燃えさかる暖炉のごとくアレックスの体を熱くした。長い指で、ドレスの布ごしに胸のいただきをなでられると、体を押しつけずにいられなかった。歓喜に全身がふるえだす。なんてすてきなの。ふたりのあいだに何も存在しなければいいのに。硬い筋肉質の体を、指先で感じたい。みずからの肌で感じたい。

やみくもな欲求にかられて、アルタイルの上着に手をかける。彼はあらがわずに袖から腕を引きぬき、シャツのボタンを手早く外した。あらわになった赤銅色の筋肉に見とれたあと、アレックスは指先で、彫刻を思わせる輪郭をたどった。

思いえがいたとおり、みごとな体だ。たくましい体軀が太陽をさんさんと浴びて金色にかがやく。古代のファラオでさえ、これほど圧倒的な美はもちあわせなかっただろう。親指で乳首をかすめると、彼がするどく息をのんだ。快楽を与えられたのがうれしくて、手でふれるだけではものたりなくなった。ゆっくりと身をかがめ、硬い筋肉に唇をつける。彼が身をふるわせた。肌の熱さを楽しみながら、アレックスは舌を出してちょろりと舐めた。かすかな甘草の味わい。ぴりっとした香辛料の味わいもある。針葉樹と茴香がまざりあった異国の香料が、彼自身の男っぽい香りを絶妙にひきたてていた。

てのひらの下で、筋肉がぴくりとした。快楽にわれを忘れたアレックスは、肩に乗っていた彼の手が背中に下りて、ドレスのボタンを外しはじめても抵抗しなかった。なすがままにされながら、口と指先でたくましい肉体を探りつづけた。

ほどなくコルセットの紐がすべてほどかれ、きゅうくつな矯正下着はとり去られた。戻れない地点に近づいているのがわかって、思わず身ぶるいしたとき、両手で胸を包みこまれ、やけどしそうに熱い感触がすべてを忘れさせた。胸のいただきをなぶられ、息が止まりそうになる。片方のいただきを口でとらえられると、全身がびくんとふるえた。熱い舌先が、こわばった先端をじらすようにくるりとなぞる。鮮烈な歓喜に、頭が真っ白になった。

体の奥で欲求が脈打ちはじめる。解放を求めて、筋肉がひきつりそうだった。熱に浮かされたような荒々しい愛撫を止めさせなくてはいけないと、わかってはいる。でも、抵抗できなかった。したくてもできなかった。

欲求はすべてを凌駕する勢いで体を駆けめぐり、下腹部に甘美な苦悩をもたらした。自分の足が動いているのはわかったが、快楽でしびれた頭はまともにはたらかず、気づけば膝の裏側が、ベッドにあたっていた。

やわらかいマットレスにゆっくりと押したおされ、相手を見上げる。ベッドにのしかかるようにして立つアルタイルの茶色い目が、むき出しの肌を凝視していた。薄手のシャツは腰のあたりまではだけられ、筋肉質の胸板があらわになっている。みぞおちの下からへそのあたりにかけて、濃い色のうぶ毛がうず巻いていた。ズボンを押し上げるたかぶりが、ひときわ目を引いた。

ベッドの前に立ったアルタイルは、なめらかなクリーム色の肌に目を吸いよせられていた。日ざしのもとで見る彼女は、ひときわ肉感的だ。これほど豊かでみずみずしい乳房は見たことがなかった。ゆっくりと手を伸ばし、暗桃色のいただきをそっとなぞる。軽くふれただけで、アレックスのまぶたがひくつき、胸の先端がぴんとそそり立った。

親指でころがすと、新たなうめき声が漏れた。その声だけで分身がいきり立ち、早く満足させてほしいとうずいた。まったく、彼女にうかつに近づくとやけどする。だが、今は気にならなかった。

8

強烈な欲望が、アレックスの四肢を駆けめぐった。分身が痛いほどずきずきと脈打っている。アレックスの手がズボンごしになでているからだ。大胆な動きに、気が遠くなりそうだった。

親指でまた、胸のいただきをくるりとなぞる。また、甘い愉悦の声が漏れた。その声に後押しされて、アルタイルはてのひらで胸全体を受けとめた。乳白色のふくらみと、自分の浅黒い手とが対照的だ。暗桃色のいただきに、ぽつぽつと鳥肌がたっていた。硬くそそり立って、こちらの愛撫を待っていた。

アルタイルは顔をかがめて吸いついた。乳と蜂蜜の味わいが口の中に広がる一方で、髪からただよう柑橘の香りが鼻腔をくすぐる。こわばったいただきを舌でなぶるたびに、小さな身ぶるいが起きた。熱心な反応に、こちらの欲望も高まる。情熱にほてった肌は、夢に描いたままだ。

長いつややかな睫毛に覆われた榛色の瞳が、熱く燃えている。きっとアルタイルの瞳も同じだろう。彼女のすべてが見たかった。なめらかな肌の隅から隅まで、唇を押しあてたかった。足の付け根にうず巻くうぶ毛は、髪と同じ金茶色なのか、一段濃い色なのか？　もっと知りたいのは彼女の内部が熱く潤っているかどうかだった。硬直を受け入れ、包みこむ準備はできているか？　考えただけで、これ以上ないほど分身がいきり立った。彼女の中に入りたいという願いの前に、理性が根こそぎ吹っ飛んでしまった。両手を脇に添え、胸をかわるがわる、唇と舌で愛撫する。乳首をそっとくわえて引っぱる。かすれた歓喜の声があがった。甘い乳房をむさぼりながら、やわらかな内ももに硬直を押しつける。美しい唇をついて出たあえぎを、はげしいキスで封じこめる。からみつく舌の塩気は大洋を思いおこさせ、肌から立ちのぼる蜂蜜の香りが、くらくらと意識をかすませた。

ドレスの裾をたくし上げた手が、ひきしまったふくらはぎやむっちりした太ももにふれたときは、指先が火を噴くかと思った。やわらかくしなやかな肌。ああ、彼女がほしくてたまらない。

靴下留めを外すのは造作もなかった。呼吸が速くなる。これほど女性を求めたのは生まれて初めてだ。脚と脚をからめ、アレックスを情熱の高みへ、そしてさらなる高みへと押し上げたい。彼女の手ざわり、香り、味、すべてがアルタイルを圧倒して自制を失わせた。

なめらかな内ももの感触に小躍りしながら、脚の付け根の茂みへと指先を進める。まるい盛り上がりをかすめると、アレックスが身をよじって抵抗した。だが、そう、彼女の準備はととのっていた。内部の熱さ、麝香《じゃこう》の香りまで伝わってくる。気が遠くなりそうだ。情熱のなめらかな潤いにふれようと、アルタイルはやわらかな襞をかき分けた。

そのとき大きなノックの音がして、いっきに現実が戻ってきた。アレックスの顔が引きゆがみ、頬が真っ赤に染まる。おのれの暴走ぶりを猛省しながら、アルタイルはまっすぐに立ち、アレックスの手を引いて起こした。大急ぎで着衣を直す手伝いをする。彼女の手がふるえているので、そっと押しやり、ドレスのボタンを留めてやった。

「少し待つように言うんだ」ボタンを穴にくぐらせながら小声で命じる。言われたとおりにした彼女のかすれた声に、さらに欲望をかきたてられたのが恨めしかった。うなじにこぼれたおくれ毛、上気した頰。まるで熟れた果実だ。ドアの外の人間を追いはらえたら、どんなにいいか。

ほっそりした手がドレスの前面をなでつける。薄い生地ごしに、つんと立ったままの乳首がうかがえた。魅惑の眺めにうめきたくなるのをこらえながら、アルタイルはコルセットをベッドの下に蹴りこんだ。シャツのボタンを留める指がおぼつかない。なぜ、これほど自制を失ってしまうのだろう？　床から上着を拾いあげて袖を通し、戸口へ向かいながら、アレックスのようすを確かめる。彼女は窓辺に行き、女使用人がふたり、お湯と手布を持って入ってきたときもふり向かなかった。使用人が浴室へ消えたあとは、ふたたび寝室でふたりきりになった。

アレックスが途方に暮れた顔でこちらを向いたので、アルタイルはたじろいだ。一歩踏み出したが、相手がうろたえた顔でしりぞいたので、足を止めた。

無意識のうちに両手がこぶしを握り、体がこわばる。こんなに動揺して、ぼくが襲いかかるとでも思っているのか？　当然だ。実際、そのとおりになりかけたのだから。彼女の身を守るためとはいえ、キスで言うことを聞かせようとするなど軽率だった。

そう、キスだけのつもりだったのに、こんなに行きすぎてしまうとは。アレックス・タルボットは危険だ。近づくとつい、自制心を失ってしまう。

「ホテルから出ないでくれ」アルタイルは歯を食いしばって言った。「ぼくが何をしようと、外の危険に比べればたいしたことがないはずだから」

返事を待たずに、大股でつかつかと部屋を出ていく。嵐のような勢いで廊下を階段に向かって歩きながらも、自分への怒りはおさまらなかった。また、彼女の弱みにつけこんでしまった。キャロラインの言うとおりだった。ぼくは蛮族だ。紳士なら絶対に、こんな粗暴なふるまいにはおよばない。

未開人だから、こんなにやすやすと欲望に溺れてしまうのだ。ほとほと自分にいやけがさした。ロビーに出ると、ハキームが急ぎ足でやってきたので、いら立ちのため息とともに足を止める。

小男が一礼して言う。「先ほどご婦人がたのお荷物が到着しました。ですが、ミス・タルボットのトランクが、とてもお部屋に入りきりそうにありません」

「ミス・タルボットは狭い場所での作業に慣れているようだ、ハキーム。場所がないなら、あのがらくたを壁ぎわにずらりと並べてやればいいさ」

あっけにとられた顔の支配人を残してさっさと外に出る。まったく、しゃくにさわる女性だ。これ以上近づかないように気をつけよう。でないと、砂漠への案内をかって出たのがメドジュエルでなく自分だと知られたとき、もっとつらくなるから。彼女はさぞ怒るだろう。

嘘をつかれるのが大きらいのようだから。

いっそここで、自分の正体を明かしてしまおうか？　いや、だめだ。砂漠で彼女を守るためには、こちらを信頼してもらう必要がある。今へたに事実を話したら、なけなしの信用をすべて失うことになる。

〝素性をいつわるのは、彼女の信頼を保つためじゃないだろう？〟　頭の隅で小さな声があざ笑う。アルタイルはすばやく声を封じこめた。なんのために嘘と欺瞞の網を張りめぐらせているのか……そこは直視したくなかった。答えを知ったら、自分の根幹が揺らぎそうな気がしたからだ。

乾いた空気にただよう花の香りをぼんやりと意識しながら、波止場まで徒歩で戻る。大股で勢いよく歩き、憂鬱を吹き飛ばそうとしたが、無理だった。激した英国人のように猛然と追いかけてきて、アルタイルを罵倒した。

後悔がつのり、荒々しいため息が漏れる。祖国のない人間として生きることにすっかり慣れたつもりだったのに、アレックスのせいで、望んでも得られなかったものを目の前につけられてしまった。初対面の時点で素性を伝えていたら、信頼がどうのと悩む必要もなかっただろう。亡父と心通じていたという一点で、アレックスは安心したにちがいない。

前方に、濃紺の民族衣装が見えた。マジール族だけが身につける色だ。おどろいたことに、青い衣の男が足を止めた場所は、マジールと敵対するホガル族のねじろとして名高いはたご屋だった。男がきょろきょろとあたりを確かめてから店内に姿を消すのを見て、驚愕は怒りに変わった。

部族を裏切る不届き者はいったい誰だ？　遠くて顔が見えなかったので、アルタイルは急いで距離を詰め、はたご屋から通りをはさんで向かい側にある店に入った。しばらく待てば、奴は店から出てくるだろう。ホガル族の長、シーク・タリフに接触する裏切り者が誰なのか、どうあっても正体をつきとめる覚悟だった。

戸口から店内に踏みこみ、ずらりと陳列された美しい敷物を眺めながらも、数秒ごとに通り向かいのはたご屋を確かめる。店主が近づいてきたので、アルタイルは真っ先に目についた敷物を指さした。

「いくらだ？」

「閣下でしたら特別に、百ポンドでおゆずりしましょう」

老店主の返答は、こちらの身分を知っているしるしだ。アルタイルは眉をつり上げてかぶりをふった。「百ポンド？　確かにきれいな敷物だが、せいぜい二十ポンドといったところだろうに」

「この織りのみごとさをごらんくださいまし、閣下。エジプトならではの逸品ですよ。これほどの技術、他の国ではまずお目にかかれません。あなたさまのように高貴で豊かなおかたなら、七十は出していただけるかと」

アルタイルは首をふり、窓の外に広がる街路を眺めた。店主に視線を戻し、腕組みをする。

「口のうまい奴だな。三十ポンド出そう」

「なんと、閣下、むごいことを。五十ポンド以下で、これほどの逸品を手放せとおっしゃるのですか？」老人の澄んだ目が笑いをたたえる。アルタイルもつられて笑顔になった。

「四十ポンドだ。それ以上はびた一文払わない」

「ようございます！」店主が満足げに叫んだ。「シーク・エル・マジールのお屋敷にお届けいたしましょうか？」

アルタイルは相手をするどく見すえた。「ぼくを知っているんだな」

「ええ、閣下。シーク・エル・マジールはもったいなくも、この店を開くおりに援助してくださいました。ですから、閣下のこともよく存じあげております」

老人の笑顔を眺めながら、アルタイルは半年あまり前に、従兄から手紙で商売への投資について意見を訊かれたことを思い出していた。この店も、投資の対象だったにちがいない。

「名前は？」

「サヒル・マブールと申します、閣下」

「では、サヒル。シークの別荘に品物を届けようという申し出、ありがたく受けることにしよう」

首をめぐらせて、通り向こうの店の看板に目をこらす。するとサヒルが舌を鳴らした。

「いや、いや、いや、閣下。はたご屋に入っていった男でしたら、しばらく出てきませんよ」

「なぜ、わかる？」アルタイルは問いただした。

老人がゆったりとほほえみ、頭を下げた。「部族のお仲間が、あの店に入っていくところを見るのは、初めてではありませんから」

「あの男を知っているのか？」

「いいえ、まったく。ただ、動向はシーク・エル・マジールにお知らせしてあります。一族を裏切るのはよくないことだ」

向かいの店に視線を戻しながら、アルタイルはうなずいた。「男が出てくるまで、ここで待たせてもらおうかな」

「どうぞ、どうぞ。閣下のお役に立てて光栄ですとも。コーヒーをお持ちしましょうか？」

「頼む」

商人が店の奥に姿を消したあと、アルタイルはよりはたご屋を監視しやすい壁ぎわに移動した。ほどなくサヒルが小さなカップを手に戻ってきたので、感謝の笑みとともに受け取る。小豆蔻《カルダモン》の芳香がたちのぼった。濃厚で甘い味わいが、故郷に帰ってきたという実感を与えてくれた。

サヒルは店の仕事に戻り、アルタイルはひんやりした石壁にもたれてコーヒーを飲んだ。目ははたご屋から離さない。ホガルの拠点に入っていった部族の者はいったい誰で、目的はなんだ？　なぜ同胞を裏切る？　いや、それよりも、どんな裏切りをたくらんでいる？　メドジュエルはすでに調べをつけただろうか？　男の正体もつきとめただろうか？

疑問が次から次へと浮かんでくる。濃いコーヒーを口に運びながら、アルタイルは疑問をひとつひとつ吟味した。そうだ、アレックスの件も忘れてはいけない。二度までも殺されかけたのだから。博物館のバルコニーから石が落ちてきたのは偶然ではない。作業員によれば、誰かが故意に固定具を外したのだという。

ましてや毒蛇ときては……コブラほど危険な蛇が、《モロッコの風》号のような船に偶然もぐりこむなど、ありえない。港に停泊したあとで、歩み板を通って船に侵入した人間がいるのだ。どさくさにまぎれて行き来するのは、そう困難ではないだろう。行き来するだけでなく、アレックスの船室に蛇をしのばせるのも。

恐怖に顔をひきつらせ、こちらに駆けよりたいのを必死でこらえるアレックスの姿が思い出された。勇気というのは、男だけがもちあわせる美徳ではない。あのときのアレックスは、そこらの戦士よりもよほど勇敢だった。

彼女の死を望むのはいったい誰だ？　わけがわからなかった。アレックスと知りあって以来、わけのわからないことばかり起きる。わずか二週間あまりで、おのれの内に秘めた怒りや欲望、喜びをすべてあぶり出されてしまった。メドジュエルの言うとおりだ。彼女はファラオと並んでもひけをとらない。肩書きだけのシークなら言わずもがな。

自分はファラオではないし、肩書きだけのシークとはいえ、アレックス・タルボットのような女性に惹かれたとき、この血筋と生きかたを見すごしにはできない。キャロラインの場合は、たとえ裏切らなかったとしても、砂漠で暮らすなど無理な相談だったろう。だが、アレックスはちがう……心の声が熱っぽく主張した。彼女には体力と勇気がある。どちらも、苛酷なベドウィンの暮らしには欠かせない資質だ。

やめろ、やめろ。自分が何を考え、信じようが関係ない。アレックスの身を守る、それがもっかの最優先事項だ。

太陽が真上に来るころ、待っていた相手がホガルのたまり場から出てきた。アルタイルの立っている場所からでも、その顔ははっきり見えた。ふたたびきょろきょろと左右を確かめてから、マジールの男が波止場の方向へ去っていく。アルタイルはコーヒーを飲みおえ、サヒルを呼んだ。奥から出てきた店主に、からになったカップを渡す。

「もてなしに感謝するよ、サヒル。シーク・エル・マジールに、いい投資先を選んだと話しておこう」

「恐縮でございます、閣下」

ひとつうなずいて別れを告げ、通りに出る。じりじりと照りつける日ざしが、ヨーロッパ式衣服の暑苦しさを思いおこさせた。別邸に着いて、メドジュエルと話をしたらすぐ、民族衣装に着替えよう。きっとすっきりするはずだ。

暑さからは解放されても、それ以外はすっきりしないだろうが……もやもやした思いを抱えて、一族の別荘に向かう。踏み出す一歩一歩が、アルタイルの鬱憤を路面に刻んでいくようだった。メドジュエルはなぜ、身内の寝返りについて話してくれなかった？　いったい何が起きている？　部族内に裏切り者がいるという事実が、気になってたまらなかった。

怒りで早足になっていたので、別荘にはあっという間に着いた。中庭に足を踏み入れ、色あざやかな花が咲きほこる石畳の小道を進む。中央にしつらえた噴水の横を通るとき、小鳩のつがいが甘い声で鳴きかわすのが聞こえた。中庭はお気に入りの場所だった。月夜には幾度となくここに出て、ぼんやりと夜空をあおいだものだ。

だが、きょうは景色を楽しむ余裕などなかった。まっすぐ建物に入り、従兄がカイロ滞在中に使う書斎へ向かう。足音荒く入っていったので、メドジュエルがおもしろそうに口をゆがめた。

「うるわしのミス・タルボットがまた何か、おまえを怒らせるようなことをしたのか？」

「アレックスは関係ない。ついさっきまでサヒル・マブールの店にいたんだが、向かいにあるホガル族のたまり場に、マジールの男が入っていくのを見た。身内に裏切り者がいるぞ」

メドジュエルが複雑な顔になり、立ち上がって窓辺に行く。のどかな景色を眺めながらも、窓枠を握る手には、関節が白くなるほど力がこもっていた。

「知っている」

「知っているだと？　なぜ手を打たない？」

「ムハンマドと話をつける時機を見はからっているからさ。かねてから、われわれの水場がタリフの手下に盗まれたという報告は受けている。もしムハンマドが手引きしたのなら、ホガルにどんな情報を与えたのか知っておきたい。あまり早く動くと、シーク・タリフの思惑をつきとめられずに終わるかもしれないからな」

メドジュエルがゆっくりとこちらを向いた。悩みつつも、部族内での裏切りはしかたないとあきらめたような顔だ。アルタイルは首をふり、顔をしかめた。なぜ、手紙で知らせてくれなかった？　部族全体に関わる問題なのだから、従兄の代理人として、自分も知っておく必要がある。信用されていないのか？　メドジュエルへの敬愛と忠誠は、部族の誰にも負けないつもりだ。本人もそれを知っているはずなのに。

「対立を避けるとは、おまえらしくないな。去年の春にわれわれが見つけた水場三つの位置を、ムハンマドがタリフに教えたらどうする？　自分たちが使えないならマジールからも奪ってしまえと、毒を投じるかもしれないぞ。これ以上、水場を失うわけにはいかないんだ」

メドジュエルの表情が冷たくなった。「おれの指導力を疑うのか？」

「いや、まさか」アルタイルはとまどって従兄を見た。「ただ、代理人として助言したまでさ」

「わかった、助言は聞いたよ」メドジュエルが顔をしかめる。「ムハンマドには、数週間前から目を光らせている。時が熟したら、裏切り者とは決着をつけるとも」

「なあ、困ったことがあったらいつでも頼ってくれ。いいな？」

「もちろんだよ」

ふたたび窓のほうを向いたメドジュエルの背中を、アルタイルはじっと見た。不在が長すぎたようだ。マジールを統べる手助けをするのが自分の役目なのに、力になれなかった。メドジュエルが生死を賭けて戦っている一方で、自分はロンドンでのらりくらりしていた。

「すまなかった。もっと早く帰ってこられればよかったな」

「おまえがいても、事態は変えられなかっただろうよ」メドジュエルがふり返ってこちらを凝視したあと、笑顔になって歩みより、アルタイルの腕をつかんだ。「だが、帰ってきてくれてよかった。それがいちばん大事なんだ」

そのとき書斎の戸口から、アルタイルの名を呼ぶ陽気な大声がひびいた。ふり向くと、異父弟が駆けよってくるところだった。

「ハリール」若者を抱擁しながら、アルタイルも笑い声をあげた。抱擁を解いて一歩下がってから、肩においた手をずらし、あごひげをやさしく引っぱる。「おどろいたな。何カ月か留守にしているあいだに、とうとうひげが生えてきたか、わが弟にも」

「兄さんは、早く伸ばさないとね」ハリールがにやにやする。

アルタイルが異父弟の肩をぎゅっとつかんだとき、母が書斎に入ってきた。黒髪にいくぶん白いものがまざりだしたものの、今も美貌を誇るガミーラ・マジールは、骨の髄までベドウィンの姫だ。その名前さえも、美と優雅さを意味する。父がひと目惚れしたのは当然だ。

アルタイルが前に進み出て腕を広げると、母が飛びついてきた。

長い長い抱擁ののちに、アルタイルは母の眉にくちづけてほほえんだ。「お元気ですか？」

「ええ。帰ってきてくれて、本当にうれしいわ」ガミーラが顔をほころばせる。

「ジェマルは？」

「お義父《とう》さんはあいかわらずよ。ちょうど子羊が生まれてね。放っておけない性格だって、わかるでしょう？」

よくわかっていた。ジェマルが母と結婚したとき、アルタイルは十二になったばかりだった。義父を恨み、そのせいで居心地の悪い思いもさせただろう。だが、義父は辛抱強く、賢明だった。無理に親しくなろうとはせず、生まれたばかりの子羊をまかせたのだ。放牧について何も知らなかったアルタイルは、子羊が餌を食べないのを見てジェマルに助けを求めた。義父はまじめな顔でこちらを見て教えてくれた。新しい親を受け入れない子もいる。だが、愛情と思いやり、忍耐をもって接すれば、いずれうまくいくと。アルタイルは子羊の世話に戻り、やがて餌やりに成功した。このことがきっかけで、義父への違和感は薄れて消えた。根っから善良なジェマルと、親しくなることができた。

「晩はいっしょに食べるだろう、アルタイル？」ハリールの問いで、アルタイルは回想から引き戻され、顔をゆがめて詫びた。

「先約があってね。ミス・タルボットとミセス・ビーコンだ」

「でも、夜はここで寝るのよね？」ガミーラがかすかな懇願をにじませる。

アルタイルは母の手をとり、頬にくちづけた。「ええ、もちろん。とりあえず、あさってまではね」

「そんなにすぐ？」ハリールが抗議する。

「悪いな。ミス・タルボットが、なるべく早くカンティールに出発したがっているのでね。ピラメセスとノウルベセの墓は、あの周辺だろうと言っている」

書斎に沈黙が広がった。肩ごしにメドジュエルのようすをうかがうと、妙な表情を浮かべていたが、胸の内は読みとれなかった。目が合うと、妙な表情は消えた。沈黙を破ったのはハリールだった。

「もしノウルベセの墓が見つかったら、マジールは莫大な財宝を手に入れることになるね」

ガミーラが首をふり、目を見ひらいてたしなめた。「おとぎ話を真に受けすぎよ、坊や」

「ミス・タルボットは本当にノウルベセの墓を見つけそうな気がしますよ、母上。聡明で型にはまらない女性だから」アルタイルは、母の顔に浮かぶ好奇心に気づいた。

「それに勇敢だ。おまえにぴったりの女性じゃないか。気に入っているんだろう?」メドジュエルが笑い声をあげたので、ガミーラがさらに目を見ひらいた。

「その女性に、ぜひ会わせてもらいたいわね、アルタイル」

アルタイルは思わずうめいた。「また今度にしてください。カンティールから戻ったら、かならず晩餐に呼びますから」

メドジュエルが大声で笑った。アルタイルが横目でにらむと、笑い声はさらに大きくなった。さっきまでの緊張の裏返しだろう。従兄のために、できるだけの助力をしなくては、という思いが強まる。とはいえ、メドジュエルの判断が本当に部族のためになるのかは、疑問のままだった。留守が長すぎるのだ。本当に、長すぎる。

9

アレックスは伸びをしてからゆっくり目を開け、蚊帳つきのベッドから室内を見わたした。昨夜の晩餐は楽しかった。アルタイルとの緊張感を別にすれば……。ジェーンはタンブリッジ伯爵の気を引くのに必死だった。どうあろうと、自分のとりこにしようと決めたらしい。ベッドに起き上がったアレックスはほほえんだ。意中の相手と軽口を叩く親友はとてもかわいらしかった。ホテルのロビーでそっけなくされたことが、よほどくやしかったらしい。ジェーンが男性に無視されることはめったにない。そんな相手をひざまずかせ、夢中にさせるのが、自分らしさの証明になるのだろう。

自分はといえば、食堂にアルタイルが現われただけで平静を失いかけた。このベッドで彼に翻弄されたこと、肌にふれる彼の指先を思い出すと、一夜明けた今も胸がどきどきする。

勢いよく掛け布をはねのけて、ベッドを降りる。いいかげんにしなさい、アレックス。あの人は放蕩者よ。わたしをもてあそんでいるだけだわ……。そう自分に言いきかせながら、貝殻型の鏡を取りつけた化粧台に座り、木製の表面に両手を突っぱって、鏡の中の自分にしかめ面をした。

「認めなさい、アレックス・タルボット。あなただって楽しんでいたでしょう」小声で言いはなつ。

見つめかえす女が、いやいやと首をふる。アレックスは目を閉じた。晩餐のテーブルでアルタイルに向けられた熱いまなざしがよみがえった。

ゆっくりとナイトドレスを脱ぎ、鏡に映る裸身を見つめる。アルタイルのことを考えただけで胸が張りつめ、先端がこわばった。彼の口にふくまれる感触を思い出しながら、指先で乳首をそっとなでる。

両手でふくらみを受けとめ、親指で乳首をころがす。ここを舌でなぶられ、ついばまれたんだわ……もう一度ふれてほしくて体がうずき、口の中がからからになった。荒々しく息を吸いこむ。もっと先に進みたい。彼の手を全身に感じたい。

アレックスははっと目を開き、鏡の中をまじまじと見つめた。だめだわ……何を考えてるの？　信用ならない男性のキスを熱望するなんて。もっと自分を律しなくては。エジプトへ来たのは、ピラメセスの都とノウルベセの墓を見つけるためだ。破廉恥なまねをするためではない。

うんざりしながら、鏡に背を向ける。アルタイルに文句を言われようと、これから数日はカイロ滞在を楽しむつもりだった。砂漠に入ったら言いつけを聞くほかないが、市内にいるときまで、保護者ぶった押しつけを受け入れるいわれはない。

ちょうど着替えをすませたとき、扉が強くノックされたので、アレックスはあわてて戸口を見た。心臓が止まりそうだ。音を聞くだけですぐわかる。扉の向こう側に立つアルタイルの姿が見えるようだった。ためらううちに、もう一度ノックがひびいた。情け容赦ない強引なびき。彼にまちがいない。

尊大なノックに追いたてられ、急いで扉を開けると、アルタイルの長身が戸口をふさぐようにして立っていたので、息が止まりそうになった。彼を表現する言葉はひとつしかない。〝圧倒的〟だ。目をそらすこともできず、アレックスは動悸を鎮めようと焦った。心の片隅で、なぜ現地の人々と同じ衣服を着ているのかといぶかしみながら……。

マジール族のしるしである濃紺のゆるやかな民族衣装を、ここで生まれ育ったかのように着こなしたアルタイルは、もはや英国貴族には見えなかった。豹を思わせる獰猛でしなやかなたたずまい。ライフルの弾帯を肩から斜めがけにして、腰帯にはピストルを差している。

全身から、危険で勇猛な雰囲気がただよいでたちだった。浅黒い頰にマジール族のしるしまで描いている。波打つ茶色の髪を、もはやリボンでは結ばず、肩にたらしている。つややかなうねりに指を通すところを想像すると、アレックスの体はまた熱くなった。

ろくに知らない男性に、喜んで身をさし出そうとするなんて。するどく息をのみ、褐色の瞳を見上げる。

「おはよう」アルタイルが小声で挨拶する。かすれた声を聞いたとたん、アレックスの頭の中の警報がやんだ。口を開けたら、体の中であばれていた蝶々がいっせいに外へ飛び出しそうな気がした。

「お……おはようございます」われながら情けないほど、息が切れていた。いやだわ、動揺がそのまま声に出てしまった。相手の目が満足げにきらりと光るのを見て、またみぞおちがざわつく。アレックスはなやましい想像を抑えつけ、平静をとり戻そうとあがいた。

「そ……その格好だと……ぜんぜんちがって見えるのね。あなたじゃないみたい」

「どんな格好ならぼくらしいと思うんだ、アレックス？」相手の目がわずかにするどさを増した。

探るような強いまなざしに、また心臓が飛び出しそうになり、肌に小さなふるえが走った。

「わたしはただ、おどろいただけよ。マジール族みたいな服装でいらっしゃるとは思わなかったから」

「このほうが涼しいいし、楽そうだと思ったからさ」

アレックスはうなずいた。確かに、彼はくつろいで見える。いつもの糊のきいたシャツやネクタイよりもずっと。凛とした男っぽい容貌を、民族衣装がひきたてていた。

ベドウィンの格好をした自分がどれほどすてきか、彼はわかっているだろうか？　荒々しい雰囲気に魅せられたアレックスは息を詰まらせた。手を伸ばしてふれたいのをこらえ、深呼吸する。

「どうした、アレックス？」きらりと光る目。てのひらに汗がにじんだ。

「いいえ、何も」アレックスはあわてて言いつくろった。

浅黒い指が伸びてきて、アレックスの唇をなぞる。針葉樹と茴香の香りが嗅覚をくすぐった。「嘘だな」不敵な笑みとともに、アルタイルがささやく。「心臓がどきどきしているじゃないか。豹につかまった跳び鼠そっくりだ」

　ついさっき、アルタイルの姿に豹を想起したことを考えると、ずいぶん皮肉なたとえだ。実際、アレックスは猛獣のあぎとにかかった鼠のような気分だった。褐色の瞳が危険な光りをたたえ、こちらをとらえて放さない。男っぽい香りを吸いこみながら、アレックスは酸素を求めてあえいだ。話をそらさなくちゃ。とり返しのつかないことになる前に。

「あ……あの……どうして頬にマジールのしるしを描いているの？」ようやく質問が浮かんで息がつけた。

「こいつが日光をはね返して、目を守ってくれるからさ。マジールへの敬意のあらわれでもあるが」アルタイルが目くばせしながら、アレックスのあごの輪郭を指でゆっくりとたどる。ふれられた場所が、今にも燃え上がりそうだ。「だが、そんなことを訊きたいわけじゃないだろう？」

「なんの話か、よくわからないわ」アレックスは急いで一歩下がった。

「そうか。てっきり、いつピラミッド見物に出かけるのか訊きたいんだろうと思ったが、ちがうんだな。まあ、いいさ」背を向けて去ろうとするのを見て、アレックスは飛び出した。ピラミッド見物の中止をちらつかせて、こちらの出かたを見るなんて、ひどい人！　うしろから相手の腕をつかむ。手にふれた民族衣装のしなやかさにおどろきながら。

「そんなふうに焦らすのはやめて！」

　褐色の瞳に炎をやどしながら、アルタイルがふり返り、こちらの顔を見た。うっすらと浮かぶ笑みにアレックスの鼓動は速まった。まったく、くやしいほど魅惑的な男性だ。

「どんなふうに焦らしてほしいのか、アレックス？」

予想外の質問にたじろいで、アレックスはあとずさりした。あわただしく首をふり、追ってくるアルタイルの胸板に手をついて止める。

「ちがうわ……そうじゃなくて……ピラミッドへ行きたいだけ」

「そうか。別の方法で、焦らしてほしいわけじゃないんだな？」

「何を言っているのか、わからないわ」舌がもつれそうだった。

浅黒い手が伸びてきて頰をなでる。だめだ。もう一度キスされたら、あふれる情熱を抑えきれそうにない。アレックスはまた一歩あとずさった。アルタイルもついてきた。もはや、ふたりの距離はないに等しかった。アルタイルが顔をかがめる。ああ、なんてすてきな香り。

気が遠くなりそうだ。あたたかな息に耳もとをくすぐられて、全身に鳥肌がたった。

「それは残念だな。こちらは、きみの色っぽい体を忘れられずにいるのに」

熱っぽいくどき文句に息がはずんだ。耳たぶをついばまれると、理性はどこかへ消し飛んでしまった。

「昨晩、どんな夢を見たか教えようか、アレックス？　きみのかわいい乳首を口にふくんで、吸いたてる夢さ」

「そ、そんな……」ほかに言葉が出なかった。

「夢の中で、ほかに何をしたか、想像がつくかい？　教えてあげようか？」

うめいてはだめよ、アレックス。何があろうと、うめき声だけはだめ……。アレックスは彼にもたれかかり、胸板に手を這わせた。

いけない。

絶対にいけない。彼を見上げると、キスするつもりなのがわかった。キスされたかった。歓喜のわななきが走りぬけ、自分の体もまた、キスを待ちわびていたのだと思い知らされた。いやがるべきなのに、進んで唇をさし出そうとしていた。

アルタイルが低い喉声を漏らすのを聞いて、興奮がつのり、自然とまぶたが下りてキスを待った。そのとき、ジェーンの甲高い声が廊下にひびきわたった。

「その手を放しなさい！」

甘いうめきは喉もとでとだえた。全身のほてりもいっきに冷めるのがわかった。アルタイルが身を離し、ジェーンに向きなおる。

「おはよう、ジェーン」

「まあ！　アルタイルだったの！　そ……その格好……わ、わたし……てっきり……」

ジェーンがしどろもどろになった。

「すまなかったね。サハラにいるときはベドウィンの装束を着ることを、ふたりに話しそびれてしまった。ちょうどアレックスに説明していたんだ。英国式の衣服よりもこのほうがずっと涼しいし、楽なのだと」

ジェーンが心得顔でうなずいた。「もちろん、そうでしょうね。けさもまた、アレックスに手こずらされていたの？」

「ふだんどおりさ。ピラミッド見物にはなんの心配もないと話したところだ」

「あんまり文句が多いようなら、アレックスを置いていきましょうよ。わたしは、この子がいっしょでなくたってピラミッドを見たいもの」

アレックスは顔をしかめながら廊下に出て、うしろ手に扉を閉めた。「文句なんて言ってないし、手こずらせてもいないわ。わたしを置いていきたいなら、好きになさい。ほかの人に案内役を頼むから。タンブリッジ伯爵なんて、どうかしら？」

たちまちジェーンの頬がピンクに染まった。伯爵にすげなくされて、よほど誇りが傷ついたのだろう。アレックスはほくそえんだ。世界広しといえども、ジェーン・ビーコンを言い負かせるのは自分くらいしかいない。隣に立つアルタイルが、うなり声に似た咳払いをした。目を上げると、褐色の瞳がこちらを射すくめたので、心臓が止まりそうになった。不安のせいだと胸に言いきかせたが、そうでないのは自分がいちばんよく知っていた。

「下で朝食をとろうか、ご婦人がた？　ピラミッドが待っているから」さっと腕をふって、アルタイルがうながした。

ちらりとこちらを見たジェーンの表情が、多くを物語っていた。アルタイルの強いまなざしに気づいたにちがいない。薄笑いとともに片目をつぶった親友を見て、アレックスは歯ぎしりしたくなった。まったく、人が悪いったら！　キスする寸前に声をかけたのはしかたないとしても、すべてわたしの壮大な計画よ、とでも言いたげなそぶりはどうしたものか。いらだちのあまり、ふうっと息を吐かずにいられなかった。

もしかすると、親友をカンティールへ連れていくのは得策ではないかもしれない。アルタイルとの仲を茶化されたせいで、遺跡の調査にさしさわりが出たら元も子もない。

それにわたし自身も、アルタイルから距離をおかなくては……。隣に目をやると、相手もこちらを見ていたので、あやうくつまずきそうになった。彼の目を見るかぎり、かなり困難なのはまちがいなさそうだった。


真上から照りつける太陽。ジェーンに言われたとおり、日傘を持ってきてよかったと認めざるをえなかった。ちゃらちゃらした婦人用の日除けなど大きらいだが、少なくとも強烈な日ざしと暑さをしのぐことはできる。一行の目の前には、ピラミッド群がそびえていた。

ナポレオンがこの地を征服したのは、わずか八十年ほど前だ。その後の誤算で帝国を失いはしたが、巨大建造物についての言葉にはうなずけた。ピラミッドのいただきからは、本当に四千年の歴史がこちらを見つめている。

離れたところからでもこれほど迫力があるのなら、近づいたらどれほど自分のちっぽけさを実感させられることだろう。ラクダの群れの前で馬車が停まると、まずアルタイルが降りたち、ジェーンに、続いてアレックスに手を貸した。

「ここからは、アタ・アラーに乗っていくんだ」ラクダを指ししめされて、ジェーンがわずかに青ざめた。

「なんですって?」

アレックスは笑いながら親友の腕を叩いた。「〝神の贈り物〟という意味よ。ベドウィンの言いつたえでは、人が砂漠で生きのびるために、神がラクダを与えたとされているの。臭いとか不潔だとか言われるけれど、父によると、とてもおとなしい動物だそうよ。だから、心配いらないわ」

「わかったわ。でも、できればいちばん年寄りの一頭に乗らせてちょうだい。ギャロップなのか、ほかの呼び名があるのか知らないけれど、もし駆け出しても怖くないように」

「好きにしたまえ。だが、アレックスも言ったとおり、何も心配いらないよ」低く官能的なふくみ笑いが背後から聞こえて、アレックスはびくっとした。

ジェーンがこくりとうなずいた。ふたりの言葉を信用できないのだろう。乗馬も好まない彼女が、この大きな生き物に乗って砂漠を移動したがらないのは、無理もないと思われた。

アルタイルが笑いながら背を向け、埃だらけの長衣とターバンを身につけた痩せぎすの小男に近づいていく。すぐ近くで、ぼろきれをまとった子どもが三人、泥遊びをしていた。きのうカイロの街路で遊んでいた子どもたちと同様、貧しそうだ。見ていると胸が痛んだ。生まれた場所ひとつで、これほどきびしい生活を強いられるとは。

身長からして、八歳か九歳といったところだろうが、三人ともひどく痩せている。おそらく四十ポンド（約二十キロ）もないだろう。お互いを小突きながらこちらを見るようすには、笑みを誘われた。恥ずかしがり屋だが、好奇心はあるのだろう。

アレックスはスカートの隠しを探り、小銭を何枚か取り出した。手をさしのべながら歩みよる。三人があとずさりしたので、足を止めた。よそ者を警戒するのはしかたない。きっと、前にここを訪れた見物客に、いやな思いをさせられたのだろう。人間はときとして、恵まれない人々に心ない仕打ちをする。

アレックス自身は不自由なく育ったが、父にはつね日ごろから、謙虚であれと教えられてきた。謙虚さと思いやりを忘れるな、と。子どもたちを怖がらせないよう、足もとの地面に小銭を放ってやる。わらわらと金にむらがるのを見とどけてからふり向くと、アルタイルが顔をこわばらせてこちらを見ていた。凍てつくような視線は、気にさわるだけでなく恐ろしかった。

何が癇にさわったにせよ、話はあとでするつもりらしい。アルタイルがジェーンを小声で励ましながら、選んだラクダに乗せてやる。ぶじ騎乗が終わると、彼があらためてこちらを見た。

近づいてくるまなざしの冷たいこと。顔つきのけわしさから見て、ジェーンと同じような配慮は期待できそうにない。アルタイルが無言で肘をつかみ、別のラクダの前に連れていく。腕を引っぱられて、アレックスはあやうく転びそうになった。

もし腹を立てているのだとしたら……。〝もし〟？　腹を立てているのはまちがいない。でも、理由くらいは教えてくれてもいいだろう。肘に指が食いこんで痛かった。膝をついたラクダの前で立ち止まったとき、アレックスは腕をふりほどいた。

「痛いじゃないの」と嚙みつく。

「ラクダに乗るんだ、アレックス」

剃刀《かみそり》のようにざらついた声。腹を立てているどころじゃない、激怒しているんだわ。でも、なぜ？　にらみ返しながらも、アレックスは言われたとおりにした。アルタイルがぞんざいなしぐさで日傘を差しかける。準備がすむと、こちらにぐっと顔を近づけた。そして、今度はアレックスのあごに指をくいこませ、自分のほうを向かせた。

「今度あんなふうに小銭を投げたら、アメリカを離れたことを後悔させてやるからな」

「わたし、そんなつもり……」

「じゃあ、どんなつもりだった？」アルタイルが押しころした声でさえぎった。「わかっているさ。みすぼらしい餓鬼どもに服を汚されるのがいやだったんだろう？　小銭を投げて追いはらおうと思ったんだろう？　いいか、あの子たちは、近寄る意気地もないような連中の情けなど必要としていない。誇り高い民なんだ。侮辱することは許さない。わかったな？」

「わたしは……」

「わかったな？」

怒りをみなぎらせた浅黒い顔を見上げると、心がくじけそうになった。そんなことで激怒したの？　子どもに小銭を投げたから？　おじけづく相手に、ただ助けの手をさしのべたかっただけなのに。侮辱などとんでもない。抗議の言葉を呑みこんで、アレックスはうなずいた。説明しようにも、今の雰囲気ではひと言もしゃべらせてもらえないだろう。

うなずくのを見とどけて、アルタイルがきびすを返す。自分の駱駝へ向かううしろ姿を見ながら、アレックスは憂鬱になった。あの子たちを見下す尊大なアメリカ女だと思われたのかしら？

もしそう思われたのなら、勘ちがいだ。まったくの勘ちがいだ。ラクダが立ち上がったので、アレックスは鞍の持ち手にしがみついた。のらりくらりと歩くラクダの乗り心地は、《モロッコの風》号が嵐に巻きこまれたときそっくりだ。揺られながら、アレックスはアルタイルの背中を見つめた。

なぜ、あんなふうに決めつけるのだろう？　アレックスの性格も、生まれ育ちも知らないくせに……。異文化には敬意を欠かさず生きてきたつもりだ。他者とのちがいを認めなければ、研究者になどなれない。

ラクダの隊列は、アルタイルが先頭を、アレックスがしんがりを務めて進んだ。縦一列に並んでいるので会話はできないが、それがありがたかった。今は誰とも話したくない気分だったから。たとえクフ王その人がここに現われて挨拶しても、返事する気にはならなかっただろう。

スフィンクスとピラミッド群のまわりで、砂が風に舞い上げられてはさらさらと流れていく。砂漠の真ん中に安置された人面獣身像が、巨大な頭部を空にそびやかしていた。隊列の進む道にその影が伸びるさまを見て、アレックスは息をのんだ。

いにしえの王や女王も、今のアレックスと同じように巨像の影の中を歩いたのだ。父とこの瞬間を分かちあえればどんなによかっただろう。それ自体がたいへんな大きさを誇るスフィンクスだが、クフ王のピラミッドと比べると、まるで大人と子どもだった。

ジェーンが鞍の上でふり返り、巨大な三角形を指さした。

「すごいと思わない？」

アレックスは笑みをこしらえ、うなずいた。夢にまで見た瞬間のはずなのに、なぜか心がはずまなかった。自分はひとりだ、というむなしさがこみあげる。もともとひとりだったはずでしょう？　わたしは自立した強い女性だ。父とジェフリー叔父も、なにかと頼りにしてくれた。ただ、今だけは、誰かに頼りたくなっていた。

アレックスは頭をふってしかめ面をした。めそめそするのはやめよう。もし父と叔父がここにいたら、男性ひとりの不機嫌のせいで千載一遇の機会を楽しめないのはもったいない、と言うはずだ。両手でぎゅっと持ち手を握る。アルタイルにどう思われようと関係ない。

嘘つき。心の隅でそうささやく声がした。

ジェーンに質問を投げられたアルタイルが、ラクダの歩みを遅らせて横に並ぶのを、アレックスは見まもった。ジェーンを気づかうのが、なぜひっかかるの？　彼はわたしの想い人じゃない。眉目うるわしい男性なのは確かだが、だからといって、こちらへの感情を気にする必要はない。

でも、気になってしまう。思わずふんと鼻を鳴らして自分をあざ笑う。彼への関心を否定してもしかたないでしょう？　そのとき、アルタイルがふり向いた。アレックスがうしろをついてくるのを確かめて安心したのか、ジェーンのほうに顔を戻す。紳士ぶったしぐさに、アレックスは歯を食いしばった。

こちらへの感情はともかくとして、彼の言動は気に入らない。こちらは何も悪いことをしていないのに、早合点して冷淡にふるまっている。せっかちで、頑固で、がまんならないほど尊大だ。

結論が出たのでアレックスはうなずき、また鼻を鳴らした。そんな男性が腹を立てたからといって気をもむなんて。ばかばかしい。そうだ、ばかばかしい。仕事に集中しなくては。エジプトに来たのは、ピラメセスを探すためだ。今をせいいっぱい楽しみなさい、アレックス。

おのずと笑みがこぼれた。クフ王のピラミッドの陰に入ると、いっきに涼しくなった。のしかかるような巨大建造物を見上げながら、アレックスは舌を巻いた。四千年以上前に、これだけのものを構築するとは。

ピラミッドの横手にあいた真っ黒な穴、それが正面入口だった。アルタイルの合図で、隊列がいっせいに止まる。ラクダが膝をつくのを待って、アレックスは地面に降りたった。乗馬用スカートに合わせた長靴が、ずぶずぶと砂に沈みこむ。

足を踏み出したとたん、転びそうになった。墓所の入口へ向かって一歩進むごとに、砂に足をとられそうになる。アルタイルがジェーンを助け下ろすのをよそに、アレックスは進みつづけた。彼がジェーンに親切にするのを見ると、どうしても心おだやかでいられなかった。

三回もつんのめりかけ、大きな石をいくつも乗りこえたすえに、ようやく薄暗い入口にたどり着いた。アルタイルがジェーンの腰に腕を回し、砂に足をとられないよう支えながら歩いてくる。アレックスは唇を噛んだ。放蕩者の口達者なんて、ろくなものじゃないわ。ひとりで先に行こうと決め、前方の洞窟めいたトンネルを覗きこむ。

「アレックス、待つんだ」

また命令だ。わたしがあれこれ指図されるのが大きらいなのを、いつになったら学習するのかしら？ アレックスは知らん顔で身をかがめ、小さな入口をくぐった。だが、足を踏み入れた通路は狭く、窮屈で、息苦しかった。天井までもが低く、腰を伸ばすことができなかった。

壁にしつらえた金属製の燭台で、たいまつが燃えていた。前方は真っ暗だ。地面に何本か、未使用のたいまつが転がっていたので、アレックスは一本を手にとった。ジェフリー叔父と探険に出かけたときのことを思い出す。明かりを持っていったほうがいいだろう。暗闇の中に単身とり残されたら、一巻の終わりだ。

腰をかがめたまま、じりじりと前に進む。父がいたら苦労しただろう。アルタイルに負けないほど長身だったから。まして、アルタイルはひきしまった筋肉質だが、父はぽっちゃりしていた。それでも、父ならやってのけたはずだ。けっしてあきらめないのが、アレクサンダー・タルボット教授の強味だったから。娘のアレックスも、そこは同じだ。

指にふれる壁はひんやりと冷たく、なめらかだった。これだけ大きな石を、すべて人力で切り出したとはおどろきだった。さらに驚異なのは、石の重みが空気の質感から伝わってくることだった。四千年前に築かれた墓所という言葉から想像するとおりの、じめじめとしたかび臭い空気。通路は上方に向かっており、途中の壁にまた金属製の燭台が見つかったので、手持ちのたいまつから火を移して先に進んだ。

壁ぎわの燭台を見つけるたびに火をともしながら、墓の深部へと進んでいく。ふいに前方から、何かをせわしなく引っかくかりかりという音が聞こえて、アレックスはためらった。鼠かしら？　鼠は大きらいだった。歩みを止めて、たいまつを突き出し、通路の奥をすかし見る。首をかしげて耳をすましたが、もう音は聞こえなかった。想像力をはたらかせすぎなんだわ。いつものことだ。

遠くでジェーンとアルタイルの声がしたが、言葉は聞きとれなかった。きのう命をねらわれたばかりなのに、ひとりで行動するのは無鉄砲だったかもしれない、と思ったあとで、アレックスは首をふった。墓所には出入口がひとつしかない。人を襲うのに、逃げ道のない場所を選んだりはしないだろう。首尾よく外に逃れたとしても、背を曲げて歩いていればすぐにわかってしまう。腰の痛みに、思わず顔がゆがんだ。この調子ではアレックスも、同じつらさを味わう羽目になりそうだ。

前進を続けるうちに、ようやく天井の高い墓室に出た。なめらかな壁に目をやる。ファラオの時代を記録した聖刻文字と壁画はどこだろう？　標識のたぐいは見あたらなかった。安置室の奥で、またしてもかりかりという音がした。

不意をつかれて飛び上がったあと、アレックスは自分の臆病さに苦笑した。手にしたたいまつが火花を散らしたので、壁にかかっていた新しいものと急いで交換する。明かりを高くかかげ、暗闇に目をこらした。前室は果てしなく広がっているかに思えた。今立っている場所からは、壁らしきものがまったく見えない。

前に進み出ると、かりかりという音が大きくなった。クーンと鼻を鳴らす音も聞こえてくる。たいへん、誰かが犬を置き去りにしたんだわ。わざとにちがいない。こんな場所に飼い犬を連れてきて、忘れて帰る人はいないから。暗闇に閉じこめられた獣は、さぞおびえているだろう。

大広間のはずれに到達するまでに数分を要した。天井の高い前室の隅に、中くらいの大きさの出入口があり、その向こうは真の暗闇だった。王の間だ。父がいたら興奮しきりだったろう。

すぐ近くで低いうなり声がしたので、アレックスは一歩下がった。

真っ暗な墓室に動物の影が現われ、大広間に入ってくる。光のもとで見たとたん、アレックスは心臓が止まりそうになった。迷子の犬じゃないわ。腹をすかせて痩せこけたハイエナだ。

飢えた獣が、アレックスのまわりを回る。最初は毒蛇、次はハイエナ。わたしを殺したがっているのが誰だか知らないけれど、異国の動物が好きなのは確かだ。これほど緊迫した場面でなければ、笑えたかもしれない。ハイエナが唇をめくり上げてうなった。本能的に、アレックスはたいまつを両手で握った。

こちらに飛びかかってくるのにあわせて、たいまつを勢いよくふる。尻の毛を焼かれた獣が、キャンと鳴いてあとずさったが、体勢を立てなおして牙をむき、もう一度襲いかかってきた。アレックスは渾身の力をこめてたいまつを叩きつけた。燃え上がる棍棒がハイエナの頭をとらえ、大きな音をたてた。ぶきみな音が墓所にこだまするなか、獣は横に吹っ飛んで壁に激突した。そして、床に落ちて小さく鼻を鳴らしたあと、静かになった。

アレックスは次の攻撃にそなえてなおも身がまえていたが、獣はそれ以上動かなかった。入口側の通路に、人の話し声が聞こえる。呼びかけようとしたとき、ハイエナがわずかに動いたような気がした。とっさに突進し、燃えるたいまつで獣の頭を何度も何度も打ちすえる。強靱な腕にはがいじめにされるまで。

「もういいんだ、アレックス。もう死んでいるから」

アレックスは身ぶるいし、恐怖の余韻で大きく息をついた。麻痺した手に握ったままのたいまつを、アルタイルが受け取る。アレックスは死んだ獣から目をそらした。ジェーンが進み出て抱きよせようとしたが、片手を挙げてことわった。ひどく気分が悪かったが、恐怖のせいなのか、ハイエナの血を見たせいなのかはわからなかった。

「わたしなら、だいじょうぶ」

「やっぱり、カンティール行きは考えなおしたほうがいいんじゃないの？」静かな声ですすめられたとたん、アレックスは親友にくってかかった。

「どうして？」

「わかってるでしょう、アレックス。あの手この手を使って、あなたを止めようとする輩《やから》がいるのよ」ジェーンが心配そうに眉をしかめる。

「ジェーンの言うとおりだ、アレックス。もしかすると……」

アレックスはアルタイルをきっとにらみ、言葉を制した。ふたりとも、わたしが簡単にあきらめると思ったら大まちがいよ。確かに、きのうはあきらめかけたが、思いなおしたのだ。一度や二度、砂漠の生き物におどかされたくらいで引き下がるものか。

「カンティールへは行くわ。誰にも……そうよ、誰にもじゃまさせないわ」

それ以上、ふたりには目もくれずに、出口をめざす。脅しに屈して逃げ帰るなどごめんだ。ピラメセスは、もはや父の夢ではない。今では自分の夢だ。たとえ危険が待っていようと、夢をかなえるために全力を尽くす覚悟だった。


ピラミッドからの帰り道に耐えられたのは、アルタイルがすぐ近くにいなかったからだ。とはいえ、とがめるような視線はずっと背中に感じていた。ラクダを降り、馬車に詰めこまれてホテルへ戻るころには、さらに気詰まりになった。

道路が渋滞して馬車が停まるたびに、乗り物を飛び出して彼のもとから駆け去りたいという衝動が襲ってきた。アレックスの葛藤を読みとったかのように、ジェーンが腕にふれた。

「ねえ、アレックス、見て。絹織物のお店よ」そして、向かい席に座る相手に話しかけた。

「アルタイル、ちょっと買い物をしてきてもいいかしら？」

アルタイルが微笑を浮かべてうなずき、御者に命じて馬車を停めさせた。アレックスを一顧だにせず馬車の扉を開けて降りる。そして、丁重そのもののしぐさでジェーンに手をさし出した。

彼のふるまいを見ると頭がかっかした。なぜ、ジェーンにばかりやさしくするの？　わたしのことは気づかないふりをして。アレックスは座席をずれ、馬車の反対側から路上に降りたった。扉を閉めようと向きなおったとき、アルタイルと視線が合った。探るような目をして、彼が無言でこちらを見つめる。そして、静かに言った。

「絹織物の店はこちら側だよ、アレックス」

アレックスは答えずに馬車のうしろを回りこみ、ジェーンのあとをついて小さな店に入った。アルタイルもついてくるかと思ったが、外で待つつもりのようだった。

ジェーンが水を得た魚のように店内を動きまわり、次から次へと品物を吟味する。アレックスはおとなしくついていくしかなかった。好みの反物を選んだジェーンは、アレックスに通訳させて店主との値段交渉を始めた。

もう少しで値段の折り合いがつくというところで、親友がうれしげな悲鳴をあげた。

「アレックス、来て。これをごらんなさいよ」指ししめしたのは、壁にかけられた美しい装束だった。「すばらしいと思わない？」

「ちょっと、はしたない感じがするわ。形は伝統そのままなのにね」透けるほど薄い布地をジェーンがなでるのを見ながら、アレックスは小声で答えた。「まさか、本気で買うつもりじゃないわよね？」

「あら、本気よ」

「いったい、どこで着るの？　あなたが古代エジプトの王族だとでもいうなら、買いたくなる気持ちもわかるけれど、さすがに……」

「アレックス・タルボット、あなたは、ただ美しいからという理由で何かを買いたくなった経験がないの？」

「ドレスに関してはないわね。まして、こんなに……こんなに……」

「色っぽい？」ジェーンがくすくす笑い、意味ありげな微笑をたたえながら、店主に手をふって合図した。

「じゃあ、あの人にいくら払うかの交渉をするわよ。絹の反物と、ドレスのね」

やれやれと頭をふりながら、アレックスは値段の交渉に戻った。買い物が終わると、ふたりは店をあとにし、馬車でホテルへ戻った。《ビロール・サラーヤ》に着くと、アレックスは安堵の息をついた。一刻も早く自室でひとりになって、ささくれた神経をなだめたかった。

馬車の扉を自分で開けて降りようとするのを、アルタイルがさえぎった。先に降りて手をさし出す。手助けを避けることもできず、アレックスは手を借りて馬車を降りた。ふれあった箇所を通じて、みるみる脈拍が速くなる。いらだちと喜びがないまぜになった興奮をもてあましながら、アレックスは手を引っこめた。

ジェーンとアルタイルを待たずに、せかせかとホテルの入口をくぐる。ロビーに入ると、支配人のハキームがにこやかに挨拶した。

「おかえりなさいませ、お客さま。ピラミッドを楽しまれましたか？」

「ええ、ありがとう」世間話をする気分になれず、アレックスはまっすぐ階段をめざした。

「お引き止めして申しわけありません。お留守のあいだに人が訪ねてこられまして」

思いがけない言葉に足を止め、向きなおる。「人が訪ねてきた？」

「ええ」ハキームが笑顔でうなずく。「シーク・マジールのお申しつけで、お客さまのトランクをとりにきたとのおおせでしたので、お部屋にご案内しました」

「わたしのトランクを？」アレックスは、あとからやってきたアルタイルのほうをふり向いた。「わたしの荷物を運ぶよう、誰かに指示をした？」

「いや」アルタイルが苦々しい顔で答える。

「どうしよう。わたしの書類が」

アレックスは息をのみ、階段へ突進した。けれど、上りはじめる前にアルタイルが引き止めた。

「いけない、アレックス。ぼくが安全を確かめるまで、ここにいるんだ」

アレックスを階下で待たせ、一段飛ばしで階段を駆け上がって姿を消す。ジェーンがアレックスに寄りそい、ぎゅっと肩を抱いた。

「きっと心配ないわ、アレックス」

「ちがうの、ジェーン」アレックスは暗澹たる気持ちだった。「あの資料を盗まれるか破られるかしたら、ピラメセスを見つけられないのよ」

いてもたってもいられず、アレックスはアルタイルを待たずに階段を駆け上がった。背後でジェーンが止まるよう叫んだが、聞く気はなかった。二階に着いたとき、また呼ばれたので肩ごしにふり返ると、ジェーンがすぐうしろにいた。

「アレックス、いいかげんにしなさいよ」

親友が怒りに声を荒らげることはめったにないので、さすがのアレックスもおどろいて足を止めた。直後に、誰かに止まれと命じるアルタイルの声が聞こえた。声のほうを見ると、ベドウィンの男がこちらに駆けてきた。顔に布を巻きつけ、目だけを出している。その双眸にありありと敵意を感じて、アレックスはごくりと生唾を飲んだ。

逃げたくても、階段の最上段という不安定な立ち位置がそれを許してくれなかった。手すりに手を伸ばした瞬間、男がアレックスを押しのけ、駆け下りていった。アレックスは空をつかみ、悲鳴をあげながらうしろざまに倒れこんだ。

なすすべもなく落下したアレックスを受けとめたのは、木製の階段よりもやわらかな、けれど安定した感触だった。ジェーンを突き落としてしまったのだ、と悟って青ざめる。踊り場に着地したとき、ぼきりというぶきみな音とともにジェーンの悲鳴がひびきわたった。

踊り場の絨毯《じゅうたん》はたいした緩衝材にならず、したたかに床に打ちつけられたアレックスの肺から空気をしぼり出した。しばらく身動きもできなかったが、やがて小さな嗚咽が聞こえた。ジェーンが泣くのを見るのは初めてだ。アレックスは寝返りを打ち、親友の倒れている場所まで這っていった。

「どこが痛いの、ジェーン?」

「あ……脚が」

アルタイルが駆けつけたが、アレックスは無視した。細心の注意を払ってジェーンのスカートをめくり、けがの程度を確かめる。片方の脚があらぬ方向に曲がっていた。血の気を失った親友の顔をひと目見るなり、深い自責の念がこみ上げた。

「ああ、どうしよう、ジェーン。かわいそうに」親友の手をとって頬にあてる。「本当にごめんなさい」

アルタイルが沈痛な顔で、アレックスの肩ごしに声を発する。「ハキーム、医者のアルノー先生に連絡を。それから、まっすぐな木の板を二枚と包帯を用意してくれ。早く!」

命令を聞いてようやくアレックスは、ホテルの支配人が近くにいることに気づいた。従業員をひとり連れ、急ぎ足で階段を下りていくうしろ姿を見ながら、ちらりと考える。ハキームがアルタイルに卑屈な態度を見せないのはこれが初めてだ、と。

「ジェーン、脚のほかに痛いところはあるか?」

「い……いいえ」

ぎゅっとつぶったジェーンの両目から涙が噴き出す。アレックスは忸怩《じくじ》たる思いで手を伸ばし、頬をつたう涙をぬぐいとった。反対側にしゃがみこんだアルタイルが、ジェーンの肩にふれる。

「ジェーン、気の毒だがきみの脚は折れている。医者が来るのに少し時間がかかるから、きみを動かす前に、骨の位置を調整しておきたいんだ」

説明を聞いたジェーンは不安げな声を漏らしたが、理解のしるしにうなずいた。アルタイルが肩をやさしく叩いて励ます。

「できるだけ急いで処置するから、心配いらないよ」

話しているうちに、ホテルの従業員が、まっすぐな木片と包帯を何巻きか持ってきた。アルタイルが無言で品を受け取り、小声でなにごとか指示する。従業員がジェーンの頭側にひざまずき、そっと肩を支えた。

アルタイルがジェーンの脚をつかみ、すばやく骨の位置を戻す。予想外の衝撃にジェーンが絶叫し、そのままがくりと力を失った。気絶したのだ。アレックスはほっと目を閉じた。しばらくは痛みを感じずにすむだろう。それだけでもうれしかった。

10

アレックスは持っていた盆を腰で支え、ジェーンの部屋の扉をノックした。友人の笑い声が聞こえておどろいたが、扉を開けてみると、ベッドの脇にアルタイルが座っていた。

一週間前にジェーンが階段から落ちて以来、アルタイルは足しげく彼女を見舞ってきた。一方で、アレックスにはせいぜいふた言くらいしか口をきいていない。ただでさえジェーンのけがで自分を責めている今、彼の冷淡さはどんな叱責よりも身にこたえた。

「あら、アレックス」ジェーンが声をあげて両手をさしのべる。「アルタイルがいい知らせを持ってきてくれたのよ。タンブリッジ伯爵が何週間か、ご自宅に招いてくださるんですって」

アレックスは落胆した。この一週間、なんとかピラメセスのことを考えずにいられたのに、ジェーンの言葉で、カンティールへは旅立てないという事実に向きあわされてしまった。

身勝手な考えかたに、われながらいやけがさした。ジェーンが骨折したのはわたしのせいだ。親友が助けを必要としているときに、ピラメセスだなんて、不謹慎にもほどがある。

「すてきなお申し出ね。きょうじゅうにふたりぶんの荷物をまとめて、準備をしておくわ」

「そんなこと、しなくていいのよ」ジェーンが断言し、手をふりほどいた。「伯爵家には召使いがたくさんいるから、わたしの荷造りはそちらにお願いするわ。わたしのせいで、ピラメセス行きの計画がずいぶん遅れてしまったでしょ」

「計画なんて、いくらでも変えられるわ」アレックスはかぶりをふった。

「ばか言わないで。アルタイルとよく話しあって決めたの。一日二日で、旅の手はずをすべてととのえてくれるそうよ」

「こんな状態のあなたを、おいていけないもの」

固辞するアレックスの真意をはかるように、ジェーンがこちらをじっと見た。そして、アルタイルのほうに顔を向けた。

「しばらく、アレックスとふたりきりにしてくださるかしら？」

「もちろん」

アルタイルがジェーンの手をとって唇をあてたとたん、アレックスの胸はずきりとした。親密なしぐさを見せようと、わたしにはなんの関係もないのに……。立ち上がったアルタイルと目が合った。相手の胸の内を読みとれないまま。同意のしるしにひとつうなずく。

彼が出ていったあと、アレックスはジェーンに向きなおった。口を開くより早く、親友が手をふってとどめた。

「何も言わないで。もうアルタイルとは話をつけたから。わたしぬきで、あなたをカンティールへ案内してくれるそうよ」

「だからそれは、あなたの脚がよくなったあとで……」

「しっかりしなさい、アレックス。いっしょに行けるわけがないでしょ」

アレックスはあっけにとられた。「どうして？　もうしばらく待てば……」

「そこよ、アレックス。待ってもらうわけにはいかないの。支えなしで歩けるようになるには、まだ何週間もかかるわ。そのあいだに、夏が始まってしまうのよ」手をふって窓の外を示す。「アルタイルから聞いたわ。カンティールを夏に旅するなんて、危険の上塗りをすることになるって」

「だったら秋まで待ちますとも。ほんの数カ月だわ」アレックスは言いはった。

「よく考えなさい、アレックス。そのあいだに、大英博物館が誰かをつかわしてピラメセスを見つけてしまったらどうするの？」

「見つけられっこないわ」断言しつつも、背すじがぞくりとするのは抑えられなかった。

「ほんとに、そう言いきれる？　あのとき盗られたものは何もないと言っていたけど、書付けがあちこちに散らばっていたんでしょう？　もしあの男が何か手がかりを見つけて、博物館に売りこんでいたら？」

アレックスは凍りついた。そんな可能性が？　闖入者は書付けを探しにきたのだろうと察しがついていた。もしあれを読まれていたら……眉根を寄せ、かぶりをふる。

「やっぱり、あなたをおいてはいけないわ」

「わたしなら平気よ。しっかり養生して、脚がすっかりよくなってから合流するわ」

「だけど……」

「よく聞きなさい、アレックス。はるばるエジプトまで来たのは、ピラメセスを見つけるためでしょう。ちがうの？」ジェーンが語気を強めた。

アレックスは黙ってうなずいた。ジェーンがけわしい表情で指をつきつける。

「だったら、さっさと自分の道を行きなさい」

それでもアレックスはためらった。「本当に、いやじゃないの？」

「何が？　タンブリッジ伯爵のお宅で、至れり尽くせりの世話をしてもらえるのに？」

ジェーンが笑った。「わたしの贅沢好きは、あなたもよく知っているでしょ」

アレックスは身をかがめ、感謝のしるしにぎゅっと抱きしめた。「砂漠まで同行せずにすんでほっとしているような雰囲気を感じるのは、わたしだけかしら」

「前に教えてくれたでしょう。砂漠は不自由だらけだって。わたし、なに不自由なく快適に過ごしたいたちなのよ」

「タンブリッジ伯爵家で、それを満喫するつもりなのね」

「ええ、喜んで恩恵にあずかるわ」ジェーンが笑顔でうなずいた。「だから、あなたは……思うぞんぶん宝探しをしてらっしゃい、アレックス」

「まずはピラメセスの都を見つけてからの話よ」

「あら、そこはもう確実じゃないの？　発掘を始めてごらんなさい、思いもよらなかったお宝がざくざく出てくるにちがいないわ」

ジェーンの目がいたずらっぽくきらめいたが、その裏の感情は読みとれなかった。問いただそうとして、すんでのところでアレックスは口をつぐんだ。ジェーンに質問するとかならず、聞きたくない答えで終わる。今もそうなるだろう。なんであれ、親友がわくわくしていることだけは疑いようがなかった。

地平線に曙光がさしそめるころ、アルタイルはアレックスのトランクを縛りつけたロープの結びをもう一度確かめた。周囲では、旅団《キャラバン》の出発につきものの喧噪《けんそう》がくり広げられている。ラクダのいななきやうなり声、それを御者が叱りつける声、荷物の運び手が足りないと人夫が叫ぶ声。もうしばらくすれば混乱もおさまり、ラクダは整然と列をなすだろう。澄んだ鈴の音と、男たちの詠唱だけが、一帯を満たすだろう。

遠くでメドジュエルが、臨時雇いの人夫に指示を叫ぶのが聞こえる。やめようと思いつつ、アルタイルは大規模な隊列の先頭をちらちら見ずにいられなかった。アレックスが、ラクダ隊の先導者と話をしているからだ。嫉妬でロープをあつかう指がもつれ、いらだちがつのる。彼女が別の男と話しているからといって、気にするいわれがどこにある？

一週間あまり前、アレックスがラクダ番の子どもたちに小銭を投げるのを見たときは、肩をつかんで思いきり揺さぶってやりたかった。無神経なふるまいにおどろいただけでなく、胸の奥で何かが爆発し、今もくすぶっている。あのときの彼女の行動は、いまだに理解できない。

彼女は英国の貴族連中とはちがうと買いかぶったりして、自分は愚かだった。深入りせずにすんだのが幸いだ。とたんに頭の中で嘲笑がひびきわたった。わざわざ距離をおくことこそが、惹かれている証拠じゃないか、と。

頭をひとつふり、ロープの結び目に意識を集中させる。アレックスの気骨と粘り強さには拍手を送らざるをえない。ピラミッドでハイエナと戦う彼女を見たときも、その勇気に舌を巻いたものだ。

それどころか、何者かに命をねらわれているとわかっているのに、目標をあきらめようとしない。相手が誰かもさることながら、なぜ命をねらわれるのか、アレックスは知っているだろうか？

アルタイルはうすうす答えを知っていた。マジール族は長らくノウルベセの墓を探しつづけてきた。だが、探しているのは自分たちだけではない。水場を何カ所か奪っただけでは満足しない輩、ホガル族もそうだ。アルタイルの母に結婚を拒まれて以来、シーク・タリフはマジールを滅ぼそうとやっきになっている。

タリフがノウルベセの墓に目をつけたのも、その時期からだ。もしタリフにノウルベセの財宝を奪われたら、マジールの民はその喪失感と屈辱からけっして立ち直れないだろう。

はたして、裏切り者ムハンマドとホガル族とのつながりが関係しているのか？　あの男がタリフに、アレックスのカンティール行きを報告したのか？　ありえない話ではない。サハラは広大だが、情報は砂漠の風に乗ってまたたく間に飛んでいく。アルタイルはロープの確認を終え、次のラクダへと移った。

またしても、アレックスに目がいってしまう。もう一度彼女を味わいたい、という飢餓感が身の内をさいなんだ。ホテルの部屋でのひとときい以来、自分の浅黒い肌にからみつく白い肌が、頭にこびりついて離れなかった。

「ダム・ガーンナム」ひと言つぶやいて、記憶をふり払う。

誰かに肩をぽんと叩かれたので、アルタイルはすばやく防御のかまえをとりながらふり向いた。両手をかかげながらあとずさったのはメドジュエルだった。

「おいおい、どうした？　雌のアラブ馬よりもびくついているじゃないか」

アルタイルはしかめ面を返し、ロープの点検に戻った。「今回の旅で、少しだけ気が立っているのさ」

「なるほど。それならミス・タルボットを説得して、やめさせればいい」

妙な口ぶりに引っかかって、アルタイルは作業を止めた。片手をラクダの荷に乗せたままふり向き、もう片方の手を腰にあてる。従兄の顔をしげしげと見つめ、心底を読みとろうとしたのちに、不安を抑えて苦笑した。

「アレックス・タルボットに説得をこころみたことがないから、そんなことを言えるのさ。どうか遠慮せず、カンティール行きを思いとどまるよう彼女を説得してくれ。おまえが失敗するほうに、子羊三頭とぼくの愛馬を賭けてもいい」

「確信があるのか？」

「ああ」アルタイルは背を向け、仕事に戻った。従兄がいらだたしげにうなったあとで、旅団全体の見回りをしに去る。遠ざかっていく背中を横目で見ながら、アルタイルは首をかしげた。メドジュエルは何を気にしているのだろう。アレックスが意図せずに部族を分裂させると危惧しているのか？　それはアルタイル自身も考えた可能性だった。もし彼女がノウルベセの墓を見つけたら、マジールは今までと同じではいられない。

点検を終えたアルタイルは、旅団の先頭に向かった。後方でメドジュエルが、ラクダへの騎乗を命じている。アレックスも指示が聞こえたようで、自分のラクダへ向かった。駆けよって手を貸したい衝動を、アルタイルは必死でこらえ、先導の乗り手が手綱を支えるさまを黙って見まもった。

鬱憤をもてあましながら、自分のラクダに乗ろうとしたとたん、鞍にくくりつけた布袋からザダが顔をつき出した。頭をなでてやると、マングースは腕を駆け上がって首のうしろに落ちついた。アルタイルはほっと息をついた。ちょうどいい、アレックスをこの小さな守護者に引き合わせてみよう。

砂を踏みしめて足早に先頭へ行く。アレックスのラクダが立ち上がるのに苦労していた。体勢が落ちつくのを待って、アルタイルは手を伸ばし、アレックスの腕にふれた。相手が仰天した顔でこちらを見下ろす。狼狽はほどなく消え、用心深い表情へと変わった。

「贈り物を持ってきたよ」帯に挟んでおいた小さな布袋を外し、彼女に手わたす。「これはザダのだ。三回か四回ほど与えてやれば、味方と認識する」

「ザダ？」

アルタイルは軽く笑い、腕をまっすぐ伸ばしてアレックスの鞍に置いた。首輪をつけたマングースが襟首から顔を覗かせ、腕をつたって鞍の持ち手にちょこんと座った。アレックスがおびえて身をすくめる。

「怖がらなくていい。ザダはぼくの友でね、体は小さいが、きみを守ってくれる」

アレックスが疑わしげに眉をつり上げた。頭をふり、こわごわとマングースを見る。「こんな小動物が、どうやってわたしを守れるの？」

「大蛇に対抗できるんだ。何百年も前から、マジールの民はマングースを飼ってきた。毒蛇やその他の危険から、人間を守ってくれるから」

アレックスの表情が少しやわらぎ、自分のほうを興味しんしんで見る小動物に、うなずいてみせた。「嚙んだりしない？」

「自分からはね。布袋の干し肉をてのひらから食べさせると喜ぶ。指でつまんで与えてはだめだ。こいつの牙は剃刀なみにするどいから。きみの指を餌の一部だと勘ちがいされたら、たいへんなことになる」

アレックスが身ぶるいした。新しい主人の不安を察したのか、小動物がちょこちょこと進み出て、彼女のみぞおちのあたりでまるくなった。びっくり顔でこちらを見たあと、アレックスはマングースに視線を戻した。アルタイルはほほえんだ。ザダならすぐ、アレックスと仲良くなれるにちがいない。

そっとやさしく、赤茶色の縞が入った毛皮をなでてやる。ザダがうれしげに喉を鳴らした。

「人なつこい娘《こ》でね、体を搔いてやると喜ぶ」

アレックスが唇を噛み、おそるおそる手を伸ばしてなでた。マングースがまたうれしそうに喉を鳴らす。アレックスの手つきも少しずつ大胆になり、飼い猫に接するのと変わらなくなった。すっかり慣れたのを確認して、アルタイルは手をしりぞけたが、ひと呼吸遅すぎた。ザダをなでるしなやかな手が、アルタイルの指先にふれた。

からみ合った指と指。ふるえるような衝撃が腕を駆け上がり、アルタイルは息を詰めた。彼女は手を引っこめず、いやがる表情も見せなかった。瞳の榛色が深みを増し、ピンク色の口がわずかに開いてあわただしく呼吸する。とたんに分身が固くなった。ヨーロッパ式の衣服とちがってゆるやかな民族衣装に、硬直がありありと浮き上がる。アルタイルは急いで手を放し、ラクダから一歩離れた。

「四、五時間に一度、干し肉をやってくれ。てのひらに乗せるのを忘れないように」

混乱もあらわなアレックスを残して、苦りきった顔で歩み去る。まったく、ばかだった。ザダの受けわたしなど、メドジュエルに頼めばよかったのに。これではみずから拷問にかかりにいくようなものだ。自分のラクダにまたがり、立ち上がらせる。長い一日になりそうだった。とても長い一日に。

強い日ざしが照りつけ、光の屈折で遠くの景色が揺らいで見える。アルタイルはようやく暑さを感じはじめたところだった。あと二時間もすれば日はかたむき、夜の訪れとともにがくんと気温が下がるだろう。この一日半、アレックスを遠くから見まもってきた。ザダは新しい主人によく仕え、アレックスのほうも楽しそうだった。

昨夜の食事のあとで、アレックスの笑い声が聞こえた。その声につりこまれ、たき火の前から腰を浮かせると、彼女がザダと遊んでいた。なんともほほえましい光景だったが、部族の仲間たちにからかわれたアルタイルは、わずかでも興味を示したことを悔やんだ。アレックスにはなんの関心もないと胸に言いきかせつつ、それが嘘だということを、誰よりも自分が知っていた。

砂漠に来てから、アレックスは楚々としたドレスやコルセットには目もくれず、お気に入りの黄褐色のズボンを穿き、白いブラウスの袖をまくり上げて着ている。一日の終わりには、シャツが肌に張りついて、蠱惑的な曲線がいやおうなしに目に飛びこんでくる。実用一辺倒の服装が、かえってなやましく見えるのは、アレックスが自分の色香にまったく気づいていないからだ。

ゆったりと進んでいたラクダの歩調がいきなり変わった。早足で駆けだし、前の一頭を追いこそうとしている。アルタイルは手綱を引きしめ、いやがるラクダを隊列から外れさせて、地平線に目をやった。後方の空が黄土色に変わっているのを見て、いっきに気持ちが沈んだ。

警告の叫びを発してメドジュエルの注意を引きつけ、地平線を指してみせる。そして返事を待たずに、ラクダの尻に鞭を入れて突っ走り、アレックスのラクダをめざした。背後では従兄が警告をふれ回り、隊列全体が停止した。アルタイルはラクダがしゃがむよりも早く、自分で飛び降りた。

アレックスのラクダまで二歩で歩みより、肩ごしにうしろをうかがう。いやというほど見なれた砂煙が、みるみるせまってくるのがわかった。アレックスから手綱をひったくり、いやがるラクダをしゃがませる。

「どうしたの？　なぜ止まったの？」

問いかけには答えず、乱暴にアレックスを抱えおろして地面に伏せさせた。「砂嵐だ」

「だけど、ラクダは……」

「ラクダは本能で〝シロッコ〟から身を守れる。われわれは、それができない」アルタイルは物入れを兼ねた腰帯をほどいた。ベルトが砂の上に落ちると、上衣を脱ぐ。濃色の布を両手で広げてアレックスの隣にしゃがみ、心配そうな目を覗きこんだ。努力してにこりと笑う。

「体を覆って目を閉じていれば、だいじょうぶだ」

だいじょうぶであることを、祈るほかなかった。シロッコはときとして旅団全体をのみこみ、砂に生き埋めにしてしまうからだ。風が周囲の砂を巻き上げる。もはや、後方を確かめなくても嵐がすぐそこまで来ているのが感じられた。アルタイルはアレックスを引きよせ、自分の胸に顔を埋めさせた。そして、衣ですっぽりふたりの頭を覆い、自分の隣でうつぶせになるようアレックスにうながした。

目をつぶり、彼女の髪に顔をうずめる。危険の只中にいるのに、欲求が目ざめるのを感じた。やわらかな巻毛からただよう柑橘の香りが、嗅覚だけでなく全感覚を支配する。繊細な顔の凹凸が、シャツごしに胸を押す。四肢がしっくりとなじむ感覚は、まるでひとつの型から生まれた片割れのようだ。そう考えたとたん、アルタイルは息苦しくなった。おのれの人生に女性が入りこむ余地はないことを、忘れるな。たとえ誰が相手でも。

ほどなく、嵐がふたりを呑みこんだ。上衣をしっかり巻きつけていても、わずかな隙間から砂が飛びこんでくる。じきに口の中も砂粒でじゃりじゃりになった。アルタイルはアレックスに覆いかぶさった姿勢を死守し、少しでも砂から守ろうとした。

永遠に吹きあれるかと思われた嵐も、十五分もたつとすっかり通りすぎた。風がおさまったあと、アレックスが身じろぎした。アルタイルの背中にかかる重みは、ふたりがなかば砂に埋もれているあかしだ。そろそろと上衣を押し上げ、はねのける。濃紺の布から、砂と埃がいっきに流れおち、小さな山をこしらえた。

起き上がったアルタイルは、アレックスの手を引いて起こした。彼女が咳きこみながらしりぞく。砂まみれの顔はまるで土気色の亡霊のようで、笑いを誘われた。

「何を……」言いかけたアレックスがまた咳きこんだ。「笑ってるの？」

アルタイルはそっと、顔についた砂を落としてやった。「小麦粉をまぶしたような顔をしているからさ」

アレックスも笑いだした。「あなたの顔こそ、お風呂に入るべきだって書いてあるわよ」

「いっしょに入ろうか」言ったとたん、しまったと思った。アレックスが真っ赤になった。砂埃に覆われていてもはっきりとわかるほど。

アルタイルはよろよろと立ち上がり、アレックスを助け起こした。その直後、彼女がラクダのほうに駆け出した。「たいへん！　ザダを置いてけぼりにしていたわ」

恐怖にひきつった声に、アルタイルも思わずあとを追った。「心配いらないさ。ラクダと同じで、身を守るすべが自然とそなわっているから」

その直後、鞍にくくりつけた荷袋のひとつから、ザダがぴょこんと顔を出した。甲高い声でさえずりながら立ち上がり、あんたの話はすっかり聞いていたわよ、とでも言いたげにアルタイルをにらむ。

アレックスがてのひらをさし出し、やさしく詫びながらマングースをなでた。ザダは少しためらったが、謝罪を受け入れたのか、女主人の腕を駆け上がって襟首に落ちついた。アルタイルは笑みを誘われ、話しかけようとしたが、そのときメドジュエルの呼ぶ声がした。アレックスに軽くうなずき、アルタイルは隊列を立てなおしに向かった。

砂嵐で足止めをくらったにもかかわらず、日が暮れるころには、カンティールまでの道程に位置する最後のオアシスに到達できた。前夜と同じように、男たちがきびきびと天幕を張っていく。アレックスの天幕は最初に建ったので、アルタイルは人夫のひとりに命じて、持参した折りたたみ式の湯船を準備させた。たいへんな出費だったが、砂漠のきびしさはよくわかっている。アレックスが文明社会の快適さを恋しがるにちがいないと思ったのだ。

天幕をぬって歩きながら、砂嵐でこうむった被害の度合いを確かめる。自分たちは運がよかったらしい。羊を一頭失い、飛んできたもので何人か負傷したとはいえ、比較的少ない被害ですんだ。もっと悲惨な結果になったかもしれないのだ。人が砂に埋まり、助け出される前に窒息死することも珍しくない。

幸運を嚙みしめながら、短い感謝の祈りを捧げる。あしたの昼にはカンティールに到着できるだろう。アルタイルの胸は高鳴った。アレックスが本当にノウルベセの墓を見つけるかもしれないと思うと、期待を抑えきれなかった。

太陽が地平線の向こうに姿を消す。アルタイルは腰を伸ばし、筋肉の疲れをほぐした。熱い湯につかるところを想像すると、思わず口もとがほころんだ。入浴中に突然入っていったら、アレックス・タルボットはどんな顔をするだろう？

すぐ近くに設置された彼女の天幕に顔をふり向ける。魅惑的な想像が頭を埋めつくし、思わずいらだちの声が漏れる。背後にいた部族の仲間から食事にしようと呼ばれたので、こぢんまりした焚火の前に行くと、小ぶりの鶏がまる一羽、串に刺さってこんがりと焼けていた。

腰を下ろして食べはじめたアルタイルの視界に、見知った顔が飛びこんできた。アルタイルは身を固くし、男が目の前を通って火の前に座るのを見つめた。裏切り者が旅団に加わったのを、メドジュエルも承知の上だろうか？　ちょうどそのとき、従兄が自分の天幕から出てきた。アルタイルは食事を横に置いて立ち上がり、近づいていった。

「ムハンマドがいっしょなのを、知っていたか？」声を低めて訊ねる。

メドジュエルがちらりとこちらを見てから、重いため息とともに目をそらした。「ああ。おれが加えた。敵は遠くにいるよりも、目の届くところに置いたほうが安全だからな」

従兄の統率力に疑問を呈したときのことを思い出して、アルタイルは黙ってうなずき、きびすを返した。その肩を、力強い手が引きもどした。

「考えたうえで決めたんだ。おれの判断にけちをつけるな。今も、これからも」

黒い双眸が冷徹な光をたたえる。最後にこの表情を見たのは、メドジュエルが命令に従わなかった部族民のひとりにきびしい罰を与えたときだった。無慈悲なまなざし。アルタイルに向けられたのはこれが初めてだ。アルタイルはもう一度むっつりとうなずき、従兄のそばを離れて食事に戻った。

コリアンダーで香りをつけた、汁気たっぷりのやわらかな鶏肉にかぶりつきながら、メドジュエルを遠目で観察する。何か隠しごとをされている気がしてならなかった。その隠しごとは、すぐ近くに腰かけた裏切り者に関するものにちがいない。ラクダの乳をがぶりと飲み、さりげなくムハンマドに目をやる。

視線を戻そうとした刹那、裏切り者がメドジュエルにうなずくのが見えた。反応してはいけない、ととっさに判断し、皿の上の肉に意識を集中させる。メドジュエルの視線を感じて背すじがぞくりとした。何が進行しているにせよ、従兄は語ろうとしない。どんな秘密を抱えているにせよ、自分の気に入りそうにはなかった。そう、まったく気に入りそうになかった。

11

天幕のまわりに生いしげる椰子の木や草むらをぬけて歩きながら、アレックスは夜空を見上げた。満月がこうこうと輝き、あたりは昼間と変わらぬ明るさだ。星々も、手を伸ばせば届きそうなほど近くに見えた。

父とジェフリー叔父がここにいればよかったのに。ふたりなら、苛酷な環境などものともせず、異国を心から楽しんだろう。五年もかけてピラメセス発掘の計画を立てたのに。叔父は何度も、〝ようやく故郷に帰れる〟と口にした。自分をラムセス二世の生まれ変わりだと信じて疑わなかったのだ。今どこにいるにせよ、叔父にはノウルベセと再会して幸せに暮らしていてほしかった。

ジャスミンが甘く香ったので、アレックスは足を止め、椰子の大木を這い上がる蔓にびっしりと咲きほこる白い花を眺めた。つまんだ指のあいだで、花びらがやわらかくたわんで香りたつ。期せずして、ジェフリー叔父が病に倒れたとき、彼の部屋で同じ香りを嗅いだことを思い出した。

毒虫に刺されて痛い、とあれほど叔父が訴えたのに、たいしたことはないだろうと笑いとばしたのが、今となっては痛恨のきわみだ。急に感冒にかかったときも、あの訴えを病と結びつけはしなかった。当然といえば当然だ。叔父が痛がった首すじには、なんの傷跡も見あたらなかったから。

この二週間で起きたことから見て、アレックスの命をねらった犯人は、人を殺すことに慣れている。しかも、まがまがしい生き物を好んで使う。父と叔父の突然の死も、自然の力を借りた殺人だと考えれば納得がいく。

感冒による死は珍しくないが、蠍《さそり》の毒もよく似た効果を人におよぼす。何よりも、蠍の刺し傷は肌に残らない。自然死をよそおえる上に、犯人がつかまる恐れも低い。父と叔父が殺されたという証拠はどこにもないが、アレックスは確信していた。わからないのはなぜ、ふたりがねらわれたのかだ。アレックスはこみあげる悲しみを押しころした。

頭上で、満天の星がまたたいた。そのとき草の葉がかさこそと音をたてたので、とたんに身がこわばった。

ザダが下生えの真ん中にちょこんと立ち、興味深げにこちらを見ていた。アレックスはほっとして笑いだし、かがんでマングースの後頭部を掻いてやった。ザダが身をすりつけ、その直後に勢いよく草むらに飛びこんだ。小さな友が狩りに戻るのを見とどけて、アレックスは散歩に戻った。

アルタイルも、アレックスの命をねらう者がいると考えている。口には出さないが、顔を見ればわかった。どうやら、ねらわれる理由にも心あたりがあるようだ。

なぜこんなに事情がややこしくなってしまったのだろう。休養中のジェーンをカイロに残してきたので、心を開いて話せる相手はいない。まして、信頼できる相手など……。アルタイルは信頼できそうでいて、何か隠している。アレックスはひとりぼっちだった。

いいえ、ちがうわ。友も家族もいないかもしれないけれど、頼れる人間がひとりだけいる。自分自身だ。必要とあれば、自分ひとりで謎を解決してみせよう。なぜ殺されかけたのか、理由を見つけてみせよう。失われた都を探しに出れば、かならずや苦難が待っている、とジェフリーは告げたが、叔父の予言はいつもあいまいだった。もっと具体的に教えてくれれば……。

〝考えなさい、アレックス。ジェフリー叔父さまとお父さま、それにわたしが知っている共通事項は何？〟

ピラメセス？　ちがう。失われた都を探す学者は、以前から大ぜいいた。では、都に存在する何かか？　宝物のたぐいか？　遺跡や工芸品のたぐいはたくさん出てくるだろうが、ピラメセスには、ほかのどこにも存在しない宝がひとつある。ノウルベセだ。でも、なぜ？　なぜ、ノウルベセについて知っているだけで殺されかけるのだろう？　意味がわからなかった。疑問への答えが見つかったと思ったとたん、次の疑問が浮かび上がる。ノウルベセについて、もっとくわしくアルタイルに訊きたかったが、なんとなく怖かった。容易には信じられない相手。ただ、アレックスを案じてくれるのは確かだ。嵐のときもそうだった。ザダのことも。

マングースがすぐ横を走りぬけ、またしても草むらに姿を消した。アレックスはこの生き物にすっかり心奪われていた。アルタイルがお守りとして与えてくれた、という事実が、ザダをひときわ特別な存在にしていた。

目の前で木立が開け、大きな池が現われた。近づいたとき、小さな水しぶきの音が聞こえた。ぎょっとして心臓が止まりそうになったが、アルタイルが水面に顔を出すのを見て、不安は興奮に変わった。目を閉じたまま、アルタイルが頭をふって長い髪をはらった。

広い胸から伸びるたくましい腕、しなやかな鋼鉄のごとく波打つ筋肉。力強い抱擁を思い出さずにいられなかった。銀色の月光が、水に濡れた赤銅色の体にきらきらと躍る。まるで一幅の絵だ。ひきしまった強靱な肉体を前にしたアレックスは、息もつけずに見とれるのみだった。

進んだ教育を受けてきたので、男性の肉体構造はよく知っているし、恥ずかしいと思いもしなかった。むしろ、何時間でもここに立って観賞を続けたかった。上腕の隆起、胸にうずまく毛が一本線となって腹部に消えるさま。なんと美しい男性だろう。砂漠オアシスでくつろぐファラオの図だ。

アレックスは思わず、濃い色の巻毛に囲まれた男性自身に目をやった。ホテルの部屋で味わった、めくるめく官能のひとときが脳裏によみがえる。体の芯がうずき、下半身がじんわりと熱くなった。

ふいにわれに返り、ここにいてはいけないと自分をいさめる。盗み見していたと知られたら、何を思われるかわからない。きびすを返して去ろうとしたとき、ザダが草むらから走ってきた。ぺちゃくちゃとさえずる声のにぎやかなことといったら。アルタイルがはっと目を開き、するどい一瞥を投げた。

アレックスはぎょっとして棒立ちになった。どう言いわけすればいい？　男らしい口もとがゆるやかにほころぶのを見て、心臓が飛び上がりそうになった。放蕩者！　楽しんでいるんだわ。なぜ、池のことを誰も教えてくれなかったの？

彼がゆっくりとこちらへ歩いてくるあいだも、アレックスは身動きできなかった。近づけば近づくほど、息が苦しくなる。逃げ出したかったが、地面に根が生えたように動けなかった。すぐ目の前に立ったアルタイルが手を伸ばし、喉もとに軽くふれる。思わずため息が漏れた。

ああ、たまらなく彼にふれたい。キスしたい。張りつめた肌をこの指に感じたい。アレックスも手を伸ばし、胸板に指を広げた。てのひらに鼓動の速さが伝わってくる。こらえきれず、アレックスは濡れた肌に手を這わせた。そそり立った下半身が目を引いた。

「さわってくれ、エミーラ」

低い命令の声が、肺から空気を奪った。視線をからみつかせたまま、アレックスは男性自身を手にとった。ずっしりと張りつめた感触。指で包みこむと、アルタイルが身じろぎした。

「もっと強く」しゃがれた声でささやきながら、自分の手を重ね、握る力を強めるよううながす。

そっと腰を突き出し、アレックスの手の中で前に、うしろにと動かす。親指が分身の先端にふれたとたん、喉声が漏れた。「もっとだ、アナ・アニデ・エミーラ。もっと強く」

強靭な手がアレックスのうなじをとらえ、唇が重ねられた。キスするあいだも、分身が手の中で動きつづける衝撃が、アレックスを稲妻のようにつらぬいた。愉悦がうずを巻いて体の中心に集まり、小さなふるえを走らせた。全身が熱くなり、内部が潤むのがわかった。

舌と舌をからめながら、硬直を握る力を強める。熱く甘美な、アレックスが願ってやまない行為を模した愛撫。考えただけで体の奥がぴくりとし、無意識に手の力が強まった。アルタイルが大きくうめくのを聞いて、喜んでいるのがわかった。親指で分身の先をなでるたびに、彼が歓喜に身をふるわせるのがうれしくてたまらない。先端ににじみ出した液体が親指を濡らし、彼の動きもはげしさを増した。

キスを止めたアルタイルが、首をのけぞらせ、目を閉じて勢いよく腰をくり出した。情熱に全身がこわばるのを見て、アレックスの口はからからになった。こんなふうに彼を受け入れたい。力強い分身に満たされ、熱く燃えあがりたい。なやましいうめきを発しながら、アルタイルが全身をこわばらせ、ぴたりと動きを止めた。アレックスの手の中で硬直が脈打ち、情熱のしるしをほとばしらせた。

満足げにかすんだ瞳を見て、彼が達したのがわかった。あまりに濃密なふれあいに圧倒され、アレックスはおそるおそる彼の顔を見上げた。燃えさかる情熱にたじろいだのは、自分がまだ分身を握ったままだと気づいたからだ。

息が喉に引っかかった。これほど非常識で……罪深くて、甘美な行為にわれを忘れるなんて。自分がしでかしたことへの興奮と警戒とが、心の中でせめぎ合っていた。

ふいにザダの鳴き声がしたので、アレックスはわれに返り、飛びすさった。本当にどうかしていたわ。心臓をどきどきさせながら背を向け、駆け足で天幕へ戻った。

天幕の前まで来たところで立ち止まり、無念さに目を閉じる。あんなことをするのは、破廉恥なあばずれ女だけだ。自分から男性にふれるなんて、わたしの良識はどこへ行ったの？ああ、でも、彼のたかぶりをじかに感じる快楽ときたら。この手の中で達する彼の表情ときたら。思い出すだけで頬が熱くなった。まったく、アルタイルにどう思われただろう。

下生えを踏みしめる音に、アレックスははっとした。ふり向くより早く、手で口をふさがれ、強靱な腕で腰をとらえて茂みに引きずりこまれた。最初はアルタイルが追ってきたのかと思ったが、強烈な羊の匂いで、別の誰かだとわかった。

恐れおののきながらも、口をふさぐ手に爪を立て、茂みの奥へ引っぱっていこうとする襲撃者にあらがう。相手がマジールの言語で毒づき、手の力を強めた。アレックスは半狂乱で、男のひとさし指をつかみ、反対側に折り曲げた。低い呪詛がひびきわたると同時に、男が口にかけた手を引っこめる。助けを求めて叫んだアレックスの側頭部に、大きな手が打ちおろされた。打撃でアレックスの体は大きくかしぎ、耳ががんがんした。かすむ意識の中で、体の均衡を取り戻そうとあがく。

なんとかして逃げなくては。必死で腕を曲げ、相手のみぞおちに肘をめりこませる。苦しげなうめきとともに力がゆるんだので、アレックスはここぞとばかりに腕をふりほどいた。そしてふり向きもせず、木立をぬけて自由へとひた走った。天幕の前にたどり着いたとたん、たくましい胸に思いきりぶつかった。襲撃者が先回りして待っていたのだと思いこんだアレックスは、体に回された腕をほどこうと暴れた。

「だいじょうぶだ、アレックス。ぼくだ。もう心配いらない」アルタイルの声だ。アレックスは身をふるわせて彼の腰に腕を回し、肩口に顔をうずめた。

男たちがわらわらと天幕の周囲に集まってきた。部族の中に襲撃者がいるとわかっているので、アレックスはひとりひとりの顔を確かめた。

「だいじょうぶだ。跳び鼠が出たと思ったらしい。少しおびえているだけで、どこも悪くないから安心してくれ」アルタイルが説明すると、男たちが笑いだした。

敵はもはや、人目を忍ぶ気もなくなったらしい。今回は逃げられたが、次はどうだろう？なおも笑いながら、男たちが散っていく。アルタイルとふたりきりになったアレックスは、手足の緊張をほぐそうとした。全身ががたがたとふるえている。

「何があったか教えてくれ」静かな声に、真実を知りたいという決意がにじんでいた。

「うしろからはがいじめにされて、茂みに引きずりこまれたの」

「顔は見たか？」

「いいえ。だけど、マジール族なのは確かよ」

アルタイルの顔がこわばり、名状しがたい表情をたたえるのがわかった。おどろきではない。ずっと前から、犯人はマジールの誰かだと知っていたのだ。するどいまなざしがアレックスを射た。

「どうしてわかる？」

アレックスは躊躇した。信用していいものだろうか？　確かに、アルタイルはわたしを守ろうと最善を尽くしてくれる。殺人者はそんな手間をかけないだろう。とはいえ、すべて打ち明けてくれたわけではない。なぜこちらを信用してくれないの？　ふたりの視線が合った。決然とした目の光に、アレックスはごくりと唾を飲んだ。

「マジールの言葉を話していたからよ」

「ほかに、何か気づかなかったか？　小さなことでも手がかりになる」

懸命に考えたすえに、アレックスは首をふった。「あっという間だったから。ほかには何も思い出せないわ」

筋肉の緊張はゆっくりとほどけ、抱擁されているおかげで気持ちも落ちついてきた。このまま離れたくない。息を吸いこむと、さわやかな石鹸の香りがした。肌がわずかに湿っている。にわかに手足がふるえだした。

「心配いらないよ、アレックス。約束する。きみの寝台の足もとで眠ろうか。そうすれば、誰も害をおよぼせない」

ああ、なんてばかなことを。死の恐怖を味わったばかりだというのに、今はそれどころではなかった。体がふるえたのは、恐怖のせいではない。彼が近くにいるせいだ。つい先ほどのふれあいで、アレックスの頭はいっぱいだった。

ごくりと喉を鳴らし、唇を湿らせる。褐色の瞳が、鷹のようにするどくこちらを見つめていた。もう一度、彼を味わいたい。この唇で感じたい。誰に見られようとかまわない。二週間たらずのあいだに三度も死の恐怖にさらされたことで、アレックスはいやおうなしに命のはかなさ、かけがえのなさを痛感させられていた。もっと奔放に、思うがままにふるまいたい。アルタイルが目を細め、ゆっくりと顔を近づけてきた。

遠くでアルタイルの名を呼ぶ声がした。彼がはっと身を引く。ふり向いたアレックスの目に、奇妙な顔でふたりを見まもるシーク・マジールの姿が飛びこんできた。

マジールの言語を使い、シークがとげとげしい口調でアルタイルに話しかける。内容はわからなかったが、口調のきつさは感じとれた。隣に立つアルタイルの体から緊張が伝わってくる。無言のまま、あごに力が入り、怒りがみなぎる。ふいにシークが地面に唾を吐き、立ち去った。

手を伸ばしてアルタイルの腕にふれたが、強くふり払われたので、アレックスはあっけにとられた。こんなによそよそしくなるなんて、シークに何を言われたのかしら？

「アルタイル、どうしたの？」

「もう寝たほうがいい。あすは朝早くに出発だ。昼前にはカンティールに到着できるだろう。きみの安全を確保するために、見張りをつけさせる」

歩み去ろうとするアルタイルの前に、アレックスは立ちふさがった。「まだ答えを聞いてないわ。どうしたの？　シークに何を言われたの？　てっきり……てっきり……わたしたち……」

「今夜は羽目を外しすぎた」

「なんの話？」

「われわれにとってきみは客だ。ぼくの庇護下にある」

一瞬、意味がわからなかった。張りつめた空気が流れる。濃密できわどい、扇情的な空気。彼の目にはなおも情熱がたぎっていたが、それを認める気はないらしい。アルタイルが渋い顔で腕をつかみ、アレックスを前に進ませた。黙りこくって天幕の入口をめくり、中に入らせる。入口が閉ざされたあとで、アレックスは歯を食いしばった。紳士であれ。きっとシーク・エル・マジールはそう言ったのだ。紳士らしからぬふるまいをしたと、アルタイルをなじったのだ。

欲求不満をもてあまし、小さなうめきが漏れた。ついさっきまで、すべて忘れてアルタイルの腕に飛びこむ覚悟だったのに。ピラメセスの都さえ忘れかけて……そう考えると冷や汗が出た。男性に夢中になって、父と長年はぐくんできた夢さえおざなりにしてしまうとは。二度とそんなことがあってはならない。

アルタイルはラクダの背から、アレックスが自分のラクダに駆け足を命じるのを眺めた。まもなくカンティールだと、彼女も知っているのだ。あとを追いかけ、興奮した顔を見たかった。いや、だめだ。なるべく遠ざからなくては。近くにいたほうが安心だが、遠くからでも動向を見まもることはできる。

昨夜は失敗した。大失敗だ。部族の賓客をはずかしめるなという従兄の言い分はもっともだ。メドジュエルが止めに入らなかったら、どこまで進んでしまったかわからない。

いや、わからないが聞いてあきれる。彼女の体を奪っていた、そうだろう？　まったく、ぼくはとんだ愚か者だ。欲求はかならずしも、心の結びつきを意味しない。だが、昨夜アレックスの手で愛撫されたときは、たがが外れてしまった。もう一度、彼女の手に包まれたくてたまらない。手だけでなく、彼女のすべてを感じたい。

大胆な想像に顔がゆがんだ。いいかげん、欲望を御するすべを覚えなくては。今はアレックスの安全が最優先だ。ラクダに揺られながらふり返ると、ムハンマドが羊の群れを追いたてているのが見えた。奴は裏切り者だが、人も殺したのか？　もしあの男だとしたら、理由は？　ホガルがムハンマドを使って、アレックスを亡き者にしたがっているのか？　なぜホガルが、彼女の死を望む？　もしノウルベセの財宝が望みなら、アレックスに場所を示してもらう必要がある。墓を見つける前に彼女を殺してしまっては、元も子もないだろうに。

先頭を行くラクダが、大声で合図を発した。合図は次々と隊列のうしろに送られ、マジールの歓呼があたり一帯にとどろいた。声を聞きつけたカンティールの村人が、外に出てきて一行を出迎えた。

アラブ馬に乗ったメドジュエルが、アルタイルを追いこして先頭へ行く。アレックスはすでにラクダを降りていた。従兄が歩みより、しばし言葉を交わしたあとで野営の指揮にかかるのを、アルタイルはじっと見まもった。

ラクダを寄せていく先で、アレックスが腰に手をあてて背中を伸ばした。さぞ疲れているだろう。きびしい旅程にも、泣き言ひとつ言わずに耐えぬいた。タルボット教授もきっと誇らしく思ったはずだ。くやしいが、アルタイル自身も賞賛をおぼえていた。

さまざまな困難に耐えぬいてきたアレックス。今こうして、父の遺志を継ごうとしている。ピラメセスの都を見つけ、ノウルベセとファラオを死後の世界で再会させるために、なんとしても彼女を守らなければならない。

手綱を引くと、ラクダが大きくいないないて停止した。目の上に手をあて、こちらを見上げるアレックスの顔がかがやいていた。まばゆい笑みにはさからえず、アルタイルもつい笑顔になった。

「カンティールに着いてうれしそうだね」

「うれしい？　いいえ、有頂天よ。ここまで長い道のりだったわ。父と叔父がいっしょにいたら、どんなに興奮したか」

はずんだ声の隙間に悲しみがにじむ。彼女の無念さが伝わってきた。

「人夫に命じて、すぐに天幕を建てさせよう。トランクも降ろしたほうがいいだろうね？」

「ええ、もちろん」アレックスが勢いよくうなずく。「きょうのうちにいろいろ調べておきたいの。そうすれば、あしたには探査に出かけられるでしょう？」

「だったら、大急ぎで天幕を準備させるよ」

アレックスが一歩踏み出して脚にふれてくる。アルタイルの体に快感が走った。「アルタイル、あの……あのね、お礼を言いたいの。父の最後の望みをかなえてくださったこと。あなたがいなかったら、絶対にここまで来られなかったでしょう」

静かな声に心打たれたアルタイルは、あらいざらい話してしまいたくなった。だめだ。今ほど彼女の信頼が必要なときはない。いずれアレックスも真実を知るだろうが、それまでは嘘に嘘を塗りかさねてでも、彼女の身を守ろう。

うっかり気をぬくと、すべて告白してしまいそうだ。アルタイルは黙ってうなずき、ラクダで走り去った。

12

アレックスはつば広の帽子を脱ぎ、ひたいの汗を腕でぬぐった。帽子で顔をあおぎながら、前方に広がる岩場に憂鬱な視線を投げる。二週間！　二週間も骨を折ったのに、ピラメセスの気配さえ見つからないとは。どこで計算をまちがったのだろう？

あらゆる資料が、ファラオの失われた都はここだと示している。父とふたりで重ねてきた研究が無意味だったとは考えたくなかった。発掘第一日めに、数百年前の土器のかけらがいくつか見つかったが、ピラメセスの時代までさかのぼるものはひとつも出なかった。都が存在したのはおよそ三千年前だ。ラムセスの黄金都市がカンティールにあったにせよ、地中深く埋もれてしまったのかもしれない。今のところ、その形跡はまったく見あたらなかった。

「さあ、少し水を飲むといい」アルタイルの声を聞いて、アレックスはびくっとした。目を上げると、哀れみのまなざしがこちらに向けられていた。山羊革の水筒袋を受け取り、ごくごくと飲む。冷たい水が気分を爽やかにしてくれた。飲みおわったアレックスは、水筒に蓋をしてアルタイルに返した。

「ありがとう」

濃紺の衣に身を包み、弾帯を斜めがけにしたアルタイルは、どこから見ても日に焼けたベドウィンだった。頬に描いた部族のしるしが、大胆不敵なたたずまいを強調する。単なる魔除けではなく、模様ひとつひとつに意味があるのだろう。目の下を黒く塗ると日ざしを反射して目を守れる、と説明されたのを思い出す。砂漠に着いてからのアルタイルは、日をよけるため、民族衣装に加えて青いターバンも巻くようになった。おかげで、生来の荒々しい魅力がさらに強調されている。

アルタイルも大きくひと口飲んだ。彼が手の甲でぐいと口をぬぐうのを見ながら、アレックスは下唇を嚙んだ。自分の手で、あの美しく官能的な唇をぬぐうところを想像したからだ。動揺に眉根を寄せながら、顔をそむける。この二週間はピラメセス発掘に全神経をそそぎ、アルタイルとはできるかぎり距離をおいてきた。彼のほうも近づいてこなかったが、いつでもこちらを見ている感覚があった。

「元気がないね」

「そうなの」アレックスはぞんざいに帽子をかぶりなおし、目の前の地形に視線を戻した。

「気にするな。カンティールの村に入ったとたん、失われた都が目の前に広がると思っていたわけでもないだろう？」アルタイルがまた、水筒をかたむけてひと口飲んだ。日ざしを浴びた赤銅色の喉がごくりと動く。そうかしら？　アレックスは顔をしかめた。いいえ、わたしは確かに楽観していた。あっという間に見つかると信じて疑わなかった。

なんと愚かだったのだろう。メリック卿に笑われてしまう。過去に何十人もの研究者が探してきた古都を、あっさり見つけられると思うなんて。

「思っていたのか？」問いかけでわれに返ったアレックスは、相手をちらりと見た。

「ええ。今ごろは遺跡の発掘にかかっている予定だったわ。でも、何も見つからない」

アルタイルが肩をつかみ、自分に顔を向けさせた。「あいかわらず短気で勢いまかせなんだな。きみならピラメセスを見つけられる、アレックス。もうしばらくの辛抱だ。まちがいない」

「ずいぶん自信たっぷりに言うのね。わたしには無理だわ」

「自分を信じるんだ、アレックス。きみにはピラメセスを見つけられる。思ったより時間がかかっているだけだ」

アレックスはため息まじりにうなずき、彼のもとを離れた。足もとの地面は固い。うっすらと砂をまとったすぐ下は、ひびの入った黒っぽい粘土質の層だ。およそ二千年前までは河床《かしょう》だったのが、時の流れとともに干上がり、陸地となったのだろう。河原にあたる部分はアレックスの肩と並ぶほど高く、これほど深い河が流れていたのかとおどろかされる。なおも河流をたどっていくと、左右対称の構造が目を引いた。

自然の力には、いつも目を見はらされる。何百年もかけて、地表をこれほどなめらかに研磨するなんて。目の前に落ちていた石をなにげなく拾ったアレックスは、親指で表面をなでながら首をかしげた。水の流れは石をも研磨する。なのに、この石はなぜこんなにぎざぎざなの？　とまどいながら石を上に投げ、受けとめる。もう一度同じことをしたが、今度は受けとめそこねて落とした。拾いあげようと身をかがめたとき、河床の側面に目がいって、アレックスは凍りついた。

「ああ、なんてこと」

なだらかな河原はそのまま砂漠の広がりへとつながっているが、アレックスの目を奪ったのは、干上がった河の湾曲部分だった。何度もここを歩いたのに、なぜ気づかなかったのだろう。直角に曲がった地形。自然のなせるわざにしてはきっちりしていすぎる。長い時間をかけて風化したせいでわかりにくいが、目の前にそびえ立つのはまちがいなく、かつての壁だ。

アレックスは首をめぐらせ、さっき向かおうとした方向を見た。壁は見わたすかぎり遠くまで続いている。立ち上がって体を伸ばすと、たった今ピラメセスの防壁と見さだめた側面にアルタイルが寄りかかっていた。彼がいる場所から少し離れたところで、壁がきっかり右に曲がっている。アレックスは興奮しきってアルタイルに駆けよった。

「ここよ！　最初からここにあったんだわ！」彼の腕の中に飛びこみ、思いきり抱きしめる。「これは都市の外壁なのよ。どうして気づかなかったのかしら。いいえ、どうしてかはわかる。自然の力で隠れていたんだわ。でも、ここなのよ。本当に、ここなのよ」

「待ってくれ、アレックス。壁とはなんのことだ？　ここは河床だぞ」

「ちがう、ちがう、ちがう。ピラメセスなのよ。これが外壁」アレックスは抱擁を解いて彼の手をつかみ、壁がかっちりと右に曲がる箇所へ連れていった。「ほら、わかるでしょ？　壁よ」

「わからないな。何がなんだか」

「見てて」アレックスは尻ポケットから小型の鑿《のみ》を出した。何度かこきざみに突いて、こびりついた砂を取りのぞく。砂が落ちるにつれて、壁の角がはっきりしてきたところで手を止める。「ほらね！　外壁でしょう。砂嵐で埋もれたあと、長い時間がたって、ここに都市があったことさえ忘れ去られてしまったんだわ。だけど、確かにここにあるのよ。わたしにはわかるわ」

感嘆に頬をゆるめながら、アルタイルが手をのばし、砂がとり除かれた箇所にふれる。周囲のあちこちに目をやるしぐさが、ついさっきの自分を思わせた。驚愕、信じられない思い、そして興奮。ふいにアルタイルが手をさしのべ、アレックスを高々と抱え上げた。マジール式の鬨《とき》の声をあげながら、くるくると回転する。

彼の熱狂ぶりにあおられて、アレックスも笑いだした。ピラメセスはここにある。ようやく見つけたんだわ。地面に下ろされたあとも、ふたりは笑いつづけた。アルタイルが有頂天でかがみこみ、アレックスにはげしくくちづけた。

なおも笑いながら、アレックスの肩をつかむ。「ほんの何分か前には、あんなに自信喪失していたのに」

興奮と、突然キスされた衝撃にくらくらしながら、アレックスは相手を見上げた。わたしにキスしたこと、わかっているのかしら？　唇が焼けつき、喉は何かつかえたように苦しかった。この二週間、本能に従うべきかさんざん葛藤してきたのに……。アルタイルにこの身を奪われる甘美な夢を、幾度見たことか。男女の関係になっても、長続きするはずがないのはわかっていたが、どうでもよかった。これまでは縁談をもちかけられても、きまって仕事を選んできた。でも、今は男女の情熱を知りたかった。彼だけが燃えたたせてくれる情熱を。アレックスに惹かれていることを隠そうとしなかったアルタイル。まだ、その気持ちは冷めていないだろうか？

すばやく彼の頭を両手で引きよせ、唇を重ねる。はっと身を固くしたのも束の間、アルタイルはきつく肩を抱き、キスに応えた。焼けつくような、けれど苦痛ではなく、めまいに似た歓喜だけが支配する愛撫。アレックスは夢見心地で、甘いキスをむさぼった。針葉樹の香りと、熱く男っぽい肌の香りが嗅覚を埋めつくす。

アルタイルが舌先で彼女の唇を割り、焦らすように内部をつつくと、彼女も熱っぽく舌をからめてきた。しなだれかかる体の重みに、血が沸きかえりそうだ。ああ、この感触にどれほど飢えていたか。アレックスから身を遠ざけた二週間は、まるで地獄だった。やわらかな下唇に軽く歯を立ててから、あごをつたって乳白色の喉もとまで唇を這わせる。肌にしみついた砂漠の匂いが、異国の酒のようにかぐわしく感じられた。首すじをそっと甘噛みすると、色っぽい鼻声が漏れた。

「アルタイル、どうか……」

小さな懇願の声が、アルタイルを蠍のように刺した。ダム・ガーンナム！　しっかりしろ！　嘘をついたまま、彼女と深い仲になってはだめだ。アルタイルはあわてて相手を押しのけ、かぶりをふった。

「いけない、アレックス。これはまちがいだ」ここでまちがいを犯したら、アレックスは先々まで悔やむにちがいない。真実を明かすのはどれほどつらいことか……。アレックスにきらわれるのはしかたない。だが、すべてを説明せずに体を奪うのは、もっと卑怯に思われた。

「まちがい？」アレックスの目が、信じられないと言いたげに見ひらかれた。

「ちがう、アレックス。そういう意味じゃないんだ」

美しい瞳が落胆に曇るのを見て、アルタイルは自己嫌悪に歯を食いしばった。なんてことだ、ぼくに拒まれたと思ったのか。彼女を手に入れるためならすべてを投げ出してもいいとさえ思っているのに……。大きく息を吸いこむ音を聞いて、後悔の念が襲ってきた。手をさしのべたが、ぴしゃりとはねのけられた。

「おっしゃるとおりよ、子爵さま。こんなのはまちがいね」

きびきびとした無表情な話しかただが、その頬はくやしげに赤く染まっていた。くるりと背を向け、こわばったぎこちない足どりで立ち去ろうとする。だめだ、説明しなくては。アルタイルは飛び出し、腕をつかんで引き止めた。

「アレックス、きみにはわから……」

「わかりたくもないわ。わたしに近づかないで」

屈辱と後悔にさいなまれながら、アレックスは足早に小谷《おだに》を去り、野営地へ向かった。

少しでも早くアルタイルから離れたくて、両足で必死に砂を踏みしめて歩く。なぜ、あんなばかなことをしたのかしら？　またしても勢いまかせに突っ走って、苦い結末を迎えてしまった。いつになったら、考えてから行動することを覚えるのだろう？　次にアルタイルと一対一で対峙するのがいつなのか、知りたくもなかった。

だったら対峙しなければいいだけのこと。仕事に没頭すれば、心の傷も早く癒えるだろう。なにしろ、自分はピラメセスを発見したばかりだ。うまくいけば、優秀なエジプト学者だと学界に認めさせることができる。学問はわたしを裏切らない。いつでもかたわらにいてくれる。後悔によって人を苦しめない、おだやかな伴侶。なのに、その喜びを分かちあえる相手がいないと考えただけで、みじめな気分になるのはなぜだろう？

アルタイルは憤懣やるかたない思いで、砂に覆われた壁を殴りつけた。アレックスに真実を話さなくてはならないとわかっているのに、自分はこの一カ月というもの、機会を片端からつぶしてしまっている。

話を聞いてもらえるようにもっと努力すればいいものを、あと一歩がどうしても踏み出せない。それどころかとうとう、男として彼女に興味がないという誤解を与えてしまった。懸命に自分を抑えてきたことを、わかってもらえたらどれほどいいだろう。

「ダム・ガーンナム」アルタイルは荒々しくつぶやいた。

遺跡にたどり着いた以上、もう先延ばしにはできない。アレックスが落ちつくのを待って、今夜こそすべてを打ち明けよう。アルタイルは歯を食いしばった。自分の正体と亡父とのつながりを話したら、アレックスに八つ裂きにされそうだ。彼女の怒りの業火に焼かれるくらいなら、ブレイクニー子爵として社交界の冷ややかな目に耐えるほうがずっとましだとさえ思ってしまう。

おいおい、なにを老いぼれ山羊のようにおびえている？　嘘を白状した結果、アレックスに軽蔑されるかもしれないし、されないかもしれない。ことアレックスに関しては、どれが現実でどれが蜃気楼なのか、近づいてみなければわからない。

まったく、ひと筋縄ではいかない女性だ。聡明で勇敢ではつらつとして……結婚したら、さぞ夫を幸せにするだろう。別の男と結ばれたところを想像すると、ひどくいやな気分になった。まったくもって、気に入らなかった。

物思いをふり払って小谷をよじのぼり、分水線に立つ。斜面からマジールの野営地を見下ろすと、アレックスが足早に砂地を横切るのが見えた。ぴんと伸びた背すじが、根深い怒りを物語っている。猛然と歩いているのは怒りのためだけではないだろう。

心ない言葉で彼女を傷つけてしまった。アレックスは気丈で快活だが、ひどくもろいところもあるのが、この二週間でわかった。たくみに隠してはいるが、ともすれば不安や自己不信で美しい瞳が曇るのを、何度も目にしてきた。こうしてピラメセスを見つけたことで、しばらくは元気でいられるだろう。

アレックスが発掘作業に没頭するあいだに、こちらは暗殺者探しを続けられる。カンティールに着いて以来、アルタイルはムハンマドへの監視を強めてきた。裏切り者が暗殺者でもあるという証拠は、今のところ上がっていない。ひとつだけ奇妙なのは、メドジュエルの天幕を足しげく訪れる点だ。従兄は状況をしっかり掌握しているようだが、こちら側からも監視を続けたほうがよさそうだった。

アルタイルは高台から小谷を見わたした。カンティールの村を潤すオアシスはとても広大で、豊かな緑が、薄茶色の砂漠にくっきりと浮き上がっている。谷に広がるマジール族の天幕は、ちょっとした軍隊が野営しているかのようだった。

見ていると心が安らいだ。ベドウィンの生活は素朴で、それでいて充実している。一年の半分もイングランドで過ごすなどと約束しなければよかった……。ここで母方の一族と過ごしているときのほうが、ずっと幸せでいられる。ここでは、ありのままの自分を受け入れてもらえる。

視界の右側で何かが動いた。太陽のまぶしさに目をすがめ、手で日よけを作って見なおす。隊列だ。大英博物館の調査団がカンティールにやってきたのか？　いや、メリックはアレックスの主張を鼻であしらった。調べる価値があると確信しないかぎり、指一本動かさないだろう。

隊列が近づくと、アルタイルは息を詰めた。先頭に白馬が一頭、続いて黒のアラブ馬が二頭。マジールの大移動だ。だが、なぜ？　この時期は西方にある一族の里へ向かうはずなのに。なぜカンティールへなど来た？

母だ。

アルタイルは声なく悪態をつき、砂を蹴った。母が長老たちを説得したのだろう。母がカンティールに来たがる理由は、ふたつしか思いあたらない。ノウルベセの墓の発掘に立ち合うため、もしくはアレックスが花嫁にふさわしいか見さだめるためだ。母は伝承のたぐいに興味がないから、おそらく後者だろう。

困ったことになった。ただでさえ事態がややこしくなっているのに、母までやってきて縁結び役をかって出るとは。母のことだ、アレックスを天幕での食事に招待するか、あるいは自分から会いにくるだろう。アルタイルは急ぎ足で野営地に向かった。誰よりも早く、アレックスに会わなくては。本当なら彼女の怒りが冷めるまで待ちたかったが、もう贅沢は言っていられない。

アルタイルが天幕の連なりにたどり着くのとほぼ同時に、旅団がカンティールに到着した。旅姿の男たちが野営地の端にたたずみ、家族の到着を今か今かと待っている。アルタイルは迷わずアレックスのいる場所をめざした。黄色と茶色と緑の縞模様が彼女の天幕だ。慣習に従って、壁布の一片は空気をとり入れるために巻き上げてある。色鮮やかな住居の真ん前に、アレックスは立っていた。

飾りけのない美貌に、アルタイルははたと立ち止まり、こみ上げる欲望と戦った。アレックスが腰に手を当てて背中を伸ばすと、豊かな胸が、誘うように突き出された。

なんてことだ。アルタイルはごくりと唾を飲み、自分を叱りつけた。ぐずぐずせず、彼女に真実を話さなくては。できればこのまま黙って見まもりたいところだったが……。

心の声が聞こえたのか、アレックスがこちらに顔を向けた。完全に心を閉ざした表情だ。ひややかにこちらを一瞥し、巻き上げた壁布をわざわざ下ろした。そしてそっぽを向き、天幕の奥に姿を消した。英国のお上品な令嬢と同じように、ぼくを拒絶するのか。

何を期待していた？ ついさっき自分から彼女をはねつけておいて、あたたかく迎えてもらえるとでも思ったか？ アルタイルは自嘲した。酒はめったに口にしないが、今夜は酔いつぶれずにいられないだろう。今から彼女に話す内容を考えれば……。意を決して、天幕の入口へ向かう。

「アルタイル！ アルタイル！」ハリールの声がした。

いらだちに歯嚙みしながらふり返ると、黒馬にまたがった異父弟が近づいてくるところだった。じれったさを笑みで隠して、アルタイルは牝馬の端綱をつかみ、ハリールが降りるのを手伝ってやった。

「どんなめぐりあわせで、ぼくの愛馬がこんなところまで旅してきたのか、教えてくれないか？」

ハリールが笑い、頭上からアルタイルのターバンをぽんと叩いた。「いい走りぶりだった。それに、デサリは兄さんの愛馬じゃないよ。ぼくにくれたの、覚えているだろう」

「おや、そうだったかな」しばし葛藤を忘れて、アルタイルも笑った。「ここへ来た理由をあててみせようか。雑用を言いつけられるのがいやだったんだろう」

「とてもじゃないが、母さんにさからう勇気はないよ。それどころか、母さんの言いつけで来たんだ。ミス・タルボットを探してほしいって」

ハリールの返答に、アルタイルは身を固くした。「母さんがミス・タルボットになんの用だ？」

「夕食に招きたいらしいよ」

思ったとおりだ。母がカンティールまで来たのは、アレックスを品さだめするためだった。だが、こちらも手をこまねいているわけにはいかない。先手を打ってアレックスと話さなければ。「そうか。あいにくだが、ミス・タルボットにそんなことは頼めないよ」

「言いつけどおりにしないと、母さんが烈火のごとく怒るからな」

「そうだな。おまえのかわりに、ぼくが怒られよう」アルタイルはデサリの口綱を引いて、到着したばかりの旅団を出迎えにいった。

「母さんの言いつけを聞かなくても、兄さんはうまく逃げられるのに、どうしてぼくはだめなんだろう？」

「逃げたりはしないさ。母さんの意をくんだ上での行動だとわかってもらう、それだけだ」

「言いかえるなら、お愛想でごまかすってことか」ハリールがまぜっ返す。

「賢くなったな、若者」アルタイルはふざけて弟の太ももにこぶしをあてた。「デサリの世話をしてやるといい。こっちは、母さんに会ってくる」

ハリールがうなずいて馬を進め、オアシスをあげてくり広げられる大混乱の中へと去った。

荷下ろしが始まったので、しゃがまされたラクダがあちこちでうなり、いなないている。大声の指示とそれに応える声が飛びかい、男も女も子どもたちも、総出で天幕を組み立てる。遠くで羊の鳴き声も聞こえた。

アレックスの怒りと母の決意、どちらが手ごわいだろう。もう逃げるわけにはいかない、とアルタイルはため息をついた。アレックスにはしばらく待ってもらって、まずは雌獅子のねぐらを訪ねなくては。

マジール族はどこへ移動しても、同じ並びで天幕を張るので、混乱のさなかでも、母の宿所はすぐに見つかると思われた。立ち上がろうとするラクダをよけ、荷下ろしの喧噪をぬって歩く。開けた場所に出るとすぐ、母の天幕が目に入った。次の瞬間、アレックスの豊かな体がぶつかってきた。

「ごめんなさい、つい……あなた！」彼女が勢いよく飛びのいた。こちらに向ける目つきのけわしさに、アルタイルも顔をしかめた。

「ここで何をしている、アレックス？」

「シークの叔母さまが会いたがっていると、シークから言われて」

しまった。母は使いをふたり出したらしい。ひとりがしくじったときにそなえて……。アルタイルは必死で、アレックスに引き返させる口実を探した。

「あいにくだが、今は行かないほうがいいと思……」

どこからともなくハリールが現われて、腕を引っぱった。「母さんと話をするんじゃなかったのか？　天幕へ行ったら、メドジュエルはちゃんとミス・タルボットを招待したの、と訊かれたよ」

じゃまされて調子が狂ったアルタイルは、ハリールとアレックスを交互に見た。案の定、アレックスの顔には恐怖と嫌悪がにじみ出ている。アルタイルのみぞおちはずんと重くなった。こういう表情は予期していたのに、なぜこんなにつらいんだ？　冷たいまなざしを浴びて、この場で凍りついてしまいそうだ。

「あなた、結婚していたの？」アレックスが憤然と言葉をしぼり出す。一瞬、聞きまちがいかと思った。結婚……なぜ、ぼくが結婚していると思ったんだ？

「なんだって？」

「なんなの？　どういう人間なの、あなたは？」

「アレックス……」

「言いわけしないで。こんな人にキスを許したなんて信じられないわ。これじゃ……」

アルタイルは彼女の肩をつかみ、軽く揺さぶった。「アレックス、話を聞いてくれ。ぼくは結婚していない」

「だけど、今この子が〝母さん〟という言葉を使ったじゃないの。マジールの言語は話せないけれど、この二週間で単語の聞きとりくらいはできるようになったのよ。そうよ、はっきり〝母さん〟と言ったわ。どういうこと？」

好戦的な顔つきに、アルタイルも身がまえた。「ハリールはぼくの弟だからだ」

「なんですって？」驚愕が怒りをじわじわと押しのけるのがわかった。

に手をあてた。

「ハリールは父ちがいの弟だ。ぼくらはふたりとも、ガミーラ・マジールの息子なんだ」

「だけど……シークの叔母さまの……それはつまり……」アレックスが言いよどみ、ひたい
「メドジュエルは、ぼくの従兄だ」

手がすべり落ちた。アレックスが愕然としてこちらを見つめる。あまりの困惑ぶりに、アルタイルの胸はずきりとした。「もっと早く言うべきだった。話そうとしたんだが……」

「ええ、言うべきだったわ。どうして隠したりしたの?」

「事情があったんだ」アルタイルは嚙みしめた歯の隙間から言った。どうも雲行きがおかしくなってきた。

「どんな事情? ベドウィンの血を、わたしがさげすむとでも思ったの?」アレックスがおどろきをあらわにする。「そうなのね。あなたの生まれを知ったら、指一本ふれたがらないと、そう思ったのね」

なまなましい失望のひびきが、棘つきの鞭のように襲いかかってきた。ぼくはアレックスを見くびっていた……。相手は目をいからせて、こちらの返答を待っている。くそっ。こんな惨状は思ってもみなかった。

「きみの父上に最後の手紙を書いたとき、まさかきみが遺志を継ぐとは思ってもみなかったんだ、アレックス」

「わたしの父に手紙を書いたとき?」アレックスが小声で確かめた。

「ああ」歯を食いしばりすぎて頰が痛かった。「父上とは三、四年にわたって文通を続けていた」

「あなたが……父と……文通していたのね」

「対面がかなう前に亡くなられたこと、本当に残念だったよ」

「だけどあなたは、シークのために手紙を訳しただけだと言っていたじゃないの」

「ある意味では確かに、訳していたからね」どうにもうまくいかない。この騒ぎがおさまるまでは彼女を放すまいと、手を伸ばして肩をつかむ。指先から、相手の緊張が伝わってきた。頭が忙しく回転して、ようやく理解に至ろうとする流れが、目に見えるような気さえした。

「じゃあ……」

「メドジュエルはシーク・エル・マジール、部族全体を統べる長だ。ぼくは従兄の補佐役を務めるシーク・マジールだ」

榛色の瞳を怒りに光らせながら、アレックスが肩をつかまれたまま硬直した。頰にふれようと、アルタイルがひとさし指を伸ばすと、ぴしゃりとはらいのけられた。

「嘘をついたのね」

「ちがう。事実をぼかしただけだ」

「嘘をついたんだわ。何もかも、嘘だったんだわ」

アレックスがアルタイルの手をふりほどき、つかつかと歩み去った。不意打ちをくらったアルタイルは、しばし呆然と背中を見つめたのちに、大股の四歩で彼女に追いつき、腕をつかんだ。

「アレックス、待ってくれ。話をしよう」

アレックスが勢いよくふり向く。ここに至ってアルタイルも、通りすがりの同胞が口論に耳をそばだてていたことに気づいた。ひるんだ隙をついて、平手が飛んできた。ぴしゃりという大きな音がひびいたあと、あたりはぶきみな沈黙に包まれた。腕をつかんだ手から力がぬけるのを感じながら、アルタイルは彼女の激昂を呆然と受けとめた。

「近づかないで。あなたみたいな卑劣漢、二度と信用するもんですか」アレックスが侮蔑の一瞥をくれるなり、背を向けて立ち去った。

13

アルタイルから遠ざかるアレックスの足もとで、地面がぐらりと揺れた。必死で体勢をとのえたが、今にも吐きそうだった。アルタイルが嘘をついていた……最初からずっと、嘘をついていたなんて。メリック卿の研究室で、あるいはカイロへ向かう船上で、なぜ話してくれなかったのだろう？　素性を明かす機会は、いくらでもあったはずだ。

午後の暑さがむっと押しよせて、足がもつれる。気がつくと、自分の天幕の真ん前だった。中に這いこみ、壁布を下ろすと、薄闇とひんやりとした空気が迎えてくれた。天幕の支柱に捕まって身を支えながら、アレックスはこみ上げる吐き気と戦った。

拒絶されただけでなく、あんな事実を知らされるなんて……。支柱をきつくつかみすぎて、木製の表面に爪がくいこんだ。父との文通について、話してくれたらよかったのに。最初にそれを聞いていたら、すぐ信頼できただろう。なのにアルタイルは、文通していたのは従兄のメドジュエルだと信じこませた。どうして本当のことを教えてくれなかったの？

ここまで考えて、アレックスははっとした。ピラメセスだ。嘘をついたのは、発掘調査を手伝う理由をごまかすためだ。アルタイルが大英博物館に所属していることで、すべての説明がつく。博物館側は、遺跡を発見したのは研究員で、アレックスは助手を務めただけだと主張するつもりなのだ。なんてひどい男！　自分に都合がいいように、こちらをたくみにあやってきたんだわ。もっともらしく身の安全を案じてみせたのも、《モロッコの風》号への乗船を手配したのもそうだ。

アレックスは憤然と息を吐き出した。日没が近づいて、天幕にはほとんど光が入らなくなったので、ランタンをともすほかなくなった。アルタイルは卑劣漢だ。もしわたしが男だったら……そう、決闘を挑むだろう。こぶしで顔を殴りつけたら、どんなに胸が晴れることか。

でも、真実がわかってよかった。これからはアルタイルをいっさい発掘作業に関わらせないことにしよう。彼の助けなしでも、自分はピラメセスを見つけられたし、この先の発掘作業も進められるはず。天幕内にしつらえた簡易机に歩みより、折りたたみ椅子にどさりと座ったアレックスは、広げたままの資料に目を通した。

涙が頬をつたったので、勢いまかせに手の甲でぬぐった。泣いてもしかたない。あんな男のために涙を流すのはもったいない。でも、つらかった。嘘をつかれたこと、拒否されたこと、すべてがつらかった。ここにジェーンがいれば慰めてもらえたのに。ここに父がいたら、そもそもこんな展開にはならなかっただろう。あらたな涙の粒が、ぽたりと手に落ちた。これほどの孤独を嚙みしめたのは、人生で初めてだった。

もう一度、勢いよく涙をぬぐう。もうたくさんだ。未練を引きずるのはもうやめよう。とりわけシーク・アルタイル・マジールに関しては。あすには、外壁の周辺から発掘を始める。アルタイルにはじゃまさせない。アレックスは帳面を開き、予備の紙で顔をあおぎながら、思いついたことを書きとめた。

一時間あまりが過ぎたころ、アレックスはうんざりしてため息をついた。こんなに落胆して自己憐憫にふけっていては、仕事になるわけがない。アルタイルが買ってくれた浴槽で水を浴びて、さっぱりしよう。彼のことを思い出すと胸がずきりとうずいた。嘘いつわりなく接してくれたら、どんなによかったか。

トランクから部屋着を出したとき、ジェーンとカイロのホテルで別れるときに渡された白い箱が目に入った。カンティールへ旅するあいだ、何度となく贈り物を開けたい衝動にかられたが、ピラメセスを見つけるまでは待つようにと約束させられたのだ。今、ようやくそのときがきた。友からの贈り物を開けたら、きっと気持ちが明るくなるだろう。

アレックスはトランクの横に座りこみ、箱を引っぱり出して膝に乗せた。青い絹のリボンをするするとほどき、蓋を開ける。さまざまな濃淡で模様をつけたトルコ石色と緑色の薄絹。いちばん上に封筒が乗っていた。封を切り、カードを出す。

大好きなアレックス、
これを読んでいるってことは、夢がかなったのね。ピラメセス発見、おめでとう。あなたならきっと、やってのけると信じていたわ。お祝いにこれを贈ります。ファラオに寄りそうノウルベセの気分を味わえるはずよ。気に入ってくれるといいけれど。
愛をこめて、ジェーン

カードを横に置いて、箱から品物を取り出す。カイロの絹織物店でジェーンが買った、あの薄衣だ。アレックスは立ち上がって、やわらかくしなやかな素材を広げてみた。巧緻を尽くしたすばらしい細工。古代エジプトの模様を取り入れた絹の衣は、ランタンの光を受けてやわらかくかがやくのを見ながら、アレックスは笑みを押しころした。破廉恥だとおじけづいたこの品を、まさかジェーンがわたしのために買っていたなんて。

着てみたいのはやまやまだったが、その前に水浴びをしなくては。汗で肌がべたついて、毛穴が詰まりそうだった。天幕内を仕切るために吊るされた毛織物をすりぬけて洗面所へ向かうとき、ざらついた素材が頬をかすめた。苛酷なはずの砂漠で、これほど豊かな文化を楽しめるとは。アレックスはドレスを横に置き、浴槽に水を張って、カイロで買いもとめた香油を少したらした。

ジャスミンの濃厚な香りが、心を鎮めてくれた。ぬるい水に体をひたすと、肌のすみずみまで香気がしみこんでいくようだ。アレックスの目が、贈られたドレスへとさまよった。早く着てみたくて、入浴は大急ぎですませた。

大ぶりの布で体を拭いたあとも、ジャスミンのほのかな香りが残った。さっぱりした気分で、エジプトの生地を頭からかぶる。霞《かすみ》のように軽い絹が肌をかすめる心地よさに、思わずため息が漏れた。

ふんわりとした素材のおかげで、肌のほてりはどこかに吹きとんでしまった。古代エジプトの女性がなぜこういう素材を好んでまとったのか、理解できる気がした。熱気を肌にまとわりつかせず、空気の流れを作ってくれるのだ。

細い肩紐で吊られた透ける素材が、胸もとで斜めに交差している。ごく薄手の生地なのに、胸もとと局所はたくみに布を重ねて隠れるようになっていた。ウエストからまっすぐにたらす青緑色の絹布が、くるぶし丈のスカートを穿いているかのような錯覚を与える。

けれど、一歩踏み出すと絹布ははらりと左右に分かれ、脚がまる見えになった。アレックスはむき出しの腕を広げてくるくる回り、布がひそやかな音をたてながら広がるのを楽しんだ。いっぷう変わった、頽廃的で刺激的なドレスが、おおいに気に入った。

苦悩をしばし忘れて、今は友の贈り物を楽しもう。間仕切りをぬけて居間部分へ向かいながら、アレックスは小さくダンスのステップを踏んだ。だめよ、ファラオの妻はこんなことをしないわ。おごそかな表情をこしらえ、フラシ天を敷いた地面の上を、式典よろしくしずしずと進んでみる。笑いだしそうなのをこらえながら。

そのとき、天幕の外に吊るした小さな鈴がするどく鳴らされたので、アレックスは凍りついた。こんな格好で人を出迎えるわけにはいかない。肌がむき出しだ。返事をしないで静かにしていれば、訪問者は去るだろう。

鈴がまた鳴った。さっきよりも乱暴に。

アルタイルだ。

アレックスは顔をしかめた。なんてしつこい人。せっかくジェーンの贈り物を楽しんでいたのに。鈴の音が聞こえないふりをして、やりすごそう。

「アレックス、中にいるのはわかってるんだ。話をしよう」

「おことわりよ」いやだわ、どうして返事してしまったの？　そのうちあきらめてくれるだろうか。いや、あきらめないだろう。アルタイルはそういう人だ。

「頼む、アレックス。話をする必要があるんだ」

「わたしは話したくなんてないわ。帰って」

「アレックス……遊びにつき合う気分じゃないんだ」アルタイルが声にすごみをきかせる。

遊び？　今、遊びと言ったの？　アレックスにとっては遊びではなかった。この十年、ピラメセスを見つけるために心血そそいできたのだ。シーク・アルタイル・マジールに何を要求されようが、知ったことではない。遊んでいるのは彼で、わたしではない。博物館に手柄を横取りされるのを、わたしが手をこまねいて見ていると思ったら、大まちがいだ。

「アレックス、これは警告だぞ」

アレックスは室内を横切り、入口の手前で立ち止まった。「よく人を脅したりできるわね。嘘つきのくせに」

「いいから、説明させてくれ」

「あなたの説明なんてほしくないわ。ひとりにしてほしいだけ」

入口に一瞥をくれてから、アレックスは天幕の奥へとって返した。床に並べたクッションの前で立ち止まったとき、憤然としたうなり声に続いて壁布がめくり上げられ、アルタイルが入ってきた。いったいなんのつもり？　アレックスは勢いよくふり向いて相手をにらみつけた。

「出ていって」

「まずは、ぼくの……」言いかけてアルタイルが絶句し、こちらをまじまじと見た。呆然とした表情にはとりあわず、アレックスは両手を腰にあてて相手を見すえた。

「言ったでしょう。話すことはないって」

アルタイルは答えず、無言でこちらを見ている。業を煮やしたアレックスは、何か投げつけたくなった。人の天幕にずかずか入りこむなんて！　常軌を逸している。両手を腰にあてて、足を踏んばって、王さまか何かのつもり？　どうして何も言わないの？

「何をじろじろ見ているの？」

「きみだ」かすれた声に肌をなでられたような気がして、アレックスの髪の毛は逆立った。アルタイルの目が、奇妙な表情をたたえている。

だめよ。絶対にだめ。

二度と彼の思いどおりにはさせない。たとえ褐色の瞳が誘惑のきらめきをやどしていようと……。アレックスは怒りをふるいたたせた。

「あなたが出ていくこと、それがわたしの望みよ」

「ぼくがそれを望まないとしたら？」

アレックスはたじろいだ。何をするつもり？「あなたが何を望もうと関係ないのよ、子爵さま」

「いや、おおいに関係あるさ、アレックス。生まれて初めて、自分の望みがはっきりわかったんだ」

「それはよかったわね。で、何をお望みなの?」

「きみだ」簡潔な答えが、ふたりをへだてる空間をただよう。アレックスは喉を押さえた。たったひと言で、へなへなと崩れおちてしまいそうだ。ひどい人。この色っぽい声に屈服するのだけは、ごめんだった。

「おことわりよ」必死ではねつける。

アルタイルの目がするどくなり、口が引きむすばれる。「挑んでいるのか、エミーラ?」どこか危険なざらつきをおびた声。どうして、こんなに動揺を誘われてしまうのだろう。強気の態度をまのあたりにすると、大洪水がせまってくるのをなすすべもなく見つめているような気分になる。もっと困るのはアレックス自身が、すべて忘れて彼の腕に飛びこみたいと願っていることだ。

「そんなこと、してないわ」

「しているさ。挑まれたら受けて立つのが、ぼくの流儀だ」

こんなこと、やめさせなくては。彼を天幕から追い出さないと、何が起きるかわからない。……いや、ちがう。何が起きるかははっきりわかっているし、くやしいことに自分もそれを望んでいる。アルタイルがゆっくりと足を踏み出すのにあわせて、アレックスはあとずさりした。これ以上近づかれたら、われを忘れてしまう。彼も同じことを考えているのがわかった。

彼がもう一歩踏み出す。ふるえる足で一歩下がったところで、床に転がっていたふかふかのクッションに足が引っかかった。琥珀色とエメラルド色、ルビー色のきらびやかなクッションの上に尻もちをついたうえに、スカートの役目を果たす前布が分かれて、足がむき出しになった。

アルタイルははっと息をのんだ。ここへ来たのは、冷静に話しあうためだ。なぜ嘘をついたのか、アレックスに理解してもらいたかった。なのに、古代エジプトの様式を模した装束姿のアレックスを見たとたん、情熱に目がくらんで、いてもたってもいられなくなった。

ぬけるように白い、むっちりとした腿、しなやかなふくらはぎ、思わずかぶりつきたくなるかわいらしいつま先。なんとも食欲をそそる肉体だった。まるで南方のかぐわしい果物だ。アルタイルの体はずきずきと熱くなった。この天幕に足を踏み入れ、彼女を見たときから、下半身が固くなっていたのだ。

いったいどこで、こんな扇情的なドレスを見つけてきた？　欲求が高まって脚の付け根が痛いほどだ。彼女が体を許してくれるまではここを去れないと、自分でもわかっていた。いや、そのあとでも去れる自信はなかったが……。今はとにかく、アレックスの信頼をかちえるべきときなのに、この肉体を手に入れ、ともに燃えつきることしか考えられなかった。

クッションに倒れこんだアレックスの美しい顔に、さまざまな感情が浮かんでは消えるのがわかった。もはや怒りに引きゆがんではおらず、とまどいに眉根を寄せ、唇を噛んでいる。

「だけど、昼間はわたしを……突き放し……」口ごもるようすから、傷ついた心が伝わってきた。

「ちがうんだ、エミーラ。今と同じくらい、きみがほしかった」

「だったら、なぜ……？」

「嘘をついたままで先に進みたくなかったんだ」

彼女の顔を疑念がよぎるのを見て、アルタイルはゆっくりひざまずいた。折り曲げた膝が唇のすぐ前にあるので、少しだけ身をのり出し、内ももにくちづける。するどく息をのむ音がしたのは、彼女も気に入ったしるしだ。

「今夜は、ぼくがどれほどきみを求めているかを証明してみせるよ、エミーラ」

ひとさし指で、膝頭からつま先までなぞると、アレックスがまた息をのんだ。アルタイルはにっこりしながら、たちのぼる花の香りを嗅いだ。ああ、なんていい匂いなんだ。足先を揉みほぐしてやると、きめ細やかな肌がてのひらに吸いつくようだった。

つま先を口にふくみ、甘噛みすると、アレックスの目がなかば閉じ、小さな鼻声が漏れた。聞いたとたんにアルタイルの分身がずきりとうずいた。まったく、嗚咽ひとつでここまで体が反応するのは初めてだ。足の裏にそっとくちづけながら、アルタイルはなめらかなふくらはぎをなでた。

彼女がびくんとしたことにほくそ笑みながら、脚を下ろさせ、身を起こして彼女を観察する。色あざやかなクッションにもたれた肢体が、上気して薔薇色に染まっていた。思ったとおりだ。カイロ到着の朝に見たあの輝きが、今は全身を包んでいる。半開きになったピンクの唇。おのれ自身をふくんで吸いたててもらい、絶頂に至れたらどんなにいいだろう。想像しただけで、期待ではちきれそうだった。

アルタイルがふたたび膝の内側に唇を押しあて、両手で内ももを揉みほぐした。やさしい愛撫に、アレックスは大きくあえいだ。アレックスの視線を意識しながら、呼吸がどんどん乱れていく。ぼくのものだ、と宣言するような瞳の光に、鼓動が速くなる。まじりけなしの欲望のまなざしに、アレックス自身もたかぶっていく。内ももをなぞる赤銅色の指先を、見つめずにいられなかった。

この手で全身くまなく愛撫してもらえたら。そう願っている自分に気づいて、口の中がからからになった。止めなくてはいけないのに、大胆な指先に身をゆだねていると、頭がまともにはたらかない。快感が内側ではじけ、体を流れる血までねっとりと濃くなったように感じられる。アレックスは夢心地で、彼の手が脚を這いあがって臀部をとらえるのを眺めた。まるで催眠術のような動きだ。

みぞおちのあたりにめばえた情欲が、らせんを描きながら少しずつ下へ向かい、脚の合わせ目に懊悩の火をともす。アルタイルが内ももの奥にくちづけたときは、低い声でうめかずにいられなかった。今止めなければ、もう引き返すすべはない。彼がもたらす罪深い快楽に打ち負かされるまいと、アレックスは必死であとずさりし、手を突き出して押しとどめようとした。

アルタイルがその手をとらえ、指先に軽く唇をふれさせてから、てのひらに口を押しつける。彼の香りがただよってきた。男っぽくて清潔で、愛撫と同じくらい、アレックスの感覚をしびれさせる香り。やがてふたりの指先はからみ合った。そのあいだずっと、アルタイルの目はこちらにそそがれていた。

「本当に止めてほしいのか、エミーラ？」

わたしはどうかしている。正気じゃないんだわ。それでも、彼にふれられて高まるせつなさを、どうしてもこらえきれなかった。アレックスは息をのみ、のろのろと首をふった。褐色の瞳が深みを増し、アルタイルがもう一度、指先にくちづける。次に、ひとさし指だけを口にふくみ、やさしく吸った。視線は合わせたままだ。思いもよらぬ愛撫に喉もとが熱くなり、その熱がじわじわと腹部を這い下りて、脚の合わせ目に集結する。

甘い苦悩が突き上げて、体の内側が締めつけられ、頽廃的な喜びで頭が真っ白になった。彼の舌が指にからみついたとき、アレックスはいけない想像にかられて息をはずませた。

アレックスの肌にしみこんだジャスミンの香りが、アルタイルをうっとりさせた。それに、肉体のたかぶりを示す麝香の匂い。ああ、彼女がほしくてたまらない。まるで男の頭をしびれさせる芳醇なワインだ。豊かなまるみをおびた臀部にてのひらをすべらせる。顔を上げると、アレックスと目が合った。榛色の瞳が、情熱にけむっている。

美しい女性だ。クッションの上で腰を浮かすと、色あざやかな薄絹がさらさらと太ももにまとわりついた。かろやかな素材を透かして、金茶色の巻毛がうっすらと見える。アルタイルはするどく息を吸った。硬直が、早く解放してくれと叫びたてた。

　身をのり出してアレックスの頭に手をやり、髪を留めたピンを引きぬいていく。豊かな巻毛がすとんと白い肩に落ちた。薄衣をつんと押し上げる胸のいただきを毛先がかすめるさまが、ひときわ下半身をたかぶらせる。こんなに蠱惑的な女性がいるだろうか。アルタイルはそっと髪の房をかき上げ、親指で胸のこわばりをさすった。

　甘いうめきを漏らした唇を、みずからの唇で覆う。積極的な反応に、こちらの体もみるみる熱くなった。開いた唇があたたかな美酒の味わいを伝え、小さな舌がからみついてはげしいダンスを踊る。突きあげた腰が硬直にふれて、思わずアルタイルもうめいた。

　アルタイルはたまらず手を下に伸ばし、脚を覆う絹布をめくって、脚の合わせ目を覆う巻毛をまさぐった。ヴェルヴェットを思わせる襞を指先で開いたとき、彼女が身をふるわせた。襞の奥に隠された核を軽くかすめただけで、てのひらに腰を押しつけてきた。

　潤んだ内側を指でたどると、情熱のしるしが迎えてくれた。はげしく体をすり寄せるアレックスのようすに、こちらの体内でもシロッコ顔負けの欲望が吹きあれた。彼女はたかぶっているだけではない。男と女の喜びを与えてほしいとせまっているのだ。

　手をしりぞけると、アレックスが不平そうな声を漏らした。もう一度、燃える中心部にふれてほしいと手をつかむ。だがアルタイルは、ひとつになる前に彼女のすべてを見ておきたかった。美しい体のすみずみまで眺めたい。膝立ちになって、ドレスをそっと腰までたくし上げる。はっと息を詰めつつも、アレックスはあらがわなかった。かわりに手をさしのべ、薄衣を頭の上まで引っぱり上げた。

アルタイルはごくりと唾を飲んだ。豊かな曲線が、男の欲望を極限まで追いつめる。すばらしい眺めだった。乳白色の肌にくっきりと浮き上がる茶色の茂み。巨大な扇のように、クッションの上に広がった髪。ファラオの相手をする女奴隷《オダリスク》そのものだ。いや、ちがう。彼女の相手はぼくだ。アルタイルは荒々しくみずからの衣服をはぎ取った。勢いよく突き出した分身に、アレックスが手をのばしてふれたのにはおどろかされた。

「オアシスのときと同じように、あなたを喜ばせたいの」

小さな声を、アルタイルは信じられない思いで聞いた。ぼくを喜ばせたい？　自分の喜びよりも優先して？　今までベッドをともにした女性の誰も、そんなことは言わなかった。呆然として見つめると、相手は頰を薔薇色に染めて横を向いた。アルタイルはそのあごをとらえ、自分のほうを向かせた。

「ぼくだって、きみを喜ばせたいよ、エミーラ」

「わたしが積極的すぎるから、びっくりしたんじゃないかと思って」

「とんでもない。それどころか、とても興奮している」アルタイルは茶目っ気にかられ、いきり立ったものに目をやった。

アレックスがかすれ声で笑い、硬直の表面をなでた。そっと握ってしごく、絹の手袋のような感触に、アルタイルの口はからからになった。榛色の瞳に、今までになかった確信のきらめきをたたえて、アレックスがこちらを見上げ、先端に浮いたたかぶりのしるしを親指ですくい取った。そして、感じやすい血管の上をさすった。どうすれば男が喜ぶのかを、本能で知っているのだろうか。そうとしか思えない。何度かこすられただけで、分身がぴくぴくと脈打ちはじめた。

「ああ、すごいよ、エミーラ」

白い指に包まれた浅黒い硬直を見ていると、呼吸が速まった。なんていいんだ。上に、下に、そそり立ったものをしごく手の動きが、えもいわれぬ摩擦を生み出し、睾丸がぎゅっと硬くなった。いや、まだだめだ。ひとつにならなくては。

アルタイルはアレックスの両手を握り、そっと頭上で押さえつけてキスをした。同時に、濡れそぼった入口にこわばりをあてがった。少しずつ侵入し、しりぞく動きをくり返すと、彼女が腰を浮かせて迎えた。一回ごとに、呑みこまれる深さは増していった。ああ、なんてすばらしいんだ。内部の筋肉がぎゅっと収縮して締めつける感触に、今にも暴発してしまいそうだった。

あたたかいてのひらがアルタイルの胸板に押しあてられ、親指が乳首をなぞる。強烈な快感に、アルタイルはうめいた。こわばりをさらに沈めたところで、いったんしりぞく。中は潤ってなめらかだった。深々とつながった心地よさときたら。いや、心地よいどころではない。絶妙だ。目を閉じたアレックスの表情は、絶頂が近いことを伝えている。アルタイルは身をかがめ、桃色の乳首を舌でなぶった。とたんにアレックスがそり返り、はげしく腰を突き上げた。強烈に締めつけられて、アルタイルも煽りたてられた。

「ぼくを見るんだ」ざらついた声でうながす。相手の目が開いてこちらを見た。「今夜、きみはぼくのものになる」

低い叫びを発しながら、深々とつらぬく。動きが速まるにつれて、はげしい摩擦で正気を失いそうだ。アレックスの内部がわななき、分身を受け入れたまま収縮した。これほど鮮烈な快感は初めてだ。熱くとろけた内部に、最後にもう一度だけこわばりを突き入れる。焦燥感と満足感をないまぜにしながら、アルタイルは情熱のしるしをほとばしらせた。ようやく、アレックスを手に入れることができた。自分はもう、ベドウィンでも英国貴族でもない。ありのままの姿を受け入れてくれる女性の腕に抱かれた、ひとりの男だ。

14

そっと肌にふれられて、アレックスは眠りから覚めた。頰をこすって、眠りの世界へ戻ろうとしたとき、またふれられた。今度は、指先が頰をかすめたのだとはっきりわかった。目を開くと、アルタイルがかがみこみ、顔にかかった髪をかき上げてくれているところだった。ランタンのほのかな明かりが、ふたりをぼんやり照らしている。ひきしまった筋肉を波打たせながら、アルタイルがアレックスを胸もとに抱きよせてくれた。こちらを見下ろすまなざしには、男っぽい征服欲がやどっていた。

「もうじき朝だよ」

アレックスは、片手をたくましい胸板にさしのべ、指先で肋骨から腰までなぞった。親指が、感じやすい分身の先にこすれると、アルタイルがはっと息をのんだので、アレックスは笑顔になった。

「遊んではだめだよ、エミーラ。つけを払う覚悟があるなら別だが」彼が下半身に片手を伸ばし、茂みにさし入れる。敏感な核をなぶられると、たまらずうめき声が漏れた。

愛撫されると周囲の世界は消え去り、彼のことしか考えられなくなった。夜どおし愛しあったのに、まだこれほどまでに乱れてしまうなんて。アレックスは男性自身をすっぽりと握り、親指で先端をこすりながら上下に動かした。こうすると喜ぶことを覚えたのだ。早くも分身は脈打ちはじめていた。歓喜のうめきが漏れる。

寝返りを打ってあおむけになったアルタイルが、アレックスを引きよせる。両手で肩につかまるなり、感じやすい箇所を硬直が刺激したので、アレックスは息をのんだ。直後に、彼の手が腰をつかんで自分の上に乗せた。いっぱいに満たされると、こみ上げる愉悦に息がはずんだ。深くつながったところで彼が動きを止めた。

「動いてくれ、アナ・ガマール」〝ぼくの美しい人〟。なまなましい欲望がにじむ声に、アレックスははっとした。

相手の頬にそっとふれる。アルタイルはすぐに、てのひらにキスをして応えた。腰をしっかりと支えた両手が、自分にまたがったまま体を揺らすよううながす。どこか無骨な動きがもたらす興奮と、彼の目にきらめく情熱とが、あらたなたかぶりを生んだ。アレックスは筋肉のはりつめた太ももに両手をついて背中をそらせ、より深く彼を受け入れようとした。

太もものなめらかな皮膚が、てのひらの下でみるみる熱を増していくのがわかる。体を揺らすごとに、快楽が神経のすみずみまで行きわたっていく。喜びにわななきながら頭をのけぞらせると、長い髪の先が臀部をかすめた。昨夜まで、自分がこれほど奔放になれるとは思ってもみなかった。なんという解放感だろう。アルタイルの愛撫は蜂蜜よりも甘く、つながったまま、感じやすい中心部を親指でまさぐられると、あられもない声をあげずにいられなかった。

回数を重ねるごとに、前よりよくなるのはなぜ？　なぶられるたびに、全身に愉悦のさざ波が走る。親指の動きが速まるにつれて、アレックスの腰の動きも速まった。強靱な手が腹部をなでて、密着の度合いを高める。姿勢が変わったことで快感がいっきに強まり、体の奥で高まりつづける脈動のこと以外は何も考えられなくなった。

小さな悲鳴とともに前のめりに倒れ、めまぐるしく腰を回転させる。こんな大胆なまねをして、これは本当にわたしの体？　アルタイルといると、心の奥にひそむ破廉恥な願望があぶり出されてしまう。わたしを誘惑し、高揚させる男性。彼が腰を突き上げるたびに、アレックスはもっと深く結びつこうとすがりついた。

頂上へ昇りつめたいと願うあまりに嗚咽が漏れる。なじみのある切迫感がらせん状に走ったかと思うと、下半身の筋肉がはげしくわなないた。彼に深々とつらぬかれながら、アレックスは渾身の力でしがみついた。愉悦が体内ではじける衝撃に打ちのめされつつも、満たされていた。ぐったりと突っ伏し、なおも脈動を続けながら、絶頂の余韻に身をふるわせた。

陶然として、たくましい肩に十指を這わせる。かすかな針葉樹の香りが鼻をくすぐった。首すじに顔をすり寄せたときの、男っぽくてさわやかな匂い、汗をびっしょりかいた肌の塩辛さ。

アレックスは頭をもたげ、相手の目を覗きこんだ。彼が頬に張りついた髪を払ってくれた。そして横に転がって向きあい、熱っぽく唇を重ねた。たくましい腕を指でたどると、筋肉に力がこもった。アルタイルがアレックスの手をとり、指をからめてくちづける。

「もう、天幕に戻らないと」

「どうしても？」わたしの喉から、こんなに低くてなやましい声が出るの？

「ああ。部族のおきてをすべて踏襲するわけではないが、信頼は大切にしたい。ぼくがここにいたら、眉をひそめる同胞が大ぜいいるだろう」

あたたかな唇をもう一度押しあててから、アルタイルが衣服に手を伸ばした。アレックスはとまどいを押しころし、彼の着替えを眺めた。この数時間で、どれだけの変化が起きたことか。男性にあっさり体を許し、その相手は去ろうとしている。ふたりの関係を知られたくないからといって。しごくもっともな理由だ。でも、これもあらたな嘘なのだとしたら？

急に怖くなって、アレックスは掛け布を引っぱりあげた。体を覆ってもふるえは止まらなかった。身支度を終えてかがみこんだアルタイルに、せいいっぱいの笑みを向ける。彼の手が頬を包みこんだ。

「あとでまた会おう、アナ・ガマール」

アレックスは笑みを張りつけたままうなずいた。アルタイルがうなずき、すばやくキスしてから天幕を出ていく。壁布がこすれる音とともに彼が去ると、アレックスはクッションに顔を埋めた。

ふいに毛皮が首すじをくすぐったので、おどろいて飛び上がる。ザダだ。小さな体を顔にすり寄せるようすは、まるで主人の不安を察して出てきたかのようだった。人なつこいマングースをなでながら、アレックスは物思いに沈んだ。

なぜ、あんなにやすやすと体を許してしまったの？　嘘をつかれたことも忘れて……。アルタイルは信用ならない男だ。でも、問題はそこではない。彼を前にしたときの自分が信用ならない、それこそが最大の問題だった。近づかれただけで足の力がぬけ、言われるがままになってしまう。昨夜はすばらしかったけれど、あんなことは二度と許してはならない。

折りたたみ机に肘をつき、アレックスは疲れた目をこすった。発掘現場に建てた天幕からは、作業の進みぐあいがよく見える。この眠気をどうにかできればいいのだけれど……。アルタイルが夜明け前に去ったあとは、一睡もできなかった。熱い夜の記憶が脳裏を離れなかったせいだ。

そよ風が、目の前の書類をはためかせた。あわてて紙を押さえて、風がおさまるのを待つ。一時の感情に流されて本来の目的を忘れかけるなんて、わたしはばかだ。アルタイルはたくみに言葉をあやつって、亡父と知り合いだったことも、自分の正体も隠してのけた。そもそも彼は大英博物館の人間だ。ベドウィンは約束をたがえないことで知られるが、彼は純粋なマジール族ではない。ピラメセスの情報を博物館に流さないという約束を、本当に守ってもらえるのだろうか。

ピラメセス発掘というアレックスの夢には、今や大きな危険がせまっていた。古都の発見をメリック卿が知ったら、数週間のうちには調査団がやってきて、発掘作業をわがもの顔で仕切りはじめるだろう。そもそも、なぜあれだけの嘘をあっさり忘れて彼を受け入れ、快楽に溺れてしまったのだろう？　つくづく、ひどいあやまちを犯してしまった。

アレックスは身ぶるいしながら椅子の背にもたれた。いいえ、まちがいじゃないわ。夢見心地の官能的なひとときを、あやまちのひと言では片づけたくない。けさ天幕を出たとき、真っ先に目に入ったのは、発掘作業のためにみずから選んだ人夫に囲まれたアルタイルの長身だった。目が合ったとたん、アレックスの胸は高鳴った。

褐色の瞳がきらりと光ると、昨夜あのまなざしに酔いしれたことを思い出さずにいられなかった。アレックスは目を閉じて、熱のこもった天幕内にじっと座り、作業用天幕の屋根を吹きすぎる砂漠風に耳をすませた。

風の音も、匂いも、熱気をおびている。熱くて官能的だ。ゆうべ肌にふれたアルタイルの手と同じくらい。今もなお、彼の愛撫を思い出すだけで、腹部に甘いうずきを感じる……。そこでアレックスははっと息を吸いこみ、目を開いた。あれも嘘だったらどうするの？　夜どおし熱く愛してくれたのも、こちらを信用させて思いどおりにするための策略だったら？

発掘現場では、人夫たちが外壁の長さを測定していた。アルタイルの長身を目で探したが、遠すぎてよく見えない。アレックスは、ピラメセスが埋まっているはずの地面に視線を落とした。岩石とざらついた砂に覆われた地形は、前に見たアメリカ西部の風景画を思い出させた。

果てしなく広がる砂漠を旅して、山に囲まれた緑豊かなオアシスにたどり着いたのが、なんだかふしぎに思えた。数千年前、ここは肥沃な大地だったにちがいない。時の流れとともに緑地はせばまり、カンティールの村を囲む小さなオアシスだけが残ったのだろう。

アレックスは小さく鼻を鳴らして立ち上がり、天幕の中を歩きまわった。黒のブーツが砂を蹴ちらす。午前中はアルタイルとふたりきりになるのを避けてきたが、いずれ一対一で向きあわなくてはならないだろう。昨夜のようなことは二度とないと、どうやって伝えればいいか……直視したくなくて、関係ないことばかり考えている。

また風が吹いてきて、書類を舞い上げた。不意をつかれて押さえそこねた紙が、何枚か机から落ちてしまった。アレックスは計器入れの箱をおもしがわりに乗せてから、地面に散らばった数枚を拾いあげた。

座りなおしてから、手にした紙を眺める。ジェフリー叔父が遺したピラメセスの都とノウルベセの素描だった。よどみない筆跡で書かれた聖刻文字を、専門家の目で検分し、テーブルに戻そうとしたとき、叔父が霊視した警告の言葉が目に飛びこんできた。ひとさし指で文字をたどりながら音読する。

「いつわりを語りしマジールを信じるなかれ。其は死と破壊のみをもたらす者」どういう意味なのかと思案をめぐらせる。初めて父に読んできかせたときは、ふたりして首をかしげたものだ。今でも、何を警告しているのかは判然としない。なぜ、ノウルベセの墓にマジールの民に関する警告が刻まれているのだろう？　マジールはノウルベセの同胞だというのに。

頭をふり、机の上に紙を広げる。書付けから目を上げたとき、みぞおちがぎゅっとこわばった。アルタイルが、天幕へ通じる斜面をのぼってきたからだ。民族衣装を風にはためかせながら、足早にこちらへ近づいてくる。凝った刺繡をほどこした濃紺の布が、浅黒い肌をひきたてる。山羊革のブーツが砂を蹴たて、黄褐色のズボンに包まれた脚の筋肉が、ぴんと張りつめているのがわかった。

アレックスは指先でそわそわと作業机を叩き、ため息まじりに書類に目を戻した。いつわりを語りしマジールを信じるなかれ……。ここまで読んだとき、アレックスははっと身を起こした。まさか、そんなことが？　警告の文にあるマジール族とは、アルタイルだったの？　彼は何度も嘘をついてきたし、わたしが生命の危険にさらされたときは、いつもそばにいた。

恐怖に手が冷たくなり、アレックスは身ぶるいした。そう考えればすべてつじつまが合う。その一方で、まったく納得できなかった。アレックスは呪いのたぐいを信じない。でも、ジェフリー叔父は確かに、何かが、あるいは誰かが発掘をさまたげるはずだと警告を発していた。

はたから見れば変人でしかないジェフリー叔父だが、コプト語が母国語であるかのようにすらすらと警告を記したのは事実だ。たとえ意味不明でも、そこを信じないわけにはいかなかった。今考えるべきは、はたしてアルタイルが〝いつわりを語りしマジール〟かどうかだ。あれだけ嘘をつかれても、にわかには信じがたかった。

ああ、考えがまとまらない。アレックスは目頭を揉みほぐし、相反する心の声と頭の声を整理しようと努めた。

「だいじょうぶか、アナ・ガマール？」

豊かで官能的な声を聞いたとたん、全身の筋肉が張りつめた。はっと顔を上げると、アルタイルが天幕に入ってくるところだった。なおも感情の折り合いがつかないまま、アレックスは彼と目が合わないようにうつむいた。叔父の素描を、さりげなく書類の隙間に隠して。

「ええ、だいじょうぶよ」本当はのたうち回りたかった。せめぎ合う感情が胸の中で吹きあれ、〝だいじょうぶ〟にはほど遠い。「西側の壁の測定に、あとどれくらいかかりそう？」

「もうすぐ終わりそうだ。そのあとは、南側の測定にかかる」

これほど葛藤していてもなお、彼の声を聞くと感覚がたかぶった。ふいに燃え上がった情欲の炎を消そうと、アレックスは歯を食いしばった。彼が最初から嘘をついていたことを思い出そう。父との文通も、自身の正体も。でも、それなりの理由はあったんじゃないかしら？　とたんに口の中が苦くなった。まったく、嘘をつかれても擁護をこころみるほど、彼に目がくらんでいるなんて。

アレックスは相手の視線を避け、発掘現場を見やった。「測定の結果はどうだった？」

「長さにしておよそ七マイルだ。さっき馬で東側の壁を見にいったが、あちら側は五マイル弱といったところだろうな」

「それだけわかれば、わたしの仮説と照らしあわせられるわ。発掘は、ラムセスの宮殿があったあたりから始めるつもりよ」身をのり出して、何も書いていない紙を手にとったとき、アルタイルが作業机を回りこんでこちらに来たので緊張した。彼が指の節でアレックスの頬をなでる。

「ぼくを避けているだろう」

ずばり指摘されて、アレックスはするどく息をのみ、目の前の資料を凝視した。「忙しかったのよ」

「忙しすぎて、ぼくが近づくたびに逃げ出したのか？」かすかなとまどいをよぎらせつつ、アルタイルが片手を椅子の背に、もう片方の手を机の表面に突っぱった。「明け方に別れてからずっと、寂しくてたまらなかったのに」

針葉樹の香りがただよう。うなじに唇をあてられて、アレックスはしばし目を閉じた。なんてこと、この人の言葉は愛撫と同じくらい強烈だ。首をめぐらせて唇を合わせたい衝動を、必死で封じこめる。そして、身をもぎ離すようにして立ち上がり、作業机の手前に回って外を眺めた。ピラメセス、わたしの夢。あきらめるわけにはいかない。なにものにもじゃまはさせない。そう、信頼ならない男性にどれほど心揺れたとしても……。薄手のシャツが、暑さのせいで第二の皮膚のごとく張りつくのを、アレックスは乱暴に引きはがした。

「どうした、アレックス？」

問いかけには答えず、机の前に戻って、書いたばかりの見取り図を示す。「た……たぶん、このあたりから発掘を始めるといいと思うの。これまでの調査から見て、おそらくここが宮殿の場所だから」

日に焼けた指先で手の甲をなでられたアレックスは、自分を抑えきれなくなる前に手を引っこめた。防衛本能だ。これ以上ふれられたら、抵抗できなくなってしまう。

「頼むから、何があったのか教えてくれ」ひきつった声にアレックスはひるんだ。なおも視線を避けながらかぶりをふり、書付けと地図に没頭するていをよそおう。

「何もないわ。ただ……」

強靱な手が作業机ごしに伸びてきてアレックスの手首をとらえ、自分のほうを見させた。

「嘘はやめてくれ、アレックス」

聞いたとたん、ぷつんと糸が切れた。よりによってその言葉をわたしに投げるの？ あれだけ嘘をついておいて……。アレックスは勢いよく手をふりほどいた。「あら、それはあなたの得意分野でしょう」押しころした声で言いかえす。

「ゆうべはそんなこと、気にしなかったじゃないか」褐色の目がするどさを増し、机ごしにこちらを凝視した。

「ゆうべは楽しい経験ができたわ。でも……」

「楽しい経験、か」アルタイルがうなる。怒りがこちらまで押しよせてきた。警戒に背すじをこわばらせながら、なおもアレックスは視線を避けつづけた。「言葉に気をつけたほうがいいぞ、アレックス」

天幕内に険悪な空気がたちこめる。アルタイルの表情は花崗岩のようにけわしかった。アレックスは背中を向け、ふたたびテントの入口に立って、眼下に広がる砂漠を眺めた。彼が怒っただけで、これほど動揺するのはなぜ？ こちらの信頼をかちえるどころか、踏みにじるようなまねしかしてこなかった人なのに。もう、優柔不断なところを見せるのはごめんだった。

「も、もうあんな……あんなふうになるつもりはないわ」

「説明してくれ」傲然とした命令口調に、うなじの毛が逆立った。被害者ぶるなんてどういうつもり？　嘘つきは彼のほうで、わたしじゃないのに。

アレックスは向きなおって相手を見すえた。

「ここへ来たのはピラメセスを見つけるためよ。あなたのような人と、不適切な関係になるためじゃないの」

「ダム・ガーンナム」アルタイルが低く悪態をついた。怒気のこもった声だ。「ゆうべはあんなに……」

「ゆうべのことは失敗だったわ。もう忘れたいの」

相手をさえぎりながら、自分でも冷酷な口ぶりだと思った。ここまで言うつもりはなかったのに……。

石像でさえ、今のアルタイルに比べれば表情豊かだろう。凍てついた顔にはたじろがずにいられなかった。彼がここまで怒ったところを見るのは二度めだったが、今回は怖くてたまらなかった。

「失敗だった、だから、忘れたい？」ぶつぶつと区切られた言葉。さながら、のぼせた頭にぶちまけられた氷水だ。

「ごめんなさい、言いかたがよくなかったわ」アレックスは口ごもった。「ゆうべは頭がぼうっとしていたから。あんなことはもう二度としない……してはいけないんだわ」

「そう心に決めたのはいつだ、アレックス？　ぼくの上で売春婦顔負けの腰ふりを見せる前か、それともあとか？」

　痛烈になじられてアレックスはひるみ、真っ赤になった。アルタイルの口ぶりだと、まるでアレックスのほうから誘ったかのようだ。許しもなく天幕に入ってきたのは自分のほうなのに。こちらは逃げる隙も与えられなかったというのに。口を引きむすび、アレックスは相手をねめつけた。

「そうやって侮辱するつもりなら、言わせていただくけれど、ゆうべ人の天幕にずかずか入りこんできた野蛮人は誰かしら？　出ていってと頼んでも聞かなかったのは？　教えてくださいな、子爵さま。英国淑女のかたがたにも、その粗暴な気質は喜ばれないんじゃなくて？」

　机を回りこんでつかつかと歩みよったアルタイルが、乱暴に肩をつかむ。押しのけようと突っぱったてのひらが、斜めがけにした弾帯にくいこんで痛かった。

「いいか、ヤーイニ」親しい相手への呼びかけだが、その口調は悪意に満ちていた。「これでも昨夜は極力、野蛮さを抑えたんだぞ。だが、その自制心もそろそろ底をつきそうだ」

「そんな言いかたをして、昨夜みたいなことをもう一度お望みなら、おあいにくさまよ」アレックスはつかまれた肩をふりほどこうとしたが、彼のほうが一歩早かった。強靱な腕で抱きすくめ、熱い体を押しつけたのだ。

「きみのほうこそ、自分の魅力を過大評価しているんじゃないか、ヤーイニ。昨晩は確かに楽しかったが、ひとつだけわかったことがある」

「あら、何かしら。もったいぶらずに教えてちょうだい、子爵さま」きっと見上げると、相手の目が糸のように細くなっていた。今にもアレックスを手にかけそうな、ぶっそうな目つきだ。狼狽のあまり胃が裏返りそうになった。叔父が書きしるした警告どおりだわ……アルタイルは、信じてはならない相手だ。

「アメリカにも、英国と同じような嘘つきのあばずれがいるということさ」

辛辣きわまる答えに体が冷たくなり、脂汗が噴き出した。たったひと言で、ふたりの夜を踏みにじってのけるなんて。ふしだらで浅ましい行為へと引きずり下ろすなんて。苦痛を隠すためにアレックスは顔をそむけた。どれほど深く傷ついたか、見られたくなかった。

信じてはいけない相手を信じたせいで、心の面でも仕事の面でも、これ以上ないほどつらい代償を払わされてしまった。

「言いたいことをぜんぶ言ったのなら、手を放していただけないかしら、子爵さま」落ちついた声を出せたのが、せめてもの慰めだった。胸に負った傷の深さを、相手に知られずにすんだ。

「ダム・ガーンナム」

突きはなされたアレックスは、数歩たたらを踏んで体勢を立てなおした。目を上げてはならない。もし、声ににじんでいるのと同じ敵意を彼のまなざしに見出したら、泣いてしまうだろうから。それだけは避けたかった。目をそらしたまま作業机につき、何事もなかったように書付けを整理しはじめるのがせいいっぱいだった。

痛烈な罵倒とともに、アルタイルがくるりときびすを返し、足音も荒く天幕を出ていく。いなくなったのを確かめてようやく、アレックスは抑えていた涙をあふれさせた。ああ、わたしはどうすればいいの？　彼に恋してしまうなんて……信用ならない相手に。涙でかすんだ視界の中で、彼の背中が少しずつ遠ざかっていった。


いまいましい。人をばかにするにもほどがある。ゆうべはあれほど情熱的に体を開いたのに、日が昇ったとたん理性をとり戻したのか？　さっきの言葉はなんだったたか？　不適切な関係？　あなたのような人と？　ああ、そのとおりだとも。自分は半分ベドウィンだ。粗暴な輩だ。野蛮人だ。おそらくアレックスは心変わりしたのだろう。純血の貴族でない男を恋人にするのはいやだと。

うっかり気がゆるんだせいで、またしくじってしまった。女心の変わりやすさは生まれた国を問わないと、わきまえておくべきだったのに。アレックスもキャロラインと同じだ。ちょっとした冒険を楽しんでみたのだろう。友だちに自慢する武勇伝のたぐいだ。だが、それが事実だとしたら、さっき嘘つき呼ばわりされたときに顔面蒼白になり、榛色の瞳をはり裂けんばかりに見ひらいたのはなぜだ？　ぼくを拒絶した理由が、ほかにあるのだろうか？

ブーツのつま先で猛然と砂を蹴散らし、砕けた小石が飛んでいくのを見つめる。肩ごしにもう一度、作業用天幕を見やると、アレックスは机に向かい、書付けを熟読しているようだった。うつむいた顔を見ると体内がかっと熱くなった。ああ、今この瞬間も、彼女の腰をわしづかみにして背後からつらぬきたいと望んでしまう。まったく、頭がおかしいんじゃないか？　ついさっき面罵されたばかりなのに、その相手と愛しあうことばかり考えているなんて。天幕から視線をもぎ離し、城郭都市へと歩きだす。心ならずも、彼女のふるまいに納得のいく説明を考えながら。

この変化には、何か別の理由があるにちがいない。キャロラインや、ロンドンで知り合ったほかの女性と、アレックスが同類とはどうしても思えなかった。いや、ちがう……頭の隅で小さな声がなじった。おまえは彼女の心変わりを認めたくないんだ。自分の見こみちがいだと気づきたくないんだ。くやしいが、アレックスの存在が自分の中で大きくなっていることのあかしだった。

視界の隅で、一騎の人馬が近づいてくるのが見えた。メドジュエルだ。アルタイルは足を止め、ベドウィンならではのたくみな手綱さばきでこちらに来る従兄を見まもった。地面に降りたったメドジュエルが、いとしげに馬のあごをさすってやったあと、こちらに歩いてくる。従兄がここへ来るのは珍しい。アルタイルは挨拶がわりにひとつうなずいた。

「しばらく顔を見なかったな。ムハンマドの新情報でも持ってきてくれたのか？」

「いや。どうやらあいつは監視に気づいたようだ。羊番をつつがなく務めているよ。いずれ思惑を探りあてて、裏切りの証拠をつきつけてやる」メドジュエルの声は静かだが、深い怒りを秘めており、従兄が部族の利害をおろそかにしていないことを確信させてくれた。

「ムハンマドの件に進展がないなら、わざわざ訪ねてきたわけはなんだ？」

メドジュエルがあごひげをしごきながら、アレックスの作業用天幕を見上げた。「おまえのミス・タルボットについて、話をしたかった」

「ミス・タルボットは、ぼくのものじゃない」アルタイルは声をこわばらせた。少なくとも、今はちがう。メドジュエルの浅黒い顔に好奇心と、もうひとつ別の表情がよぎったが、それが何かはわからなかった。

「わかったよ、ただのミス・タルボットだな」メドジュエルが肩をすくめる。「そのミス・タルボットがピラメセスの外壁を探しあてて、ノウルベセの墓が見つかるのも時間の問題だと聞いたが」

「まだピラメセスだとは断定できていないが、期待してよさそうだよ」

メドジュエルがうなずき、また天幕と、そこで作業中のアレックスを見やった。「ちょっと心配でね。あの女性が見つけるとなると」

「何を？　都をか？」アルタイルは目を見はった。「なぜだ？」

「都ではなく墓のほうさ。部族への影響が気がかりなんだ。ノウルベセの財宝が見つかったら誰がいちばん得をするか、みんなそんな話ばかりしている」

「興奮するのも無理はないさ。二千年以上前の予言が、目の前で実証されようとしているんだ。何がいけない？」

アレックスを見つめたまま、シーク・エル・マジールが首をふった。「もし彼女が墓を見つけても、中がからっぽだったらどうする？　部族はどうなる？」

アルタイルは身をこわばらせた。考えてもみなかったな……。メドジュエルの言うとおりだ。もしアレックスがノウルベセの墓を見つけても、中に財宝がなかったら、部族そのものの存在意義を問われることになる。先祖代々語りつがれてきた予言は、マジールの文化となり、心の支えとなっているからだ。

「その顔を見ると、おまえも同じ意見だな」メドジュエルが眉を曇らせる。「ミス・タルボットに、墓の発掘をあきらめるよう説得してくれないか」

アルタイルはこらえきれず、苦い笑いを炸裂させた。「ぼくがアレックスの行動を左右できると思うか？　何があろうとわが道を行く女性だぞ」

「ミス・タルボットが〝フェレンギ〟なのはわかっている。だが、外国人でも発掘にともなう危険は理解しているんだろう？」

「いったい、何が言いたい？」

メドジュエルがけわしい表情をいっきに解き、手をかかげてみせた。「外国人が砂漠に来るとどうなるか、おまえも知っているだろう？　おれはただ、あの人が作業中に自分や人夫の命を危険にさらさないか心配しているのさ。このての発掘はかならず危険をともなうからら」

「そうだな。だが、おまえがフェレンギの心配をするなんて、初めてのことじゃないか」

「おまえのほうこそ、彼女の話が出るたびにずいぶんぴりぴりしているじゃないか。どういう間柄なんだ？」メドジュエルが探るような目になる。

「アレックスの父親に協力を約束したんだ。その約束が娘に引き継がれたというだけの話さ。彼女の身を守るのが、ぼくの務めだ」

「だったら、無理に発掘を続けると身に危険がおよぶことを伝えたほうがいい」

アルタイルは従兄の顔を長いこと凝視してからうなずいた。それで安心したのか、メドジュエルが馬の手綱を手にする。「そろそろ野営地に戻るよ。母親ふたりが、子どもたちをめぐって争っていてね」

「シーク・エル・マジールの仕事には終わりがないな」

メドジュエルが馬にまたがる。渋面にも似た笑みが、その口もとに浮かんだ。「そのようだな」

遠ざかる従兄を見送りながら、アルタイルは眉根を寄せた。なぜあんなによそよそしいのだろう？　話の内容はしごくまっとうだが、水面下になにやら緊張が感じられる。もしや、気づかないうちにメドジュエルの怒りにふれてしまったか？　気分を害したなら、なぜはっきり言ってくれない？　理由はわからないものの、緊張感は日に日に高まっており、これからも悪化するにちがいないと思えてならなかった。

15

アレックスはやけになって、机の上の書類や道具類をすべて床にはらい落とした。わたしはなんてばかだったのだろう。計算ちがいのせいで、三週間もむだにしてしまった。ラムセス二世の宮殿はここだとばかり思って発掘を始めたのに、見立てがまちがっていたなんて。見こみちがいはそればかりではない。作業を始めて二カ月、収穫らしき収穫はまだひとつもなかった。

大声でわめきたかった。何かをこわしたかった。もうどうしようもない。いくらがんばっても見当ちがいばかり。たとえカンティールに遺跡が眠っているにせよ、女が指揮にあたっている以上、何も見つかるはずがない……メリック卿やその一党がここにいたら、きっとそう言うだろう。そのとおりかもしれない。どうしても突破口が見つからないのだ。すべてがどうでもよくなりかけていた。アルタイルと口論して以来、ずっとそんな調子だった。

ぐったりと椅子に座りこみ、散らかりほうだいの天幕内を見やる。わたしの人生そっくりだ。あれ以来、アルタイルは必要なときにしか口をきかなくなった。しかも、周囲の空気を凍りつかせるような声で。気にしてなんかいない、と虚勢を張ってきたが、本当はわかっていた。おおいに気にしていると。

冷たくそっけない態度をとられるたび、心の傷は深まった。いっそ彼をきらいになれたら楽なのに……。なぜ、信用できない相手を愛してしまったのだろう？　理屈で考えても答えは出ない。わたしは彼を愛してしまった、それだけだ。心の底から、どうしようもなく。

アルタイルの母もまた、悩みのたねだった。ガミーラ・マジールが天幕を訪ねてきたのは、大旅団がカンティールに到着したあくる夜のことだ。前の晩に自分の天幕を訪ねてこなかったことは大目にみてもらったが、埋めあわせとして、週に少なくとも一回は自分たちと夕食をとるよう求められた。

アルタイルも夕食をいっしょにとるのではないか、と心のどこかで期待しないでもなかったが、家族の天幕で、彼の姿を見ることは一度もなかった。鉢合わせしなくてよかったじゃないの、と自分に言いきかせたが、本当は気落ちしていた。今にも彼の声がして、食事に加わるのではないかと、耳をそばだてるのをやめられなかった。

アレックスは椅子から立ち上がり、散らかりほうだいの天幕を片づけにかかった。わたしの人生も、こんなふうに整頓できたらいいのに、と考えてからかぶりをふる。ちがう。今の惨状は、ひとえに、アルタイルを信じられなかったせいだ。きちんと訊ねればいいものを、あせって結論に飛びついてしまった。彼の嘘は、信用ならない人間のあかしだと決めつけてしまった。そこにジェフリー叔父の警告をこじつけて、勝手に不安がっていた。

何もかもが空回りだ。博物館の調査団が追いかけてくる気配はいっこうにないし、アルタイルが凶行におよんだりもしなかった。それどころか、彼はあからさまにアレックスを避けている。

砂の上に片膝をついて、アレックスは地面に散らばった紙を拾いあつめ、きちんとそろえなおした。途中で手を止めて目をつぶり、ここがアメリカならいいのに、と思う。故郷でなら、追いかけてくるのは父と叔父の思い出だけだ。ここにいると、見るもの聞くものすべてにアルタイルを連想してしまう。立ち上がって腰を伸ばすと、そよ風が吹いてきてうなじのおくれ毛を揺らした。

「何があったんだ？」ふいにアルタイルの声がした。このところの冷淡な口調ではなく、どこか気づかわしそうだ。アレックスはふり返らず、砂だらけの地面から紙類を拾いあつめる作業に戻った。

「癇癪《かんしゃく》を起こしたの」

「なるほど」

数週間ぶりに、彼の声にかすかな茶目っ気を感じた。アレックスはのろのろと顔を上げた。肉感的な唇に笑みの気配がただよっていたが、目が合ったとたんに消えてしまった。アルタイルが顔をそむけ、しゃがみこんで、地面に落ちた帳面を何冊か拾いあげる。ふたりは黙々と作業を続けた。最後の一枚を机に戻したあとで、アルタイルがこちらをじっと見た。

「いら立つのも無理はないさ、アレックス。だが、遺跡の発掘にはたいへんな忍耐力と時間が必要なんだ」

「わたしが知らないとでも思ってるの？」

「そんな気がしてね。きみはどうも、おおよその目星をつけたら、すぐに遺跡を掘り出せると思っているように見える」

図星をさされてアレックスはひるんだ。彼の言うとおりだ。自分には忍耐力が欠けている。父からも、発掘は時間がかかる退屈な作業だとおどされていた。でも、早く結果を手にしたい。今すぐにでも、この目で見たい。

ピラメセスを見つけたのは父のためだ。今は、大英博物館の頭でっかちな学者どもに、目にもの見せてやりたいという気持ちで発掘を進めていた。彼らの前に、古代エジプトの財宝をつきつけてやれたら、これまで苦労し、胸を痛めた甲斐があるというものだ。

〝本当に？〟内心の問いを受けながして、アレックスはちらりとアルタイルのほうを見た。一瞬だが確かに、相手のまなざしにぬくもりが見えた気がした。

「確かに、城壁の端から端まで歩くのと同じくらい、簡単かと思っていたわ。ひどく時間を無駄にしてしまった気がして」

「とんでもない。きみは短期間でめざましい実績をあげたじゃないか」思いがけずやさしい声に、アレックスはたじろいだ。もう一度、彼の顔を盗み見る。おどろいたことに、アルタイルとのあいだに張りめぐらせていた氷が溶けかけているような気がした。わたしをはげましてくれたの？　いや、それは甘い考えというものだ。アレックスは肩をすくめた。

「そうね。でも、もうどうでもいいの」

「弱気になるなんて、きみらしくないな」アルタイルが、机に戻した紙の束をいじりながら言った。

アレックスは唇を噛んで黙っていた。この機に乗じて、力強いあごの輪郭や、茶色の長い髪が肩に揺れるようすを盗み見る。あのなめらかな髪を指ですくところを想像すると、体がふるえた。こんなことを考えるようではいけない、と日に焼けた手に視線を移す。その手が、見ている前でぎりぎりとこぶしを握った。

「いったいなんだ、これは？」

はげしい剣幕におどろきながら、アレックスは問いかえした。「なんのこと？」

「これだ」アルタイルが一枚の紙をつかみ、握りつぶした。「いつわりを語りしマジールを信じるなかれ、だと？」

怒りに顔をひきつらせながら、アルタイルは相手にもコプト語の書付けが見えるよう紙を裏返した。アレックスの襟首をつかんで問いつめたい。こんなにだいじな情報を隠していただなんて……。この数週間、誰にも命をねらわれなかったから、もう安全だと思ったのか？

「叔父がノウルベセの姿を霊視したあとで書きのこしたのよ」

「最初から、これを知っていたんだな。なのに、ぼくには話さなかった」

「ええ、そうよ」アレックスはやり返した。

「くそっ、アレックス。いつになったらぼくを信用してくれるんだ？」

アレックスは答えず、書付けの整理にかかった。どうやらこの件を論じる気はなさそうだ。なぜ、嘘などついてしまったのだろう。生まれて初めて、苛酷な砂漠暮らしをものともしない果敢な女性に出会えたのに。ここで生きのびられるなら、窮屈なロンドン上流社会でも生きのびられるかもしれないのに。

熱く燃えあがったあの一夜は、遊びで片づけるには強烈すぎた。すべてを惜しみなくさし出し、何も望まなかった彼女。ベドウィンのシークに好奇心から近づいたようには、とても思えない。溝ができたのは、おそらく別の理由だ。

手に力がこもり、紙片をくしゃくしゃにしてしまった。もう一度書かれた内容に目をこらす。

「これの存在を話してくれるべきだったな、アレックス」

「どうして？」

なんて頑固なんだ。自分の身を守るうえで重要な手がかりになりうる情報だというのに。いら立ちのあまり髪をかき乱しながら、アルタイルは相手を見すえた。

「どうしてか教えようか？　わかっているだけで少なくとも三回、きみは命をねらわれた。今後も危険は続くかもしれない。ここにはっきり書いてあるだろう。死と破壊……」

握りしめた紙片がばりばりと音をたてた。〝いつわりを語りしマジールを信じるなかれ〟アルタイルは目をすがめてアレックスを見た。息詰まる沈黙の中、彼女が身ぶるいをこらえるのがわかった。

アルタイルはわざとていねいに紙片を机に戻した。両手でしわを伸ばし、かがみこんで文章を読みなおすふりをする。そして、電光石火の速さでアレックスの手首をつかんだ。ぐいと引きよせざまににらみつける。

「この警告について、黙っていたわけを聞かせてくれ」

「話す気がなかったからよ」

きつい口ぶりとはうらはらに、アレックスの目ははり裂けんばかりに見ひらかれていた。嘘をついているのだ。榛色の瞳が不安で黒ずんでいるのを見ればわかる。彼女の動揺ぶりを見て、アルタイルは逆に冷静になった。

「ここに記されたマジールは、ぼくのことだと思ったんだろう？　答えてくれ、アレックス」

アレックスがびくんとし、にらみ返した。「そうよ！　それ以外に考えられないでしょう？　あなたは初対面のときから嘘ばかりついてきたし、わたしが命をねらわれたときは、かならずあなたがそばにいた。そんな人の言葉を、うのみにしろっていうの？」

アルタイルは彼女の手を放して天幕の隅へ行き、支柱につかまって立った。

「最初にぼくの素性を話しておけばよかった。悔やんでも悔やみきれないよ」歯ぎしりしたい気分だった。

「どうして話してくれなかったの？」

静かな問いかけにふり返り、彼女と向きあう。「カンティールに着くまで、きみの信頼を失うわけにはいかなかった。きみの身を守る必要があったから」

「わからない？　その嘘のせいで、わたしはあなたを信頼できないと思ったのよ」失望に曇る榛色の瞳を見て、アルタイルは身をこわばらせた。幻滅されてもしかたない。後悔に身がよじれそうだった。

「何週間もぼくを遠ざけたのは、それだけが理由だったのか？」

「そうよ」

一瞬、聞きまちがいかと思った。呆然と立ちつくし、今耳にした答えを噛みしめる。ベドウィンの血は関係なかった。そのせいで拒まれたのではなかった。ゆっくりと歩みより、アレックスの真ん前に立つ。

ジャスミンだ。カンティールに着いて以来、彼女がまとっている香り。胸いっぱいに吸いこみながら、すでに肉体はたかぶっていた。

「今はもう、信頼してもらえたのか？」

「いいえ……ええ……わからないわ」アレックスは困惑の吐息をついた。アルタイルの唇がわずかにつり上がった。手をさしのべて、金茶色のおくれ毛を耳にかける。アレックスは身をふるわせたが、抱きよせられてもあらがいはしなかった。彼の胸の中で、揺れうごく感情を落ちつかせようと努めたが、結局あきらめてしまった。

背中に回されるたくましい腕。てのひらをあてた筋肉質の胸板から、力強い鼓動が伝わってくる。アレックスの鼓動はいつもの倍以上に速くなり、息をするのもままならなかった。

「答えてくれ、アナ・アニデ・エミーラ。あらゆる手段を講じてきみを守ってきたマジールは、いったい誰だ？」かすれた声が肌をくすぐる。アレックスはきれぎれに息を吸いこんだ。

「あ……あなたよ」

「きみのお父さんの遺志をかなえる手助けをしてきたのは、いったい誰だ？」親指の腹で下唇をさすられると、キスをせがみたくなった。

「あなただわ」

「そうだ。ぼくは何があろうと、きみに害をなしたりしない。なぜだかわかるかい？」

アレックスはごくりと喉を鳴らしてうなずいた。

アルタイルの口もとがほころび、褐色の瞳が不敵にきらめいた。「なぜなら、ぼくの体がきみを欲しているからだ。砂漠が水を欲するようにね。きみの肌、きみの香り、ひとつになったときの喜びが忘れられない。もしきみに何かあったら、この体は永遠に満たされないままとり残されてしまう」

アレックスは足をふらつかせた。悪い人、さりげなく発したひと言で、わたしを骨抜きにしてしまうなんて。唇を舐めて潤すと、彼がはっと息をのんだ。次の刹那、唇が覆いかぶさってきた。

アレックスはアルタイルのうなじに腕をからめ、はしたなくすがりついた。飢餓感にかられるまま腰を突き出し、体をすり寄せる。彼の分身が硬くなるのがわかった。低い喉声が身をふるわせながら、胸板にあてた両手を舌へすべらせ、指先で軽く硬直をなでる。

アルタイルがまた喉声を漏らし、焼けつくようなキスでアレックスに答えた。アレックスはわれを忘れ、また硬直をなでた。彼の唇が、頬に、そして首すじに、熱く押しつけられる。

「あなたがほしいの」ささやいたとたん、アルタイルがぴたりと動きを止めた。顔を上げ、アレックスの頬に手を添えて瞳を燃え上がらせる。「喜んで、エミーラ。だが、今はだめだ。今夜、ゆっくり時間をかけて、その美しい体を愛でさせてくれ」熱いまなざしを浴びせられたアレックスは、倒れそうになってアルタイルにしがみついた。「現場に戻って人夫を指揮しなくては。さっきここへ来たのは、少し発掘の場所を変えてみようかと提案するためだったんだ」

すばやいキスとともに、アルタイルが抱擁を解いた。強靱な腕の支えを失ったアレックスは、よろめくまいと足を踏んばった。キスひとつで、彼の嘘をやすやすと忘れてしまう自分を恨めしく思いながら。

もう一度だけ、理性ではなく感情の声に耳をかたむけてみよう。わたしはアルタイルを愛している。ジェフリー叔父の警告に対する彼の反応を信じよう。わたしの身を案じるがゆえに、隠していたことをはげしく責めた彼の真心を。

目を上げたアレックスは、笑みをふくんだまなざしに気づいて赤面した。アルタイルがひとさし指で頬をなでてくれた。

「どこをあたってみようか、エミーラ」

「そうね……ちょっと図面を確かめさせて」先ほどの癇癪を悔やみながら、アレックスはばらばらになった書類をめくった。紙の束の中から、発掘状況をこまかに記録した図面を引っぱり出したとき、離れたところから叫び声が聞こえた。

アルタイルが顔を上げ、天幕の入口に歩みよる。眼下の地盤にひとりの男が立ち、大きく手をふっていた。日光のもとに出たアルタイルが、同じく手をふって応える。

「おいで、エミーラ。何か見つかったようだ」アレックスの手を握り、つば広の帽子をかぶらせてから、やさしく手を引いて外へ連れ出す。斜面を降りたところに、馬がつないであった。

「どうしてわかるの？　誰かのけがか病気を知らせたのかもしれないわよ」

「そういう緊急事態のときは、銃を一発撃って知らせる決まりなんだ。何か見つかったにちがいないよ」

アレックスは半信半疑のまま、手を引かれて砂地の斜面を足早に降りた。都とそれ以外の部分とを区切る峡谷に着くと、日陰になった砂地の小谷に、美しい黒馬が待っていた。アルタイルがひらりと飛び乗り、手をさしのべて引っぱりあげてくれる。力強い指先の感触に、アレックスの全身は熱くなった。彼のうしろにまたがって腰に腕を回し、広い背中に頬を寄せる。軽快な駈足で、黒馬は小谷を突っ切り、都市のはずれをめざした。

「どうしてこちら側に行くの？」

「西側を通ると遠回りになるからさ。別の経路を見つけたんだ。狭い道だが、デサリならうまく上ってくれるだろう」

馬への深い愛情をにじませる口調。この二カ月で、アレックスはベドウィンの動物好きを何度もまのあたりにしていた。夕食を終えるときまって、家族みんなで馬に会いにいくのだ。動物も家族の一員ということなのだろう。馬と飼い主との信頼関係はあきらかだった。

わたしも、アルタイルとそんな関係を築ければいいのに……。彼がアレックスの体に惹かれているのは確かだが、だからといって愛していることにはならない。

細い山道を駆けのぼるデサリの蹄が、小石を谷底へ蹴おとす。下をちらりと見ただけで胃がひっくり返りそうになったので、アレックスはあわてて顔をそむけた。頂上に着くと、ようやく息をつくことができた。ほどなく騎馬は、人夫が集まっている地点に到着した。大きな丘陵の中腹に穴があいている。停止すると、男たちが口々に歓呼の叫びをあげた。

アレックスはアルタイルを待たずに馬から飛びおり、駆けだした。何が見つかったのかしら？　あの興奮ぶりからすると、重要な発見にちがいない。人波をかき分けて、穴の前に立つ。

目の前に広がる光景に、息が止まりそうになった。言葉を失ってゆっくりと膝をつき、大きく口をあけた穴の左右に配された二本の角柱を見つめる。ズボンのポケットから取り出した小さな刷毛で砂をはらってみると、刻まれた紋様があらわになった。

聖刻文字で書かれた内容はすぐにわかり、アレックスは息をつこうと苦労した。やっと見つけた。ラムセスの宮殿だ。夢でないのを確かめようと表面にふれる手がふるえた。思わず目を閉じてうつむき、うれし泣きにむせぶ。やったわ。誰もなしえなかった偉業をやりとげた。ラムセスの宮殿を見つけたのだ。次はノウルベセの墓だ。

大きく息を吸いこみ、立ち上がったところで足がふらついた。それほど圧倒されていた。はればれとした達成感、十年におよぶ研究が正しかったという満足感。どこかほろ苦い思いもあった。この場で喜びを分かちあってくれる父と叔父はいない。涙が頬を流れた。感情を抑えようにも、抑えきれなかった。

たくましい腕が伸びてきて、そっと抱きよせてくれた。アレックスはアルタイルの胸に顔を埋めた。

「よくやった、アレックス。あいつらを出しぬいたじゃないか。お父さんも叔父さんも、誇りに思ってくれるはずだよ」アルタイルがアレックスのあごをとらえて上向かせ、視線を合わせる。やさしいまなざしが、アレックスの胸を熱くした。

「ぼくもきみが誇らしいよ、エミーラ」

思いやりのこもった言葉に、また涙があふれた。「ありがとう」

「さあ、これから何をしたい？」

「お祝いをしましょう！」アレックスは笑顔になった。

アルタイルも笑みを返し、部族の男たちに向きなおって呼びかけた。「イッタファル、イッシャーブ、イッタファル」

大きな歓声があがった。アレックスは笑いながら、あらたな涙にむせんだ。これほどの幸福があるだろうか。ピラメセスの都、ラムセスの宮殿を見つけ、愛する男性の腕に抱かれ、そして今夜は……今夜はもう一度、天国を味わうことができるのだから。

16

ひんやりとした夜風が肌に心地よい。アレックスは木の椀から、温めたラクダの乳を飲んだ。女性が片側に固まり、男性が反対側に固まってたき火を囲むというマジール族の食事形式はなかなか興味深い。お祝いをしようと提案したとき、これほど大がかりな宴を開いてもらえるとは思ってもみなかった。たえまなく奏でられる音楽。小気味よいリズムにあわせて、いつしかアレックスは足で拍子をとっていた。弦楽器《ウード》のメロディと太鼓《タブラ》が絶妙にからみ合う。地中に眠るファラオの宮殿でも、かつてこんな音楽が流れていたのだろうか。

隣に座ったガミーラが手を叩くと、男たちが数人、勢いよく立ち上がり、ウードとタブラにあわせて舞いはじめた。盛り上がりが最高潮に達するなか、踊り手のひとりがアルタイルに手をさしのべ、立ち上がらせた。

アルタイルの笑い顔を見ると、胸がどきどきした。踊りに加わった彼から目が離せない。本当に見ごたえのある男性だ。

「息子は美男子でしょう？　父親もそうだったのよ」ガミーラに話しかけられて、アレックスは飛び上がった。

「アルタイルのお父さまとは、どんなきっかけで？」

ガミーラがなつかしげにほほえんだ。「父とカイロに出かけたとき、暴れ馬に出くわしてね。あわやというところを、ピーターが助けてくれたの。父はその場でピーターを気に入ったわ」

「あなたも？」

「ほほえみかけられた瞬間に、心奪われていたわ。マジールではノウルベセ以来、部族外の人間との結婚がなかったけれど、わたしがピーターに夢中だということ、父はわかっていたのね。結婚の許しをもらったときは、永遠にこの幸せが続くものと思ったけれど、ちがったわ」

つらそうに顔をゆがめ、ガミーラが燃えさかる火を見つめた。アレックスはその腕に手をやって慰めた。人生の先輩の顔に浮かぶ悲嘆は、自分にも覚えのあるものだったから。

「もしおつらいのなら、この話はやめましょう」

ガミーラが首をふり、アレックスの手をやさしく叩いた。「だいじょうぶ。ずいぶん前の話なのに、きのうのことのように感じてしまってね。アルタイルが二歳のとき、ピーターは英国のお父さまに会いにいったわ。ついてきてほしいと頼まれたけれど、わたしは砂漠を離れたくなかった。その船が、スペイン沿岸で沈没したの」

「ああ、ガミーラ。お気の毒に」

「ありがとう。ピーターがここにいたら、りっぱに育った息子を見て喜んだでしょう。それがいちばんつらいわ」ガミーラが目をしばたたいた。「お祝いの席で、湿っぽい話をしてごめんなさいね」

話を切り上げたいという気持ちを察して、アレックスは燃えさかる火と踊り手に視線を戻した。座っている場所からでも、たき火を囲んでくり広げられるステップの複雑さが目を引いた。

「アルタイルとのいさかいが片づいて、ほっとしたわ」

「な……何をおっしゃっているのか、よくわかりませんわ」甘いミルクを口に運びながら、アレックスの手はふるえた。

「あら、そうかしら？」ベドウィン女性がすましてほほえむ。「うちの息子がやっと、肩書きではなく素の自分を愛してくれる人に出会えたと思って、喜んでいるのよ、わたしは」

アレックスはむせかえり、相手をまじまじと見つめてから目をそらした。ガミーラの眼力のするどさといったら。わたしがアルタイルを好きだということ、そんなにわかりやすいのかしら？　もしアルタイル自身も気づいていて、なのに応えてくれないとしたら、あまりにもつらすぎる。もう一度ガミーラを見ると、相手はため息を押しころしていた。

「あなたったら、アルタイルに負けずおとらず頑固なのね。どうか聞いて、スライヤ・ワーダ。アルタイルは子どものころから居場所がなくて苦しんできたの。あまりにつらそうで、わたしもずいぶん自分を責めたわ。もとはといえば、わたしのせいだから」

「そんな！　ちがうでしょう」

「でも、本当のことよ。わたしの血が流れているせいで、あの子はイングランドで蔑まれたり、冷やかされたりするんだもの」ガミーラが手をふり、アレックスの反論を押しとどめた。

「わたしにも情報源があるのよ。それに、ここを離れるときの寂しそうな顔を何度も見てきたわ。家族のぬくもりから引き離されて、冷たい貴族社会へ戻るのがいやなんでしょう」

「そんなにつらいなら、なぜ戻るのかしら？」

「高潔だからよ」ベドウィンの美女が、わが子に目をやった。「あちら側の祖父と約束したの。一年のうち六カ月は、子爵の地位と資産を守るためにイングランドで生活すると」

アレックスはおどろいて息をのんだ。「そんな話、知りませんでした」

「でも、もう心配いらないわ。心と心でつながれる女性を見つけたから。守りぬく価値のある愛よ。アルタイルがあなたを想っているのはまちがいないけれど、さっきも言ったとおり、あの子もなかなか頑固ですからね。あなたの愛を確信するまでは、自分の気持ちを認めないでしょう」

どう答えていいかわからないまま、アレックスはうなずいた。彼に愛されているかわからないのに、心をさらけ出せるだろうか？　もしガミーラの思いちがいだとしたら……思いを打ち明けて拒まれたら、とうてい立ち直れそうにない。たき火のほうを見やると、男たちと入れかわりに女たちが舞いはじめたところだった。燃えさかる炎ごしに、アルタイルと目が合った。

立てた片膝に肘をあずけて座る彼は、生まれながらの司令官、統治者のたたずまいをそなえている。褐色の瞳が放つ大胆な光が、アレックスをおののかせ、たかぶらせた。きみはぼくのものだ、と物語るまなざし。からからになった唇を舐めると、赤銅色の顔に情熱の炎がやどった。まなざしに愛撫されているような気がして、アレックスの呼吸もおのずと速くなった。

突然、誰かに手を引っぱって立たされた。びっくりして顔を見ると、先ほど踊りはじめた女性のひとりだった。踊りに加わるよう身ぶりで示している。アレックスははにかんで首をふり、引っこもうとしたが、ガミーラが笑いながら励ました。

「いってらっしゃい、アレックス。今夜はあなたのお祝いだもの。ヤスミンのステップをまねすればいいわ。あとは流れにまかせなさい」

男たちが大きな歓声をあげたので、アレックスはまたアルタイルを見た。愉快そうに口もとをゆるめ、挑むように目くばせしている。そんな度胸はないと見くびっているのだ。いいでしょう、びっくりさせてあげるわ。

先ほどから見ていると、踊り手の女性はみな長い黒髪をふり回し、あるいは目あての男性に近づいて、その顔を髪で覆う動作を見せていた。おそらく求愛の踊りなのだろう。アルタイルの挑戦に応え、やりこめるにはぴったりだ。アレックスは髪をまとめたピンを、ゆっくり一本ずつ引きぬいた。長い髪がほどけて肩に流れおちると、ひときわ大きな叫び声と笑い声が湧きおこった。

けれど、アルタイルの顔から笑みは消えていた。あえて言うなら愕然としていた。アレックスはにっこりした。わたしが辞退すると思ったのね。声をたてて笑いながらヤスミンを見やり、女たちのステップをまねる。また別の娘が踊りに加わったので、三人は手をつないで輪を作り、高々と腕をかかげた。

ヤスミンやほかの娘たちのような色あざやかな衣をわたしも着ていればよかったのに、そんなことを思ったとき、またアルタイルと目が合った。三人がたき火を回りこんで近づいていくと、彼がごくりと唾を飲むのがわかった。ヤスミンに教えられるまま、アレックスは頭を勢いよく前に倒し、毛先が地面につくすれすれのところで、ぐるりと首をふって髪を回転させた。頭を起こして金茶色の髪をうしろにふりやり、もう一度アルタイルのようすをうかがう。

彼は完全に魅了されていた。情熱をあらわにした顔。アレックスはほほえみ、ヤスミンをまねてステップを踏みながら、三人で炎のまわりを回った。腕をさしのべながら、胸や腰をゆるやかに色っぽくくねらせる。その場に止まってステップを踏みながら、隣の娘が身をかがめ、正面に座った男に長い黒髪を投げ出した。

アレックスはためらいながら、自分の向かい側に座るベドウィンの美青年を見やった。こちらへの好意を隠そうともせずに、満面の笑みをたたえている。ちらりとヤスミンを見ると、彼女も自分が選んだ男の顔に髪をかぶせていた。楽しげにはやしたてる声を聞きながら、正面に視線を戻したところで、あわててステップを踏みちがえた。先ほど美青年がいた場所に、アルタイルが座っていたからだ。

足を踏み出して頭をふり、アルタイルの肩に髪先でふれる。ほほえみかけると、あらあらしい欲望のまなざしが返ってきた。アレックスはわざと舌を覗かせて唇を舐めた。アルタイルが低くうなるのを聞いて、笑いながら引き下がる。

その刹那、彼がすばやく身を起こし、長い髪を幾房か手首に巻きつけて動きを封じた。

「今夜だ、エミーラ。今夜こそ、きみはぼくのものだと認めさせてみせる。ほかの誰にも渡さない」

アレックスはあっけにとられて相手を見つめるしかなかった。髪が解放されたので身を起こし、踊りながら彼のもとを去る。そして、ヤスミンのあとをついて席に戻った。曲調が変わり、また別の踊り手が進み出る。布を敷いた砂地に腰を下ろすと、ガミーラが笑いながら顔を寄せてきた。

「あの子ったら、あなたを自分のものだと宣言したわね、スライヤ・ワーダ。いい調子よ」

またしても〝かわいい子〟と呼ばれたことに笑みを誘われつつも、アレックスは首をかしげて訊ねた。「どういう意味でしょう？」

「ほかの若者を押しのけて、あなたの髪にふれる権利を主張したのよ。ああすることで部族全体に、あなたは自分のものだと知らしめたの」

視線の先で、アルタイルがゆっくりと唇の隅をつり上げた。放蕩者の勝利宣言に、アレックスの心臓は飛び出しそうになった。

ガミーラが腰を上げる。「疲れたわ。いらっしゃい。わたしの天幕まで、いっしょに歩きましょう」

言われるままに立ち上がり、年長女性と並んで宴の場をあとにしながら、アレックスは笑みをこらえきれなかった。アルタイルの尊大な物言いが誰ゆずりなのかは、訊かなくてもあきらかだ。天幕をぬって進む途中、ガミーラがこちらを見た。

「なんだか楽しそうね」

「実は、あなたとアルタイルがそっくりだと思ってしまって」アレックスが頭を下げると、相手が眉をつり上げた。こんなしぐさも息子そっくりだ。

「どんなところが似ているのか、知るのが怖いわね」

「ああ、悪い意味じゃないんです。ただ、本当にそっくりで」

「そうなのね」ガミーラが自分の天幕の前で立ち止まった。アレックスを正面からしげしげと見てから、手をさしのべて頰をなでる。「あの子がどこに惹かれたのか、わかる気がするわ、アレクサンドラ・タルボット。あなたは強い人ね。この先どんな嵐に見舞われても、あなたなら立ち向かえるはずでしょう。息子をぞんぶんに愛してやってね、スライヤ・ワーダ」

やさしい笑みを残して、ガミーラが天幕に入っていった。ひとり星空の下にとり残されたアレックスは、自分の小さな天幕へとって返した。果たして、アルタイルの母の言うとおりだろうか？　彼はわたしを愛しているのか？　希望で心が明るくなった。

そのとき、暗がりに人影があらわれた。アレックスは恐怖に息をのんだ。悲鳴をあげるべきか、走って逃げたほうが早いかと迷ったそのとき、人影が口をきいた。

「ぼくだよ、アレックス」アルタイルの豊かな声に、アレックスは安堵の息をついた。

「いやだわ、怖かったじゃないの」早鐘を打つ胸に手をあてる。「てっきり……」

暗がりから月明かりのもとに進み出たアルタイルは、瞳に炎をやどしていて、アレックスをまたどきりとさせた。「てっきり、どうした、エミーラ？」

「てっきり、また襲われるのかと思ったの」

「ぼくがきみを守ると約束しただろう。信じてくれ」

ほのかな月明かりのもとでも、もどかしげな表情がはっきり見てとれて、アレックスは胸を打たれた。彼の愛を確信できなくても、〝きみを守る〟という言葉なら信じられる。アルタイルの手がのびてきて、アレックスのあごをとらえた。

親指で下唇をなぞられると、金縛りにあったように体が動かなくなった。いつもの男っぽい香りが感覚をしびれさせる。鼓動が高まる。強靱な両手がアレックスを引きよせる。たくましい腕に、今さらながら、彼の体に流れるファラオの血を意識させられた。

たとえそうしたくても、彼には抵抗できない。さながら、砂漠の砂に動くなと命じるようなものだ。はげしく唇を奪われると、アレックスはたまらず抱きついた。この数週間こらえていた情熱が、キスでいっきに呼びさまされた。ここがわたしの居場所なんだわ……彼の腕に抱きすくめられながら、そんなことを思う。

顔を上げたアルタイルが、大きな手でアレックスの頬を包んだ。「聞かせてくれ、エミーラ。もしたき火の前で、ぼくがユセフの席を奪わなかったら、どうしていた？」荒々しい声で訊ねる。

「どうかしら。わたし、何かまちがったことをしたの？」アレックスはとまどって目をしばたたかせた。

「まさか、あの舞いの意味を理解していなかったのか？」

「ええ。ただ、あなたのお母さまに言われて参加しただけ」

アルタイルが低くうなったかと思うと、豹を思わせるしなやかな身のこなしでアレックスを抱き上げ、天幕へ運んでいった。

「まったく、母のお節介ときたら……あれは求愛の踊りなんだ。若い女が、好ましく思った男に自分の髪でふれる。あなたが求めてきたら拒まない、という意思表示なんだ」

「まあ」アレックスは息ができなくなった。あやうく別の男性に、求愛を許してしまうところだったなんて。だが、アルタイルは青年を押しのけて自分が正面に座った。あのときの強引さを思いおこすと、胸を高鳴らせずにいられない。でも、どの程度わたしを想っているのだろう？　心を許してくれているのかしら？

「さあ、答えてくれ、エミーラ。今夜、ぼくに何か言いたいことがあるのか？」

「ええ」アレックスは彼の首すじに顔をこすりつけた。

「何を言うつもりだ？」アルタイルが身をかがめて、天幕の入口をくぐる。アレックスは頭をもたげ、精悍なおもだちに目をこらした。官能的な口もとがゆったりとゆがむ。つけっぱなしの小さなランタンが、傲然とした顔だちに、どこかやわらかな陰影をつけていた。

「前に一度、言ったはずよ」

アレックスを地面に降ろしたアルタイルが、そっと唇にキスする。体が離れたとたん、アレックスは寂しさにかられた。斜めがけにした弾帯を外して放り投げてから、アルタイルがこちらにむきなおった。両手を腰にあて、眉をぴくりと動かしてみせる。

「で、前に一度、何を言った？」

「あなたがほしいって」口走ったとたんに頬が熱くなった。きっと真っ赤になっているだろう。天幕に沈黙が広がるなか、アレックスはうつむいて敷物を見つめ、相手の答えを待った。

「ぼくもきみがほしいよ、エミーラ」低く豊かな声がアレックスを包みこむ。目を上げると、さっきたき火の前で見たのと同じ情熱をたたえたアレックスの顔があった。一歩進み出ようとするのを、彼が手をかかげて制する。瞬時に止まった自分にはおどろかされた。彼に命じられると、自分はすぐ従ってしまう。意のままになってしまう。

「目の前で服を脱いでくれ、エミーラ」

思いもよらない要求だった。恥じらいをこらえてシャツのボタンを外しながら、指がふるえた。ボタンがひとつ、またひとつと外されていくのを見まもるアルタイルの目が、鷹のようにするどい。肌がじんわりとほてり、アレックスは熱いまなざしに耐えきれず目を伏せた。ゆっくりとスカートを脱ぎ、床に落とす。

シュミーズが肌に張りついていた。興奮に胸の先がとがるのを感じる。いったん彼と目を合わせてから、かがみこんでブーツを脱いだ。ぶ厚い靴下を引っぱって脱ぎながら、顔をしかめずにいられなかった。色っぽさとは無縁の格好だわ。

もう一度身を起こしたアレックスは、スカートの下に穿いている男物のズボンをごそごそと探った。綿のズボンと絹の下着をまとめて指に引っかけ、いっきに下ろす。足を引きぬいたとき、彼がするどく息をのむ音が聞こえた。シュミーズが腰のあたりまでずり落ちて、上半身がむき出しになっていたのだ。

「シュミーズを、アナ・アニデ・エミーラ。きみのすべてを見たい」ざらついた声に、身をふるわせずにいられない。絹のシュミーズを頭から脱いだアレックスは、生まれたままの姿で彼の前に立った。目を合わせる勇気が出ず、敷物の模様をじっと見つめた。

「自分がどれほど美しいか、わかっているかい、エミーラ？」

アレックスはおどろいて目を上げた。アルタイルが自分の衣服を脱いでいく。腕や胸板の筋肉が波打った。力強くしなやかな肉体は、まさにファラオの現《うつ》し身だ。赤銅色の胴体から下に視線をさまよわせると、たかぶりきった分身がそそり立っていた。するどいまなざしがアレックスを射すくめる。

「質問に答えていないな、アナ・ガマール。自分がどれほど美しいか、わかっているのか？」

アレックスはかぶりをふった。また〝ぼくの美しい人〟と呼んだわ……。どうしてそんな呼びかたをするの？　自分はせいぜい十人並みで、美しいとは言いがたい。唇は厚すぎるし、髪の色も凡庸だし、体つきも、上流社会のご婦人がたに比べれば豊満すぎる。

「ぼくの言うことを信じないのか、アナ・ガマール」

「ええ」

相手がおどろいた顔になった。「そうなのか？」

「ええ」

近づいてきたアルタイルに頬とあごをなでられ、親指で下唇をなぞられると、アレックスは体をふるわせた。

「信じられないなら、ぼくが証明してみせるしかなさそうだな、エミーラ」

アルタイルが手をやさしく引き、床に並べられた赤と緑、金色と青のクッションにアレックスを座らせた。てのひらにキスされ、手首の内側を唇でたどられたアレックスは陶然となった。

「なんてすばらしい肌なんだ、アナ・ガマール。絹よりやわらかい」かすれた声が、体の中心部に火をともした。手足のすみずみまで炎が燃えひろがり、強烈な快感で釘づけにする。ずっとこのままでいたかった。甘いくどき文句を聞き、唇で愛撫されていたかった。

アルタイルが手の甲で胸の輪郭をたどる。羽根のように軽い愛撫がアレックスをたかぶらせた。また口にふくんでもらえたら、どんなにすてきだろう。片方の乳房を手でとらえ、彼が身をかがめる。アレックスは期待に打ちふるえた。

筋肉質の腕を両手でなでると、刺激的な彼の香りがたちのぼった。唇が近づいてきたので、アレックスは思わず息を詰めた。肌にふれるまではもう少しだ。ああ、彼にふれてほしい。ふれてほしくてたまらない。ふるえるまぶたを閉じて、するどく息をのむ。次の瞬間、熱い吐息が張りつめた乳首をくすぐった。おどろいて目を開くと、褐色の瞳がいたずらっぽい光をたたえて見上げていた。

「美しい胸だ。口で吸いながら、きみの顔を見るのがまた最高なんだ」

大胆な言葉に、頬を染めずにいられなかった。彼が会心の笑みを漏らし、なおもこちらを見上げながら、胸のいただきを吸った。快感のあまり、アレックスは弓なりにそり返った。悦楽がらせん状に四肢を駆けめぐり、下腹部になだれこむ。永遠にやめてほしくない、そう思った。

彼の口には、女性を快楽の限界まで追いつめてわれを忘れさせる力がある。愛撫されればされるほど、もっとほしくなってしまう。アレックスはなめらかな茶色の髪に指をさし入れ、頭をぐっと引きよせた。舌と唇がくり広げる、なやましい誘惑のダンス。両手が腹部にふれ、続いて唇も這い下りてくるのを感じて、アレックスは甘くうめいた。

「ジャスミンの香りと、砂漠の灼熱を兼ねそなえているんだな、アナ・ガマール。そんな女性を美しいと思わないわけがないだろう？」彼の唇が、腹部にキスの雨を降らせながら、少しずつ下へずれていく。アレックスはすっかり濡れそぼって、痛いほどたかぶっていた。唇が臀部にたどり着くと、ひとりでに体がわなないた。自分がどれほど甘い苦悩を与えているか、彼にはわかっているだろうか？　早くまた、ひとつになりたい……彼に満たされ、押しひろげられ、意識がかすむほどの強烈な絶頂をきわめたい。

「きみのお尻の曲線は、ここの地中に眠る財宝に負けないくらい貴重だ」内ももをついばまれて、アレックスは声をあげた。今すぐ、今すぐ彼がほしい。たくましい肩にすがりつき、引きよせる。今すぐひとつになりたいと伝えるために。アルタイルの笑い声が、内ももをくすぐった。

「まだだよ、エミーラ。まだ、きみの美しさを伝えきっていない」ふたたび、肌にそっと歯が立てられる。「さあ、これでわかるかい？　ぼくの目に映る美しさが、きみにも伝わるかい？」

黙ってうなずくのがせいいっぱいだった。アルタイルの指先が脚の合わせ目にしのびこみ、秘所をそっとこすったからだ。あまりの快感に目を閉じたとき、唇が押しあてられた。アレックスはおどろいて身をよじり、彼の肩をぎゅっとつかんだ。

「ああ、嘘でしょう、こんな」

世の中に、これほど大胆で破廉恥な行為があるとは知らなかった。もしこれが罪だというのなら、地獄に堕ちてもかまわないと思った。アルタイルが止めないでさえくれれば……。彼の唇が揺れそぼった襞をかき分け、感じやすい核を舌でころがす。信じられないほどの悦楽に、腰がひとりでに浮き上がった。

ついばまれ、舌でなぶられるうち、切迫感がこみ上げて、閉じたまぶたの裏で極彩色の光がいくつもはじけた。濃密な愛撫で、体を内側からとろかされ、いつしか彼の肩に爪をくいこませていた。

「ああ、すごい、すごいわ！」

たて続けに痙攣が起きた。アルタイルの髪をわしづかみにして、全身をふるわせながら、アレックスは絶頂に達した。ぐったりと脱力し、体のふるえがおさまったあとも、アルタイルは内ももの肌をやさしくついばんでいた。

「これで、ぼくの言うことを信じてくれるかい、アナ・ガマール？　きみは美しい、そうだろう？」

アレックスは口もきけずにうなずいた。なおも肌にくちづけながら、彼が上に移動する。肩口にキスしながら、親指で胸のいただきをころがされたので、思わず吐息が漏れる。自分も同じように奉仕できるだろうか？

前に手でふれたとき、彼がとても喜んだことはよく覚えている。アレックスは筋肉質のひきしまった臀部をなでたあと、内ももに手を伸ばした。指先が硬直をかすめると、アルタイルが荒い息を吐いた。

男性自身を軽く握り、アレックスはほほえんだ。アルタイルは喜んでいる。こわばりの先端を親指でなぞるたびに、はっと息をのむのが何よりの証拠だ。にじみ出た欲望のしるしが指を濡らした。鋼のようにたくましい、それでいて肌の表面はヴェルヴェットのようになめらかな、えもいわれぬ感触。

親指の腹を使って、ふくれあがった頭部から根元までをなぞる。頭部のすぐ下に走る筋にも、そっとふれてみた。アルタイルがするどく息を吸いこむ。彼の歓喜が伝わってきて、アレックス自身もたかぶっていた。体のすみずみまで見てみたい。手でふれ、くちづけてみたい。トリノのエロティック・パピルスにあったように。

同じ愛撫をくり返すと、アルタイルがうめいた。今度は少しだけ握る力を強めて、全体をしごいてみる。最初はゆっくりと、しだいに速度を上げて。愉悦の声が胸郭をふるわせる。アルタイルがあおむけになったので、アレックスは両手を自由に使えるようになった。

まったく、なんという女性だ。自分がしていることを、どれくらい理解しているだろう？しなやかな手でしごかれ、先端を親指でくすぐられるたびに、分身がびくんと動いた。アルタイルは目を閉じ、鮮烈な快感に身をゆだねた。

アレックスのてのひらが与えてくれる摩擦の心地よさが身を焼きこがし、今にも呑みこまれそうだった。彼女がほしい。思いつくかぎりの体位をすべて試してみたい。それでもまだ満足できないような気がした。アレックスは自分の一部分だ。香りも味わいも、この体にしっかりと根を張ってしまった。

そろそろ身を起こして彼女をつらぬこうと思った刹那、アルタイルは凍りついた。熱い舌がからみついたからだ。衝撃と快感が強すぎて、身じろきもできない。間髪入れず、アレックスの唇が分身を包みこみ、アルタイルは今度こそたまらずに腰を突き上げ、歓喜の叫びをあげた。吸いたてながら、小さな歯が先端を甘嚙みする。

「そうだ、アナ・ガマール。吸ってくれ。もっと」

硬直に這わせた舌をこきざみに動かしながら、アレックスが首をふりたてる。あたたかな口が与えてくれる喜びに、睾丸がぎゅっとせり上がった。だめだ、今すぐ止めさせないと、口の中に情熱をほとばしらせてしまう。強烈な口の奉仕を受けながら、アルタイルは彼女の髪をなで、言葉を発しようとあがいた。

こういう知識がもともとあったのか、それとも本能のまま動いているのか？　どちらでもよかった。美しい唇が与えてくれるまじりけなしの快楽を、いつまでも終わらせたくなかった。またもや舌の先が先端をつついたので、こらえきれずにうめく。止めなくては。この調子では、もうたいしてもちそうにない。手をさしのべたとき、アレックスが口をすぼめ、睾丸をふくんだ。強烈な摩擦に全身をしびれさせ、アルタイルは左右のこぶしをクッションに打ちつけた。こんなふうに愛撫してくれた女性は、今までひとりもいない。口の動きがどんどん速度を増していく。なんとしても口の中では達するまいと、アルタイルは全身に力をこめた。

「ダム・ガーンナム。アレックス、頼むから止めてくれ」しゃがれた声で懇願しながら彼女の頭をなでる。けれど彼女はとりあわず、締めつける力を強めた。下半身がみるみる緊張し、限界点へと駆けのぼる。頭に霧がたちこめる。今にも達してしまいそうだ。

「お願いだ、アレックス。もう……」彼女の唇にぎゅっと締めつけられ、アルタイルは口の中で達した。頭の中で白い光がはじけ、分身が脈打って解放の瞬間を迎える。おどろいたことに、アレックスはほとばしった情熱のしるしを一滴残らず飲みこんだ。

ゆっくりと、アレックスが口を離す。そのあいだも舌先は動きつづけ、分身にからみつき、いつくしんだ。

仕上げに腹部にキスをひとつして、アレックスが身を起こし、こちらを見下ろした。満足げな表情に、アルタイルはおどろきを禁じえなかった。並んで横たわると、彼女の曲線はこちらの体にしっくりとおさまった。信じがたい。まったく、アレックスという女性は信じがたい。そんなことを考えながら、アルタイルは金茶色の髪をもてあそんだ。若鷹の羽根の色だ。極上の絹にも似たぬくもりが、手の甲に伝わってくる。

「あなたを満足させられた?」アレックスがささやいた。

またしても、アルタイルは驚愕の吐息を漏らした。「言葉にならないほどさ、エミーラ。言葉にならないほどだ」

アレックスが安堵の息をつき、アルタイルの肩口にキスをした。「あんなことをするなんて、はしたない女だと思われたら悲しいもの」

「はしたないのは大歓迎だよ」アルタイルはふくみ笑いして、心地よいぬくもりに浸った。「ただ、あんなことを知っているとは予想外だったな」

「トリノのエロティック・パピルスで学んだの」少しだけきまり悪そうに、彼女が答えた。

アルタイルはおどろいて顔を見つめた。「いったいどこで、そんなものを手にとる機会が?」

「父が本を書庫に隠していたの。ジェーンといっしょに読んで、わからない箇所は教えてもらったわ」

アルタイルがくすくすと笑うと、アレックスの手の下で胸筋がふるえた。「まったく、きみときたら手に負えないな、エミーラ。だが、そのおかげでさっきは最高の思いをさせてもらった」

浅黒い指がアレックスの頰をなで、ふたりの視線が合う。アルタイルの瞳の奥には、かぎりないやさしさがあった。アレックスも彼の頰に指でふれた。

「なぜわたしがベドウィンの血をうとんじると思ったの、アルタイル？」

問いかけたとたん、アルタイルが身を固くし、目をそらした。つらい記憶を呼びさましてしまったらしい。官能的な口もとがこわばっている。アレックスは後悔にかられ、肩口にそっとキスした。彼の腕枕で横たわったまま、長い沈黙が流れる。彼の口の重さに気落ちしつつも、無理強いしないだけの分別はもちあわせていた。こうして寄りそえる時間を大切にしようと思った。

「まだ若いころ、キャロラインという女性に恋したことがある」静かな告白におどろきながら、アレックスは相手の胸が大きく上下するのを見つめた。「結婚を申しこみ、承諾してもらった」

ふたたびの沈黙。アレックスは辛抱強く待った。彼にとって、話しやすい題材でないのはわかっていた。

「彼女の両親の反対を押し切って、ぼくらは婚約を発表した。初めのうちは何も変わらなかったが、やがて世間の風が冷たくなった。キャロラインが常連だった社交行事への招待状がしだいに減っていき、最後にはまったく来なくなった」

アルタイルが言葉を切る。頰の筋肉がぴくぴく動くのは、歯を食いしばっているせいだ。

「ある晩、キャロラインを元気づけようと思って、不意打ちで劇場へ連れていった。到着したとたん、悪意ある言葉がおおっぴらに投げつけられた。ぼくは中傷に慣れていたが、キャロラインには耐えられなかった。あれで限界に達したんだろうな。公然と罵られ、その場で婚約破棄を告げられた」

ざらついた声。キャロラインの心変わりに、どれほど深く傷ついたことだろう。上流社会の冷笑だけで充分つらかっただろうに、愛する女性にまで、人前で罵られるとは。

そんなひどい裏切りを受けたのなら、人を信じなくなってもしかたない。アルタイルが素性を明かさなかったわけを、ようやくアレックスも理解していた。真実を隠しつづけたのは、人間不信と、嘲笑への恐怖からだったのだ。正体をいつわり、父との交流を隠したのは、自己防衛のためだった。わたしが信頼できるという保証はなかったのだから……。

アレックスはそっと、相手の頬をなでた。

「あなたのことを、叔父が警告したマジールだと思いこんだりして、ごめんなさい。もっとよく考えるべきだったわ」

アルタイルが表情をやわらげ、こちらを見下ろした。アレックスは胸がいっぱいになった。時間を重ねればわたしも、心をゆだねるに足る相手だと信頼してもらえるだろうか……。彼の顔をなでているうちに、眠気がきざしてあくびが出た。身をすり寄せ、もう一度あくびをしたとき、彼がひたいにかかった髪をかき上げ、眉間にキスしてくれた。

そっと口にされた謝罪の言葉が、まるで薬のように、封じこめていた心の傷を癒やしていく。凍りついたままだった感情の一角が、少しずつ息を吹きかえす。もう一度アレックスがあくびをしたので、アルタイルはほほえんだ。

「眠るといい、エミーラ」寝返りを打って向かいあわせになる。榛色の瞳がとろりとかすみ、四度めのあくびが漏れた。

「起こすって約束してね」

「起こして何をするんだ？」眠そうなパンチとともに、むにゃむにゃという抗議の言葉がつぶやかれたので、アルタイルは相好をくずした。「おやすみ、エミーラ。いつぼくに起こされるかわからないから、覚悟してくれ」

呼吸がゆっくりになり、やがて眠りに落ちるさまを、じっと見まもる。二カ月以上の時を経て、ようやくまた腕に抱くことができた彼女。いつまでこうしていられるだろう？

アレックスは、聖刻文字の警告がアルタイルを指しているのではないかと疑った。アルタイルが害をおよぼしかねないと考えたのだ。だが、責めることはできない。嘘をついたのはこちらだし、怒りをあらわにしたとき、相手の顔が恐怖にゆがむのも見たことがある。

やわらかな寝息を聞くと、いとしさで胸がいっぱいになった。もし彼女の身に何かあったら……考えたくもなかった。何も起こさせるものか。自分がいるかぎりは。

あしたはアレックスに、ムハンマドの話をして聞かせよう。あの男の疑わしさを、ひととおり知っておいてもらったほうがいい。メドジュエルが手を打つまで、じっと待っているなどできなかった。オアシスでの夜以来、アレックスをねらう動きは見られないが、だからといって危険が消えたわけではない。

なんとはなしに、いやな予感がしていた。宮殿が見つかった今、ふたたびアレックスに凶手がおよぶのではないか……。アルタイルは目を閉じ、アレックスを抱いた腕に力をこめた。何があろうとも、彼女を守ってみせる。髪の毛一本傷つけさせはしない。絶対にだ。彼女がいない人生など、なんの意味もないのだから。

17

〝何も見えない。ここは一条の光さえさしこまない闇の中。じっと待つ。何を待っているかもわからないままに、じっと。やがて、それが来た。轟音がすべてをのみこむ。あれは石だ。せまってくる巨石。止めなくては。こちらに近づけてはいけない。前に飛び出したかいもなく、石はぶきみな音とともに、しかるべき場所におさまった〟

「アルタイル？」

飛びおきたアルタイルは、薄暗い天幕の中を呆然として見まわした。ここはどこだ？ やさしい手が腕にふれた。アレックスだ。そうだ、アレックスの天幕にいたのか。ほっと安堵しながら、アルタイルはもう一度枕にもたれた。あれは夢か。ただの夢か。

「寝言を言っていたわよ」アレックスが身をすり寄せ、片方の腕を回す。魔除けをするかのように。

「そうか？」悪夢のことは思い出したくなかった。恐怖をおぼえることはめったにないが、さっきの結末はあまりに不穏だった。

天幕の小さな裂け目からさしこむ光のぐあいを見て、まもなく夜明けだとわかった。もう行かなくては。だが、アレックスのぬくもりからは離れがたかった。せめて、彼女が前回のように逃げていかないという保証を得るまで、ここを立ち去れないと思った。

「アレックス……名残り惜しくてたまらないが、もう行かなくちゃならない」

彼女が大きく目を見ひらき、こちらを凝視した。「どうして？」

「前にも言っただろう。部族の内部に波風を立てたくない」

「ちがうわ。どうして名残り惜しいの？」

アルタイルは不意をつかれた。答えるためには気持ちを打ち明けるしかない。だが、まだそれを口にする勇気はなかった。ひたむきなまなざしに、胸が締めつけられた。何も求めず、それでいて希望を秘めた目。アルタイルは指先で彼女の鼻すじをたどって言った。

「きみのもとを去るのは、夜明け前に月に別れを告げるようなものだ。きみはぼくの月なんだよ、エミーラ」

アレックスがほんのりと頬を染める。目を伏せるまぎわにただよわせた失望の色が、アルタイルをたじろがせた。相手が何も言わないので、おでこにキスして立ち上がる。上衣を頭からかぶったとき、彼女の悲鳴が聞こえた。

アルタイルはぎょっとした。大急ぎで衣服を引き下ろすと、アレックスが恐怖をあらわにこちらの背後を見つめていたので、血が凍りそうになる。また蛇か、と反射的に考えたが、ザダはクッションの上で落ちついていた。最悪を覚悟してふり返ると、天幕の入口部分から、浅黒い腕が突き出していた。アルタイルは物入れの帯に飛びつき、いつも持ちあるいているピストルを出した。

「服を着るんだ、アレックス。今すぐに」低く命じる声のきびしさにアレックスはうろたえ、入口へと歩みよる彼の背中を黙って見つめた。

アルタイルが武器を手に、仕切りの毛織物をめくったとき、すぐ近くでうめき声が聞こえた。すばやく出入口をくぐったところで、アルタイルは凍りついた。メドジュエルが、血まみれになったムハンマドと並んで地面に倒れていたからだ。

「ダム・ガーンナム」しゃがみこんで首すじの脈を確かめるまでもなく、裏切り者が絶命しているのはあきらかだった。急いで従兄のそばに行くと、シークが手をついて起き上がったところだった。

「傷の度合いはどうだ？」

「かすり傷だ。心配ない」メドジュエルが手をふっていなした。「おれが気づいてよかったよ。ムハンマドのやつ、ミス・タルボットの天幕に入っていこうとしていたんだ」

アルタイルは眉をひそめた。ふだんの自分なら、物音に気づいたはずだ。どうも……どうかはわからないが、ようすがおかしい。ザダでさえ、身じろぎひとつしなかったのだ。

「もっと用心しないとな。何も聞こえなかったよ」

「気にすることはない」メドジュエルが言いわけを考えるように間を置いた。「ムハンマドは気配を殺して、すばやく動いていた。止められてよかったよ」

自分は従兄をみくびっていたらしい。まさか、たえずムハンマドに監視の目を光らせていたとは。裏切り者は死んだ。もうアレックスに危険がおよぶことはないだろう。アルタイルはメドジュエルの肩に手を置いた。

「またアレックスの命を救ってくれてありがたい。貸しができたな、従兄どの」

「務めを果たしたまでさ。この男は、おれが大切にしているものをおびやかした」メドジュエルが死体にあごをしゃくった。やけに苦々しい口調だ。アルタイルはまた眉をひそめた。

ムハンマドの裏切りを考えれば当然なのかもしれないが、従兄の口調には別のふくみが感じられた。何か隠しているのだろうか？　問いただそうとしたとき、アレックスが天幕の外に出てきた。

「ああ、なんてこと」鮮血で染まったムハンマドの衣を見たとたん、顔面蒼白になる。

「しまった」アルタイルはピストルをとり落として駆けより、失神したアレックスを抱きとめた。背後でメドジュエルがうめきながら、よろよろと立ち上がる。

「なるほど、勇敢なお嬢さんにも弱点があったということか」

「何が言いたい？」アルタイルは険悪な形相になった。何がどうなっているんだ？　天幕のすぐ外で人が殺されたのに、物音ひとつ聞こえなかったのもおかしいし、メドジュエルも、アレックスが血に弱いことをからかうなど、悠長にもほどがある。そもそも、アレックスの天幕を見張らせていた男たちはどこへ行った？

「なんでもないさ。ただの冗談だ」メドジュエルが深いため息をついた。「ミス・タルボットを中へ運んでやってくれ。そのあいだに人を呼んで、ムハンマドの死体を片づけさせる」

「ぼくが頼んだ護衛はどうした？」

「すまない、アルタイル。実を言うと、護衛は三日前から引き上げてある。ジェマルの管轄している羊が何頭か、ハイエナにやられてしまったから、そちらの見張りに回らせたんだ」

「なんだって?」アルタイルはあっけにとられた。なぜひと言もなく、護衛を引き上げたりする?「どうして言わなかった? 人が不足なら、ぼくが見張りに立ってもよかったのに」

「悪かった。うっかり言いわすれていたんだ。それに、もうミス・タルボットの身に危険がおよぶことはないような気がしていた」

「もしムハンマドに襲われていたら、どんなに謝罪してもとり返しがつかないことになっていたんだぞ」アレックスを抱き上げながら、アルタイルはくってかかった。

メドジュエルが顔をこわばらせ、目をそらしながらうなずいた。「ムハンマドの死体は、早急に片づけさせる」

「母さんに傷を診てもらえ」従兄の返事を待たず、アルタイルは天幕へ戻り、アレックスをクッションに横たえた。外でメドジュエルが人を呼びあつめる声がする。肩ごしに確かめると、突き出していたムハンマドの腕はもうなかった。ひとまず、凶手を止めてもらって助かった……。とはいえ、従兄には訊きたいことがたくさんある。

アレックスのまぶたがぴくぴく動いたので、やさしくひたいをなでる。苦しそうなまなざしがこちらを見上げた。

「アルタイル、あの男の人は……」

「そうだ、エミーラ。死んだよ。この天幕に入ろうとしたところを、メドジュエルが止めてくれたんだ」

アレックスがぶるっと身をふるわせた。「あ……あの人、前にも見たことがあるの」

「そうだろうな。義父といっしょに羊の番をしていたから」

「ちがうの」アレックスが首をふる。「ロンドンであとをつけられたのよ」

「なんだって!? なぜもっと早く言わなかった?」

「気のせいかと思ったから。エジプトに来てからは、一度も顔を見なかったし」

「くそっ、アレックス。いつになったらぼくを信頼してくれるんだ?」心配のあまりアルタイルは顔を引きゆがめた。ふるえる手で頬にふれたアレックスが、口もとをほころばせた。

「ごめんなさい。でも、もう危険は去ったんでしょう?」

「おそらく。だが、油断はできない。今後はきみの一挙一動から目を離さないよ、エミーラ」

「すてきな脅迫ね」きらめいた瞳に魅せられ、アルタイルは身をのり出した。

「脅迫なんかじゃない。約束さ」そしてはげしくくちづけた。「早く宮殿の発掘にかかりたいだろうが、ぼくが戻るまで待っていてくれ。先にメドジュエルと話をしたいんだ。何が起きているのか、事情を確かめてきたい」

相手が不満そうな顔になったので、アルタイルはまたキスをした。「すぐに戻るよ」

太陽が空に昇って一時間あまりが過ぎたころ、アレックスは天幕を出た。いち早く駆け出したザダのあとを追って、自然と地面に目がいった。死体と血だまりの形跡があとかたもなく消えていたので、ほっと息をつく。じっとしていろとアルタイルには言われたが、待っていられなかった。むかしから、待つのが苦手なのだ。

そもそも危険は去ったわけだし、彼からはじっとしていろとしか言われなかった。だったら、どこかに出かけてその場でじっとしていてもいいでしょう？　アレックスは肩をすくめてほほえんだ。叱られるのさえ楽しみだった。

いつまでこんなに心おどる関係でいられるだろうか？　もしアルタイルに飽きられてしまったらどうしよう？　想像しただけでつらかった。わたしなら、けっして飽きたりしない。喜んで彼との家庭を切り盛りするだろう。そこまで考えてはっとした。アルタイルと出会うまでは、結婚など人生の監獄でしかないと避けてまわっていたのに。

ひとまず、結婚のことを考えるにはまだ早い。情熱に目がくらんで、おかしなことを考えだしたらしい。ただ、人生はあまりにも短いから、楽しまなければもったいないと気づいてしまったのは事実だ。アルタイルはまだ愛を告白してくれないし、ふたりの今後についても語ったりもしていない。アレックスのほうは彼と一生をともにしたいが、もしそうならなかったとしても、今このときを大切に過ごしたいと思った。

道具や帳面を入れた背嚢《はいのう》を肩にかけ、天幕の柱に吊るしてあった水筒に手を伸ばす。中身が充分入っているのを重さで確認してから、背嚢のいちばん上に入れた。アルタイルが補充しておいてくれたのだろう。つい顔がほころんだ。きっと、わたしが待ちきれずに宮殿へ向かうことを予想していたんだわ。

足早に野営地のはずれへ向かうと、いつも発掘現場への行き来に使うラクダが待っていた。

世話係の若者に会釈してから、鞍にまたがる。ザダがすばしこく飛び乗り、持ち手のあたりでまるくなるのを待って、アレックスはラクダに立ち上がるよううながした。

宮殿に行きたいという気持ちがはやり、おのずとラクダの進みは速くなった。太陽がまともに照りつける。夜明けの紫と青、桃色から、まばゆい黄色に変わった日ざしは、きょうも猛暑になるきざしだ。ザダが腕を駆け上がり、首すじにちょこんと座った。小さな頭を掻いてやりながら、アレックスは峡谷をめざした。

昨夜は、初めて肌を重ねたあの夜よりさらにすばらしかった。アレックスは何度も、胸に秘めた想いを明かしそうになったが、そのたびに思いなおして口をつぐんだ。

アルタイルはなんの言質も与えてくれない。口にするのは、肉体への情熱ばかり。わたしという人間を、少しでも好きでいてくれるのかしら？　ガミーラはそうだと言いきったが、もし愛しているとして、その次は？　大好きな研究や調査をさまたげられるくらいなら、結婚はしたくない。ただ、アルタイルに限ってはそんな要求をしないという確信が、心のどこかにあった。

彼はアレックスの父によく似ている。恩着せがましい態度やばかにしたそぶりを見せたことは、一度もない。いつも協力的だった。彼の妻になることを考えると、心が浮きたった。夜ごと情熱を燃やし、朝がきても引き離されずにすむ毎日。それに、子どもも……アルタイルは子どもをほしがるだろうか？

ああ、またばかなことを。アルタイルはまだ、気持ちを打ち明けてさえくれないのに。今はとりあえず、ピラメセスの発掘に集中しなくては。

市壁に近づくにつれ、気が重くなった。ラクダでの行程はひどく時間がかかる。なにしろ峡谷まで六マイル(約十キロ)、そのあとアルタイルがきのう通った近道を使っても、さらに一マイル(約一・六キロ)あるのだ。アレックスはラクダの背から、きのう宮殿の入口を見つけた岩場を望んだ。あそこなら、今いる場所から一マイルほどだ。

しばし迷ったすえに、アレックスは心を決めた。一マイルくらいなら歩いていけるはず。まだそれほど暑くないし、飲み水はたっぷり持ってきた。それに、アルタイルに教わった近道をラクダで上ることを考えると、身がすくんだ。やっぱり徒歩のほうが安全だ。ラクダを降りて荷物をまとめ、峡谷めざして歩きだす。底辺の岩場に到着すると、ザダが不満そうにさえずった。

「わかった、わかったわ。降ろしてあげる」

身をかがめてやると、マングースが腕を駆け下りた。アレックスは市壁をざっと眺めて足がかりを探した。何をするつもりか察したらしく、ザダが背中を駆け上がり、頭上の平地にひと足早くたどり着いた。壁をよじ登る主人に向かってにぎやかに鳴きたてるのは、応援のつもりだろうか。苦心さんたん、アレックスもようやく平地に這い上がった。

しばらく地面に寝ころがって休息したのちに立ち上がり、衣服の砂をはらって、周囲のようすを確かめる。目の前にそびえ立つ岩肌。この下に宮殿が眠っているのだ。

興奮して早足で歩いたせいか、まだ早い時刻にもかかわらず、すぐに暑くなった。水筒に手を伸ばし、山羊革の水筒からたっぷりひと口。脱水症状でも起こそうものなら、アルタイルにまた行動を制限する口実を与えてしまう。舌に残る苦い後味に、アレックスは顔をしかめた。山羊革が水の保存に役立ち、味をよくするなどと考えたのはいったい誰だろう？　水筒に蓋をして、宮殿の入口へ向かう。

半マイル以上も歩いたころ、まだ喉が渇いているのに気づいた。水筒を口に押しあて、妙な味には目をつぶって、ふたたびがぶりと飲む。砂漠において、水は命綱だ。味がおかしいからといって飲むのをやめたら、たいへんなことになる。太陽が頭上高く昇るにつれて、気温もみるみる上がり、体がだるくなってきた。

もうじき宮殿だ。内部の温度はぐっと低いはずだから、そこで元気をとり戻せばいい。涼しい室内を思いうかべて元気をふるい起こし、歩調を上げたおかげで、入口まではさほど時間がかからなかった。数分後、アレックスはきのう見た角柱の前に立っていた。石造りの表面を、敬愛の念をこめてなでると、太陽のぬくもりが伝わってきた。

つば広の帽子を脱いでひたいをぬぐい、アレックスは眉をしかめた。十分ほど前に始まった頭痛が、だんだん悪化している。うっすらと吐き気まで感じた。いやだわ、早く涼しいところに逃れないと。慣れない暑さの中を、一マイル以上も歩いたのだから。熱射病の初期症状かもしれない。大急ぎで水を飲んだあと、背嚢から蠟燭つきのランタンをとり出す。

ランタンに火をともし、前に突き出して穴の中を覗く。よかった、奈落に落ちるわけではなさそうだ。アレックスは穴のふちを回りこんで、地下の床に降りたった。ザダが甲高い声で何やら訴えた。アレックスは手を伸ばして小さなマングースを受けとめ、毛皮をなでてやった。

「心配いらないわ。あなたをおいていったりしないから。旅の友は必要だもの」ザダを床に下ろし、ランタンを手にとりなおして頭上にかかげた。広大な室内。四方にずらりと柱が並び、石を切り出して作った屋根を支えている。

前方には果てしなく闇が広がっていた。興奮にぞくぞくしながら、アレックスは進み出た。ラムセス二世その人が歩いたのと同じ床を、今自分は踏みしめている。ふいに胃がむかついたが、不快感よりも好奇心のほうが勝った。闇の中、宮殿のさらに奥へと歩を進める。

ふり返ると、外へ通じる出口がひどく小さく見えた。宮殿内で迷子になるのだけは避けなくてはならない。脇道や行き止まりがどれだけあるか、見当もつかないのだから……。急いで荷物からチョークを出し、進んできた道に大きな×印をつける。チョークをポケットにしまったあと、帳面と鉛筆をとり出した。

経路に印をつけるだけで、帰り道はぐっと楽になるだろうが、ついでに宮殿内の地図も描いておけば、のちのち役立つはずだ。ファラオの館を奥へ、奥へと進みながら、胃の不快感はひとまず後回しにした。休憩するには、見るべきものが多すぎたからだ。

さまざまな印を描いた壁が目を引いたが、分析するのはやめておいた。あとでたっぷり時間をかければいい。今はとにかく、宮殿の全容を把握しておきたかった。

いくつもの通路と部屋をぬけながら、壁にしるしをつけ、帳面に図を描く。広い通路のつきあたりに、ひときわ巨大な一室があった。テラスとおぼしき設備が見うけられる。はるか昔の地殻変動が、考古学上の一大財産を地中に埋もれさせてしまったのだろう。

岩と砂のはざまに、屋外部分の手すりまではっきり見てとれた。アレックスの足もとには大きな石板が散乱している。部屋の入口周辺に倒れていた石板には、びっしりと聖刻文字が記してあった。しゃがみこんだアレックスのところにザダが跳んできて、手の匂いを嗅ぐ。うわの空でなでてやってから、アレックスは刷毛を出し、表面を覆う砂をはらった。指先で文字をたどりながら、意味を解析する。

「ファラオの室に足を踏み入れし者は神を畏れよ」一歩あとずさったのは感嘆のためだ。

「ファラオの部屋だわ」

自分の言葉が、暗闇にこだました。本当に、ラムセスの寝室にいるのだろうか？　ランタンを高くかかげ、室内と入口部分を照らす。大きな正面入口とテラス以外に、戸口と呼べるものはひとつだけだった。

ここはラムセスの居室だ、とアレックスは確信した。胃がむかついてならない。興奮のせいだ。きっとそうだ。目をつぶっても、吐き気はひどくなる一方だった。今にももどしてしまいそうだ。だめよ、聖刻文字の上でなんて。

隅で。せめて目立たない片隅で。

手近な引っこみへと走ってえずく。胆汁がこみ上げ、ひどく咳きこんだ。発作が落ちついたあと、アレックスは口をゆすぎ、少し飲んだ。何かの食べ物にあたったのかしら？　こことアメリカとでは衛生状態も異なる。カイロに着いてから一度も体調を崩さなかったのが、むしろ奇跡のようなものだ。だからって、今ぐあいが悪くならなくてもいいのに……やるべきことはたくさんあるのに。

石の壁にもたれ、ひんやりした構造物に頬を押しあてる。石の冷たさが肌のほてりを鎮めてくれた。少し休んで胃が落ちついたら、また調査に戻ろう。ザダが目の前にちょこんと座り、こちらを見つめた。

「いやね、何を見てるの？　ぐあいの悪そうな人間を見るのは初めて？」マングースが走りよって、アレックスの脚に体をすりつけた。「ありがとう。でも、とりあえずあなたの力は借りなくてすみそうよ」

生き物がそばにいることで元気づけられ、吐き気がおさまるのを待つ。数分が過ぎても、不快感は消えなかった。引き返すのは不本意だが、そうしたほうがいいかもしれない。みぞおちがずきりと痛み、アレックスは体をふたつに折った。こらえきれずにまた嘔吐する。痙攣が止まったあとも、内臓がよじれそうに痛かった。

〝もういいわ、とりあえず引き返しましょう〟〝だめよ、まだまだ調べたいもの〟ふたつの声がせめぎ合う。今回ばかりは、直情ではなく理性が勝利をおさめた。野営地に戻ろう。こんなときのために、キニーネ（キナの樹皮からとった薬品。解熱、鎮痛に用いる）をトランクに入れてある。

アレックスはうめきまじりに口をゆすぎ、荷物をまとめた。「いらっしゃい、ザダ。おうちに帰りましょう」

足を引きずって入口へ向かうアレックスのあとを、マングースがちょこちょことついてくる。こんなに気分が悪いのは生まれて初めてだ。また激痛が襲ってきたので、気休めと知りつつも腹部を両手で押さえる。そして、よろめきながら前に進んだ。

いくらか歩いたところで、脚が音をあげた。地面に座りこみ、石壁に頭をもたせる。ほんの少しだけ休もう。アルタイルは、なぜ言いつけを聞かなかったのかとかんかんになるだろう。また胃がひきつった。何か口に入れると考えただけで身がすくむのに、喉だけは渇いていた。山羊革の水筒を開け、がぶりと水を飲む。背嚢を探って帳面を出し、さっき描いた地図を確かめようとしたが、文字も図もページを飛びまわって読めなかった。薄い帳面を荷物に戻し、アレックスはまた立ち上がった。

進みつづけるのよ。このまま進みつづけなくては。

ふらつく足を踏みしめて通路を引き返すうち、たまたま手にふれた壁に×印が描いてあった。アレックスは弱々しく、通り道に印をつけておいた自分を祝福した。勢いまかせでも、たまにはこんな用心をすることがある。前方から日の光がさしこみ、宮殿内を薄ぼんやりと照らしていた。

苦労のすえに、穴のふちに手をかけて体を引っぱりあげる。ザダが上で待っていた。アレックスはぐったりと砂の上に横たわり、腕で目を覆った。しばらく意識を失っていたのかもしれない。気がつくとザダが耳もとで甲高くさえずっていた。身を起こし、水筒を出して水をふくむ。

太陽がすっかり高くなり、暑さですぐにまた喉が渇いた。真昼の炎天下を、とぼとぼ歩いて天幕へ戻らなくてはならないのか……。〝賢くないわね、アレックス、まったく賢くないわ〟近道などしなければよかった。横着しなければ、ラクダをつないだ場所まで一マイル歩かずにすんだのに……。想像しただけで胃がひっくり返りそうだった。

水筒から水をがぶがぶと飲む。立ち上がってみて初めて、周囲がひどく静かなことに気づいた。みんなはどこに行ったの？　作業用天幕を、宮殿の位置まで移動させているのだろうか。また胃がよじれた。今度は立っているその場で嘔吐してしまった。体力がどんどん奪われていく。

ひどい気分だった。強い日ざしで頭が割れるように痛いので、涼しい宮殿内に戻ろうかとも思ったが、思いなおした。天幕に戻ろう。キニーネを飲めば、胃も落ちつくかもしれない。遠くに、マジール族の男たちが点々と散らばっているのが見えた。おかしいわ。なぜ砂漠であんなふうにばらばらに歩いているの？　アレックスは暑さと頭痛と胃の痛みをこらえて足を踏み出した。進みながら、また水を飲む。脱水症状だけは避けなくては。また、胃がむかつきはじめた。

ひとしきり嘔吐し、またよろめく足を引きずって歩きだしたが、すぐにまた座りこんでしまった。なんてみじめなのかしら。体のふしぶしが痛み、頭は重く、疲労困憊し……メリック卿の言うとおりだ。砂漠は、女性の来るべき場所ではない。

ザダが膝に乗り、そっと鳴いた。指先で毛皮にふれながら、アレックスは遠くに散らばるマジール族に目をやった。また水を飲む。最初よりも苦みが増しているような気がして、身ぶるいが出た。マングースをすくい上げ、のろのろと立ち上がる。彼らのいる位置まで、さほど遠くない。あそこまでたどり着ければ、助けてもらえるかもしれない。

暑さで大気が揺らいでいる。揺らぎの向こうに、一騎の人馬がこちらへ突き進んでくるのが見えたので、アレックスは地面に座りこんで待った。馬が近づいてくると、ザダがやかましく鳴きたてた。

ひづめの轟音がくぐもった残響をおび、周囲の景色が回りはじめた。どこか現実と切り離された気分で、黒い馬が急停止するのを眺めながら、アレックスは気を失うまいとあがいた。アルタイルの革ブーツが砂地を横切って近づいてくる。数秒後には、彼の腕に抱かれていた。

「このばか者が、何を考えている？」心配そうなひびきが、言葉のきつさをやわらげていた。

アルタイルがアレックスの水筒をとってさし出す。アレックスは押しもどして首をふった。もう一滴も飲みたくなかった。「いらないわ」

「だめだ、アレックス。飲まなければ死ぬぞ」

アレックスはぐったりと目を閉じ、けわしい表情を視界から締め出した。抗議をつぶやきかけたが、口に流しこまれた水を拒む力はもう残っていなかった。彼の腕に身をゆだねて、不快感をやりすごす。

次の瞬間、胃が裏返るほどの痛みと、強烈な吐き気が襲ってきた。うつぶせになって嘔吐するあいだ、アルタイルがやさしく背中をさすり、気づかわしげに声をかける。

「だいじょうぶだ、アナ・アニデ・エミーラ。天幕に戻れば、気分もきっとよくなるさ」

また水筒が口もとにさしつけられた。アレックスは弱々しく押しのけたが、水が流しこまれるのを拒むほどの力は残っていなかった。最後の力をふりしぼり、顔をそむけて、口の中の水を吐き出す。

「ダム・ガーンナム」

ふたたびアルタイルに抱かれたアレックスは、彼の肩に頭をあずけた。ひどく疲れ、眠くてたまらなかった。少し眠れば、頭痛と胃のむかつきもおさまるかもしれない。

「眠ってはだめだ、エミーラ」アルタイルの手がそっと頰を叩く。

もう、まぶたを開けられなかった。

「アレックス、聞こえるか？　起きていなくてはだめだ」

できなかった。たとえアルタイルのためでも、起きていることはできなかった。

18

アレックスが目を開かないので、アルタイルはあわてた。鼻の下に汗が浮かび、ぐったりとしている。アレックスは恐怖をのみくだし、手の甲で頬を叩いた。

彼女の呼吸は荒く、脈はひどく早かった。離れたところで見ているザダが、神妙な顔でチッチッと鳴いているのも、よくないしるしだった。

もう一度水筒をとり、口に少しずつ流しこむ。アレックスがむせたので、そっと喉をなでて嚥下を手伝った。水を与えつづけなければ、体調は悪くなる一方だろう。急いで天幕に連れもどさなければ。さもないと……いや、そんなことは考えたくなかった。彼女を失うなどありえない。いったい何があったんだ？　こういう症状は過去にひとりしか見たことがない。マラリアで命を落とした男だ。

アルタイルはぞっとした。上衣の袖口を裂いて、急ごしらえの手布に水をふくませる。そして口のまわりを拭いてやった。ああ、こんな姿は見ていられない。生まれて初めてというほどの無力感だった。

アレックスを抱き上げ、デサリのところまで運ぶ。なぜ、ぼくの言いつけどおりにしなかった？　わざわざ、自分が戻るまでは天幕にとどまるよう言いきかせたのに。もっと頭をはたらかせるべきだった。ラムセス宮殿に呼ばれてしまったのだろう。アルタイル自身がイングランドにいるとき、砂漠に呼ばれるのと同じように。

アラブ馬の手綱をとり、おそるおそる鞍の持ち手に巻きつける。アレックスが元気になったら、二度と忘れられないくらいきつく説教してやらなくては。

砂漠では自分にさからうな、とあれほど警告したのに、彼女は言うことを聞かなかった。ひとりで天幕を離れ、行き先を誰にも告げなかった。そのせいで、野営地にいた民の半分が、捜索にかり出されている。峡谷のはずれでアレックスのラクダを見つけたときは、最悪の事態を覚悟した。なぜラクダに乗らず、徒歩で宮殿に向かったりしたのか？

低く口笛を吹いて、小柄な牝馬の前脚を片方曲げさせる。ザダが先に飛びうつり、馬の尻にちょこんと座った。低い声で合図すると、デサリが耳をぴくりと動かし、身を起こした。

アレックスがなにごとかつぶやいたので、アルタイルはおでこにキスをした。脱げかけた帽子が、かろうじてあご紐で引っかかっているのをやさしく直し、デサリの手綱を握って駈足を命じた。本当は全力疾走させたいところだったが、この暑さのもとで無理をさせたら、馬を死なせかねない。不安がつのった。もしアレックスが死んだら、どうすればいい？　想像しただけで歯を食いしばっていた。そんなことにはならない。ぼくが、そうさせない。

ほどなく、捜索にあたっていた仲間たちに追いついた。デサリを停止させ、アレックスの荒い呼吸に目を留める。野営地へ戻っていいと部族の男たちに告げたあと、アルタイルは考えた。峡谷を突っ切るべきか、それとも彼らについていくべきか。いや、山側の近道だ。デサリの脚ならかなり時間を短縮できる。

そうか！　アレックスも近道をしようと考えたのだ。だから歩いていったりしたのか。そのとき彼女がうめき、水を欲するように唇を舐めた。水筒から口に数滴たらしてやったあと、アルタイルもひと口飲んだ。

とたんに苦い味に気づき、飲みこむ前に吐きすてた。くそっ。アレックスがむせかえり、与えたばかりの液体を吐き出す。アルタイルはもう一度水筒をとり、中身の匂いを嗅いだ。かすかだが、甘ったるい匂いの正体はまちがいない。恐怖に手足がしびれそうだった。なんてことだ。ぼくとしたことが、なぜもっと早く水を確かめなかった？　もう一度水を口にふくむと、さっきより強く苦みと油っぽさを感じたので、急いで吐き出す。

吐根《とこん》だ。アレックスの水筒に、誰かが吐根を仕込んだのだ。アルタイルはすぐさま水筒を投げすてた。そして、鞍につけてあった自分の水筒をとり、衣の袖をあらたに裂いて濡らした。布片をしぼり、そっと口を湿してやる。

もしアレックスを死なせたら、悪いのは自分だ。二年前、マジール族のあいだで赤痢が大流行したとき、治療のために吐根をもたらしたのは自分なのだから。おかげで同胞を救うことができたが、吐根をあつかう難しさはきちんと説明したはずだ。多量に摂取すれば死にいたる、と。

アルタイルは口をきっと引きむすんだ。手にした布はまだ充分濡れている。ふたたび口に水滴をたらしてやると、アレックスの唇が開いた。

「いいぞ、エミーラ。一度に少しずつだ」

デサリの腹を蹴り、駈足を命じる。小柄な牝馬がみるみる峡谷への距離を詰めるあいだも、アルタイルはアレックスにちらちら目をやった。目をやるたびに、呼吸が止まっているのではないかと恐れながら。岩場の亀裂にさしかかったとき、デサリが足を止めた。舌を鳴らす合図で飛びこえさせようとしても、牝馬は動かなかった。

しまった、亀裂がこれほど広かったとは。小さな牝馬に多くを要求しすぎてしまった。胸がはり裂けそうな思いをこらえ、じっと対策を考える。デサリが飛びこえられない可能性はおおいにある。愛馬は勇敢だが、おとなをふたりも背に乗せていたら、敏捷さを欠くのは当然だ。だが、回り道をしていては治療が手遅れになる。デサリが勇気をふるい起こして跳んでくれることを、祈るしかなかった。市壁のはずれで馬首をめぐらせ、数百ヤード戻ってから向きなおる。アラブ馬がいななきとともに首をふり、アルタイルの合図で飛び出した。

騎馬はまっすぐに岩場を突っ走った。亀裂のふちにさしかかったとき、デサリが目にもあざやかな跳躍を見せ、宙を駆けた。数秒後、ひづめが反対側の地面をとらえた。

着地の瞬間、馬体が大きくかしいだ。大跳躍の衝撃を、左前脚でまともに受けとめてしまったのだ。ぼきりという不穏な音がひびきわたり、アルタイルの胸にするどい痛みを走らせた。勢いあまって馬上でつんのめりかけたが、奇跡的に、鞍から落ちずにすんだ。

たいていの動物は、これほどの痛手を受けると横に転がるが、デサリは脚を折り曲げて座り、首をはげしくふり動かした。アルタイルはアレックスをしっかり胸に抱いたまま馬をすべり降り、彼女を安全な場所に横たえた。

デサリの脇に膝をつき、愛馬が立ち上がろうともがくさまを呆然と見つめる。やがてあきらめたのか、デサリはどうと岩場に倒れた。ハリールになんと説明しよう？　誕生のときから、兄弟で大切に育ててきたのに。弟は打ちひしがれるだろう。

背後で大きな叫び声が聞こえたので、アルタイルはふり返った。ハリールとメドジュエルが馬で近づいてくる。次の瞬間にはメドジュエルがすぐ目の前に立っていて、自分の馬にあごをしゃくってみせた。

「マイサに乗って戻るといい。デサリの面倒はおれがみる」

その言葉がアルタイルはわれに返った。ああ、愛馬にひどいことをしてしまった。喉に詰まったかたまりを飲みくだし、かぶりをふる。

「いや。ぼくの馬だ、自分でやるよ」喉がひりついてしゃがれ声しか出ない。「アレックスを、母さんのところへ連れていってくれ。飲み水に吐根をしこまれたんだ。母さんなら、対処法を知っているだろう」

メドジュエルが眉を寄せたが、何も言わなかった。アルタイルは従兄の馬に歩みより、アレックスを抱き上げて前に乗せた。ザダがにぎやかに鳴きたてたので、すくい上げてアレックスの膝に乗せてやる。メドジュエルが手綱を引いて馬首をめぐらせ、全速力で野営地へと駆け去った。

弟が黒馬に膝枕をしてやり、鼻面をなでる姿を見ると、悲嘆に胸が締めつけられた。アラブ馬はベドウィンにとって家族も同然だ。しかも、デサリは大のお気に入りだった。

ハリールの肩に手をやると、涙に濡れた顔がふり向いた。弟の悲しみをひしひしと感じて目を閉じたあと、みずからのつらさを押しころして口を開く。「お別れを言うときだ、ハリール。このまま苦しませるわけにはいかない」

若者がうなずき、また嗚咽する。弟を見ないようにして、アルタイルは鞍からライフルを引きぬいた。ふるえる手で弾をこめて銃身を戻す。かちりという音が神経に突きささるようだった。愛馬に向きなおり、そっと下あごをなでてやる。

「人助けをしてくれてありがとう。この恩は忘れない」デサリが荒い息をつき、苦痛に白目をむく。アルタイルは無言でハリールに下がるよううながした。弟が最後にもう一度だけ頭をなで、立ち上がる。

アルタイルも一歩しりぞき馬の頭に銃口を向けた。視界がかすんだので、いったん目を閉じる。デサリがふたたび苦悶にのたうった。どうか、力を与えてください……。もう一度ねらいをさだめ、引き金にかけた指のふるえがおさまるのを待つ。撃ち損じでもしたら、デサリはもっと苦しむだろう。次の瞬間、ライフルの銃声が耳をつんざき、牝馬は動かなくなった。アルタイルはがくりと膝をつき、熱い銃身をひたいにあてて、愛馬との別れを嘆いた。

アレックスの天幕の前で足を止めると、壁布が左右とも巻き上げられていた。風通しをよくするためだ。天幕の主は藁布団の上に横たえられ、女たちが数人がかりであおいだり、濡れた布で体を拭いたりしていた。

アルタイルは支柱につかまり、不安を鎮めるために大きく息を吸いこんだ。アレックスのひたいに手をあてる母の姿が見える。咳払いすると、母が目を上げた。沈痛な表情が、黄金色のなめらかな肌に影を落としている。歩みよりながら、アルタイルの心も沈んだ。

「どんなようすだろう？」

「時間はかかるでしょうけれど、助かると思うわ」

アルタイルは目を閉じ、安堵を嚙みしめた。よかった。彼女はぶじだ。最悪を予期して詰めていた息を、いっきに吐き出す。

同時に罪悪感がよみがえった。もう少しちゃんと目を光らせておけば、彼女が生死の境をさまようこともなかったのに。アレックスがひとりでも宮殿に行きたがることは、予測がついたはずだ。自分がメドジュエルと話をしようとやっきにならなければ、ひとりにせずにすんだのに。

母が天幕から外に出てくる。かぶりものの藍色が、わずかに白いもののまじった黒髪によく映えていた。ため息をついて、ガミーラが言った。

「あの人を、心から愛しているのね」

アルタイルはびりびりと緊張した。アレックス本人にもまだ気持ちを打ち明けていないのに、話題にされるなど……答えをはぐらかすほかにすべはなかった。

「彼女を守ると約束したんです。なのに、しくじってしまった」

「あなたに防げることではなかったでしょうに」

「そうかもしれません。だが、彼女の安全は、ぼくの責任だ」好奇心をまじえたするどいまなざしを避け、アルタイルは咳払いをした。

「ムハンマドのやったことや、背信そのものも、あなたの責任なの？」

「ムハンマドの何を知っていると？」すると、紺碧の瞳がきびしくなった。

「部族の人間はみな、ムハンマドとメドジュエルが一戦まじえたことを知っていますよ。毒入り水の件も、あなたがくい止めてくれて本当によかったわ」

アルタイルは相手を凝視した。「ムハンマドがやったと、どうしてわかるんです？」

「ムハンマドの天幕から吐根の空き瓶が見つかったと、メドジュエルが言っていたの。もみ合いになる前に、もう毒を仕込んであったんだろうという話よ」

「そんなだいじなことを、さっきアレックスの捜索に出る前に話さなかっただと？」憤慨がこみ上げた。

「もし話していたら、もっと早くアレックスを見つけられたの？」

「いや」アルタイルもしぶしぶ認めた。天幕を覗き、土気色になったアレックスの顔を眺める。あやうく彼女を失うところだったなんて。二度とこんなことは起こさせない。やさしい手が腕にふれた。

「メドジュエルの言うとおりよ、アルタイル。アレックスはかけがえのない人なのね。さあ、そばに行ってあげて」いとおしげに目をきらめかせながら、息子の頬にくちづけて、母は立ち去った。

アルタイルは無言で天幕に入り、アレックスのかたわらに膝をついた。濡らした毛布で首から足首まで覆ってある。片腕が外に出ていたので、そっと手を握った。さっきほどの高熱ではないが、まだ熱かった。

若い娘が、鉢に入れた水で布を湿らせ、口の中にしぼり入れた。アルタイルはそっと娘を制し、濡れた布を受け取った。これくらいなら自分にもできる。彼女のそばで面倒をみたかった。無力感を少しでもやわらげるために。

濡れた布を軽くしぼると、冷たい水が指をつたい落ちた。アレックスの唇を指先で開かせてから、布片の角でつつき、水を流しこむ。

ふいにアレックスの唇が指をとらえたので、アルタイルはびっくりした。やさしく頭をなで、顔にかかった髪の毛をはらってやる。目は開かなかったが、ふたたび唇が動いた。はっきりしないつぶやき。アルタイルは小躍りして顔を寄せ、耳をすませた。「もう一度言ってくれ、エミーラ。聞こえなかった」

「み……ず」

アルタイルはせわしなく手をふり、近くにいた女性から水筒を受け取った。山羊革の容器を片手に持ち、もう片方の腕を頭のうしろに回して、少しだけ体を起こさせる。そして水を飲ませ、また寝かした。

「もっ……と」

「少しずつだ、アレックス。少しずつ」さっき使った布をまた水に浸し、唇を湿してやってから数滴を流しこむ。「布が乾いたら、また濡らしてあげよう」

アレックスが目を閉じたままかすかにうなずき、ふたたびまどろみに落ちた。指先で美しい眉をなぞりながら、アルタイルは顔を曇らせた。もう一度メドジュエルと話す必要がある。けさの従兄は話をはぐらかしてばかりで、ムハンマドとの争いについてほとんど話そうとしなかった。あの場では興奮のせいかとも思ったが……。

メドジュエルにはシーク・エル・マジールとして、野営地で暮らすアレックスを守る義務がある。先ほどは馬を貸してくれたが、万事に最善を尽くしているとはとうてい思えなかった。天幕の外で争う物音がしなかったことも気になる。それに、ムハンマドの衣服にはおびただしい血がついていた。まるでまったく争わなかったかのようだが、メドジュエルは確かに傷を負っていた。

ホガル族に接近していた以上、吐根の一件についてもムハンマドが疑わしいのはもちろんだが、それだけでは説明のつかない事柄が多すぎた。ノウルベセの財宝をねらうホガル族が、なぜ墓が見つかるまえにアレックスを殺そうとするのかという疑問も解けないままだ。

アレックスがぐっすり眠ったのを見とどけて、女たちに世話をゆだね、メドジュエルの天幕へと足を向ける。きちんと話を訊き出そう。従兄の補佐役として、自分にはその権利がある。天幕をぬって進む途中、あちこちから声をかけられたが、応える余裕はなかった。

ひときわ大きく豪華なメドジュエルの天幕は、少し離れた場所に張られている。入口の壁布は巻き上げてあったが、アルタイルは礼儀正しく声をかけ、承諾を得てから中に入った。折りたたみ机の前に陣どったメドジュエルは、従弟の訪れを予期していたかのようだった。

「アルタイルか。さあ、入ってくれ」と席から立ち上がり、おびただしい数のクッションが並べられた一角へ案内する。「ミス・タルボットはどうだ？」

「持ちなおしそうだ」

「よかった、よかった」アルタイルに続いて腰を下ろしたメドジュエルが、細く浅黒い指先でこめかみを揉む。こちらを見る顔は沈痛だった。「デサリはかわいそうなことをしたな。いい馬だったのに」

自分が愛馬に何をしたか、記憶を呼びさまされたアルタイルは顔をゆがめ、ぶっきらぼうにうなずいた。メドジュエルがこちらをしげしげと見てから、ため息をつく。

「ムハンマドだが、おまえの疑ったとおりだったよ。もっとまともに話を聞いておけばよかった。おまえがミス・タルボットの行方を捜しに出たあとすぐ、あいつの持ち物の中から、吐根の空き瓶が出てきてね」

「なぜ教えてくれなかった？」

メドジュエルが肩をすくめる。「ハリールとふたりでおまえを見つけるまで、薬を何に使ったかわからなかったからさ」

もっともな説明だ。母も言ったとおり、毒入りの水の件は誰も知らなかったのだから。

「問いつめたりして悪かった。許してくれ」

「かまわないさ」

「腕のぐあいはどうだ？」

「かすり傷さ。ガミーラがじょうずに手当してくれたから、傷跡も残らないだろう」

「けさは、ムハンマドとの顚末を話したがらなかったな。だが、ぼくとしてはぜひ聞いておきたいんだ」

メドジュエルが肩をすくめた。「けさ話した以上のことはないよ。ムハンマドがミス・タルボットの天幕のまわりをうろついているのを見た。近づいていくと、あいつはナイフをふりかざして襲ってきた。もみ合いになって、さいわいおれが勝った」

アルタイルはうなずいた。説明になんらおかしな点はない。できすぎと言ってもいいくらいだ。ムハンマドの胸にはナイフの傷があった。あれほどの深傷を負わされながら、声ひとつ聞こえなかったのは、どういうことだろう？

不安が湧きおこる。メドジュエルは嘘をついているのか？　いや、まさか。同じ一族の従兄弟同士、兄と弟も同然の間柄なのだ。だが、気になるのはメドジュエルのどこか煮えきらない態度だった。

「おまえが早起きしてくれて、運がよかったよ」

「まったくだ。だが、安心するのはまだ早いかもしれないぞ、アルタイル。どうも、ミス・タルボットをねらっているのはムハンマドひとりではなさそうなんだ。共犯者の匂いがするのさ」

「共犯者？」全身の血が凍りつくかと思った。アレックスはまだ安全でないのか？

「そうだ。ムハンマドの天幕をあらためたとき、吐根の空き瓶以外にも見つかったものがある」メドジュエルが衣服の隠しからくしゃくしゃになった紙片を出し、広げてみせた。

〝もう待てない。女が墓を見つけるのは時間の問題だ。すぐに死んでもらう必要がある。今夜、村の広場で会おう〟

文面を読むうちに、鼓動が耳もとでがんがんと鳴りひびいた。ほかにも誰か、アレックスの命をねらう者がいる。顔を上げると、メドジュエルの心配そうなまなざしがあった。

「心あたりはあるか？」

メドジュエルがあごひげをしごきながら首をふった。「いや。あればいいんだが。ただ、ムハンマドの共犯者が見つかるまで、あの女人には発掘を待ってもらうべきだろうな」

従兄の提案に、アルタイルは乾いた笑いを放ち、首をふってみせた。「それだけは無理だよ。こと発掘に関して、アレックスはぼくの言うことをまるで聞かない。大英博物館を相手どったときと同じだ」

「なら、なるべく早く手を打たないとな。ムハンマドが死んだ今、彼女にせまる危険は増したと考えたほうがいい。なにしろ今度は、相手の正体がわからないのだから」

アルタイルは目を閉じて計画を練った。アレックスをどう説得すればいいだろう？　彼女に発掘を中断しろと言うのは、魚に泳ぐのをやめろと言うようなものだ。もっと大規模な、抜本的な対策を考えなくては。犯人の目をアレックスからそらさせるための……。ひとつだけ手っとり早い方法があったが、すぐに却下した。だめだ、それだけは。

アレックスと約束したのだから。

理性の声がなおもせまってきた。押しやろうとしても、無視できないほど強く。数で圧倒する手段。

大英博物館だ。

博物館には、マジール族よりはるかに豊富な資材がそろっている。専門家がそろえば、アレックスだけでなく、発掘現場そのものも守ることができる。もちろん、アレックスは猛反対するだろう。彼女の反応が、今から目に浮かぶようだった。博物館に連絡したと知ったら、アルタイルは生皮を剝がれるかもしれない。

だが、ほかに選択肢があるか？　ない。今はアレックスを守るのが最優先だ。憤怒をぶつけられるのは耐えられるが、彼女なしでは生きていけそうにない。アルタイルは目を開き、当惑顔のメドジュエルに返答した。

「彼女に話をしてみよう。身辺の警護もぼくがやる。二度と、目の届かないところにやったりしないよ」

メドジュエルの双眸に奇妙な光がよぎり、あっという間に消えた。不安なのだろうか？　だが、メドジュエルが恐れることなど何ひとつない。危険にさらされているのは、アレックスなのだから。

19

夕日が地平線を染めるなか、アルタイルはマジールの野営地を横切って母の天幕へ向かった。ガミーラは絨毯の上に座って、夕食の準備をしていた。息子の姿に気づくなり、美しい顔が心配そうに曇った。

「どうしたの？　何があったの？」

「信頼できる人間を、カイロまで遣いにやりたいんです。できればハリールを」

「いけないわ」ガミーラが立ち上がりながらはねつける。「あの子はまだ子どもよ」

「もう十六歳だよ、母さん」

ふり向くと、父親ちがいの弟が天幕の入口からじっとふたりを見ていた。頼もしげなたたずまいは、これなら重要な役目をまかせられると確信するに足るものだった。ノウルベセの末裔で純血のハリールは、いずれメドジュエルの後を継いでマジールを束ねる男になるだろう。思ったより早く、その日は訪れそうだ……。

「許すわけにはいかないわ」ガミーラはゆずらなかった。

「本当に大切なことでなければ、頼んでいませんよ」アルタイルは頼みこんだ。ほかに方法があれば、わざわざ実の弟に伝達役など押しつけなどしない。

「実の弟をひとりでカイロに行かせるほど大切な事柄とは、なんなの？」

「ひとりでは行かせませんよ。ウマルを同行させましょう。ただ、どうしてもハリールに行ってもらいたいのは、信頼できる相手にしか託せない通信だからなんです」

「通信って、いったいなんの？」ガミーラがこわばった声で訊ねる。

「大英博物館に電報を打ちたいんです。博物館の調査団を、なるべく早くカンティールに派遣してもらいたいと」

「だけど、ここの発掘はミス・タルボットの指揮で進めているんだろう？」ハリールが口を挟む。

アルタイルは身がまえた。そのとおり。ピラメセス発見の功績はアレックスのものだ。だが、もし彼女の監督のもと、博物館が発掘を行なってくれたら、アレックスの身はずっと安全になる。「アレックスの発案なのは確かだ。だが誰か、ノウルベセの墓を見つけさせたくない人間がいる」

ガミーラが困惑のまなざしになった。「ムハンマドは死んだのよ。いったい誰が害をなすというの？」

「共犯者がいたんです」ふたりの動揺ぶりを見ると、こちらの不安もいやおうなしに高まった。母の浮かない顔をじっと見ながら、アルタイルは続けた。「アレックスを置いて、ぼくが行くわけはいきません。日中ならともかく、夜は特に危険だ」

「でも、なぜハリールなの？　ほかの誰かではだめなの？」

「ハリールは、ジェマルを除いてただひとり信用できる男だから。ジェマルが留守にしたらあっという間に気づかれてしまうことは、母さんもおわかりでしょう」

弟が前に進み出て、母の肩に手を乗せた。「行かせてください、母さん。この何週間か、ミス・タルボットが夕食に来てくれたおかげで楽しかった。ぼくも役に立ちたいんだ」

「大英博物館の人間を呼ぶと、どうしてアレックスを守ることになるの？」ガミーラはハリールの懇願にとりあわず、アルタイルに直接訊ねた。

アルタイルはため息を押しころし、天幕の中央で屋根を支える支柱に手でふれた。答えにくい質問だ。うまくいく保証はない。何よりも、アレックスは激怒するだろう。

「調査団が来たからといって、役に立つとはかぎりません。ただ、アレックスに害を成したい輩がいるとしたら、ノウルベセの墓にむらがる人数が増えれば増えるほど、目的を果たしにくいだろうと思ったんです」

「数で圧倒するわけか」ハリールがつぶやく。

「ご名答」アルタイルは弟に賞賛の目くばせを送った。頭の回転が速いのは頼もしかった。

「ジェマルはなんと言うかな？」

ガミーラがきびしい目になる。「あの人がなんと言うかは、わかっているでしょうに」

「だったらハリールを行かせましょう。ウマルが補佐してくれる」母が決めかねるようすで唇を噛んだので、アルタイルはもうひと押しした。「アレックスの生死がかかっているんですよ、母さん」

母がため息まじりに背中を向ける。そして、聞こえるか聞こえないかの声で言った。「わかったわ」

アルタイルはほっと肩の力をぬいた。ハリールに向きなおり、ウマルを連れてくるよう小声で指示する。駆け出していく弟を見送ってから母を見ると、手の甲で頬をぬぐったところだった。

不安にかられるのも無理はない。アルタイルは一歩踏み出し、母を抱きよせた。「心配いりませんよ、母さん。ウマルがついているから」

「わかっているわ。で、アレックスはどうするの？」

「ぼくが守ります」

「どれだけ用心しても、守りきれないかもしれないのよ。あなたの努力がたりないからではなく……アレックスの命をねらうのが誰であれ、きっと死に物狂いでかかってくるはずだからよ」

「誰がねらっているのか、知っているような口ぶりですね」

「いいえ。ただ、アレックスの存在は犯人にとって脅威だろうと思うだけ」

「脅威？　アレックスがなぜ、脅威になるんです？」

「言いつたえのせいよ」

アルタイルのあごに力がこもった。マジールの予言のたぐいを信じようとしなかった母が、今になって、なぜそんなことを？　向きなおった母が、こちらに手を伸ばして頬をなでた。

空色の民族衣装に黒糸でほどこされた刺繍が、子ども時代を想起させる。針と糸で、複雑な模様を描き出す母の姿を、飽かずに見つめたものだ。

「そんなにおどろかないで、アルタイル。あなたのお父さまと恋に落ちて結婚したからといって、昔ながらの慣習を忘れたわけじゃないのよ。ただ、あなたにはよけいな口出しをせず、自分の考えをもってもらいたいと思っただけ。先々代の子爵に、まだ幼いあなたを預けたのはどうしてだと思うの？」

「てっきり、父さんと約束したからだと」アルタイルは混乱し、髪をかき上げた。

「そう、約束したわ。でも、あなた自身の目で世界を見てもらいたいという気持ちもあったのよ。イングランドに行かせれば、お父さまから受け継いだ権利も守れると思ったし」

「そんなものは必要なかったのに。ここにいるだけで幸せだったのに」

「経験こそが、英知を育ててくれるのよ。ここにとどまったら、ものの見かたがせばまってしまう。まっとうに生きるためには、いろいろな経験をする必要があるわ。そうして初めて、自分の本質や運命を見出すことができるの」

「母さん自身は、一度も砂漠を離れなかったのに」アルタイルは皮肉らずにいられなかった。

「あなたのお父さまを愛したのが、わたしの運命だったの。ともに過ごした時間は短かくても、後悔はひとつもないわ。ジェマルは善良な人だし、彼のことも愛しているけれど、ピーターとの思い出がかけがえのないものだということを、あの人は理解してくれている。だからあなたも、自分の運命と向きあいなさい」

「謎かけのような言いかたをするんですね」

「もう少しはっきり言いましょうか。あなたの運命はアレックスと結びついている。そしてアレックスこそは予言にある女性だ、わたしはそう思っているの。もしそれが本当なら、アレックスにおよぶ危険は、あなたが考えるよりずっと大きいわ」

「ばかばかしい」

否定しつつも、アルタイルにはわかっていた。アレックスはまちがいなく、マジール族が待ちのぞんでいた存在だ。ノウルベセの魂を解放し、マジールの民に財宝をもたらしてくれる女性。この目の前で、彼女はピラメセスの都を発見したのだから……。予言が現実となるのも、時間の問題と思われた。

「だったら自分の胸に訊いてごらんなさい。ノウルベセの墓が見つからないことで、得をするのは誰かしら？　答えが出れば、おのずとアレックスをねらう相手もわかるはずよ」

愕然とした。なぜノウルベセの墓を探す連中が、アレックスの死を望むのか、これまでずっと疑問に思っていたのだ。アレックスに墓を見つけてほしくないという可能性は、考えてもみなかった。なんと愚かだったんだ、ぼくは。

耳にした言葉の重さと、自分の見当ちがいから立ち直れずにいるうちに、ハリールとウマルが入ってきた。

背が低くて頑丈な体つきの親友は、たたずまいこそ人畜無害だが、実戦での有能ぶりを、アルタイルは誰よりよく知っていた。だからこそ、護衛に任じたのだ。彼がついていれば、少なくとも警戒不足でハリールが襲われることはない。

「ごきげんよう、ガミーラ。お元気ですか？」ウマルがうやうやしく頭を下げる。

「元気よ、おかげさまで」母が静かに答え、夕食の支度に戻る。はたから見れば無関心にさえ思えるだろうが、作業しながらじっと耳をすませているのが、アルタイルにはよくわかった。

「アルタイル、今ハリールから聞いたよ。カイロ行きの護衛をぼくに頼みたいそうだな」

「ああ。おまえなら信頼できると思った。弟がやっかいごとに巻きこまれないよう、目を光らせていてほしい」

子ども時代からの大親友が、満面の笑みを返した。その表情になんら疑わしいところはなかったが、アルタイルはふとためらった。そうだ、たとえ無二の親友でも油断してはならない。アレックスは、それほど大切な存在だった。

「夜明けと同時に出発してくれ」

ウマルが笑顔のまま、ハリールの肩をぽんと叩いた。「早めに荷造りをすませないとな」

「カイロまで、二日で行ってほしいんだ」

「二日？」ウマルが首のうしろをさすりながら考えこんだ。「なかなかきびしいが、行けないことはないだろう」

「よし。カイロに着いたら、あとはハリールにまかせてくれ」しばし考えてから、アルタイルはつけ加えた。「もうひとつ。カイロ行きのことは誰にも話すな。長老たちにも、もちろんメドジュエルにも」

ウマルが眉根を寄せる。「誰にも？」

「おまえをふくめた部族みんなの命が、おまえの口の堅さにかかっているんだ。誰も信用するな」

「命令どおりにするよ」

ためらいのない口ぶりに安堵して、アルタイルはかぶりをふりながら、親友の肩に手を置いた。「命令じゃないさ。弟のぶんまで用心してほしいという、親友への頼みだ」

「承知した」ガミーラにおじぎをして、ウマルの短軀が天幕を出ていった。

背中を見送ったあと、ハリールがアルタイルに向きなおった。「信用できるかな？」

「できると思う。ただし、念のために、ウマルにはカイロ行きの目的を伏せておいてくれ。もし訊かれたら、家族の用事だとだけ言えばいい」

「わかったよ。で、カイロに着いたら？」

「まっすぐ大英電信局へ行ってくれ。大英博物館のメリック卿に、電報でこの内容を送ってほしい。〝カンティールにピラメセス在り。宮殿発見。早急に調査団請う。到着次第連絡されたし〟」

「それだけ？」

「ああ。知らせを受け取りしだい、先方は行動を起こす。到着まで三週間はかかるだろうが、こちらで必要物資や移動手段を確保しておけば、すぐにでもここへ案内できる」

「本当にいいんだね、兄さん？」ハリールが念を押す。「ほかに、ミス・タルボットを守る方法はないのかな？」

やけにおとなびた声には虚をつかれた。この八カ月で、弟はぐんと観察力が伸びたようだ。きっとすぐれた族長になるだろう。心配そうな母を見やりながら、アルタイルは思った。そう、ほかに方法はない。博物館の一団が到着するまで、自分は気が気でないだろう。

「ああ、ない」

「だったら、兄さんの望みどおりにするよ」

アルタイルは感謝をこめて弟の若々しい顔を見つめ、肩を抱いた。「くれぐれも気をつけろよ。ウマルの言うことをちゃんと聞くんだぞ」

弟が続いてガミーラのもとへ行き、しゃがみこんだ。「用心するからだいじょうぶだよ、母さん」

母はしばらく動かなかったが、ふいに身を起こし、末息子をかき抱いた。何も言わなくても、ハリールの肩ごしに覗く顔を見れば不安の度合いが伝わってきた。もし何かあったら、母はアルタイルをけっして許さないだろう。

あらためて、責任の重さが身にしみた。いまやアレックスの命だけでなく、弟と親友の命までが危険にさらされようとしている。だが、なんのために？　愛する者たちをおびやかすほどのノウルベセの墓の秘密とは、いったいなんなのだ？　顔の見えない敵と、どう戦えばいい？

喉にわだかまるかたまりを飲みくだし、アルタイルは足早に母の天幕をあとにした。野営地のあちこちで始まった夕方の詠唱を、聞くとはなしに聞きながら考える。先ほどの決断を、アレックスに話すべきだろうか？　だめだ。まだ容態が悪すぎる。もう少しあとにしよう。だが、いつならいい？　彼女のためによかれと思ってとった行動だが、はたして理解してもらえるだろうか？　なにしろ、一度した約束を破ったことになるのだから。

アレックスの天幕に着いてみると、夜気が入りこまないように壁布が下ろされ、見張りが立てられていた。入口の鈴をするどく鳴らしてから中に入る。

天幕内では、若い娘がひとりだけ付き添っていた。確か名前はヤスミン、昨夜の宴でアレックスを踊りに誘った娘だ。

「ごきげんよう、シーク・マジール」ヤスミンが会釈する。

「どんなぐあいだ？」

「だいぶよくなりました。シャギ・エミーラの回復力はすばらしいです。きっとノウルベセのご加護ですよ」

安心して笑みを返しながら、アルタイルはアレックスをはさんで床に座った。ヤスミンのうやうやしい口調と、アレックスを〝お姫さま〟と呼んだのは、ノウルベセの言いつたえを信じているあかしだ。

「食事をとってくるといい。夜のあいだは、ぼくが付き添うから」

「シーク・マジールもですよ。食欲がないんですか？」

言われて初めて、朝食のあと何も食べていなかったことに気づいたが、空腹はまったく感じなかった。アルタイルはかぶりをふった。「今はだいじょうぶだ」

「どうぞ、ご自由に。もしお腹がすいたら、そこの鉢に果物とナッツがありますから」ヤスミンが背後の容器を手で指ししめす。そして立ち上がって一礼し、出ていった。

ふたりきりになると、アルタイルはアレックスのひたいに手をあてた。まだ熱があるが、さっきよりだいぶ下がったようだ。顔色も土気色ではなく、頬骨のあたりにかすかな血の気がさしていた。

彼女の手をとり、長い指を凝視する。爪が割れていた。あざのできた指先にくちづけてから、毛布にたくしこんでやる。何かつぶやく声が聞こえたので顔を見ると、アレックスがぼんやりした目でこちらを見ていた。アルタイルは笑顔になり、身をかがめて頬にキスした。

「気分はどうだい、エミーラ？」

「よくないわ。わたし、死ぬの？」

思いがけない問いにはぎょっとさせられた。強く首をふり、ひたいにかかった髪をかき上げてやる。

「いや、死なないさ。そんなことはぼくがさせない」

アレックスが乾いた唇を舐めたので、水筒に手を伸ばす。蓋をとって顔に近づけると、相手は山羊革の容器を押しやった。

「いやよ」

「アレックス、喉が渇いているんだろう。飲まないとだめだ」

彼女が弱々しく首をふり、また唇を舐める。「だって、変な味がするんだもの」

「この水はだいじょうぶだ、エミーラ」榛色の瞳が不安そうにこちらを見ているので、アルタイルは自分で水筒に口をつけて、がぶりと飲んでみせた。「ほら、なんともないだろう」

ようやくやわらいだまなざしに、胸がはり裂けそうになった。そっと水筒をさし出すと、アレックスがむさぼるように飲んだ。しばらくようすを見て、アルタイルは容器を口から離させた。

「これくらいにしておこう。今飲んだぶんが落ちついたら、もう少し飲んでいい」

「ありがとう」相手が目を閉じる。

アルタイルはその頬をなでて言った。「きみのそばにいるよ、エミーラ。きっとよくなる」

答えのかわりに小さな吐息をつき、アレックスはほどなく眠りについた。やすらかな寝顔を見ながら、アルタイルは考えずにいられなかった。これほど美しい女性を、あやうく失うところだったとは……不吉な思いをはねのける。今考えるべきは、未来だ。ふたりの未来のことだ。

はっとして頭をふる。まるで腹を一発殴られたような衝撃だった。ピラメセス発掘のあとのアレックスとの関係に思いを馳せるのは、これが初めてだった。そんなことが可能だろうか？　もしアレックスに好意があるとして、その愛は、自分たちの今後に耐えられるだろうか？　彼女は苛酷な砂漠生活だけでなく、英国上流社会の冷笑をも生きぬかなくてはならない。だが、それもこれも、ピラメセス発掘に大英博物館を巻きこんだことを、彼女がどう受けとめるか次第だ。

アレックスはさぞ怒るだろう。だが、きちんと事情を説明すれば、理解してくれるはずだ。なんとか理解してもらうつもりだった。

藁布団に面した敷物の上に、両手を枕にして横たわり、天井を見つめる。打ち明ける頃合が重要だ。一刻も早く、ムハンマドの共犯者を見つけなくては。

はたして母の読みどおりだろうか？　自分はまちがった方向から問題を見ていたのか？　アレックスがノウルベセの墓を見つけないことで、得をするのはいったい誰だ？　少なくともホガルのシーク・タリフではない。貪欲なタリフは、マジールの伝説を打ちくだくよりも財宝を手に入れるほうを望むだろう。そこに複雑な思惑は存在しない。

タリフでないとしたら、犯人は……？　あまり考えたくなかった。いや、きっとほかの可能性があるにちがいない。メドジュエルは何度もアレックスの命を救っている。殺すことで得をするとは考えにくい。メドジュエルにとっても、ノウルベセの墓はマジールの大切な宝なのだから。

従兄の言葉でひとつだけ納得できたことがある。もしアレックスが墓を見つけたとして、中が空っぽだったら、マジールが長いこと築いてきた文化は根こそぎ崩れ去る。考えただけで恐ろしかった。

すべては、ノウルベセの墓が見つかればあきらかになることだ。その日が近いことだけは確信できた。確信できないのは、敵が次にどんな手をくり出してくるかだった。

20

天幕の壁布を巻き上げて留めると、日光がふんだんに入ってきた。きょうはアレックスにとって、砂漠で行きだおれたところをアルタイルに助けられてから初めての外出だ。この三日間は天幕から出してもらえず、きょうになってようやくガミーラから、仕事に戻ってもいいというお許しが出た。もっとも、アルタイルは片時もそばを離れないといってゆずらなかったが。

まるで、少しでも目を離したらわたしが消えてしまうと心配しているみたいだわ。アレックスはにっこりした。なにくれと世話を焼かれるのはうれしかった。本当に、ガミーラの言うとおりなのかもしれない。アルタイルはわたしを好きなのかもしれない。でも、だとしたらなぜ何も言ってくれないの？　ふたりの未来を語ってくれないの？

アルタイルを愛したことで、アレックスは大きく変わった。彼の妻になるという選択肢は日に日に魅力を増し、彼の子どもを生むと考えただけで胸がいっぱいになってしまう。まったく皮肉なものだわ……。あれほど男性の価値観を押しつけられることを嫌悪してきたのに、今の自分は、アルタイルとの家庭を夢見ている。予想外だが、楽しくもあった。

もちろん、すべてはアルタイルに愛されているという前提あってのことだ。彼の態度から、アレックスをいつくしんでいるようすは伝わってくるが、はっきり言葉にしてくれないのだから確信はできない。もしかすると、この場かぎりの関係を望んでいるのかも……アレックスは顔を曇らせた。あれだけの体験をしたのに、すべてがこの場かぎりで終わるとしたら、あまりにつらかった。

床に置いてあった道具入れをとり上げ、天幕の外に出ようとしたとき、長身が立ちふさがった。アルタイルのけわしい表情に、アレックスは笑みを誘われた。

「ずいぶんほがらかな顔ね」腕組みをした彼の渋面に向かって目くばせする。

「どこに行くつもりだ？」

「あら、決めてないわ。ラクダで砂漠に出てもいいし、村を散歩してもいいし」うそぶいたあとで、アレックスは苦笑した。「どこに行くかですって？　三日もむだにしたのよ。これ以上ぐずぐずしていられないわ」

力のこもったあごの筋肉がぴくりと動くのを見ると、しだいに不安になった。アルタイルはいったいどうしたのかしら？　まるでわたしが地獄へ突き進もうとしているみたいな反応をして。

「宮殿に行くつもりなら、ぼくもついていく」

予想どおりだ。アレックスはにっこりして彼に歩みより、腕をとった。「だったら、自分の道具をとってきて。あなたにも作業を押しつけるつもりだから」

アルタイルがためらいがちにほほえむ。「言うことを聞くよ。すまないが、ぼくの天幕までついてきてくれ。ちょっと目を離した隙にひとりで出かけてしまうのは、もう見たくないんだ」

「心配しすぎよ」と言いつつも、アレックスはおとなしくアルタイルに肘をとらせ、並んで野営地を歩きだした。

「いや。きみに関しては、いくら用心をしてもしたりない」

「なぜ？」

「なぜって、何が？」肘をとらえた指先にわずかに力がこもった。

「気にしないで」はぐらかされたことにがっかりして、アレックスは首をふった。さりげなく水を向けても、彼は口を開こうとしない。

ふたりは色あざやかな天幕の前で足を止めた。ヴェルヴェットを思わせる深い紅色の布地、金色の房をつけたふち飾り。アルタイルが壁布を引き上げて中に入ったあと、アレックスは入口にたたずみ、彼が〝わが家〟と呼ぶ空間をむさぼるように見つめた。

太い蠟燭を挿した背の高い金属製の燭台が三台。深紅と金色のふかふかのクッションが並べられた幅広の寝床。中央の小さなテーブルを鞍で囲んであるのは、食事や団欒のひとときに背もたれとして使うためだろう。

鞍には羊革の覆いがかけられ、奥の壁に沿って革製のトランクが三個置いてある。トランクの上には、ふんだんに飾り房をあしらい、入りくんだ模様を描いた毛織物がかけてあった。すっきりしていながら、あくまでも男らしい内装が、アルタイルにぴったりだった。

アルタイルがトランクのひとつを開けて道具をとり出し、背嚢に詰めるさまを、アレックスは黙って見まもった。準備が終わると、入口へ戻ってきた。どこか影のある表情が気になったが、相手はすぐ目をそらしてしまった。

「アレックス、話があるんだ」

緊張しているのがはた目からもわかる。ふいに不安をおぼえたアレックスは、一歩あとずさった。何をしでかしたの？　まさか……大英博物館に知らせたの？　嘘でしょう？　はっきり約束したのに……。アレックスは平静を保とうと努めた。

「なんなの？」

アルタイルの体がさっきよりもっとこわばった。頰の筋肉がぴくぴく動くのは、歯を食いしばっている証拠だ。そらしていた視線が、アレックスの顔に戻ってくる。長い長い沈黙のあとで、ため息が漏れた。「きみが寝こんでいるあいだに、ぼくひとりで宮殿に行って中を見てきた。ファラオの寝室の先に、もうひとつ部屋があったよ。ノウルベセを祀る神殿だ」

安堵のあまり力がぬけた。よかった、裏切ったわけじゃないんだわ。彼は約束をたがえていない。アレックスは首をふり、笑い声をあげた。「いやだわ、てっきりあなたが大英博物館に連絡したのかと思ったじゃないの」

アルタイルがびくっとした。「もし連絡していたら？」

「でも、していないんでしょう？　だったら考えてもしかたないわ」

沈黙が流れたが、もう気にならなかった。わたしは愛する人といっしょにいる。ふたりで向かう先はラムセス二世の宮殿だ。いずれノウルベセの墓も見つかるだろう。その最終目的を果たせば、女のくせにとばかにされることなく、考古学者としての地位を確立できる。

　宮殿への道のりはいつもより長かったが、アルタイルは頑として近道を通ることを拒んだ。文句を言おうかとも思ったが、先日ひどい迷惑をかけたばかりなので、がまんした。

　入口部分にラクダが近づくと、この三日間のアルタイルの奮闘ぶりがあきらかになった。夜は片時もアレックスのそばを離れなかった彼が、昼だけガミーラに世話をまかせていたのは、このためだったのか……。作業用天幕と道具類一式が、平地に移動している。彼の心づかいに、アレックスは胸が熱くなった。

　ラクダを降り、逆光になった彼の顔にほほえみかける。「ありがとう、天幕をここまで持ってきてくれたのね。おかげで作業がぐっと楽になるわ」

　アルタイルがほほえみ返し、アレックスのあごの輪郭をなぞった。褐色の瞳がきらめく。

「ぼくへの感謝はあとでいい、エミーラ。今は、ラムセスとノウルベセが待っている」

　アレックスはうなずき、アルタイルに付き添われて薄暗い入口をくぐった。誰かが入口から埋没部分までの階段をつけてくれたらしい。ためらいながらふり向くと、彼がじっと見ていた。自慢げに眉をつり上げてみせる。

「穴のふちに手をかけて体を引っぱりあげるのに、いいかげんうんざりしたからね。階段があったら助かるだろうと思ったのさ」

　アレックスは無言のまま、笑顔でうなずいた。注意深く木の階段を下り、宮殿に足を踏み出す。内部におびただしい数のかがり火がともされているのも、きっとアルタイルの配慮だろう。ほんの数日でこれだけの工事をしてくれたことに、舌を巻かずにいられなかった。

大広間を見わたしたアレックスは小躍りした。うしろからアルタイルも階段を下りてくる。並んで立った彼を見上げると、かすかな笑みを浮かべていた。アレックスもほほえみかけた。

「さて、エミーラ、どこから始めようか？」

背嚢から帳面をとり出す指がふるえた。一刻も早くファラオの寝室に行きたい。アルタイルの話どおりなら、寝室の隣にノウルベセの神殿があるのだから。興奮と緊張をつのらせながら、アレックスは前回記した宮殿の見取り図を確かめた。目の前にまっすぐ伸びる通路を見て訊ねる。

「宮殿じゅうに明かりをつけたの？」

アルタイルが首をふる。「きみが壁に印を書いた箇所だけ、明かりをつけさせた。きみが足を踏み入れていない部分はそのままにしてあるよ。ただ、さっきも言ったとおり、ノウルベセの神殿はぼくが見つけてしまった」

どこか無念そうな口調に、アレックスは笑みを誘われ、すばやく彼の頰にキスした。この数日、アルタイルはあらゆる面で便宜を図ってくれた。ささやかな好奇心を、とやかく言う気にはなれなかった。顔を離したとき、相手がちらりと不安をよぎらせるのがわかった。

先日の救出以来、アルタイルはどこかぴりぴりしている。大きな重荷をしょいこみ、それをアレックスには打ち明けられないようだ。いくたび説明を求めても、返答を避けられてしまう。近いうちに胸の内を明かしてくれることを、祈るほかなかった。

アルタイルがお得意の角度に眉をつり上げたので、アレックスはにっと笑った。「じゃあ、ファラオの寝室を見にいきましょう」

彼の先に立って、たいまつに照らされた通路を進むと、ほどなくラムセスの住居部分に着いた。この部屋がファラオに属することを記した石板の前にしゃがみこみ、聖刻文字を指でなぞる。アルタイルも入ってきて、横にしゃがんだ。部屋の奥にもうふたつ、同じような石板があるのを指さして訊ねる。「このあいだ来たときは気づかなかったな。きみは？」

「いいえ。あのときは気分が悪すぎて、早く天幕に戻ることしか考えられなかったの」

アルタイルが部屋の奥に突進し、背嚢からとり出した刷毛を使って、黄ばんだ表面の汚れを落としにかかった。アレックスも隣に行き、聖刻文字を解読するアルタイルの声に耳をかたむけた。

「西より来たる女が、ファラオとその愛する者を救う」

アレックスは地面に座りこみ、困惑しながら、奇妙な説明を自分の目で確かめた。「どういう意味かわかる？」

「ああ。予言に関係する言葉だ」

「予言？　どんな予言？」

「ノウルベセの予言さ」アルタイルが聖刻文字を指でたどりながら答える。「マジール族に代々伝わる予言だ」

アレックスはにわかに興味をそそられて訊ねた。「どうして、もっと早く話してくれなかったの？　どんな予言なのか聞かせて」

「もう知っているのかと思ったよ」おどろいた口調に、アレックスは笑いだした。

「いいえ。教えて、と言ったら厚かましいかしら」

相手の重々しい表情を見たとき、笑いは止まった。こちらの顔を長いこと凝視したすえに、アルタイルが石板に視線を戻す。「ラムセスとノウルベセの時代から現在にいたるまで、マジールの民が語り継いできた予言なんだ」

「どんな？」

「新しき世界から、鷹の羽根を冠する女がファラオの妃を探しにやってくる。女はカノーポスの壺をとり返し、ファラオとノウルベセは来世でふたたび結ばれる。ファラオの妃は褒美としていにしえの叡智と財宝を女に与え、マジールに繁栄をもたらす」

アレックスは目を見ひらいた。「あなたも、それを信じているの？」

「ああ」

「おとぎ話を本気にするのはなぜ？　博物館の研究員は、迷信ではなく事実を解明するのが仕事でしょう？」

「博物館での仕事は関係ない。きみと、今までにぼくが見てきたものを重視しているんだ」

「わたし!?」アレックスは目をまるくして相手を見つめた。この人は頭がおかしくなったのかしら？　なぜ、マジールの予言にわたしが関係あると思うの？　さっきの言葉はなんだったかしら……？　新しき世界から、鷹の羽根を冠する女が……。

アメリカを新世界と呼ぶ人は今でも多い。そして、鷹の羽根は自分の髪と同じ茶色だ。アルタイルをまじまじと見ながら、アレックスは唖然として首をふった。

「わたしが予言の一部だと思っているのね」

「知っているんだ」

「だけど、ただの言いつたえでしょう？　よくまともにとりあえるわね？」

アルタイルが立ち上がり、石造りの床を行ったり来たりした。しなやかな身のこなしが、古代エジプトで尊ばれた豹を連想させる。アレックスは眉をしかめた。どうして、そんな奇想天外なおとぎ話を真に受けるのかしら？

ジェフリー叔父は、ピラメセスに何かの呪いがあると信じていた。アレックスでさえ、大英博物館であやうく落石の犠牲になりかけたときはそう思った。でも論理的に考えれば、呪いなど存在しないのはわかっている。ノウルベセの墓を見つけてほしくない人間が、迷信をうまく利用しているだけだ。アルタイルがぴたりと足を止め、かがみこんでアレックスの顔を両手で挟んだ。

「ぼくが予言を信じるのは、この二カ月、自分の目で確かめたからだ。きみがピラメセスの城壁を、そしてこの宮殿を、やすやすと探しあてるのを実際に目撃したからだ。もともとは、ここまで進展するのにどれくらいの期間を想定していた？　聞かせてくれ」

「そうね、あと二週間くらいかしら？」

「二週間以上かかるはずだ。それに宮殿のことも。きみでなければ、ここまで探りあてるのにどれだけ時間がかかったことか」

「わたしが単なる偶然でここを見つけた、そう言いたいのね？」

「ちがうさ。天意がはたらいたと言っているだけだ」

「天意？　とんでもないわ」アレックスは勢いよく息を吐いた。「十五のときから、父の横で研究を手伝ってきたのよ。ラムセスとこの都に関して、学べることはすべて学んだわ。この分野の専門家に向かって、天意がはたらいたおかげでピラメセスを発見できたただなんて、よく言えるわね！」

「落ちつけ、アレックス。そんなことは言っていない。ぼくはただ……」

「はっきりそう言ったじゃないの！」

歩み去ろうとする肩をアルタイルがつかみ、軽くゆすった。

「話を聞いてくれ。ぼくはただ、きみを予言の一部だと考える、その理由を説明したかったんだ」

「そんなの、聞きたくないわ」

ここまで到達するのにどれほど苦労したか。積み重ねた知識と経験を、天意のおかげだと言われたことで、アレックスは深く傷ついていた。研究者としての能力は皆無だと言っているも同然じゃないの。肩にかけられた大きな手、そして彼の顔に、冷たいまなざしを投げる。

「離して」

静かに言いはなつと、室内の空気が凍りついた。ゆっくり手を放したアルタイルが、一歩下がって小さく礼をする。

「おおせのままに。だが、覚えておいてくれ、アレックス。この話はまだ終わっていない」

アレックスは聞こえないふりをして背嚢を拾いあげ、帳面を出した。なにごともなかったかのように石板の前に膝をつき、記された文字を書きうつしにかかる。頭上で小さな悪態が聞こえたあと、かつかつというブーツの足音が遠ざかっていった。

がっくりと肩を落とし、アレックスは目を閉じた。失望のあまり心臓がずきずき痛む。アルタイルに能力を疑われたのは、これが初めてだ。直接にではないが、ここまでの成果を古代の予言のせいにしたのだから。たとえ予言が真実だとしても、彼への信頼がいちじるしく損なわれたのは確かだった。信頼できない相手と、一生をともにできるわけがない。

腹立ちまかせにぴしゃりと帳面を閉じる。仕事に集中しなくては。以前ジェーンに、生身の男よりもアヌビスやラムセスの像を相手にしているほうが楽しいと語ったことがある。あのときの気持ちを覚えておくべきだった。そうすれば、自尊心や誇りを失わずにすんだのに。

立ち上がってまばたきし、涙を押しもどす。やるべき作業がたくさんあるのよ。岩場に埋もれた欄干の向かい側にある戸口は、アルタイルの言っていた〝ノウルベセを祀った神殿〟へ通じているのだろう。今いる場所からでも、扉の向こうから漏れるほのかな光が見てとれる。アレックスは足早に戸口へ向かった。

戸口の向こうは狭くて天井も低く、衣装部屋とたいして変わらない大きさだった。四方に吊るした燭台のおかげで、明かりにはことかかない。アレックスはゆっくりと室内を見てまわった。壁一面にびっしりと聖刻文字が書きこんである。壁の一角を掘りこんだ凹みが、小さな祠《ほこら》になっていた。

空っぽの石棚がひとつ、凹みから突き出している。玉座についた女人像が、棚の石にじかに彫りこんであった。こちらを見つめる女人像の美しい顔だちが、アレックスの胸を打った。足もとにまるくなった小さな動物が、マングースを彷彿とさせる。ひとつだけ確かなことがあった。この像は、ラムセス二世の時代に信仰されていた女神のどれにも似ていない。ノウルベセその人と考えて間違いなさそうだった。

高揚感に息をはずませながら、アレックスは彫像を見つめた。急いで刷毛を出し、周囲の埃をはらってから、彫刻の細部や、壁と一体化した構造に目をこらす。石像のうしろ側の壁を指先でたどるうち、小さな穴がふたつあいているのがわかった。ちょうど指が入るくらいの大きさだ。

一歩下がって石像を眺める。本当にノウルベセだろうか？　ラムセスが失った愛妃を祀る神殿を築いたというのはありそうな話だが、わざわざここに造るのはおかしい気もする。アレックスは壁に近づき、首をかしげて文字を解読した。

「ファラオの愛したノウルベセは、西から来る女を待っている。鷹の羽根を冠した女がラムセスの肋骨を手にしたとき、マジールの念願はかなう」

うなじがちくちくした。いまいましい。アルタイルのせいで予言を信じかけているじゃないの。アレックスは石像をきっとにらんだ。わたしは予言の女なんかじゃない。とはいえ、マジールの言いつたえと聖刻文字で記された内容とを、単なる偶然で片づけるのはむずかしかった。アレックスの髪は鷹と同じ金茶色だし、ノウルベセの墓を探しているし、目的を達するためにはラムセスの肋骨が不可欠だ。

もう一度、石像の後方の壁に目をこらす。指二本ぶんの穴は、ちょうど人間のひとさし指と中指がぴったりはまりそうな間隔だった。反射的に指をさし入れかけて、アレックスは思いとどまった。だめよ、慎重にふるまわなくては。

もしこれが何かの罠だとしたら、指がぬけなくなって逃げおくれるということもありうる。鉛筆を使ったほうが安心だ。アレックスは物入れから鉛筆を二本ぬきとり、そっと穴にさしこんだ。何も起こらなかった。

ふたたび、そっと鉛筆を押しこむ。今度は、かちっという大きな音が室内にひびいた。壁から飛びすさってようすをうかがうと、ノウルベセ像のすぐ下にあった石が引っこんで、中規模の洞が現われた。アレックスは小躍りし、たいまつを一本手にとって、暗い穴の中を照らした。

中に、黄金の櫃《ひつ》が見えた。ノウルベセの〝カノーポスの壺〟だ。とうとう見つけたわ！　胸を高鳴らせながら洞の中に手を伸ばしたとき、足音が聞こえたので、櫃を調べるのはあとにしようと思いなおした。急いで身を起こし、鉛筆を使って隠し部屋の扉をもとに戻す。

石がゆっくりと開口部分をふさぐのを確かめて、隣室へ戻る。戸口でアルタイルと鉢合わせした。するどい目を投げても、相手の表情は変わらなかった。

「もう終わったのか？」

問われてアレックスは首をふった。「いいえ。くわしく調べるのはあしたにしようと思っただけ」

「いい、あした？」

「ええ。壁面の解読にかかる前に、宮殿内の見取り図を描きおえてしまいたいの」

アルタイルが横にどいてくれないので、アレックスは顔をしかめ、横をすりぬけようとした。強靱な腕が、戸枠の側柱をつかんで行く手をはばむ。「さっきは、きみを動揺させてしまった。そんなつもりはなかったんだ」

「どうでもいいわ」謝罪の気持ちはわかったが、受け入れる気にはなれなかった。「もういいでしょう。仕事をしたいの」

すばやく腕をかいくぐって外に逃れる。足早に宮殿の入口をめざしながら、アルタイルの足音が追ってくるのを待った。廊下にひびくのは自分のブーツの足音だけだと気づいて、嗚咽しそうになった。

21

「くそっ」

レディらしからぬ悪態とともに、アレックスは聖刻文字がびっしり書きこまれた冷たい石壁に寄りかかった。そして、ずるずると床に座りこんだ。〝ラムセスの肋骨〟がいったいどういう物体でどこにあるのか、手がかりひとつ得られないままに三日が過ぎていた。

ひとつだけ解読できたのは、〝天啓を得るために星を見上げるべし〟という記述だ。意味はまったくわからなかったが……。ラムセス二世は、あいまいな物言いの名人だったらしい。解読する側からすれば、これほど腹の立つ話もなかった。アレックスは膝を抱えて顔を埋めた。すると、ノウルベセ神殿に足を踏み入れて一週間。初めて湿っぽい臭いが嗅覚をとらえた。思わず鼻にしわを寄せてしまうほどの悪臭だった。

疲れていた。正確には、疲労困憊《こんぱい》していた。この二日はほとんど眠れず、まどろめば荒無稽な夢にうなされた。顔のはっきりしないファラオや人影がひしめきあうばかりでわけがわからず、目ざめるときにはかえって疲れが増していた。

アレックスは深いため息をついて、ゆっくり首を回した。この三日間の緊張のせいで、肩が凝りかたまっていた。アルタイルの手でほぐしてもらえたら、と想像して唇を噛む。彼が恋しかった。

ひとりにして、というアレックスの意思を尊重しつつも、アルタイルはいつも、つかず離れずの位置に控えていた。視線が合うとアレックスはきまって、その腕の中で過ごした時間をつぶさに思い出した。褐色の瞳がせつなげに揺れるたびにあわてた。今にも防御が崩れそうなのを自覚していたから。

今も、彼の言葉が頭の中をめぐっていた。天意を信じているというアルタイルの言葉は正しいのかもしれない。確かに、自分はおどろくほどやすやすと、ノウルベセの〝カノーポスの壺〟を見つけた。発見したことはまだ、誰にも知らせていない。知らせたあかつきには、マジール族はラムセスの宮殿が見つかったときよりもっと盛大な祝宴を開くだろう。あの壺は、ノウルベセの墓まであと一歩という証拠だ。あと一歩近づけば、ファラオと王妃を来世で引きあわせられる。

マジールの人々はみな、わたしを予言の女だと信じているのだろうか？　アルタイルが生まれてこのかた聞かされてきた言いつたえを捨てさせる権利が、わたしにあるだろうか？　そう思うと、彼にきつくあたりすぎたかもしれない。今までアルタイルがわたしの能力を疑ったことは一度もなかったのだから。それどころか、父やジェフリー叔父に負けないほど熱心に応援し、協力を惜しまないでくれたのに。

アレックスはうつろな目を天井に向けた。アルタイルを信頼するのはむずかしい。嘘をついていたのだから。とはいえ、アルタイルの場合はいつわりを述べるだけの理由があった。受け入れてもらいたい、という彼の気持ちも理解できなくはない。

アレックスも同じだった。ありのままの自分を受け入れてもらいたい。天井を眺めるうち、そこに描かれた絵が目に留まった。テーベの神官たちは、ノウルベセを受け入れなかった。だから殺したのだ。ラムセス王朝を牛耳るうえで、彼女はじゃま者だったから。

目の焦点が合うにつれ、アレックスは眉根を寄せた。なぜラムセスは、ノウルベセの神殿に天井画などを描かせたのだろう？　壁から身を起こし、よりよく見るために頭をのけぞらせる。これまで一度もお目にかかったことがない作風だ。単純でありながら、何やら意味ありげに思える。

描かれているのは、ファラオとノウルベセが庭園を歩く姿だった。ラムセスが右腕でいとしげに妻の腰を抱いているのは、この時代の意匠や芸術にはあまり見られない構図だ。エジプト文明の発掘品に描かれた人物はたいてい、いかめしい表情をたたえている。首が痛くなったので、アレックスは部屋の真ん中に行き、石の床に寝ころんで天井画を見上げた。

ラムセスの宮殿内で、これほど奇妙なものは見たことがなかった。ファラオは王妃の顔をほれぼれと眺めているが、その左手は空の一箇所を指さしている。ノウルベセはその方向を見上げている。アレックスが王妃のまねをして見上げてみると、葦《あし》の原野、すなわちエジプトの来世を描いた絵が目に入った。アレックスはまた眉をしかめ、目を閉じて、この絵が何を意味するのか考えようとした。

「ダム・ガーンナム！　アレックス！」

はっと身を起こすと、わずか数インチ先にアルタイルの心配そうな顔があった。「どうしたの？　何があったの？」

血の気の引いた顔がほっとゆるんだ。「よかった。てっきり……」

ふうっと息を吐いてしゃがみこみ、膝を抱えこむ。まだ不安そうなまなざしに、アレックスは心ほだされた。わたしを心配してくれたんだわ。さしのべた手を、アルタイルが荒々しくつかみ、自分のほうに引きよせた。

はげしく唇が重ねられ、むさぼるようなキスがアレックスをとろかした。身をふりほどこうとはしなかった。恋しくてたまらなかったから。彼の抱擁も、愛撫も恋しかった。

前のめりになって、ひたいとひたいを合わせ、息をはずませる。このまま永遠に抱きあっていたかった。アルタイルが上半身を離して顔を覗きこむ。熱情がやわらぐとともに、別の感情がまざりこんでいたが、それが何かはわからなかった。

「床に寝ころんで、いったい何をしていたんだ？」ざらついた声が、先ほどの不安を彷彿させた。

「あれよ」アレックスは上を向き、天井画を指さした。

アルタイルものけぞり、天井を見た。困惑に目が細められた。「きみはどう思う？」

アレックスは首をふり、なおも天井を見つめた。「わからないわ。ラムセスはどうしてあんな、誰も見ないような場所に絵を描かせたのかしら」

アルタイルが敏捷に立ち上がり、絵の真下に歩みよった。「ここの突起に気づいたかい？」

指さしたのは、ノウルベセの腰とファラオの腰がふれ合った箇所だ。アレックスも近づいて見上げたとき、話し声が近づいてきたのではっとした。この二カ月というもの、歌うようなマジールの言語にすっかり耳が慣れ、アルタイルとの会話を除いて、英語を聞くことはまったくなかった。ところが、今聞こえているのは典型的なイギリス英語だ。にわかに寒気がした。

アルタイルも動きを止めた。その顔に、名状しがたい表情が浮かんでいる。声にまじって足音も聞こえたので、アレックスが神殿の戸口へ向かおうとすると、アルタイルの手が伸びてきて腕をつかんだ。

「アレックス、ちょっと……」

「ブレイクニー、そこにいるのか？　メリックから、おまえが忙殺されていると聞かされてね」陽気な声がラムセスの寝室にひびきわたるや、細身のいかにも学者然とした男が、戸口に姿を現わした。

動揺のあまり息を詰まらせながら、アレックスは、アルタイルの指が腕にくいこむのを感じた。まさか、ありえない。こんなひどい裏切りをしてのけるなんて。アルタイルを甘く見ていたんだわ。愕然としながら、神殿にずかずかと入ってくる新参者を見つめる。

「ああ、そこにいたんだな。まるで現地人のような格好じゃないか、友よ。では、そちらのかわいらしいレディがこの大発見をなしとげたんだね。メリックがさぞ大喜びすることだろうよ」

アレックスは身動きもできず、呼吸を整えようとあがいた。アルタイルのしたことがようやく実感される。大英博物館に連絡をとったのだ。胃袋が波打って吐き気がこみ上げた。アレックスは足をふらつかせ、アルタイルの手を乱暴にふりほどいた。頬の内側を噛みしめていないと、泣きだしてしまいそうだった。

「アレックス、きみがどう思うかはわかる。だが、説明させてく……」

「説明って、何を？」アレックスは食いしばった歯のあいだからささやいた。「また嘘をついたのね。誓いを立てたのに、平気で破ったんだわ。初めて会ったときから、ずっとこうじゃないの。どうしてあなたを信用したりなんかしたのかしら。身勝手な嘘つき、それがあなたの本性だったのね。野望を遂げることにしか興味がないんだわ」

アルタイルの顔が引きゆがむのがわかった。「もういいだろう、アレックス。きみが動揺しているのはわかるが、よく話を……」

「動揺？　保護者ぶるのはやめて。わたしの気持ちなんて、あなたにはわからないでしょう」殴ってやりたかった。自分が受けたのと同じだけの傷を、相手にもつけてやりたかった。「メリック同様の卑劣漢よ、あなたは。いいえ、もっと悪いわ。メリックはわたしの能力を信じるふりなんてしなかった。少なくとも、偏見を隠そうとはしなかった」

「きみの能力を疑ったことは一度もないさ」アルタイルが怒りに燃える目でやり返した。ふたたび腕をとらえて揺さぶる。「コールドウェルがここに来た理由を説明させてくれたら、きみも前言を撤回するはずだ」

アレックスは怒りに燃え、手をふりはらった。そして、思いつくいちばん辛辣な言葉をぶつけた。「その汚い手をどけてちょうだい、野蛮人」

憤懣に言葉を失ったアルタイルに背中を向ける。神殿の戸口に歩みよりながら、心臓がずんと重くなるのを感じた。胸郭を押しひろげんばかりにふくらんだ心臓のせいで、息ができない。ものの数分で、神殿の内部には裏切りと腐敗の悪臭がたちこめていた。

「どうした、アレックス、きみの力はそんなものじゃないだろう」アルタイルの声が空気を凍りつかせる。「コプト語を話してコールドウェルを感心させてみたらどうだ。埃まみれでも魅力的だと思ってもらえるかもしれないぞ」

心ない言葉に、肌がじっとりと冷たくなった。きまり悪げなコールドウェルの顔を一瞥すると、相手はつつましく目をそむけてみせた。アレックスはゆっくりと、愛していたはずの男性に向きなおった。こんなふうに傷つけるなら、なぜ命を助けたりしたの？　まるで鼠を半殺しにしていたぶる猫のようだ。残酷にもほどがある。

「今まで誰かを憎むなんて思いもよらなかったけれど、あなたが最初のひとりよ、ブレイクニー子爵」自分でもおどろくほど冷静な声が出たが、ひと言発するごとに、内側から死んでいくような感じがした。みずからの怒りにとらわれすぎて、アルタイルの赤銅の肌が灰色に変わっていることも気にしていられなかった。「わたしに近づかないで、子爵さま。二度と顔を見たくないし、声も聞きたくないわ」

返事を待たず、アレックスは部屋を出ていった。

ノウルベセの神殿を飛び出していくアレックスの背中を見ながら、アルタイルは血管が凍りつきそうだった。追いかけようと足を踏み出したものの、すんでのところで思いとどまる。今話しても、聞いてもらえないだろう。彼女にはしばらくひとりで考える時間が必要だ。

コールドウェルが異性として興味を示すかもしれない、などと口走ったのはわれながら下劣だった。真っ正面から自分の意図を話せばよかったのに。アレックスを前にすると、いつもしくじってしまう。あれほど正直さを求められたのに、なぜ嘘を重ねてしまうのだろう。

アレックスが激怒するだろうとは思っていたが、憎むとまで言われるとは。キャロラインに公衆の面前で罵倒されたときでさえ、ここまでの苦悩はおぼえなかった。

彼女が激昂して心の壁をぴたりと閉ざしてしまった今、どうすれば近づけるのか見当もつかなかった。ただでさえ、予言の一件をもち出してことをややこしくしているのに……。

ここ数日は、早くアレックスのところに行って、大英博物館を呼びよせた理由を話さなければならないと思いつつ、考えれば考えるほど勇気が萎えていった。時間はたっぷりあると思いこみ、話を先延ばしにしたのが逆効果になるとは。カイロにハリールを送ってまだ日が浅いのに、もう調査団が現われるとは、大誤算だった。

おもむろにコールドウェルが咳払いをする。「まずいところに来てしまったかな」

「まあね」アルタイルは渋い顔で応じた。「どうやって、こんなに早く？」

「たまたま、発掘品の荷送りを監督するためカイロに来ていたんだ。そこにメリックからの電報で、きみが協力を要請していると知ってね。おどろいたよ。女性の身でピラメセスを見つけるとは」

むじゃきな驚愕の口調に、アルタイルは顔をしかめた。ただの女性ではない。自分が愛した、たったひとりの女性だ。単純明快な事実が、砂嵐のように心を吹きあれた。愛する女性を、たった今失ってしまった。自分でもどうすればいいのかわからなかった。

裏切られた、と憎しみをぶつけてきたアレックス。だが、アルタイルにほかの選択肢はなかった。彼女を守るのが最優先だったからだ。きちんと説明して、わかってもらおう。時間だ。時間をおけば、こわれかけた関係を立てなおすことができる。

「おい、ブレイクニー。聞いているのか?」

「なんだって?」アルタイルは相手を見た。「すまなかった。なんだって?」

「シーク・メドジュエルは、今回の発掘にずいぶん気を揉んでいるようだと言ったのさ。現地の人間を怖がらせて、発掘に協力してもらえないのが、いちばん困るんだぞ」

「いつメドジュエルと話した?」

「野営地に着いたところを出迎えてもらった。博物館の調査団が入ると言ったとたん、青ざめて黙りこんだよ」

「そのあとシークはどうした?」アルタイルは全身に痛いほど力をこめた。

「まるで殴られたような顔をして立ち去った。ひと言もなく、くるりと背中を向けて去っていったんだ」

コールドウェルの答えを聞いてもアルタイルはおどろかなかった。むしろ、かねてからの疑念が抑えきれないほどに高まった。メドジュエルと話をつけなくては。もし従兄がアレックスへの襲撃に関わっているというのなら、事実を確かめなくては。

「野営地に戻ってシーク・エル・マジールと話をしてくる。すまないが、そのあいだにアレックスを探して、発掘の責任者はきみだ、博物館ではないと伝えてくれないか」

「なんと！　発掘の責任者が女だって？　頭がいかれたのか、ブレイクニー？」

「アレックス・タルボットは、ぼくが知るなかでも指折りの優秀な考古学者だ」アルタイルは同僚に詰めよった。「大英博物館から送られてくる研究員の誰よりも、ピラメセスとノウルベセについてよく知っている。このままカイロへ送り返されたくなかったら、責任者は彼女だという考えに慣れてくれ。いいな？」

脅すつもりはなかったのだが、コールドウェルはみるみるおとなしくなった。相手の思惑にそれ以上かまっている暇はないので、アルタイルは返事を待たずに神殿をあとにした。

出口をめざす一歩ごとに、心が重くなった。もしメドジュエルがアレックス襲撃に関わっているとしたら、どうすればいい？　もちろん、こちらが深読みしすぎている可能性もあるし、コールドウェルがメドジュエルの反応を読みちがえたのかもしれない。

出口にたどり着き、階段を上がって外に出ると、まばゆい太陽が真上から照りつけた。作業用天幕に目をやると、アレックスが机に座って外を眺めていた。アルタイルと目が合うと、敵意に口がゆがむのがわかった。無言でしばしにらみ合ったすえに、彼女は目の前の仕事に戻っていった。アルタイルは歯を食いしばってこらえた。まずはメドジュエルと話をしなくては。

　この三日間、アルタイルはつかず離れずアレックスの作業を見まもってきた。ここにきて、無防備な彼女をひとり発掘現場に残すのはためらわれたが、そのときコールドウェルが宮殿から出てきて、緊張のおももちでアルタイルに歩みよった。勇猛果敢とは言いがたいが、少なくとも自分が戻るまでの護衛役にはなってくれそうだ。

「コールドウェル、ミス・タルボットのそばについていてくれ。すぐに戻る。頼まれてくれるか？」

「もちろんだ」相手がうなずく。

　当面の安全を確保できたことに胸をなで下ろしつつ、アルタイルは馬にまたがってマジールの野営地へ駆けもどった。馬の進みがやけに遅く感じられたが、それでも半刻ののちにはメドジュエルの天幕に着くことができた。

　入口から顔を覗かせると、従兄はシーク・エル・マジールだけが手にできる古文書のたぐいを読みふけっていた。気配に気づいたメドジュエルが、こちらに目を向けずに手まねきする。

「入ってくれ」

　アルタイルは豪華な装飾をほどこした天幕に足を踏み入れた。従兄は派手な内装が好みで、広大な室内に、房飾りやビーズをちりばめた織物、高価な毛皮などがところ狭しと置かれている。どう話を切り出していいかわからず、アルタイルはしばし入口に立ちつくした。

メドジュエルが古文書をぱたりと閉じてこちらを見上げた。「予言を読んでいたんだよ。おまえのミス・タルボットは、ノウルベセの墓にあと一歩のところまでせまっているようだな」

「まるで、そうなったら困るような口ぶりじゃないか」緊張がみぞおちにわだかまり、今にもはじけそうだ。メドジュエルの表情の何かが、アルタイルの胸騒ぎを誘った。

「とんでもない」シークがかぶりをふり、快活な表情を浮かべる。「おれはただ、シャギ姫《おさま》・エミーラのぶじを祈るばかりさ。だが、話したい件は別にある」

「なんだろう？」

メドジュエルがじっくり言葉を吟味してから切り出す。「長老たちと相談のうえで、おまえから代理人の役目を引き上げさせてもらおうという結論が出た」

アルタイルは相手を凝視した。まさか、こんな話をもち出されるとは……。シークの称号はあくまでも形式的なものだ。失おうとなんら変化はないが、ほかでもない従兄の決断で地位を奪われたことがつらかった。もっと屈辱なのは、メドジュエルから不信を表明されたことだ。兄も同然と考えていた相手から……。メドジュエルを首領と仰ぎ、部族のためを思ってきた忠誠心に、一点の曇りもない。いったいどこで、従兄の信頼をそこねたのだろう？

「なぜだ？」

メドジュエルがひげをしごく。黒い瞳が冷たく無表情にこちらを見つめた。「家族をおとしめたからだ」

アルタイルはあっけにとられた。「なんの話をしている？」

「〝客人《フエレンギ》〟と寝ただろう」シークが手を挙げてこちらの反論を制する。「気持ちはわかるさ。きれいな女性だ。だが、結婚の誓いを立てずに交われば、おれや一族の品位をおとしめることになる」

アルタイルは凍りついた。いつから従兄はこんな考えかたをするようになったのだろう？ 過去には幾度となく、異なる文化や価値観について話しあってきた。どこで変わった？ 私生活をとやかく言われるなど、今まで一度もなかったのに。

みずからの思うままに生きてきながらも、アルタイルはつねに部族の価値観を重んじてきた。マジールの側からも、生き方を非難されることはなかった。なのに、今さらなぜ？ 怒りの衝動をこらえながら、アルタイルは従兄を見すえた。

「もし言うとおりだとしても、ぼくの生きかたとおまえの生きかたはちがうんだ、メドジュエル。わかっているだろう」

「おまえの生きかたと、われわれの生きかたとはちがう。どちらにせよ、おれの代理人としての権限とシークの称号は、剝奪させてもらう」メドジュエルが重い吐息をついた。「長い時間の積み重ねなんだ、アルタイル。代理人には、つねにここにいてほしい。おまえは一年の半分をロンドンで過ごすじゃないか。ここへ戻ってくるたびに、どんどんわれわれのやりかたからかけ離れていくように見える」

ぐさりときた。英国貴族の肩書きに対して、批判や不快感を表明されるのは、これが初めてだった。「部族や家族を支えるために、できるかぎりのことはしてきたつもりだ。おまえの言いつけにはすべて従ってきた。シーク・エル・マジールの頼みを、一度でもことわったことがあるか？」

「そこは関係ない。長老たちも、おれを支持してくれた」

この二カ月にわたって、メドジュエルは決断の場からアルタイルをことごとく締め出し、蚊帳の外に置いてきた。今度は職務を解かれたことで、あらたな疑念が湧きおこった。

今まで一度も問題にならなかったイングランド暮らしが、今になって取沙汰されるのは、アレックスを砂漠へ連れてきたからか？　そもそもメドジュエルは最初から、アレックスの関与にいい顔をしなかった。彼女がノウルベセの墓を見つけても、財宝が奪われていたらどうするのかと心配していた。それでももしマジールの予言が現実となれば、部族には多大な恵みがもたらされる。なぜメドジュエルはしりごみするんだ？　こんなことはメドジュエルらしくない。

「何を恐れているんだ、メドジュエル？」

黒い目をけわしくして、シークが首をふった。「なんの話かわからないな、アルタイル。剝奪の理由はもう述べたはずだ」

「わかった。ぼくがイングランドからここへ戻って以来、妙なできごとが次々と起きたことについては、どう考えればいい？」

「以前から、ハリールは想像力が豊かだと思ってきたが、あれは母方の血だったのかな」冗談めかして口もとをゆるめてはいたが、メドジュエルの双眸にはかすかな動揺が見てとれた。

「おまえがムハンマドとホガル族に関する警告を無視したのも、ぼくの想像か？」

「無視したわけじゃない。慎重に状況を見まもっていたんだ」

「アレックスにピラメセスを見つけないでほしいとおまえが願ったのも、想像の産物か？」

「大げさだな。おれはミス・タルボットの身を案じただけだ」

「身を案じたか、なるほどね」アルタイルは腕組みをし、相手を真っ向から見た。「ムハンマドの件は、どう説明する？」

「ムハンマド？　意味がわからないな」いよいよ動揺が強まってきたのを見て、アルタイルは失望と憤慨の息をついた。

「アレックスの天幕の外で格闘などなかった、そうだろう？　まったく物音が聞こえないのはおかしいと思っていたんだが、今わかったよ。もみ合いになったように見せかけて、実は平然と部下を殺したんだ」

「身のほどをわきまえろ、アルタイル」

「それはこっちのせりふだ、従兄どの」アルタイルはまなざしをけわしくした。「あいつを殺したのは、アレックスの水筒に吐根が入れられる前か、それともあとか？」

　天幕内に沈黙が落ちた。メドジュエルが長いことこちらを凝視したのちに目をそむけた。片隅に置かれたトランクへ向かい、蓋を開けて中身を引っかきまわしはじめた。「ここへ来い、アルタイル。見せたいものがある」

なだめすかすような口調を警戒しつつも、アルタイルは歩みよった。すぐ近くまで来たとき、メドジュエルがトランクからライフルをぬき出し、ふりかぶった。あまりに急な動きに、受け身をとる暇もなく、アルタイルは金属の銃身で頭をしたたかに殴りつけられた。激痛が全身をしびれさせた。立っていることができず、膝から地面に崩れおちながら、メドジュエルの冷たい視線を受けとめる。従兄がふたたびライフルをふりかぶるのが見えた。二度めの衝撃を実感する前に、暗黒が押しよせてきた。最後に考えたのはアレックスのことだった。また、彼女を守れなかった……。

22

汗まみれになったシャツが、濡れた落ち葉のごとくべったりと肌に張りつく気持ち悪さといったら。天幕は日をさえぎってくれるが、暑さだけはどうにもならず、仕事にまるで集中できない。

ちがう。暑さではなく、アルタイルの裏切りのせいだ。あれほど用心していたのに、またしても感情に流されて、嘘を信じてしまった。なんと痛いつけを払わされたのだろう。

ノウルベセの神殿で浴びせられた心ない言葉が、今も耳にこびりついていた。あんな人でなしの嘘つきを、どうして愛してしまったのだろう？　開いたページに大粒の涙が落ちた。アレックスは手の甲で乱暴に頰をぬぐった。いやよ。自分で招いた不始末に泣くなんてごめんだわ。アルタイルに心を許したのは、ほかならないわたしなのだから。

とはいえ、さっきの言葉を思い出すだけで、身を切りきざまれるような痛みが全身に走った。父と叔父を失ったときでさえ、これほどの苦悶は味わわなかったような気がする。また、涙がぽたりと落ちた。

これからどうすればいいだろう？　苦労のすえにようやく見つけ出したピラメセスは、アルタイルの裏切りでメリックの一派に献上されてしまった。わたしが発見したのに。わたしの仕事なのに。

最後の最後に出しゃばってきた大英博物館に、父の生きがいだった研究結果をさらわれるくらいなら、猛牛に蹴られて歯をへし折ったほうがまだましだ。父だけでなく、アレックスの生きがいでもある。問題は、敵とどう戦えばいいかわからないことだ。発掘旅行を実行に移すだけの資金はあったが、博物館を締め出す力はもっていない。

「失礼、ミス・タルボット」

顔を上げると、アルタイルの裏切りをあばいた男のひょろ長い姿があった。見るなりアレックスは指先で目頭を揉みほぐした。心が痛すぎて頭まで痛くなってきた。男の堅苦しいたたずまいは、典型的な、大英博物館の研究員のそれだ。

「ご用は？」アレックスはぶっきらぼうに訊ねて視線を帳面に戻した。わたしがピラメセスもろとも資料をそっくり渡すと思ったら、大まちがいだ。こんな男に……どんな男にでも、発掘作業を明けわたすくらいなら、死んだほうがましだった。

「ブレイクニー子爵から、発掘をお手伝いするうえで何が必要か、訊いてくるようにと言われてね。小生、聖刻文字の解読を得意としているのだが」

「ああ、そうですか」アレックスはまた顔を上げ、男をにらみつけた。「どうぞお好きに。解読すべき文字は山ほどありますから」

「よろしければ……」男が咳払いし、神経質そうに頰の筋肉をひくつかせた。「どこから手をつけるべきか、あなたに指示していただきたくてね」

「ええと……お名前はなんでしたっけ？」

「レジー・コールドウェル」

アレックスは目を細くし、ぞんざいにうなずいてみせた。「そう。じゃあミスター・コールドウェル、教えてくださいな。わたしが大英博物館の手伝いをすると、なぜお思いになるの？　メリック卿にピラメセス調査への協力を頼んだときはことわってきたくせに、わたしが都を発見したとたん、しゃしゃり出てくるのね、博物館は。なんて虫がいいのかしら。わたしがほいほい協力すると思ったら、大まちがいよ」

「何か誤解しておいでのようだ、ミス・タルボット。わたしはブレイクニー子爵から、あなたの指示を仰ぐように言わ……」

「ブレイクニー子爵なんて、知ったことじゃないわ」

「お待ちを、ミス・タルボット。どうもわたしの説明が足りなかったようだ。ブレイクニーははっきり言いましたよ。発掘にあたっては逐一、あなたの意向を確かめるようにと。あなたが責任者だと明言したんだ」

コールドウェルを凝視しながら、アレックスは呆然として椅子に座った。アルタイルはどういうつもりなのかしら？　けむに巻かれた気分で頭をふる。わたしに何をさせたいの？　こめかみがずきずきした。今、こんなことは考えたくない。ただ、ひとりになりたかった。

「ミスター・コールドウェル、ブレイクニー子爵がどういうつもりでそんなことを言ったのか、わたしにはわからないんです。わかるまでは、お役に立てそうにありませんわ。たいへん失礼ですけれど、ひとりにしていただけます？」

そう言うと、別の帳面を開き、書付けに目をこらした。コールドウェルはしばらく立ちつくしていたが、やがて無言で出ていった。研究員が立ち去ったあとで、アレックスは椅子に深くかけなおし、ため息をついた。なぜアルタイルは、わたしが責任者だなどと言ったのだろう？　自分で博物館に連絡したくせに……意味が通らない。

熱くて埃っぽい空気を吸いこんでいると、涼しくてじめじめした宮殿の内部がふいに恋しくなった。遺跡で作業しているときは頭痛がおさまる。ジェフリー叔父と父を相次いで亡くしたときに学んだことだった。手早く帳面や道具類をまとめて、宮殿の入口をめざす。コールドウェルが近くをうろうろしているのが見えた。迷ったすえにアレックスは、つかつかと歩みよった。

「ミスター・コールドウェル、早く村へ行って、寝床を確保したほうがいいですよ。ご自分の天幕を持参なさったなら別だけれど」

そんなことは想定もしていなかったような顔で、相手がこちらを見たので、アレックスは苦笑を嚙みころした。いかにも研究所で働いていそうな顔つきだ。アルタイルとはまるでちがう……彼の顔が浮かびかけたので、あわてて気をそらす。そして、相手が返事するのを待たずに歩み去った。薄暗い宮殿内部に入ったとたん、ひんやりとした空気が心身のほてりを鎮めてくれるのを感じた。

もはや、行き先を考える必要すらない。ノウルベセの神殿。あそこにすべての手がかりが詰まっている。誰よりも早くファラオの妃を見つけ出す、それがアレックスの命題だった。

それだけは、誰にも奪わせない。

神殿に入るとすぐ、部屋の中央に行って天井を見上げた。アルタイルが言ったとおり、奇妙な突起が見うけられた。絵画にまぎれこませてあること、しかもファラオの肋骨そのものの位置がふくらんでいることから考えて、偶然ではなさそうだ。アレックスは手を伸ばして突起にさわろうとしたが、身長がたりなかった。もっと近くで見たいと思ったとき、前に壁のつなぎ目を調べようとして脚立を使ったことを思い出した。

脚立を運び、ラムセスとノウルベセの天井画の真下に据える。今度はなんなく、胸郭の細長い突起に手が届いた。肋骨だ。ラムセスの肋骨だ。歓喜の直後に、不安がきざした。うまくいきすぎじゃないかしら？

だが、誰もが見る場所にあえて鍵をまぎれこませてしまうというのは、ノウルベセの遺品を守るうえで最高の方法ではないだろうか？　石づくりの細長い突起から埃を落とす指が、思わずふるえた。ぱらぱらと埃が舞いおちる。軽くふれただけなのに、ほどなく絵画の表面が破れた。乾いた絵の具が顔や衣服に降りかかった。口に入った砂を吐き出しながら、刷毛で汚れや絵の具を落とすうちに、金属の取っ手のようなものが見えた。

もうもうと埃が舞うなかで、アレックスは固唾をのんだ。絵の中にこんなものが隠れていたなんて。興奮にふるえる手で、最後の砂埃をはらい落とす。

一瞬のためらいののちに取っ手をつかみ、そっと引っぱってみたが、動かなかった。もう一度やってみたが、やはり何も起きない。アレックスは業を煮やし、表情豊かなラムセスの顔を上目づかいににらんだ。腹立ちまぎれに金属の取っ手をこぶしで殴りつける。

「ちょっと！　いいかげんに奥さんを放しなさいよ、このわからず屋！」

レバーがわずかに動いた。もしかして、動かす方向をまちがったの？　細いが強靭な金属を握りなおし、あらためて押してみる。今度ははっきりと手ごたえがあった。自信を得たアレックスは、渾身の力で金属を押しこんだ。すると、ノウルベセの石像のちょうど向かい側で、大きな石がゆっくりと横にずれるのがわかった。おどろきに、胃がせり上がりそうになった。

「すばらしいな、シャギ・エミーラ。すばらしい」

シークの思いがけない登場にあわてたアレックスは足をすべらせ、脚立から落ちた。肩をしたたかに床に打ちつけ、痛みに悲鳴をあげる。かがみこんで助けおこすかと思いきや、アルタイルの従兄は神殿の戸口を動かなかった。

「そのようすだと、たった今ノウルベセの墓への入口を見つけたのかな？」

奇妙な物言いをいぶかしみながら、アレックスは身を起こして、痛む肩をさすった。

「ええ、たぶん。まずはその通路を進んでみないとわからないけれど」シークの顔を見やると、相手はなにくわぬ顔で目くばせしてみせた。

「おれの姿を見てびっくりしているのかな」冷静な声だ。

「とまどっていると言ったほうが正確かしら。あなたが遺跡に来たところは初めて見るから」

「そのとおり。過去を紐解きたいとは考えないたちでね」

「その過去が、部族に富をもたらすとしても？」

シークが腕組みをしてからあごひげをしごいた。いよいようすがおかしい、と首をかしげながら立ち上がろうとして、アレックスは痛みに顔をしかめた。

「あんたが言う〝富〟が、本当にあそこにあるかどうかだな、ミス・タルボット。だが、とりあえず見てみよう」メドジュエルが壁の一角からたいまつを引きぬき、暗い通路へ歩を進める。

相手が天井の低いトンネルに姿を消したあと、アレックスは口もとをこわばらせた。自分以外の人間をノウルベセの墓に入らせるのはいやだった。別のたいまつを手にとり、あとを追って通路に入る。腰をかがめて進んでいくシークのうしろ姿が見えた。

ほどなく前方のたいまつの光が見えなくなったのは、出口にたどり着いた証拠だろう。ふたたびたいまつが狭い通路を照らし出したので、アレックスは足を速めた。トンネルを出たところに開けた景色には、目を見ひらかずにいられなかった。

部屋の中央に置かれた石棺の前にシーク・エル・マジールが立っている。棺のほかに、室内には何もなかった。中を覗いたアレックスは失望にかられた。これがノウルベセの墓なら、財宝はどこへ行ったの？　ふいに、シークが頭をのけぞらせて笑いだした。鬼気せまる声が、アレックスをぞっと総毛立たせた。

何かがひどくおかしい。シークを追って墓所まで来たりしなければよかった。のろのろとトンネルへ戻りかけたとき、ベドウィンの首領が笑いやみ、片手を石棺にかけた。「教えてくれ、シャギ・エミーラ。おれの従弟を愛しているのか？」

突拍子もない質問にあわてるあまり、アレックスはとりつくろう暇もなく答えてしまった。

「わたし……そんな……ええ」

「なるほど。だったら、あいつを助けるために、わが身を犠牲にできるか？」静かな問いかけが墓所にこだまするると、全身に悪寒が走った。シークにいったい何があったの？　シークがこんなふるまいを見せたことは、今までに一度もない。いつでも礼儀正しくて愛想がよかったのに……。

「おっしゃる意味がよくわからないわ」

「ああ、そうだろうな。自分の叔父や父親に何が起きたのかも、わからないだろうな」

恐怖に肌が凍りついた。なぜ、わたしの肉親について知っているの？　エジプトに来て以来、シーク・エル・マジールと話したことは数えるほどしかないのに。「わたしの父や叔父について、何をご存じなの？」

「おれのものを盗もうとした異教徒だろう？」

「父と叔父なら、何も盗んだりしなかったはずよ」

「どうかな、シャギ・エミーラ。やつらがここへ来ないよう、先手を打ってやったのさ。だが、あんたがここまでしつこいとは、見くびっていた」

アレックスは戦慄した。口の中がからからに乾いていた。「な……先手を打つって、どうやって……」

訊くまでもなかった。ここにきて初めて、シークが正面からこちらを見た。平然とした冷たい顔が、ひどくぶきみだった。

「蠍は小さいが威力はすさまじい。ふたりともあっという間に、ほとんど苦痛もなく死んだだろう?」

アレックスは恐怖に言葉を失った。ここを出なくては。敵はすぐ近くにいるが、すばやくトンネルに飛びこめば、神殿まで逃げられるかもしれない。宮殿の間取りはすっかり頭に入っている。必要に応じて身を隠せそうな場所の心あたりもあった。

「あんたはなかなかしぶとかったな、シャギ・エミーラ。エジプトに来てからはずっと、ノウルベセに守られていたんだろう」

「わからないわ。なぜわたしをこ、殺そうとするの?」言葉を詰まらせながら、この凶漢からいかにして逃げようかと頭をはたらかせる。トンネルから流れてくる風がうなじをぞくりとさせた。風のせいならいいけれど……。なにしろシークのせいで、アレックスはさっきから総毛立っていたから。コブラもかくやというすばやさで、シークがアレックスに飛びかかり、唯一の出口から引き離す。

「来るんだ、ミス・タルボット。うっかりトンネルのそばに立たせておいて、逃げられてはかなわないからな」

絶望にかられながらも、アレックスは身をよじって逃れようとした。「放して!」

「かまわないが、それでは質問の答えを聞けないぞ。ごく単純な話なんだ。おまえがノウルベセの魂を解放してしまったら、おれはすべてを失う。だから、生かしておくわけにはいかないのさ」

「失礼だけど、あなた、頭がおかしいわ」

「頭がおかしい？　ちがうさ、シャギ・エミーラ。予言が行きつく先を見とおせるだけだ」

「予言？」アレックスは恐怖に負けないほどの怒りにかられた。マジールの迷信はもうたくさんだ。「ただの言いつたえでしょう。なんの実体もないのに、あなたもアルタイルもふり回されすぎなんだわ」

「それはどうかな。従弟と最後に話したとき、あいつも謎を解きかけていたぞ。もっとも、いいところでおれが……黙らせてしまったが」

あらたな恐怖がアレックスを金縛りにした。「アルタイルはぶじなの？」

シークが笑った。いくら平気な顔をよそおっても、不安を隠しきれないことを、アレックスも知っていた。ベドウィンの黒い瞳が、刺すようにするどくアレックスを眺めまわす。

「命を助けることはできる。だが、そのためにはおまえの力が必要だ」

「なんでもするわ」アレックスはためらいなく言いきった。

「すばらしい。では、言おうか。アルタイルの命は、おまえの命とひきかえだ」

ある程度予想はついていたが、不吉な言葉を実際に耳にすると、やはり力がぬけそうになった。無表情な双眸を見つめながら、アレックスは息を止めるまいと努めた。

「あなたがアルタイルを見のがすという保証は、どこにあるの？」

「そんなものはないが、シーク・エル・マジールとして約束しよう」

「約束を守るという保証は？」

シークが初めて、怒りをあらわにした。「おれはベドウィン、マジール族だ。一度口にした言葉をたがえたりは絶対にしない」

ふしぎなことに、その言葉は信じられた。アレックスは首をふり、相手をきつくにらんだ。

「こんなことをする理由を教えて。なぜわたしの死を願うのか、最後に知っておきたいわ。それくらいはかまわないでしょう？」

「いいだろう」相手がするどくうなずく。「みなの知る予言はマジールの支えであり、おまえはその予言をまもなく実現しようとしている。だが、あれには続きがあるんだ。ノウルベセの時代から、代々のシーク・エル・マジールだけが知る続きがな」

「あててみせましょうか。きっとその続きには、あなたに不利な内容が盛りこまれているんでしょう？」自分でもおどろくほど辛辣な口調で、アレックスは言った。内心は恐怖にすくみあがっていたが、不安を隠して喧嘩腰でふるまっているほうが、まだましだった。

「人を侮辱するのもほどほどにしておけよ、シャギ・エミーラ」握った手首を、シークがぐいとひねりあげた。さっきぶつけた肩に痛みが走って、アレックスは思わずあえいだ。

「さてと、どこまで話したかな？　ああ、そうか、予言だ。〝新しき世界から、鷹の羽根を冠する女が、ファラオの妃の墓を探しにやってくる。女はカノーポスの壺を奪還し、ノウルベセの魂を来世に送ってラムセスとの再会をかなえる。

　王妃は感謝のしるしに、いにしえの叡智と財宝とを女に与え、マジールに繁栄をもたらす。ノウルベセの祝福のもと、異端の者が部族を率い、選ばれし若者が成人したのちに座を受けわたす〟」

　シークが予言を唱えるのを聞きながら、アレックスは追加された部分に戦慄した。異端の者。その言葉が指す人物はひとりしかいない。アルタイルだ。もし自分が生きていたら、アルタイルが部族を統べ、やがてハリールへとその座を受けわたすことになるのだ。アレックスはシークのするどい目を見すえた。

「これでわかったかな、シャギ・エミーラ。わが一族を、よそ者の手にゆだねるわけにはいかないんだ」

「だけど、実の従弟でしょう。あなたを兄のように慕っているじゃないの」

「そのとおり。気の毒ではあるが、しょせんよそ者だ。おまえの死をどう説明したものか迷うが、そこはうまく……」

「説明する必要はないぞ、メドジュエル。これ以上、アレックスの髪の毛一本たりとも傷つけさせないから」

　アルタイルの声を聞いたアレックスは、はげしい喜びと、ついで絶望にかられた。彼の声はさながら、世界一美しい音楽のしらべだ。でも……なぜここへ来てしまったの？　シークに殺されるかもしれないのに。そんなことはわたしがさせない、とっさにそう思った。

つかまれた手首をすばやくねじり、シークの手をふりほどきにかかる。シークがかっとなって引きよせ、喉もとにナイフをつきつけた。するどい切っ先でアレックスを脅しながら、アルタイルをねめつける。

「さあ、どうする、アルタイル？　この女にそれだけの価値があるか？　部族も地位も、なんなら命まで手放すだけの価値があるか？　どうなんだ？」

その言葉が、アルタイルの意識をがつんと殴りつけた。答えはひとつしかない。「ああ」

アレックスの顔にさまざまな感情がよぎるのを、アルタイルは見まもった。驚愕、喜び、そして不安。アレックスを信頼すればよかった。自分が意地を張らなければ、彼女の身は安全だったはずなのに。目が合ったとき、彼女がこちらに向けたまなざしには胸をつかれた。アルタイルなら守ってくれるはずと、信じて疑わない目だ。

アルタイルは重々しくメドジュエルに向きなおった。冷たい目の持ち主は、自分の知っていた従兄ではない。「アレックスを放せ、メドジュエル」

「それは無理だ。わかっているだろうに」

「なぜだ？　おまえが恐れているのはぼくだろう？　アレックスのかわりにぼくを殺せ。そうすれば、アレックスがノウルベセの墓を見つけてもかまわないだろうに」

「だめよ！」アレックスがメドジュエルの腕の中でもがいたので、ナイフの切っ先が喉にあたり、血がしたたった。危惧のあまり口がからからになるのを感じながら、アルタイルは彼女の視線をとらえた。

「頼むからじっとしていてくれ、アレックス」

「そうだ、シャギ・エミーラ。その喉を切り裂くにはまだ早い。もう少し従弟を苦しめたいからな」

アレックスを失うかもしれないと思っただけで、心臓が飛び出しそうになった。榛色の瞳を覗きこむと、先ほどの不安はしだいに消え、かわりに愛があふれつつあるのがわかった。望んでも得られないと思っていた愛。アルタイルは落ちつきをとり戻し、従兄と対峙した。

「彼女の命乞いをしろというなら、喜んでしよう」

「いや、おれが望むのはひとつ、おまえの命だ」

「だったら今すぐに殺せ。おまえの遊びにつき合うのはもう飽きた」

「辛抱しろ。もう少しの辛抱だ」メドジュエルが舌を鳴らした。「おまえはむかしから殺傷がきらいだったな。軟弱な英国の血だ。頭のにぶいムハンマドでさえ、それは見ぬいていた。あいにくおれは、自分を失望させた相手を許せないたちでな。自分のものを守るためなら、人殺しもいとわない。そこがおれとおまえのちがいだよ、アルタイル。おまえごときの力では、マジールの栄誉も、英国の祖父が残した地位も、守れるわけがない」

したたるような悪意のこもった言葉が、アルタイルの胸に刺さった。長らく、英国上流社会からさげすまれることには慣れっこだったが、まさか英国貴族の血までもが、兄と慕ってきた相手にさげすまれるとは。四肢がびりびりと緊張して痛かった。

これほど途方に暮れたのは生まれて初めてだった。故郷と呼んできた場所は、もはや存在しないということか。残されたたったひとつの宝物はアレックス。だが、彼女をどうすれば救えるのか、今のアルタイルにはわからなかった。手詰まりだ。生まれたときからずっと、手詰まりだったのだ。

アレックスと目が合った。榛色の瞳にあふれる悲しみにあやうく泣きだしそうになった。アルタイル自身の体を流れる悲しみ、苦悩をそのまま映していたからだ。だが、それだけではない。瞳の奥に覚悟を見出したアルタイルは、身を固くした。制止を叫ぶより早く、アレックスが喉もとにつきつけられたナイフに手を伸ばした。

アルタイルは恐慌のまなざしで、アレックスがメドジュエルの手の甲にがぶりと嚙みつくのを見つめた。メドジュエルがかっとなってわめき、手をふりほどこうともがくアレックスの腕にナイフで切りつける。シャツの袖が真っ赤に染まり、苦痛の悲鳴があがった。

アルタイルが従兄に飛びかかって腕をつかんだ隙に、アレックスはよろめく足で逃れた。アルタイルは憤怒もあらわにメドジュエルとにらみ合った。ふと、子ども時代によくとっくみあいの喧嘩をしたことを思い出す。たいてい勝ちをおさめるのはメドジュエルのほうだった。ずる賢く意地悪い笑みが浮かんだのは、従兄もそれを思い出したからだろう。

「来いよ、アルタイル。おれのほうが強いことは、お互い知っているだろう。かわいいミス・タルボットも役に立たないぞ。じきに血を見て倒れるだろうからな」

「おあいにくさまよ、この思い上がった人でなし。ちょっとやそっとの血を見たくらいじゃ倒れないくらい、今のわたしは怒ってるんだから！」アレックスが叫びざまに、たいまつでシークの頭を打ちすえた。

燃える棍棒をまともに頭に受けたメドジュエルが、痛みと怒りをこらえかねてわめいた。アルタイルの肩をつかんでいた手をいったん離して、アレックスの顔にすさまじい平手打ちを見舞う。アルタイルはすかさず従兄の手からナイフを叩きおとした。どうあっても自分たちふたりを殺すつもりなのが、相手の目つきから見てとれた。

「アレックス、ここはぼくにまかせて逃げろ」

返事が聞こえなかったので、ふり向いてようすをうかがう。その一瞬のすきにメドジュエルがアルタイルの手をふりほどき、逆に腕をつかんで背中側にねじり上げた。するどい痛みが肩に走った。

痛みにうなる目の前で、アレックスが平手打ちの衝撃に耐えかねてしゃがみこむ。アルタイルは死を覚悟した。従兄の怪力をもってすれば、男の首でもへし折れるだろう。だが、メドジュエルはアルタイルをアレックスのほうに突きとばした。

アルタイルはたたらを踏んで倒れながら、アレックスを下敷きにするまいともがいた。彼女が痛そうにうめくかたわら。メドジュエルはトンネルに姿を消した。放っておこうかと思ったが、次の瞬間、相手の意図が見てとれた。

「ダム・ガーンナム。ぼくらを墓所に閉じこめるつもりか」アルタイルは勢いよく立ち上がり、暗いトンネルを追いかけた。従兄が石の仕掛けを戻す前に追いつかなくては。

前方が明るくなったのは、メドジュエルが神殿にたどり着いた証拠だ。足を速めた刹那、従兄が天井のレバーを引っぱった。あと一歩で外に出るというところで、石の仕掛けがきしみながら動きだした。

「メドジュエル、やめろ」みるみる出口がせばまっていくなか、神殿の真ん中に立つ従兄の姿が見えた。アルタイルへの返答がわりに、ぶきみな哄笑がひびきわたる。ほどなく轟音とともに石はもとの場所に戻り、出口をふさいだ。

23

暗闇にとり残されたアルタイルは、冷たい石の床にひれ伏して憤怒を嚙みしめた。堅い壁にこぶしを打ちつける。メドジュエルの意図に気づくべきだった。なぜもっと早く動かなかった？　あの人非人。ここを無事に逃れたら、目にもの見せてくれる。

計画を練らなくては。ふたりがここにいるのを知るのはメドジュエルだけだ。手探りでトンネルをとって返し、墓所にたどり着く。室内を見まわすと、石棺にもたれて座るアレックスが目に入った。薄暗がりでも、顔面蒼白なのがわかった。

何もかもぼくのせいだ。メドジュエルがあやしいと、前もって話しておけばよかった。彼女のかたわらに膝をつき、頰にかかったおくれ毛をそっとかき上げる。アレックスがぱっちり目を開き、ほほえんだ。

なんという女性だ。これほど深刻な状況で、なぜ幸福そうに笑える？「すまない、エミーラ。あいつを止められなかった。出口を閉じられてしまったんだ」

アレックスの手が伸びてきて頰をなでた。「かまわないわ。あなたがいっしょだから。どんなに困難だろうと、ここ以外の場所にいたいとは思わない。だって、あなたを愛しているんだもの」

やさしい言葉のひとつひとつが心を包みこんでいく。アルタイルは彼女の手をとり、唇を押しあてた。ヤー・マハバ。彼女にはその呼び名がふさわしい。〝愛する人〟。握った手を自分の胸にあてさせながらも、アルタイルはためらった。ここまできても、思いのたけを言葉にするのはむずかしかった。

「この胸で脈打つ心臓はきみのものだ、ヤー・マハバ。愛しているという言葉だけではきみへの思いを言いあらわしきれないが、本当に、心の底から愛しているんだ」

身をのり出して、そっとキスする。言葉では表現しきれない気持ちを、唇で伝えたのだ。アレックスへの愛が心を満たし、欠落を埋めてくれた。もっとすばらしいのは、彼女があるがままのアルタイルを愛してくれるという事実だった。彼女がそっとうめきながら腕をつかむ。すぐさまアルタイルは身を引いた。

「すまなかった。傷を見せてくれ」

「たいしたことないわ。かすり傷よ」アレックスがかぶりをふる。そっとシャツの袖を破って確かめたアルタイルは、傷の深さに息をのんだ。これは縫合が必要だ。民族衣装を脱ぎ、下に着ていた亜麻布のシャツを引き裂いて急ごしらえの包帯を作る。ピンク色の唇から吐息が漏れるのと同時に、たいまつの一本が床に落ちて火花を散らした。

「大英博物館のこと、どうして教えてくれなかったの？」

アルタイルは不意をつかれて処置の手を止めた。答えられずにいるうちに、彼女が早口で続けた。「ごめんなさい。今の状況で訊くべきことじゃないわね」

「いつなんどきでも、きみには訊く権利があるよ、アナ・ガマール。コールドウェルが現われる前に話しておくべきだった」彼女のひたいを唇でなぞりながら、アルタイルは言った。どうすれば、自分のとった行動を理解してもらえるだろう？

「だけど、話してくれなかったのね」

「怖かったんだ。博物館を巻きこむことで、きみの安全を確保したかったんだが、それを理解してもらうのはむずかしいとわかっていた」

「博物館を巻きこむと、どうしてわたしが安全になるの？」

「メリックならきっと大規模の調査団を派遣するだろうとわかっていたからさ。たくさんの人間が発掘に関われれば、きみがねらわれる確率も低くなるだろうと思った」

アレックスが今の話を咀嚼するようすを、アルタイルはじっと見まもった。やがて彼女がこちらを見た。率直な、それでいて愛に満ちたまなざし。

「メドジュエルのことは、いつごろから疑っていたの？」

「しばらく前から。だが、自分でも信じられなくてね」憤慨のひびきを抑えようとしたが、相手には伝わってしまったようだ。けがをしていないほうの手が伸びてきて、アルタイルの頬をなでた。

「裏切られた気持ちなら、よくわかるわ」

アルタイルはため息をついた。「ぼくがきみを裏切って博物館に連絡したからだろう？」

「ええ」

「きみの身を守ることしか頭になかったんだ、ヤー・マハバ。博物館の人間を呼んだのは、ひとえに安全の確保のためだった。ぼくがあいだに立って、きみが発掘調査の主導権を握れるよう目を光らせるつもりだった」

「だからコールドウェルに、わたしの指示を聞くように言ったのね」

「ああ」アルタイルはアレックスのあごを持ち上げ、まっすぐ目を覗きこんだ。「アレックス、きみを愛している。何があろうと、これから先もずっと愛しつづけるよ」

榛色の瞳にあふれる涙を見ると、メドジュエルの罠にはまって脱出しそこねた後悔がこみ上げてきた。

「もう、ここから出られないの？」

アルタイルが答えず、傷口に包帯を巻く作業に専念しているのを見て、アレックスが顔をゆがめた。「わかったわ、それが答えね」

「ぼくはまだあきらめていないよ、ヤー・マハバ」

応急処置を終えると、アルタイルは立ち上がり、小さな部屋の壁を両手でなぞって確かめた。ファラオの墓所には往々にして隠し扉が設けてある。ノウルベセの墓にも、その可能性はおおいにある。

四方の壁には浅浮き彫りで、ノウルベセの生涯が描かれていた。マジール族の男に連れられた子どもを描いたもの、ファラオの冠をかぶった幼い少年少女を描いたものもあった。壁をぐるりとたどると、王妃の生涯における重要なできごとがわかる仕組みだ。

ふり向いたアルタイルは眉を曇らせた。アレックスが生まれたての赤ん坊のように弱々しく見えたからだ。「倒れる前に、地面に座ったほうがいい」

アレックスは言うことを聞かず、壁を指ししめした。「墓所の内側がこんなふうになっているの、見たことがある?」

「いいや。だが、おちおち見ていられないよ。今にもきみが気絶しそうで」

榛色の双眸に、熱に浮かされたような光がやどっているのは、傷のせいか、それともノウルベセの墓を発見したせいか? どちらでもいいが、じっと安静にしていなければ、急ごしらえの包帯はじきに真っ赤に染まってしまうだろう。アルタイルは彼女の肩に手を添え、無理やり座らせた。石棺に寄りかからせたとき、ふとその表面にもさまざまな絵が刻まれているのに気づく。どこか見覚えのある場面だ、と思ってからアレックスに目をやると、まだ青ざめてはいるが、興奮のせいか、顔がいきいきとかがやいていた。

「アルタイル、見て。壁の浮き彫りを」頭をふり動かして、ノウルベセとラムセスの結婚式をかたどった浮き彫りを示す。「ほら、石棺にも同じものが描いてあるわ。わかる?」

指ししめされた先を確かめると、はたしてふたつの場面はまったく同じだった。壁画と石棺の絵とが、いちいち対応しているのがわかった。

ひとつだけ壁に描かれていないのは、ファラオと王妃が星空のもとを歩く場面だ。石棺の頭部に刻まれたその絵は、神殿の天井に描かれたのとまったく同じ構図だった。アルタイルは刻印の前にしゃがみ、精巧な作画の線を指先でなぞった。

ラムセスはここでも空を指ししめしているが、こちらのノウルベセは、喉もとに飾ったメダイヨンを片手で押さえている。メダイヨンを見ているうち、アルタイルはぴんときた。これは何かの装置ではないか？　するどく息を吸って話しかける。「アレックス、すまないが、石棺から少し離れてくれないか」

「どうしたの？」かぼそい声が不安をあおった。指示に従うのを待ちきれず、座っているアレックスを抱え上げて反対側の壁ぎわへ運び、そっともたれかからせてから説明した。

「細かいことはわからないが、おそらくこの棺はにせものだ。見せかけさ」

「どういうこと？」

「見ていてごらん」

アルタイルは石棺のかたわらに戻り、アレックスが立ち上がってついてこようとしないことに安堵しつつ、頭部に刻まれた絵に指でふれた。メダイヨンをつまんで引っぱったが、何も起きないので、逆に押しこんでみる。指の下で。彫刻がわずかに動くのがわかった。

もう少し力をこめて押すと、宝石がゆっくりとノウルベセの喉もとへ沈みこんでいった。メダイヨンが完全に見えなくなったとき、かちりという硬い音に続き、石と石がこすれるおなじみの音が墓所にひびきわたった。

アルタイルは顔をほころばせた。ラムセス二世が策略家だったという言いつたえは真実のようだ。立ち上がって確かめると、石棺の蓋がわずかに右へ動き、ついで左へ動き、ついには棺から見てほぼ直角の位置で止まった。

中を覗いてみたが、思ったとおり真っ暗で見えなかった。床に落ちたたいまつは今にも消えそうだったので、急いで拾いあげ、棺の開口部に投げこむ。さほど深くはなさそうだ。落下するたいまつの明かりで、棺の中が階段になっており、地下の通路へ続くのがわかった。

　小さな吐息が聞こえたのでふり向くと、アレックスがこちらを見ていた。信頼と愛情に満ちた目に、胸がずきりとする。まったく、ぼくにはもったいない女性だ。「下りて、どこへ通じるのか確かめてくる。しばらくひとりでいられるかい？」

「ひとりで冒険するつもりだなんて、ひどいわ。わたしもいっしょに行かせて」

「だめだ。危険かもしれないし、その体で古いトンネルを這いすすむのは無理だろう」

「議論している暇はないのよ」アレックスの瞳がじれったそうに光った。そろそろと立ち上がった彼女が、足を踏みしめるようにして歩いてくる。「暗闇にぽつんととり残されて、あの人はどこまで行ったんだろうと気をもむなんて、ごめんだわ。連れていってくれなければ、勝手についていくわよ。暗い通路をね」

　アルタイルは根負けして、やれやれと頭をふった。まったく、この頑固さ、粘り強さときたら。「一度でもいいから、〝ええ、アルタイル、あなたの言うとおりにするわ〟と答えてくれないかな」

「そんなことを言う女を愛したわけじゃないでしょう、あなたは」アレックスがにっと笑う。

「そうだな」アルタイルも認めた。「まったくだ」

　こらえきれずに顔をかがめ、くちづける。あたたかく刺激的な味わいが、夕暮れどきの砂漠そっくりだ。ぐっと抱きよせたい衝動をこらえるのにひと苦労だった。うっかり痛い目に遭わせたり、出血をぶり返させたりするのだけは避けたかった。

かわりに両手で顔を包みこみ、熱くはげしくむさぼる。甘い香りを吸いこむと、下半身がみるみる硬くなった。まったく、こんなときに求めるなんて、どうかしている。欲求不満のうなり声とともに、アルタイルは身を離した。

「きみといると理性がかすんでしまうよ。情熱にわれを忘れている場合ではないのにな。ここを脱出したら、できるだけすぐにきみと結婚するつもりだ。そうすれば一日じゅうでも、このすばらしい体に溺れていられるからね」

愛情に目をきらめかせながら、アレックスがほほえんだ。「おかしいわね。結婚したいかと訊かれた覚えは一度もないのに」

ほんの一瞬、身をちぢこまらせたあとでアルタイルは苦笑した。「今すぐ結婚を申し込んだほうがいいか、それともあとのほうがいいかい？　念のために言っておくが、たいまつはもうじき燃えつきるよ」

「だったらもう少しあとでいいけれど、絶対に忘れないでね」

もう一度はげしいキスをしたあと、アルタイルはたいまつを手にとり、石棺の中に入った。階段を何段か下りたところで手をさしのべると、アレックスもあとに続いた。ふたりは一列になって、石の階段を下りていった。

最下段まで来ると、道が左右に分かれていたので、アルタイルは眉根を寄せた。どちらへ行こう？　たいまつはそう長くもたない。暗闇にとざされたら一巻の終わりだ。逡巡を見てとったのか、アレックスが腕にふれてきた。

「左に行きましょう」

「理由は？」

「ファラオはいつでもノウルベセを右側に立たせて守っているからよ」

アルタイルは彼女の手をとり、左の道を進んだ。歩いていくうちに、トンネルが上り坂になるのを感じた。そろそろ墓所よりも高い位置に来ているはずだ。通路は、たいまつの光が届かないほど遠くまで伸びている。ぱちぱちとはぜる音は、まもなく火が消える前兆だ。

「もう少し速く歩けるかな？　時間がなさそうだ」

アレックスが息をきらしつつうなずいた。ついてくる元気があることに安堵しつつ、アルタイルは歩調を速めた。三十ヤードほど進んだところで、通路が左側に急カーブした。角を曲がったとき、たいまつがふいに深呼吸したかのようにまたたいた。ひときわ明るく燃える炎に、思わずこちらの呼吸も速くなる。空気だ。新鮮な空気だ。アルタイルはアレックスの手を引き、足早に進んでいった。じめじめとした墓所の臭いは遠ざかり、砂漠の乾いた香気がただよってくる。頭上から細い明かりがさしこんでくるのに気づくと、興奮のあまり身ぶるいが出た。

岩の隙間から光がさしこむ箇所まであと数フィートというところで、たいまつがとうとう消えた。背後でアレックスがはっと息をのむ。手をとったままだったので、アルタイルはぎゅっと握って安堵させた。

「だいじょうぶだよ、エミーラ。この岩の向こうはもう地上だ。あとは、外に出る方法を見つけるだけだ。両手を使って作業しようと思うが、どこへも行かないから」

「ここで待つわ。座っていてよければ」いつもどおり気丈に、アレックスが答えた。

アルタイルは思わずほほえんだ。相手の顔は見えないが、恐れてはいないようだ。ただ、疲労が声ににじんでいた。泣き言ひとつ言わないが、腕の傷が相当痛むのだろう。

メドジュエルをつかまえたら、彼女を傷つけた礼はたっぷりさせてもらおう。従兄がこれほどの裏切りをはたらくとは、思ってもみなかった。〝裏切り〟という言葉に、口の中が苦くなった。

顔をしかめながら、両手で冷たい石の壁を押す。ラムセス二世はまったく、ぬけめない統治者だ。さまざまな策を弄して政敵を出しぬき、暗殺をまぬがれ、長く王座に君臨した。いついかなるときも不測の事態にそなえた強者のこと、かならず脱出経路を用意しているはずだ。

なおも壁に手を這わせ、取っ手か穴のたぐいを探す。背後でアレックスがよろよろと立ち上がり、悲鳴を押しころした。アルタイルは手を伸ばし、彼女を引きよせた。

「どうした、ヤー・マハバ？」

「何かが足をかすめていったの」

「つまり、この監獄から出るすべは確実にあるということだよ」

「早く出ないと、あの邪悪で感じの悪い従兄に再会したとき、何をするかわからないわよ」

「メドジュエルのことは、ぼくにまかせてくれ」

「あら、わたしが先よ。あの男がタルボットという名前を聞いたその日を、心の底から後悔させてやるわ」

火を噴きそうな剣幕に、窮地におちいって初めて、アルタイルは声をあげて笑った。一瞬の間ののちに、アレックスも笑いだした。彼女のぬくもりを腕に感じていると、長年こじらせてきた孤独もどこかへ吹きとんでしまう。なにものにも代えがたい愛。心をこめて、彼女のひたいにくちづける。

「おいで。このトンネルを開ける装置が、どこかにあるはずだ。ラムセスはかならず、誰かの陰謀でノウルベセの墓に閉じこめられることを想定して、ぬけ道を作ったはずだから」

「でも、あれは墓じゃないんでしょう」

「今だからぼくらもそれを知っているが、政敵が知っていたかどうかは、また別の話さ」

「じゃあ、さっそくとりかかりましょう。わたしは右側の壁から始めるわ。もう座れとは言わないでね。さっき足をかすめたのが何か、確かめるのはいやだから」

かすかにおびえた声。アルタイルもそれ以上無理強いはしなかった。アレックスは手を動かすことで気をまぎらわせようとしているのだ。アルタイルを手伝うことで、不吉な想像をせずにいられるというのなら、願ったりかなったりだった。

「偉大なるラムセス二世に挑戦する、アレックス・タルボットの冒険につき合うことになるとは、思ってもみなかったな」

的でいてほしかった。

ふたりで探しはじめて一時間あまり。手がかりが見つからないので、さすがのアルタイルも途方にくれかけていたが、後ろ向きなことは口にしなかった。もうしばらく、彼女に楽天的でいてほしかった。

ふいにアレックスがするどく息をのんだので、アルタイルは手をさしのべた。肩に手を乗せ、彼女の腕をたどると、指先が金属製のレバーをつかんでいるのがわかった。

「引っぱってみてもいい？　それともあなたがやってみる？」

息をはずませながらのささやきに、希望があふれている。失望させたくはなかった。「見つけたのはきみだ。きみに権利をゆずるよ」

アレックスが力いっぱいレバーを引く。鬱憤の声が漏れたのは、うまくつかめなかったせいだろう。アルタイルはそっと手を添え、指を重ねた。ふたりで力を合わせてもう一度引っぱる。この日三度めの、石がこすれ合う音がひびきわたった。今度は好ましいひびきだ。壁がゆっくりと開き、さっきまで暗闇だった通路に太陽がさんさんと降りそそぐ。

アルタイルはアレックスを日のもとに連れだし、夕暮れどきの日ざしを思うぞんぶん浴びた。並んで立った彼女が肩口に顔を埋める。そして、体をふるわせて泣きだした。アルタイルは黙って抱きしめ、好きなだけ泣かせてやった。長い長い時間が過ぎたころ、ようやく嗚咽はおさまった。

「あなたは大ばか者ね」

アルタイルはまた笑った。かろやかな口調のおかげで、無礼な感じはまったくなかった。

彼女のあごに指先をあて、うるんだ瞳を覗きこむ。「もうだいじょうぶだよ。もう誰にも、きみを傷つけさせない」

「あなたにしてほしい約束はひとつだけ。生涯ずっと、来世でもわたしを愛してほしいの」

アルタイルはやさしくキスをした。顔を上げ、ほほえみかける。「その約束なら、簡単に守れるよ。ついでに、楽しい昼と、濃密な夜も約束しよう」

「あんな悪いことをしたいと思う相手は、あなた以外にいないわ、愛する人」

「もう一度言ってくれ」

「何を？」

「今の呼び名さ。もう一度、頼む」

色っぽい笑みが唇をいろどるのを見ると、アルタイルの肉体は情熱で燃えさかった。彼女は自分の威力をよく知っているが、その力をふりかざしたりはしない。ただ、アルタイルを求めてくれる。愛に満ちたまなざしを見れば、それはあきらかだった。

「ヤー・マハバ。愛する人」アレックスがささやいた。

アルタイルはふたたび顔をかがめ、愛の深さを何度も何度も確かめにかかった。アレックスもあらがおうとはしない。熱くすがりつかれると、心がぬくもり、体が燃えさかった。彼女はぼくのものだ。絶対に手放しはしない。

エピローグ

ピラメセス遺跡発掘現場、一八八八年

「ガミーラ・アレクサンドラ・モンゴメリー！　今すぐそこから降りなさい！」アレックスは両手を腰にあて、七歳の娘を叱りつけた。少女がハトホル神殿の壁ぎわに組んだ足場に登っていたからだ。ここはピラメセスの都でもいちばん新しく発見された遺跡だった。

「だけど、ママ、あたし、なんか見つけたみたいなの」

「もう一度言うわよ、お嬢さん。今すぐそこから降りなさい。でないと、こっぴどいお仕置が待っていますからね」

「わかった、降りる」

「あなたの弟はどこに行ったの？」娘が足を踏みはずして落ちたときに受けとめられるよう、下で身がまえながら、アレックスは訊ねた。

「キャムはね、ハリールおじちゃんとラクダで競争してる」

「そう」ガミーラが最後の横木を降りるのを支えようと、アレックスは伸び上がった。「ラクダ競争って、どういうこと？」

「あのね、ハリールおじちゃんからラクダの乗りかたをおそわってるの」ガミーラが大人びたしぐさで肩をすくめ、目をきらきらさせながらこちらを見上げた。

「なんてこと！　五歳でラクダに乗るなんて、早すぎるわ」アレックスは日焼けした娘の腕をつかみ、神殿の入口へと引っぱっていった。

「だいじょうぶだよ、ヤー・マハバ。キャメロンならぼくの母といっしょにいる」

「アルタイル！」

「パパ！」

ガミーラが母の手をふりほどき、神殿の戸口をふさぐほど長身の人影に向かって駆け出した。アルタイルが笑いながら娘を抱き上げ、頬にキスする。

「わあ、パパ、会いたかった。ママはもっとよ。先週もその前の週も、ずうっとごきげんが悪かったんだから」

「そうなのか？」アルタイルが笑顔で眉をつり上げながら妻に歩みより、すばやいキスを見舞う。アレックスの脈搏は二倍近くにまで跳ねあがり、なかなかもとに戻らなかった。アルタイルが休憩用のベンチに腰かけ、ガミーラを膝に乗せた。

「うん。だから、もういなくならないで、パパ。ママが悲しい顔するの、見たくないもん」

ガミーラが父親の首にしがみつき、頬をすりつける。その姿を見たアレックスは、胸が痛くなった。子どもたちも、わたしと同じくらいアルタイルを恋しがっている。そのことに気づかなかったなんて……。反省しつつ、娘に笑顔を向ける。

「先週、神殿で何を見つけたか、パパに話してあげて」

ガミーラがぱっと顔をかがやかせてうなずいた。そして、ハトホルの神殿のすぐ外で、土砂の中から小さな石像を三つ掘り出した話を、熱心に語りはじめた。それからの四半刻、アルタイルは娘が次々に披露する武勇伝に笑いっぱなしだった。

ひさしぶりに会う夫と娘が再会を喜び、仲むつまじくおしゃべりするさまを見ていると、アレックスは胸がいっぱいになった。わたしはすべてを手に入れた……惜しみなく愛をそそいでくれる男性、かわいい子どもたち、やりがいのある仕事。幸福に暮らすために必要なすべてがそこにある。父とジェフリー叔父が、ピラメセスを見ずに他界してしまったことだけは悲しかったが、ふたりとも、どこかで見まもっていてくれるような気がしていた。

「ママがね、パパが帰ってきたらカイロへピラミッドを見にいきましょうねって言ったの。そうよね、ママ？」ガミーラの声で、アレックスは物思いからさめ、親子の会話に加わった。

「カイロ？」苦笑まじりに問いかえす。「ああ、そうそう。あの手この手でママにうんと言わせたんだったわね」

アルタイルが笑いだした。「そんなことならお安いご用だ。カイロで誰に会ったか知ったら、お母さんも喜んで同行してくれると思うよ」

「だあれ？　だれに会ったの？」ガミーラが目をきらきらさせる。

「おまえの名前をつけてくれた人だよ」

「ジェーンおばちゃま！」娘がはしゃいで金切り声で叫んだ。

「ジェーンですって？　どうしてここに連れてきてくれなかったの？　旅行だったら、そう長くはいられないでしょうに」

アルタイルがいたずらっぽくほほえんだ。「忙しくて会いにいけないのが残念だと、きみに伝言をうけたまわったよ。夫君が近ごろ、エジプト領事に任命されたらしい」

「領事！」アレックスはぽかんと口を開けた。これほどおどろいたのはひさしぶりだ。ジェーンならきっと、領事夫人の役割をみごとにこなしてのけるだろう。もてなしの達人として、並み居る要人をおおいに喜ばせるはずだ。

親友が近くに暮らしていると思うと心がはずんだ。エジプト領事ともなれば、今までのように年に数カ月だけ滞在するのではなく、カイロに腰を落ちつけることになる。時間ができしだい、すぐに会いにいかなくては……。

アルタイルがひとり娘にウインクしてみせた。

「どうだろう、アナ・エミーラ。来週にでも、きみのお母さんをカイロへ誘拐しないか？　ピラミッドを見て、ジェーンおばさんにも会おう。楽しそうだと思わないかい？」

「わあ、すごい、パパ、すごい」ガミーラがアルタイルの首にかじりついて頬にキスする。

「それじゃ、決まりだ。だが、お母さんにはないしょだよ」アルタイルがわざと聞こえるようにささやき、娘を地面に降ろした。

ガミーラがくすくす笑う。「ピラミッドとジェーンおばちゃまに会いにいくわよって、キャメロンに話してもいい？」

「なんなら今から野営地に戻って、弟に教えてやるといい」アルタイルがひたいにキスをする。「これからしばらく、お母さんとお話をするからね」

ガミーラがもう一回、父の首にぎゅっとしがみついてから、神殿を駆け出していった。娘の姿が見えなくなると、アルタイルが立ち上がってアレックスを腕に抱いた。アレックスは夫の頭に手をかけて引きよせ、唇を求めた。彼をむさぼりたい。イングランドへ旅立ってから、途方もなく長い時間が過ぎたように感じられた。

血が沸きたって全身を駆けめぐり、肌をほてらせる。豊かな茶色の髪に指をさしこみながら、重ねた唇を開く。からみ合う舌と舌が息ぴったりのダンスを踊る、えもいわれぬ心地よさに、下腹部が甘くうずく。どれほど彼が恋しかったことか。次のロンドン行きにはみんなでついていこう……。針葉樹と茴香のなつかしい香りを胸いっぱいに吸いこみながら、そう思う。

大胆に民族衣装の内側に手をすべりこませ、シャツの前をはだけて、たくましい胸板をまさぐる。アルタイルが低くうめき、キスがひときわ熱をおびた。アレックスの中心部は早くも痛いほどたかぶり、満たしてほしいと訴えていた。今夜まで待てるはずがなかった。

身を離して数歩あとずさる。アルタイルがおどろいた顔をしたので、笑みで応えた。一歩下がるごとにひとつ、着ているシャツのボタンを外していくと、情熱に瞳をかがやかせながら、アルタイルが肉食獣のしなやかさでせまってきた。アレックスは息をはずませて笑ったあと、くるりと背を向けて走りだした。廊下のつきあたりまで来たところで、壁に寄りかかり、彼が近づいてくるのを待つ。

「人をからかった代償はわかっているだろうね、ヤー・マハバ」

アレックスは夫の手をとって胸にあてさせた。「ええ、あなた。覚悟してるわ」

アルタイルが身をかがめ、張りつめた乳首に舌を這わせた。喜びの声を漏らしながら、アレックスは足をこすり合わせてブーツを脱ぎにかかった。片方脱げたところで、彼の上衣をかき分け、ズボンの前を押し上げる硬直を探しあてた。脚の付け根が潤んで彼を求めていた。これ以上引きのばしたら、恋しすぎて死んでしまいそうだ。なおも胸のいただきを責めながら、アルタイルの手がアレックスのズボンの前を開け、指先で感じやすい核をなでた。

「お願い、あなたがほしいの。この体でじかに感じたいの。今すぐに」愛撫に身をふるわせながらアレックスはせがんだ。

頭をもたげたアルタイルがこちらを見下ろす。褐色の瞳が、荒々しい欲望だけでなく深い愛情にかがやいていた。大きな手で臀部のまるみを包まれ、硬直の先を入口に押しつけられて、アレックスはあえいだ。直後に体が高々と抱え上げられ、彼が入ってきた。

ああ、なんてすばらしい体なんだ。結婚して九年近くたっても、アルタイルが妻に飽きることはなかった。熱くなめらかな内部が分身をやわらかく包みこみ、のびやかな脚が腰に巻きつけられる。神殿の壁に片手をついて身を支えながら、アルタイルははげしく彼女をつらぬいた。アレックスも負けじと腰を突き出して応える。満たしてはしりぞく動きをくり返すと、熱をおびた肉体が絶妙な摩擦を与えてくれた。肩に爪をくい込ませながら、アレックスがせまりくる絶頂に身をわななかせた。

はげしい収縮をみずからの硬直で受けとめたアルタイルは、胸の底からうめいた。アレックスがキスを求め、小さな舌をすべり込ませてくるあいだも、内部は痙攣しながらアルタイルをひときわ強く締めつけた。舌先から伝わる柑橘の味わい。こらえきれなくなったアルタイルは、彼女の中で達した。アレックスが低く叫びながら全身をふるわせる。アルタイルは彼女の首すじに顔を埋め、くぐもった叫びとともに熱いものをほとばしらせた。

しばしののちに顔を上げると、妻が満ちたりた吐息をついた。「おわかりでしょう、子爵さま。これがひさしぶりに会う妻への正しい挨拶というものよ」

笑いださずにいられなかった。「きみときたら、まったく。ぼくよりも貪欲じゃないか」

「あなただからよ。あなただけよ」

やさしい言葉に感じ入ったアルタイルは、ひたいとひたいを合わせてささやいた。「会いたくて死にそうだったよ、エミーラ。二度とひとりでロンドンに行ったりするものか」

「そこに異論はないわ、旦那さま」

体を離して服を拾いあつめ、数分後には、お互いの腰に手を回して、神殿の主祭壇へと戻ってきた。夫の胸に手を添えたアレックスが、深々と息をつく。この二カ月、ずっと引っかかっていた問いに、ようやく答えをもらえるときがきたのだ。

「で？」

「で、なんだ？」どこかおもしろそうなひびきをおびたかすれ声。アレックスはしかめ面をしてみせた。

「いやね、とぼけたりして。あなたの娘とそっくりだわ」

アルタイルが笑った。「答えはイエスだ。カイロに博物館を建設できるよ」

アレックスは興奮して声をあげ、夫の手をつかんで高々とさし上げた。「さて、館長、大英博物館のカイロ支部として、古代エジプト館を開くご気分はいかがですか？」

「実を言うと、その役職を与えられたのはぼくじゃないんだ」

「なんですって？　英国のやつら、何さまのつもりなの？」

「アレックス……」

「あなた以上の適任者はいないわ。この地域にも誰よりくわしいし」

「アレックス」

「メリックが引退したから、少しは状況がよくなったかと思っ……」

アルタイルが有無を言わせぬ勢いで妻を抱きよせ、はげしくキスした。唇が離れたあと、アレックスはほっと息をついた。「いいわ、黙りますとも。だけど、やっぱりあいつらは見る目がないと思うわ！」

「ぼくが副館長に任命されたと聞いたら、少しは納得できるかい？」

「副館長！　ふん！　じゃあ、館長にはどこの能なしが就任するの？」

「レディ・ブレイクニーという人物だ」

「ブレイクニー！　いったい誰……」言いかけてアレックスは絶句し、目を見ひらいた。信じられない。呆然としながら見つめる夫の顔が、誇らしげにほころぶのがわかった。

「そうさ、ヤー・マハバ。ブレイクニー子爵夫人だ。またの名を、アレクサンドラ・タルボット・モンゴメリーという」

「ああ、たいへん。冗談じゃないのね？　いったいどんななりゆきで？」

「きみの功績がすべてさ、エミーラ。実を言うと、きみが神殿を発掘してから、博物館は何カ月もその話題でもちきりでね。なかでも新しく入った研究員が、きみを高く評価していた。バッジという男だよ。きみがまとめた記録に強い感銘を受けたようでね」

アレックスは深呼吸し、涙がこぼれないよう目をつぶった。長いあいだ、考古学の世界で認められようと奮闘してきた。もちろん嬉しかったが、いざ実現してみると、かつて思っていたほど重要なことではないのがわかった。自分はすでにほしいものをすべて手にしている。今回の栄誉は、焼き菓子でいえば飾りの糖衣にすぎない。

「アレックス？」

夫を見上げ、アレックスはほほえんだ。「だいじょうぶ。ちょっとびっくりして」

「大喜びすると思ったのに」アルタイルが困惑顔になる。アレックスは身をすり寄せた。

「喜んでるわ。ただ、あなたと子どもたちのほうがはるかに大切なのがわかってきたの。それが砂漠流だもの。砂漠といえば、あなたに見せたいものがあるのよ。来て」

夫の手を引いて神殿を連れ出し、大々的な掘削がくり広げられる現場を通りぬける。向かった先はラムセスの宮殿だった。アレックスは先に立ち、広々とした空間に出た。何百年にもわたって積み重なり、宮殿を埋もれさせた地層はすべてとり除かれ、壮麗な王の住まいが、その全貌を現わしている。アルタイルはあたりを見まわしながら、この八年で妻がなしとげた偉業を、あらためて実感していた。

彼女の父も、きっと娘を誇りに思うだろう。もちろん、アルタイル自身も誇らしかった。ラムセスの寝室に足を踏み入れるときは、少しだけ身がまえた。メドジュエルの陰謀で、ノウルベセの墓と見せかけた一室に閉じこめられて以来、ここには来たことがない。脱出したふたりが、ノウルベセの神殿に戻ってみると、メドジュエルは崩れた天井に押しつぶされていた。

アレックスの安全を確保できた喜びにもまして、従兄に裏切られた怒りと悲しみは強く、愛する女性と幸福な一歩を踏み出していいものかとためらわれた。だがアレックスは、身を引くことを許さなかった。

一度こうと決めたら絶対にゆずらないんだからな……アルタイルはいとしさをこめて苦笑した。アレックスに続いて神殿に入り、天井を見上げる。従兄が下敷きになったことでわかったのは、にせの墓所へ通じる入口を開けたあとでまた閉めると、天井が落ちてくるという仕組みだった。同時に、奇妙な碑文が現われた。

あらためて、声に出して読んでみる。

〝邪《よこしま》な輩が兄弟をおとしいれしとき、その者は裏切りの重みに押しつぶされ、みずからの運命に終止符を打つべし〟

ラムセスはなぜ、このことを知っていたのだろう？　あたかも古代の王がすべてを予見し、計画を立てたかのようだ。そうとしか考えられない。ファラオはいずれああいうことが起きるのを見こして、墓所を閉ざした者の上に天井が落ちてくる仕掛けを作ったのだ。そう考えれば、にせの墓所から脱出用のトンネルが伸びていたことも説明がつく。

だが、それがすべて真実なら、どうして本物のノウルベセの墓はまだ見つからないのだろう？　八年近くにわたって、ふたりで発掘調査を続けてきたが、いくら探しても手がかりひとつつかめなかった。アルタイルは困惑し、アレックスは業を煮やし、マジール族全体にとっても、メドジュエルの不名誉と向きあわされる結果となっていた。

「だいじょうぶ、あなた？」

「えっ？」われに返ると、アレックスが心配そうに覗きこんでいた。「ああ、心配ないよ」

「本当に？　この部屋に来るのはつらいでしょう。わたしだって、重要なことでなければ連れてこなかったわ」

アルタイルは唇を引きしめ、ぎゅっと眉を寄せたアレックスにほほえんでみせた。「平気だよ。で、ぼくに見せたい重要な発見というのは？」

「まずは、墓所に入る必要があるの」

アルタイルはうなずき、アレックスがからっぽの墓所へ通じるトンネルへ入るのを見まもった。すぐうしろをついて歩きながら、あの日の記憶に顔をしかめる。トンネルの出口が閉ざされるぶきみな音が、今も耳にこびりついていた。記憶をふりはらい、墓所に足を踏み出す。

「よし、レディ・ブレイクニー。ここで何をするんだ？」

「メドジュエルが死んだ少しあとで、ノウルベセの〝カノーポスの壺〟を見せたこと、覚えている？」

アルタイルは腕組みをしてうなずいた。

「実は、つい二週間前にここへ戻らなきゃと思ったの。なぜかはわからないけれど、墓に呼ばれたのよ。来てみたら、これに気づいたの」

「どれに？」

「凹みよ。ほら、こっち」アレックスがアルタイルの手を引いて、部屋の隅へ連れていき、床が浅くくぼんでいる箇所を指さす。「見える？」

「ああ。だが、床のくぼみにどんな重要性があるんだ？」

「部屋の四隅すべてがこうなっているのよ。〝カノーポスの壺〟がひとつずつ、置いてあったんだわ」

アルタイルは棒立ちになった。ゆっくりと部屋の四隅を確かめたあとで、石棺の足もとに〝カノーポスの壺〟が置いてあることに気づいた。アレックスは、とうとうノウルベセの墓を見つけたと思ったにちがいない。だから壺をここに運んだのだ。妻の目が興奮にきらめいていた。

「じゃあ、ついに予言を受け入れたんだな？」

「ええ。ずっと抵抗があったけれど、受け入れるしかないわ。さてと、壺を正しい場所に置く手伝いをする気があるの、それともないの？」

アルタイルは苦笑しながら壺を持ちあげ、くぼみのひとつに乗せた。すると、部屋の中央にうっすらと円が描いてあることに気づいた。こんなに細くかすかな線に、アレックスはよく気づいたものだ。

〝カノーポスの壺〟をひとつずつ、部屋の隅に置いていく。とうとうアレックスも予言を信じる気になったのか……。アルタイルの存在がマジール族の運命を左右することを、彼女は知っている。最後の一個を妻から受け取り、残った場所に置いたあと、ふたりはじっと待ちかまえた。何も起きないので、アレックスが憤懣の声をあげた。

「ああ、もう！　これで行けると思ったのに」

「心配いらないよ、エミーラ。まちがいな……」

ふいに、石と石がこすれる音がした。はっとふり返ると、石棺全体が移動して、奥の壁までしりぞいていくところだった。石棺がなくなった場所に、通路が見てとれる。ひとつはあの日、自分たちが脱出に使ったトンネルだ。もうひとつ、反対側に下っていく階段があった。これがノウルベセの墓へ通じる道にちがいない。

アレックスがはしゃいだ声をたて、抱きついてきた。「思ったとおりよ！　思ったとおりだったわ！」

アルタイルは妻をぎゅっと抱きしめ、愛と誇りを胸にあふれさせた。この稀有な女性が、身も心もすべてぼくに捧げてくれているのだ。そして今や、マジールの民にも、三千年を経た財宝をもたらしてくれようとしている。

「愛しているよ、アレックス」

「さあ、あなたが先に行って」

アルタイルはうなずき、壁にかけてあったたいまつを手に階段を下りはじめた。背後から彼女の速い息づかいが聞こえてくる。アルタイル自身も、興奮で息をはずませていた。階段を下りきったところに通路があり、大きな部屋が開けていた。

たいまつの明かりのもとで見る室内のようすに、アルタイルは目を見はった。隣に立ったアレックスも息をのんだ。「まあ、すごいわね」

見わたすかぎりの黄金が、たいまつの光にきらめいていた。中央に置かれた棺は、これまで見たこともない豪華なものだった。壁ぎわにはパピルスの巻物が積まれ、あちこちに棚や調度品がところせましと並んでいる。

「わたしたち、やったわね。やっと見つけたわ。マジールの民は、ノウルベセの財宝と叡智を手に入れるのよ」

「ちがうさ」アルタイルは首をふり、アレックスを抱きよせた。「ぼくは何もしていない。鷹の羽根を冠した美女に出会うという、またとない幸運に恵まれただけだ。その人がいなければ、今も故郷をもたない根無し草だったろうから」

「来年、ハリールがシーク・エル・マジールになったら……それでも、今と同じ気持ちでいられる？　ここを故郷だと思えそう？」

　榛色の瞳を見下ろすと、彼女と初めて会ったときのことが思い出された。落ちつきはらったたたずまいの下に、無防備な素顔を隠し、瞳の奥に不安をたたえていたアレックス。今も、あのときと同じ顔をしている。アルタイルは抱きしめる腕に力をこめ、にっこりした。

「故郷とは、心をあずける場所のことを言うんだよ、ヤー・マハバ。ぼくの心はいつでも、きみのもとにある」

　幸せそうな吐息がピンク色の唇をついて出た。情熱と愛ではちきれそうになり、アルタイルは顔をかがめてアレックスにくちづけた。もう二度と、ふたつの世界のあいだで迷ったりしない。たったひとりのアニデ・エミーラが教えてくれたのだ。愛は蜃気楼ではなく、手にとることができる心の結びつきだと。今いるここが、故郷なのだ。

訳者あとがき

〝まるで生まれながらに重荷を背負っているような、謎めいた雰囲気。とらえどころのない感情の動きに、魅了されずにいられなかった。アレックスは暗闇でため息をついた。なぜ、ブレイクニー子爵のことばかり考えてしまうの？〟

灼熱の砂漠でくり広げられる、濃密で神秘的なヒストリカル・ロマンス。日本では初紹介、モニカ・バーンズの『放蕩子爵は砂漠のシーク』をお届けします。

アレクサンドラ・タルボット（アレックス）は、エジプト考古学を研究するアメリカ人女性。ラムセス二世が築いたとされる〝失われた都〟ピラメセスと、ラムセスの愛妃ノウルベセの墓を見つけ出すべく、十代のころから父と研究を重ねてきたものの、愛する父は志なかばで他界。アレックスはひとり奮闘し、ついにはエジプトへの調査旅行へと漕ぎつけます。

その過程で、なにかと手をさしのべてくれた謎の男性、ブレイクニー子爵（アルタイル）。古代エジプトのファラオを彷彿させるエキゾチックな風貌と、傲慢でありながらひどくセクシーなたたずまいに、初対面のときからアレックスは魅了され、出会って数時間でキスと濃厚なふれ合いを許してしまいます。

実はこのアルタイル、英国貴族とベドウィンの女性のあいだに生まれ、子爵でありながらシークでもあるという珍しいプロフィールの持ち主。遊牧民の血を引いているがゆえに、過去には婚約までした女性から手ひどい拒絶を受けており、アレックスにもなかなか自分の素性を明かすことができません。傷つくのが怖くてついた嘘が、逆にアレックスを傷つけてしまい……お互い惹かれているのに心を許しきれないまま、舞台はロンドンからエジプトのカイロ、さらに砂漠の村カンティールへと移っていきます。

ピラメセスとノウルベセの墓が近づくほどに、アレックスの身には危険がおよび、ぶきみな妨害者の影がしだいに大きくなっていきます。はたしてアルタイルは彼女を守りぬくことができるのか？　そして、過去の傷から立ちなおり、愛する女性に自分の心をさらけ出すことができるのか？

作者のモニカ・バーンズは、アメリカのミズーリ州セントルイス生まれ。創作を始めたのはなんと九歳のときで、海賊もののロマンス小説だったそうです。ちなみに、子どものころいちばん影響を受けた小説はバロネス・オルツィの『紅はこべ』で、重要人物として活躍するブレイクニー准男爵夫妻が忘れられなかったとか。本作『放蕩子爵は砂漠のシーク』のヒーローが、〝ブレイクニー〟なのも、どうやら偶然ではなさそうです。

二〇〇四年にデビュー、翌二〇〇五年にはＲＩＴＡ新人賞のファイナリストに残り、二〇〇九年発表の本作では、Epic賞（EPPIE）のヒストリカル・エロティック・ロマンス部門で最優秀賞を獲得しています。

一読者としてはロマンスのほか、冒険小説、ＳＦ小説などを好んで読み、好きな作家はシャーロット・ブロンテ、アマンダ・クイック、ダン・ブラウンなど。休日には家族とキャンプを楽しんだり、また史跡や博物館を訪れるのも大好きなのだといいます。

本作の舞台は一八八〇年、ヴィクトリア朝時代にあたります。エジプトからイングランドに電報を送ることもできます。インタビューによると、モニカはこの時代にとりわけ愛着があるそうで、「産業が急成長を遂げた豊かな時代で、作家としてはキャラクターを動かしやすいし、当時のファッションも大好きなの」と語っています。

モニカにとって、執筆は子どものころからつねに自己解放と癒しの手段でした。ハンサムな王子さまとのロマンティックな恋を思いえがいてしばし現実逃避し、自分ではない自分になることで、つらいときにも生きるパワーを得られたのだといいます。同時に、自分の作品を手にとる女性読者にも、無意識のくびきから解放され、みずからを信じて生きてほしいと願いながら執筆を続けているのだとか。

本作のヒロイン、アレックスもまた、女が学問をきわめることがきわめて困難な十九世紀後半に、男社会で自分のキャリアを確立しようと奮闘します。ものおじせず、何度壁にぶつかってもくじけない勇ましい姿は、モニカから女性へのエールといえるかもしれません。

ヒストリカルのほかにパラノーマル・ロマンスも数多く手がけ、ＳＮＳなどでファンとコミュニケーションをとりながら精力的に執筆を続けているモニカ・バーンズ。これから先が楽しみな作家のひとりです。

二〇二〇年三月、春を待ちながら　大須賀典子

放蕩子爵は砂漠のシーク
2020年4月17日　初版第一刷発行

著 ……………………………… モニカ・バーンズ
訳 ………………………………… 大須賀典子
カバーデザイン ……………………… 小関加奈子
編集協力 …………………… アトリエ・ロマンス

発行人 ……………………………… 後藤明信
発行所 ……………………… 株式会社竹書房
〒102-0072 東京都千代田区飯田橋2-7-3
電話：03-3264-1576（代表）
03-3234-6383（編集）
http://www.takeshobo.co.jp
印刷所 …………………… 凸版印刷株式会社

定価はカバーに表示してあります。
乱丁・落丁の場合には当社までお問い合わせください。
ISBN978-4-8019-2228-0 C0197
Printed in Japan